Ruth Gogoll

Nachts, wenn du schläfst

Ruth Gogoll

Nachts, wenn du schläfst

Liebesroman

édition el!es

Internet: www.elles.de

E-Mail: info@elles.de

Umschlaggestaltung und Satz: graphik.text Antje Küchler

Umschlagfoto: © radoma – Fotolia.com

ISBN 978-3-941598-26-3

1

Darf ich Sie vielleicht zu etwas einladen?«

Kira hob erstaunt den Blick von ihrem Cocktailglas, in das sie die ganze Zeit gestarrt hatte.

»Nicht?« Die große Frau in dem eleganten Anzug, die sie angesprochen hatte, schien zu schmunzeln. »Sie werden mir so eine bescheidene Bitte doch nicht abschlagen, oder?«

Nun hob Kira zusätzlich zu ihrem Blick noch die Augenbrauen.

»Sie sind hinreißend, wissen Sie das? Ich beobachte Sie schon die ganze Zeit, während Sie hier an der Theke sitzen.« Dunkle Augen tauchten in Kiras ein, versuchten sie zu durchdringen. »Zuerst dachte ich, Sie warten auf jemanden, aber wenn das so war, dann ...«, ein diskretes Räuspern, »hat er Sie wohl versetzt.«

Kira spitzte leicht die Lippen. »Niemand hat mich versetzt. Ich war nicht verabredet.«

»Wie erstaunlich. Eine schöne Frau wie Sie ...« Lange Beine schoben sich auf den Barhocker neben Kira.

»O bitte ...« Kira verzog das Gesicht.

»Schon gut.« Die Frau mit der südländisch dunkel erscheinenden Haut hob leicht lachend die Hände. »Das war etwas zu viel Schmalz, ich gebe es zu. Aber man weiß ja nie, was eine Frau hören will.«

»Ich bin überzeugt, Sie haben viel Erfahrung darin, das auszuprobieren«, erwiderte Kira und nippte an ihrem Cocktail.

»Das streite ich nicht ab.« Ein amüsiertes Lachen nahm Kiras Aussage die Schärfe. »Ich heiße Val. Und Sie?«

Kira warf einen Blick auf die ihr entgegengestreckte Hand, nahm sie aber nicht.

»Sie wollen mir Ihren Namen nicht verraten?« Val zog ihre Hand zurück und winkte dem Barmann. »Bringen Sie mir einen Brandy, bitte. Spanischen.«

»Valerie?« fragte Kira. »Ist Val die Abkürzung davon?«

»Nein.« Val verzog die Mundwinkel. Sie stand auf und machte eine galante Verbeugung vor Kira wie ein Chevalier bei Hofe. »Valentina Velázquez de Cuéllar. Zu Ihren Diensten.«

»Ach, deshalb der spanische Brandy«, sagte Kira.

»Tja.« Val zuckte die Schultern. »An gewissen Dingen hängt man.« Sie beugte sich leicht zu Kira. »Wen muß ich töten, damit Sie mir Ihren Namen verraten?« Sie setzte sich wieder auf den Barstuhl neben Kira.

»Niemand«, sagte Kira. Sie verzog die Lippen. »Aber ich will nicht für den Tod eines unschuldigen Menschen verantwortlich sein, falls Sie das nicht glauben sollten. Kira.«

»Kira. Wie die russische Großfürstin. Sind Sie Russin?« Val wirkte interessiert.

»Nein.« Kira lachte. »Nein, wirklich nicht. Ich habe nichts mit Rußland zu tun. Meine ganze Familie ist urdeutsch, soviel ich weiß.«

»Hm.« Val nippte an ihrem spanischen Brandy, den der Barmann mittlerweile diskret vor sie auf den Tresen geschoben hatte. »Schwarze Haare wie Ihre habe ich nicht gleich mit *urdeutsch* in Verbindung gebracht, verzeihen Sie mir.«

»Was für ein Vorurteil«, sagte Kira. »Muß man blond und blauäugig sein, um als deutsch zu gelten?«

»Nein, überhaupt nicht.« Val betrachtete sie mit einem tiefen Blick. »Ich finde Ihre Haarfarbe wunderbar. Und Ihre Augenfarbe paßt dazu. Wie dunkle Bernsteine.«

»Hatten wir uns nicht darauf geeinigt, daß der Schmalztopf bereits überläuft?« fragte Kira.

Val warf den Kopf zurück und lachte. »Na gut«, sagte sie. »Dann wie dieser wunderbare Brandy hier.« Sie drehte den Cognacschwenker im Licht und ließ die Farbe leuchten. »Sie stellen mich vor eine schwierige Aufgabe«, fuhr sie schmunzelnd fort. »Sie nehmen kein Kompliment an. Bald gehen sie mir aus.«

»Das glaube ich nicht.« Kiras Mundwinkel zuckten spöttisch. »Sie haben bestimmt genug davon in Ihrer Datenbank gespeichert.«

»Oh.« Val tat betroffen. »Sie unterstellen mir, daß ich nicht originell bin? Daß ich mir das nicht spontan ausdenke, sondern sozusagen vorgefertigte Textbausteine benutze?«

»Ja«, bestätigte Kira. »Ich glaube, Sie haben eine Menge davon, für jede nur denkbare Situation.«

»Unabhängig von der Frau?« fragte Val. »Uh, das ist hart.«

»Überzeugen Sie mich vom Gegenteil«, schlug Kira vor. »Sagen Sie mir etwas Originelles.«

»Wie wäre es mit: Was macht eine –« Val bemerkte, wie Kiras Augenbrauen sich erneut anfingen zu heben. »Okay, streichen Sie das. Textbaustein. Versuchen wir es mit etwas Unverfänglicherem: Was hat Sie hier in diese Bar verschlagen?« Sie grinste. »Auch nicht originell, aber es interessiert mich wirklich.«

Kira seufzte. »Kann ich nicht einfach nur hier sitzen und etwas trinken?«

»Wollen Sie mir wirklich nicht den Gefallen tun, sich mit mir zu unterhalten?« Val legte ihre Stirn in tiefunglücklich erscheinende Falten.

Kira schmunzelte. »Das machen Sie mir nicht weis. Geben Sie sich keine Mühe.«

»Und ich dachte, ich wäre so gut.« Val lachte leicht. »Was kann ich noch tun? Wie kann ich Ihr Interesse erwecken, ohne daß Sie alles gleich abschmettern?«

»Warum wollen Sie überhaupt mein Interesse erwecken?« Kira hob die Augenbrauen.

Val neigte leicht den Kopf. »Liegt das nicht auf der Hand?«

»Ja, wahrscheinlich schon.« Kira wandte sich ab und betrachtete Val aus dem Augenwinkel im Spiegel hinter der Bar. Sie hatte die Ausstrahlung eines charmanten, sieggewohnten Piratenkapitäns, der jede Blockade durchdringen konnte. Wahrscheinlich war sie es nicht gewöhnt, eine undurchdringliche zu akzeptieren. »Und wenn ich nicht daran interessiert bin?« Sie wandte sich zu Val zurück.

»Ich gebe nicht so leicht auf.« Vals Mundwinkel hoben sich schmunzelnd.

Kira rührte nachdenklich mit dem Strohhalm in ihrem Cocktail. »Das habe ich mir schon gedacht.«

»Was kann es schon schaden, sich zu unterhalten?« Vals Augenbrauen hoben sich fragend. »Haben Sie dabei so schlechte Erfahrungen gemacht?«

»Ich hatte gerade eine ... Unterhaltung, die nicht sehr angenehm war«, bemerkte Kira abweisend. »Für eine Weile habe ich von Unterhaltungen genug.«

»Stress mit Ihrem Freund oder ... Mann?« fragte Val. Sie schaute sich im Lokal um. »Ist er hier?«

»Würde Sie das stören?« Kiras Mundwinkel zuckten. »Hätten Sie Angst vor ihm?«

»Ich? Angst? Vor einem Mann?« Val nahm einen großen Schluck von ihrem Brandy und lachte. »Niemals.«

»Das glaube ich Ihnen sogar.« Kira betrachtete Vals entschlossenes Gesicht. »Ihnen macht sicher nichts so leicht Angst.«

»Da haben Sie recht.« Auch Val betrachtete Kiras Gesicht. »Mit einer Ausnahme: einer Frau, die weiß, was sie will.«

Kira lachte. »Das ist wieder einer Ihrer Textbausteine.«

»Nicht so ganz.« In Vals Augenwinkeln bildeten sich kleine Fältchen, die das mutwillige Blitzen ihrer Augen noch mehr unterstrichen. »Zum Teil meine ich das völlig ernst. Kein Mann kann so gefährlich sein wie eine Frau.«

Kira spitzte nachdenklich die Lippen. »Momentan würde ich Ihnen da vielleicht sogar zustimmen.«

»Also war es kein Mann.« Val musterte Kira mit einem zufriedenen Lächeln.

Kiras Lippen zuckten heftig. »Das wollten Sie nur herausfinden, oder?«

»Selbstverständlich. Obwohl ich es schon vermutet habe.« Val grinste. »Aber es hätte mich auch nicht gestört, wenn es ein Mann gewesen wäre.«

»Auch das glaube ich Ihnen unbesehen.« Kira atmete tief durch. »Aber es ändert nichts an meinem Desinteresse an ... näherer Bekanntschaft«, fuhr sie fort. »Ich hoffe, Sie respektieren das.«

»Jederzeit.« Val betrachtete sie eher freundlich als beleidigt. »Ich habe noch nie eine Frau zu irgend etwas gezwungen. Sie haben es alle immer freiwillig getan.« Ihre Augen blitzten erneut belustigt.

»Wissen Sie«, sagte Kira, »daß es kaum etwas gibt, was mich im Augenblick weniger interessiert?«

Val nippte an ihrem Brandy und behielt das Glas in der Hand. »So schlimm?« fragte sie nach einer Weile, während sie Kira nicht ansah, sondern nur ihr Abbild im Spiegel.

»Was auch immer Sie an mir interessiert, die Geschichte meines Lebens ist es bestimmt nicht«, erwiderte Kira sarkastisch. »In all ihren langweiligen Einzelheiten.«

Val wandte den Blick zu ihr. »Gelangweilt sehen Sie gerade nicht aus, eher . . . traurig. Enttäuscht vielleicht.«

»Oh, die große Frauenversteherin. Was habe ich nur für ein Glück«, schnappte Kira. »Nicht nur, daß ich nicht mal in Ruhe hier mein Glas austrinken kann, ich muß auch noch Rhett Butler in weiblich treffen.«

»Na, na«, entgegnete Val friedlich. »So furchtbar bin ich nun auch wieder nicht, oder?«

»Doch«, erwiderte Kira heftig und starrte sie an. »Ich habe genug von Frauen, die –« Sie brach ab und preßte die Lippen zusammen.

Val hob fragend die Augenbrauen. »Die . . . Sie enttäuschen?« Sie lächelte leicht spöttisch. »Oder belügen? Das kann ich verstehen. Aber so bin ich nicht. Ich halte immer, was ich verspreche. Und ich verspreche nie mehr, als ich halten kann.«

»Wie edel«, sagte Kira. Ihre Stimme triefte vor Sarkasmus.

»Nein, gar nicht.« Val blieb ganz locker. »Nur praktisch. So erspare ich mir viel Ärger. Denn Vorwürfe hasse ich. Ich will sie nicht machen müssen und auch nicht bekommen.«

»Sie machen es sich wirklich leicht.« Kira verzog abschätzig das Gesicht.

Val betrachtete sie einen Moment sehr genau. »Wohingegen Sie es sich offensichtlich schwer machen«, bemerkte sie dann ruhig. »Was ist das Problem?« Sie lächelte. »Glauben Sie mir, es ist besser, wenn man darüber spricht.«

»Mit einer Wildfremden?« Kira starrte sie mit zusammengezogenen Augenbrauen an. »Davon träumen Sie wohl. Sie wollen mich nur ins Bett kriegen, deshalb tun Sie so, als interessierten Sie sich für meine Probleme. Ein Tauschgeschäft sozusagen. Tut mir leid, solche Geschäfte mache ich nicht.«

Val lachte amüsiert auf. »Sie sind ja wirklich sehr genervt. Und selbstverständlich haben Sie recht. Mir liegt sehr viel daran, Sie ins Bett zu bekommen. Sie reizen mich.« Sie beugte sich vor. »Sie reizen mich ungeheuer«, fügte sie leiser und mit einem intensiven Blick hinzu.

Kira starrte sie immer noch an, dann hob sie mit einer ruckartigen Bewegung ihr Glas und schüttete Val den Rest ihres Cocktails ins Gesicht. »Wie Sie sehen, ist genervt gar kein Ausdruck«, bemerkte sie trocken.

Nach einem ersten überraschten Blinzeln, als der Cocktail sie traf, begann Val zu lachen. Ihr Lachen klang so übermütig, daß Kira, obwohl sie sich dagegen wehrte, gegen ihren Willen mitlachen mußte.

»Entschuldigung.« Kira lachte immer noch und schluckte das Lachen mühsam herunter, um sprechen zu können. »Ich hatte wirklich keinen guten Tag heute.«

»Das merke ich.« Val griff nach einer Serviette auf der Bar und wischte sich das Gesicht ab. »Das haben Sie sehr eindrücklich zu verstehen gegeben.«

»Es tut mir leid, ich – Sie hätten mich einfach in Ruhe lassen sollen.« Kira runzelte bedauernd die Stirn. »Ich bin keine gute Gesellschafterin zur Zeit.«

»Kann ich irgendwie dazu beitragen, Ihre Stimmung zu heben?« fragte Val.

»Ich weiß schon, woran Sie dabei denken«, entgegnete Kira abweisend, »aber auch wenn ich für heute nacht ein Bett brauche, bin ich für solche Tauschgeschäfte immer noch nicht zu haben.«

»Sie brauchen ein Bett?« Val hob fragend die Augenbrauen. Flüchtig ließ sie ihren Blick über Kiras Gestalt schweifen, aber Kira hatte das Gefühl, sie nahm jede Kleinigkeit in sich auf. »Haben Sie denn keine Wohnung?«

»Bis vor ...«, Kira schaute auf die Uhr, »zwei Stunden hatte ich eine. Dachte ich jedenfalls. Jetzt sitze ich auf der Straße, ohne Geld, ohne Wohnung, ohne Job, ohne alles. Ich kann mir nicht einmal mehr ein Hotelzimmer leisten.« Sie schaute auf das leere Cocktailglas. »Dafür habe ich meine letzten Münzen zusammengekratzt. Damit ich wenigstens hier sitzen konnte. Aber schlafen werden sie mich hier wohl nicht lassen.«

»Es ist ja möglich, daß Sie die Bahnhofsmission vorziehen«, sagte Val, »aber ich könnte Ihnen auch eine Unterkunft anbieten. Mein Haus ist groß genug, daß Sie über keinerlei Tauschgeschäfte nachdenken müssen. Ich habe ein Gästehaus im Garten.«

Kira verzog spöttisch die Lippen. »Wenn ich mit zu Ihnen nach Hause gehe, brauche ich wohl tatsächlich über kein Tauschgeschäft mehr nachzudenken, dann habe ich es bereits gemacht. Ich bin heute wirklich nicht in der Stimmung dafür. Dann lieber die Bahnhofsmission.«

Val stützte einen Arm auf der Theke auf und legte ihr Kinn in die hochstehende Hand. »Ich weiß, Sie kennen mich nicht, aber glauben Sie mir, was ich vorhin gesagt habe? Daß ich immer halte, was ich verspreche?«

Kira musterte sie lange. »Ja«, antwortete sie dann fast erstaunt. »Merkwürdigerweise glaube ich Ihnen das.«

»Also . . .« Val ließ die Hand wieder sinken und schaute Kira an. »Das Gästehaus steht leer. Wenn Sie tatsächlich eine Bleibe brauchen – ohne Kosten und Verpflichtungen selbstverständlich –, sind Sie herzlich eingeladen, es mit Leben zu füllen.«

Kira dachte über dieses verführerische Angebot nach. Die Aussicht, wo sie die heutige Nacht verbringen sollte, hatte sie zwar nicht wirklich beunruhigt – vielleicht wäre sie nach ein paar Stunden in dieser Bar auch einfach nach Hause gegangen, ohne darüber nachzudenken, daß –

Sie erstarrte plötzlich innerlich. Ein Zuhause gab es nicht mehr. Jedenfalls nicht im Moment. Und nicht für sie.

Nachdenklich betrachtete sie Val. Eindeutig war sie nicht gerade der häusliche Typ, und was sie wollte, lag so klar auf der Hand, daß es Kira fast ansprang, aber war das wirklich so schlimm? Mit einer Frau zu schlafen, die – das mußte Kira zugeben – einen ganz eigenen Reiz auf sie ausübte?

Zumindest fand Kira Val nicht unsympathisch, was ja schon einmal keine so schlechte Voraussetzung für nähere Beziehungen war. Und heute – Der ganze Tag war ohnehin ein Desaster. Was konnte darüber hinaus noch schiefgehen?

»Warum nicht?« antwortete sie, und sie merkte, daß Val von ihrer Antwort überrascht war. Wahrscheinlich hatte sie sich schon den nächsten Textbaustein zurechtgelegt, um Kira bei einer Ablehnung doch noch zu überzeugen.

»Haben Sie Hunger?« fragte Val. »Wenn Ihr letztes Geld nur für einen Cocktail gereicht hat, hatten Sie doch sicher noch kein Abendessen.«

Kira blickte sie erstaunt an. »Nein, hatte ich nicht«, sagte sie.

»Was mögen Sie gern?« fragte Val. »Welche Art Restaurant bevorzugen Sie?«

»Eins, das ich bezahlen kann«, erwiderte Kira.

Val lachte. »Heute können Sie offenbar noch nicht einmal in einer Imbißbude bezahlen, also sollte das kein Kriterium sein.« Sie betrachtete Kira kurz. »Russisch oder ... französisch. Das paßt zu Ihnen.«

Kira hob die Augenbrauen.

»Oh, nein, das war gar nicht anzüglich gemeint.« Val lachte erneut. Sie fühlte sich anscheinend sehr wohl in Kiras Gegenwart.

Und Kira mußte zugeben, daß das umgekehrt zunehmend auch für sie selbst zutraf. Val war so lässig, so gewandt und zwanglos. Nichts schien sie zu erschüttern oder aufzuhalten. Sie strahlte eine Art von Selbstsicherheit aus, die Kira im Moment fehlte.

»Damit Sie mir glauben, würde ich sagen: russisch«, entschied Val nun. »Und auch, um Ihrem Namen die Ehre zu geben.«

»Wie ich schon sagte, ist das reiner Zufall«, erinnerte Kira sie. »Meiner Mutter gefiel der Klang so gut. Sie hat glaube ich gar nicht darüber nachgedacht, woher der Name stammt.«

Val schmunzelte gutgelaunt. »Dann danke ich Ihrer Mutter dafür, daß sie so ein gutes Gespür für Klänge hat.« Sie machte eine einladende Handbewegung. »Wollen wir?«

Kira zögerte kurz, dann ließ sie sich von Val aus der Bar hinausbegleiten.

2

Und Sie wollen mir immer noch nicht verraten, was Sie heute abend in die Bar verschlagen hat?« fragte Val, während sie dem Ober zunickte, der gerade ihre Bestellung aufgenommen hatte, und ihn damit entließ. »Die Frage haben Sie mir vorhin nämlich nicht beantwortet.«

»Ich weiß«, sagte Kira.

»Wie ich aus dem wenigen, das Sie gesagt haben, entnehmen

konnte, hatten Sie eine ...«, Val schaute Kira fragend an, »Auseinandersetzung?«

Kira nippte an ihrem Wein. Val hatte ihn ausgesucht, und er war hervorragend. Sie fühlte eine wohlige Wärme in ihren Kopf steigen. »Hm.« Sie nickte.

»Nicht sehr angenehm«, fuhr Val fort.

Kira atmete tief durch. »Nein, nicht sehr angenehm«, bestätigte sie zurückhaltend.

»Ich will Sie wirklich nicht zwingen, darüber zu reden«, sagte Val, »aber daß jemand wie Sie seine Wohnung verliert ...« Sie nahm ebenfalls einen Schluck Wein und betrachtete Kira neugierig.

»Jemand wie ich?« Kira verzog leicht spöttisch das Gesicht. »Ich könnte die Kleider gestohlen haben und schon lange auf der Straße leben.«

Val lachte leicht. »Nein. Ganz sicher nicht.« Sie beugte sich vor. »Es sind nicht nur die Kleider. Sie würden sich nie damit abfinden, auf der Straße zu leben. Sie würden da wieder rauskommen.«

Kira hob skeptisch die Augenbrauen. »Sind Sie da so sicher?«

»Absolut«, sagte Val. »Sie sind eine sehr durchsetzungsfähige Person. Das haben Sie ganz klar bewiesen.« Sie lachte.

»Das mit dem Cocktail tut mir leid.«

»Muß es nicht.« Val lächelte immer noch. »Sie hatten ganz recht. Ich habe Sie zu sehr bedrängt. Das tue ich manchmal, wenn eine Frau mir ... sehr gefällt.« Sie betrachtete Kira angelegentlich.

»Hm.« Kira gab nur ein undeutliches Geräusch von sich. Was vor allem daran lag, daß diese wohlige Wärme in ihrem Kopf zunahm. Der Wein schmeckte wunderbar, und das Essen war immer noch nicht gekommen.

Val bemerkte es. »Sie sollten vielleicht auf das Essen warten, bevor Sie weitertrinken. Der Wein ist nicht ganz ohne. Vierzehn Komma fünf Prozent Alkohol.« Sie wies auf das Etikett.

»Das macht mir nichts«, sagte Kira. »Ich habe schon mal Wein getrunken.«

Val hob leicht die Augenbrauen. »Auch auf leeren Magen?«

»Sind Sie mein Kindermädchen?« Kiras Stimme wurde erneut scharf.

»Alkohol löst keine Probleme«, sagte Val, »aber manchmal sind sie dann besser zu ertragen, das stimmt.«

Kira setzte ihr Glas ab. »Deshalb trinke ich nicht.«

»Dann lassen Sie es doch«, sagte Val auf eine Art sanft, die Kira ihr gar nicht zugetraut hätte.

Kira hob etwas hilflos die Arme. »Vielleicht halte ich mich nur an meinem Glas fest, weil ich nicht weiß, was ich sonst tun soll.«

»Ich würde vorschlagen, Sie unterfüttern das wenigstens mit ein bißchen Kaviar«, sagte Val, denn in diesem Augenblick brachte der Ober eine große Platte mit verschiedenen kalten und warmen Gerichten.

»Ach du meine Güte«, entfuhr es Kira erstaunt. »Was ist das denn alles?«

»Sakuski«, erklärte Val. »Vorspeisen.« Sie schmunzelte über Kiras Erstaunen.

»Das sind nur die Vorspeisen?« Kira schüttelte leicht den Kopf. »Wie soll man danach denn noch irgend etwas anderes essen? Das reicht doch schon für mehrere Personen.«

»Sie müssen ja nicht von allem nehmen«, schlug Val vor. »Den Kaviar würde ich auf jeden Fall probieren, und dazu vielleicht ein paar Piroggen oder Bliny?« Sie wies auf die entsprechenden Speisen. »Oder lieber geräucherten Stör oder Lachs?«

»Ich bin schon erschlagen allein vom Anblick«, sagte Kira.

»Erlauben Sie, wenn ich –?« Val blickte fragend.

Kira nickte schwach.

Val stellte einige Vorspeisen für Kira zusammen und ließ den Kellner sie ihr servieren. Danach entschied sie für sich selbst, und der Kellner verschwand unauffällig.

»Normalerweise ißt man zuerst die kalten Vorspeisen, dann die warmen wie beispielsweise die Bliny«, erklärte Val. »Aber wir wollen mal nicht so streng sein.« Sie probierte eine winzige Portion Kaviar. »Gut«, sagte sie.

Kira aß immer noch nichts.

»Kommen Sie.« Val warf ihr einen auffordernden Blick zu. »Die Russen sagen: Wer lange ißt, lebt länger.«

»Länger als was?« fragte Kira.

Val lachte leicht. »Auf jeden Fall länger als die Mahlzeit dauert«, bemerkte sie. »Aber auch dafür muß man erst einmal mit dem Essen anfangen.«

Kira nahm ihre Gabel auf und testete vorsichtig die Piroggen.

»Hm, gut«, sagte sie.

»Freut mich, daß ich das richtige ausgesucht habe«, entgegnete Val immer noch gutgelaunt.

»Es tut mir leid.« Kira legte die Gabel wieder hin. »Ich habe keinen Hunger.«

»Sie gehören zu den Leuten, die nicht essen, wenn es ihnen schlecht geht, hm?« vermutete Val, die sich langsam durch die Vorspeisen arbeitete, immer mit Blick auf Kira.

»Ich ... Nein.« Kira lehnte sich zurück. »Es geht mir nicht schlecht. Ich bin nur etwas ... durcheinander.«

»Das kann ich mir vorstellen«, sagte Val. »Wenn Sie nicht mehr in Ihre Wohnung zurückkönnen.«

Kira warf einen Blick auf ihr Weinglas, zögerte, nahm es dann aber doch. »Nein, kann ich nicht«, sagte sie. Sie trank den Rest des Weins fast aus.

Der Kellner trat sofort heran und füllte ihr Glas nach.

»Nehmen Sie ein bißchen Kaviar«, sagte Val. »Der paßt gut zu Wein.«

Kiras Mundwinkel zuckten. »Ist das bei den Russen nicht eher Wodka?« fragte sie.

»Stimmt.« Val nickte bestätigend. »Aber zu Wein paßt er auch.«

»Sie wollen nur, daß ich etwas esse.« Kira lachte leicht.

»Richtig.« Val nickte erneut. »Und außerdem können Sie doch den Koch nicht so beleidigen. Ich kann dieses Lokal nie wieder betreten, wenn Sie das tun.« Sie schmunzelte.

»Sind Sie denn so gut mit dem Koch bekannt?« fragte Kira.

Val zuckte die Schultern. »Mehr oder weniger«, sagte sie. »Der Koch ist der Besitzer – und er ist ein sehr stolzer Russe, der es nicht mag, wenn man seine Speisen verschmäht.«

»Drusja!« Ein lauter, dröhnender Baß tönte durch das Lokal.

Val drehte sich um und lächelte. »Dimitrij.«

»Pjotr sagt mir, du bist gekommen.« Ein großer Mann mit einem dicken Bauch, der eindeutig zeigte, daß die Kochuniform nicht nur Staffage war, trat auf ihren Tisch zu. »Warum du mir nicht gesagt?«

»Es war eine ... spontane Entscheidung«, erwiderte Val immer noch lächelnd. »Aber du erfahrst es ja ohnehin sofort, wie man sieht.«

»In meine Lokal ich weissen alles«, entgegnete Dimitrij stolz. Sein

Blick verfing sich neugierig auf Kiras Gestalt. »Nur ich nicht weissen Name von dieses schöne Frau.«

»Darf ich vorstellen?« sagte Val. »Kira. Dimitrij.«

»Ah, Kira – eine Russin!« Dimitrij klatschte vor Begeisterung in die Hände.

»Nein –«, setzte Kira an, aber Dimitrij unterbrach sie sofort.

»Wir müssen trinken Brüderschaft.« Er winkte dem Kellner, der eine Flasche Wodka und drei Gläser brachte, als hätte er nur auf diese Gelegenheit gewartet.

»Ich bin keine –«, versuchte es Kira noch einmal.

»Wie ist Name von dein Vater?« fragte Dimitrij.

»Wie bitte?« Kira schüttelte verwirrt den Kopf.

»Du hast Vater?« fragte Dimitrij.

»Äh . . . ja . . .«, antwortete Kira irritiert.

»Wie sein Name?«

»Sein Vorname«, erklärte Val mit einem amüsierten Blick. »Er will nur den Vornamen.«

»Hans«, sagte Kira. »Er heißt Hans.«

»Ah – Kira Iwanowna . . .« Dimitrij schien zufrieden. »Wir jetzt stoßen an – auf russische Art.« Er reichte Kira ein Glas, schlug sein eigenes mit einem hellen Klang dagegen, trank es in einem schnellen Zug aus und zerschmetterte es dann auf dem Boden.

»Ich fürchte, Sie müssen es ihm nachmachen«, lachte Val. »Sonst ist er nicht zufrieden. Und wenn wir schon mal dabei sind . . .« Sie hob ihr Glas. »Brüderschaft?«

Kira war zu irritiert. Sie nippte an dem Glas, um Dimitrij zufriedenzustellen, Val umfing ihren Arm, und sie tranken beide gleichzeitig. Danach schmetterte Val ihr Glas auf den Boden und forderte Kira mit einem Blick auf, es ihr gleichzutun.

Kira schaffte es nur, das Glas fallenzulassen. Es zerbrach nicht.

»Das nicht gut.« Dimitrij nahm das Glas auf und zerschmetterte es. »Schlechtes Omen für Freundschaft, wenn Glas nicht zerbricht.« Er lachte laut. »Jetzt gut. Freundschaft hält ewig.«

»Wenn du es sagst«, bemerkte Val amüsiert. Ihre spöttisch blitzenden Augen suchten Kiras. »Was sagst du denn dazu?«

»Gar nichts«, sagte Kira. »Ich glaube, ich bin da nicht kompetent.«

3

Ho, ho – langsam!« Val lachte leicht, während sie Kira die Tür zum Gästehaus öffnete.

Kira schien zu schwanken und fast in die Scheibe der Tür hineinzufallen.

»Das letzte Glas war definitiv zuviel«, sagte Val grinsend, hob sie hoch und trug sie zum Bett, wo sie sie vorsichtig niedersinken ließ.

»Ich trinke nie zu viel«, nuschelte Kira undeutlich. »Ich trinke eigentlich überhaupt nicht.«

»Aber sicher.« Val zog Kira die Schuhe aus und knöpfte ihre Jacke auf. Ihr Blick verweilte kurz auf Kiras Bluse, unter der sich ihre Brüste abzeichneten, dann griff sie nach der Decke und bedeckte Kira damit. »Ich glaube, du kannst dich selbst ausziehen«, sagte sie.

»Warum tust du es nicht?« Kira streckte ihre Arme aus, legte sie um Vals Nacken und versuchte sie zu sich herunterzuziehen.

»Weil ich nur mit betrunkenen Frauen schlafe, wenn ich selbst betrunken bin«, sagte Val. »Und das bin ich nicht.«

»Ich bin nicht betrunken.« Kira riß weit die Augen auf, als ob sie zeigen wollte, wie wach sie war.

»Doch, bist du.« Val lächelte. »Ein russisches Restaurant ist definitiv nicht das richtige für dich. Zu viel Wodka. Und deine Anwesenheit ist definitiv zuviel für mich«, fügte sie leise hinzu, so daß Kira es nicht hören konnte, und trat einen Schritt vom Bett zurück. »Gute Nacht«, sagte sie lauter. »Schlaf deinen Rausch aus. Über alles andere reden wir morgen.«

»Nicht . . . Val . . . bitte . . . geh nicht.« Kira streckte erneut einen Arm nach Val aus. »Ich will nicht allein sein.«

Val schien zu zögern. Dann beugte sie sich zu Kira hinunter. »Hast du Angst im Dunkeln? Ich kann das Licht brennen lassen.«

»Ich habe keine Angst im Dunkeln.« Diesmal gelang es Kira ihre Lippen auf Vals zu pressen, während sie ihren Nacken umfaßte.

Val schien für einen Moment unentschlossen, dann öffneten sich ihre Lippen und sie küßte Kira.

Es war ein langer Kuß, und als Val sich von Kira löste, flüsterte Kira leise: »Du willst doch gar nicht gehen.« Sie betrachtete Vals Gesicht so nah vor ihrem eigenen.

»Das würde ich lieber mit klarem Kopf entscheiden«, bemerkte Val und richtete sich auf. »Ich glaube, ich habe doch zu viel getrunken.« Sie warf noch einen kurzen Blick auf Kira und verließ das Gästehaus.

4

Ich ... Tut mir leid, wenn ich störe«, sagte Kira, als sie am nächsten Morgen ins Haupthaus kam und Val beim Frühstücken vorfand. »Ich habe zwar eine Kaffeemaschine im Gästehaus gefunden, aber leider keinen Kaffee.«

Val betrachtete sie lächelnd. »Ich hatte nicht mit Gästen gerechnet. Willst du mit mir frühstücken?« Sie wies auf einen Stuhl am Tisch.

Kira verzog schief das Gesicht. »Ich bin ein ziemlicher Kaffeejunkie, muß ich zugeben. Ohne Kaffee ist mit mir morgens nichts anzufangen.«

»Dann setz dich«, sagte Val. »Kaffee habe ich genug. Mir geht es ähnlich wie dir. Ich brauche das morgens.«

Kira setzte sich, und Val schenkte ihr Kaffee ein. »Ich ...« Kira räusperte sich. »Ich muß mich bei dir entschuldigen für mein Benehmen letzte Nacht. Das ist nicht ... das übliche – falls du mir das glaubst.«

Vals Mundwinkel zuckten. »Du erinnerst dich? Ich dachte, du wärst zu betrunken gewesen.«

Kira hob die Augenbrauen und atmete tief durch. »O ja, ich erinnere mich – an alles. Leider nur zu gut. So betrunken war ich denn auch wieder nicht. Ist mir furchtbar peinlich.«

Val lächelte. »Kopfschmerzen?«

»Ja.« Kira verzog das Gesicht.

»Dagegen habe ich was.« Val schob ihr eine Packung hin. »Ich dachte mir schon, daß du das brauchen könntest.«

Kira löste eine der Tabletten in Wasser auf. Während sie zuschaute, wie die Tablette im Glas immer kleiner wurde, sagte sie nichts. »Ich werde deine Gastfreundschaft nicht mehr lange in Anspruch nehmen«, erklärte sie dann, nachdem sie das Glas ausgetrunken hatte. »Nach ein paar Tassen Kaffee bin ich fit genug zu gehen.«

»Weißt du denn wohin?« fragte Val.

»Es wird sich schon etwas finden«, sagte Kira. »Jetzt, bei Tageslicht.«

»Du kannst gern hierbleiben«, bot Val an. »Ich werde die nächsten Tage nicht dasein. Geschäftsreise. Nimm alles aus dem Haupthaus, was du brauchst, Kaffee, Lebensmittel ... Nachher kommt meine Haushälterin. Wenn du willst, daß sie etwas für dich einkauft, mußt du es ihr einfach nur sagen. Sie besorgt es dann.«

»Ich habe immer noch kein Geld«, sagte Kira.

»Die Geschäfte setzen es auf meine Rechnung«, erklärte Val gelassen. »Keine Sorge. Ich bezahle auch erst später.«

Kira legte zweifelnd den Kopf schief.

»Wenn du unbedingt darauf bestehst, kannst du es mir ja zurückzahlen«, sagte Val. »Irgendwann.«

Langsam wurde Kiras Kopf klarer. Die Tablette wirkte. Sie lehnte sich im Stuhl zurück und betrachtete Val nachdenklich. »Du hättest heute nacht schon eine Anzahlung haben können, aber du hast sie nicht genommen. Warum?«

Val hob leicht spöttisch die Mundwinkel. »Das habe ich dir im Gästehaus schon erklärt. Du warst zu betrunken und ich nicht genug.«

»In der Bar dachte ich –« Kira zuckte die Schultern. »Ich hatte den Eindruck, du findest mich attraktiv.«

»Das ist auch so.« Val musterte sie. »Du bist eine der attraktivsten Frauen, die ich seit langem getroffen habe.« Sie schmunzelte. »Und du weißt es. Du weißt, daß du attraktiv bist.«

»Deshalb –« Kira räusperte sich. »Deshalb fand ich dein Verhalten ja so ungewöhnlich. Aber du hast recht, es gibt keinen Grund, darüber zu reden. Es ist nicht wichtig.«

Vals Lippen zuckten verdächtig. »Du bist es gewöhnt, daß alle Welt dir zu Füßen liegt, nicht wahr?«

Kira runzelte die Stirn. »Wie meinst du das?«

»Ich meine ...«, Val beugte sich vor, »daß die Unschuld vom Lande dir nicht steht.«

»Du bist unmöglich«, sagte Kira. »Du kennst mich überhaupt nicht.« Sie griff nach der Kanne und goß sich eine weitere Tasse Kaffee ein.

Val lehnte sich zurück und schlug ihre langen Beine in den maßgeschneiderten Hosen übereinander. »Du bist eine Prinzessin, die ihr Schloß verloren hat. Aber das hält dich nicht davon ab, weiterhin Prinzessin zu sein.«

»So ein Unsinn«, sagte Kira und musterte Val unwillig. »Ich bin nicht adlig.«

»Vielleicht nicht mit einem *von* vor deinem Namen«, sagte Val. »Aber ich möchte wetten, du bist nicht in Armut aufgewachsen.«

»Ist das eine Schande?« Kiras herablassender Blick streifte Val ungnädig.

Val lachte und verbeugte sich ironisch. »Aber nein, Eure Hoheit.«

»Hör auf damit.« Kiras Stimme zeigte, daß ihr Vals ironische Art nicht angenehm war. »Das ist lächerlich.«

»Ja, vielleicht«, sagte Val, ließ ihren Blick noch einmal über Kira schweifen und stand dann auf. »Und außerdem habe ich leider auch gar keine Zeit mehr, hier weiterhin so nett mit dir zu plaudern. Wie sehr ich das auch bedauere. Aber ich muß weg.« Sie machte eine weitumfassende Geste. »Mein Schloß ist Euer Schloß, Majestät. Wenn es auch ganz sicher kein Ersatz ist.«

Kira griff nach einem Apfel, der in einer Schale auf dem Tisch lag, und warf ihn wütend nach Val.

Val duckte sich ein wenig, damit er sie nicht traf, und fing den Apfel geschickt auf. »Danke«, sagte sie, »für die Wegzehrung.« Ihre Augen blitzten Kira noch einmal vergnügt an, dann biß sie in den Apfel und ging lachend hinaus.

»Na toll.« Kira lehnte sich in ihren Stuhl zurück, während sie die Stirn runzelte und etwas abwesend in die Richtung starrte, wo Val verschwunden war – was allerdings nur für den Augenblick ein wenig Entspannung brachte, das Grundproblem war damit immer noch nicht gelöst.

Sie hörte, wie draußen ein Wagen über den Kies der Auffahrt davonfuhr. Es knirschte wie in einem alten Film. Sie stand auf und ging zum Fenster. Ein Jaguar – was auch sonst? Sie mußte zugeben, daß dieser Wagen zu Val paßte. Ein Raubtier für das Raubtier.

Warum dachte sie, daß Val ein Raubtier war? Sie hatte nichts Raubtierhaftes getan. Im Gegenteil. Sie hatte sich wie ein Gentleman verhalten. Dennoch hatte Kira das Gefühl, daß dieses Verhalten antrainiert war, nur wie Lack auf der Oberfläche, um ganz andere Dinge darunter zu verdecken. Was geschah wohl, wenn man an diesem Lack kratzte?

»Was geht mich das an?« Sie schüttelte unzufrieden den Kopf. »Ich habe jetzt wirklich andere Sorgen.«

Als sie zum Tisch zurückging, hörte sie eine Tür schwer ins Schloß fallen. Val war doch gerade weggefahren, wer –?

»Guten Morgen.« Eine ältere Frau stand im Türrahmen und schaute Kira an.

»Morgen.« Kira wußte nicht so recht, was sie sagen sollte.

»Soll ich abräumen?« Die Augenbrauen der Frau hoben sich fragend.

Die Haushälterin. Jetzt fiel es Kira wieder ein. Val hatte davon gesprochen. »Ich . . . Ja. Ja, bitte.«

Die Frau kam an den Eßtisch herüber und warf einen Blick darauf. »Haben Sie gar nichts gegessen? Es tut mir leid, aber ich wußte nicht – ich hatte nicht so viel eingekauft.«

»Schon gut. Ich hatte ein opulentes Abendessen gestern.« Kiras Mundwinkel zuckten leicht. »Da war Kaffee heute morgen mehr als genug.«

»Dann räume ich jetzt ab.« Vals Haushälterin blickte fragend auf Kira. »Werden Sie zum Mittagessen hier sein?«

»Oh, ich . . . ich weiß nicht.« Kira runzelte nachdenklich die Stirn.

»Nur damit ich weiß, ob ich noch etwas einkaufen muß.« Die kleine Frau mit den grauen Haaren griff nach einem Tablett, das auf der Anrichte stand, und setzte es auf den Tisch, stapelte die Teller darauf.

»Kaufen Sie immer für Vals . . .«, Kira zögerte leicht, »Gäste ein?«

»Wenn sie mir rechtzeitig Bescheid sagt.« Vals Haushälterin hob das Tablett an. »Leider wußte ich nichts davon, daß jemand in ihrer Abwesenheit hiersein würde. Die nächste Woche habe ich eigentlich frei. Ich wollte nur noch einmal durchputzen.« Sie bewegte sich mit dem Tablett auf die Tür zu. »Sind Sie in einem der oberen Schlafzimmer?«

»Nein, im Gästehaus.« Kira antwortete abwesend.

Die Frau blieb stehen und schaute Kira erstaunt an. »Im Gästehaus? Das heißt, Sie bleiben länger?«

»Ähm . . .« Kira fühlte sich etwas überrumpelt. »Ich weiß nicht. Heißt es das üblicherweise?«

»Ja, üblicherweise heißt es das.« Vals Haushälterin verließ nun endgültig das Eßzimmer. »Sagen Sie mir bitte Bescheid, wenn Sie sich entschieden haben, ob Sie hier essen wollen? Ich bin in der Küche.«

Wo auch immer die ist, dachte Kira. Neben dem Eßzimmer war sie jedenfalls nicht, wie man das hätte erwarten können.

Kira ging zum Fenster und schaute hinaus. Vertrackte Situation. Sie konnte nicht hierbleiben – nein, das war einfach unmöglich –, aber wo sollte sie sonst hin?

Sie konnte noch nicht einmal telefonieren, denn ihr Handy war seit gestern abend leer. Das Netzteil hatte sie nicht dabei, sie hatte es bei ihren Eltern vergessen. Bevor sie es ihr nachschickten, konnte sie das Gerät also nicht einmal aufladen.

Sie biß sich auf die Lippe. Wie ärgerlich, jetzt darüber nachdenken zu müssen. Selbst die einfachste Sache der Welt schien zu einem Problem geworden zu sein.

Aber Probleme waren dazu da, gelöst zu werden. Sie schaute sich nach einem Telefon um. Hier im Eßzimmer war keins, kaum eine Überraschung, aber irgendwo im Haus mußte sicherlich eins sein. Sie konnte die Haushälterin fragen . . . wenn sie die Küche fand.

Sie verließ das Eßzimmer, kam an einem großzügigen Wohnzimmer vorbei, das aber offenbar eher repräsentativen Charakter hatte, und stand dann vor einer verschlossenen Tür. Die Küche?

Sie öffnete die massive Eichentür – das Haus schien alt zu sein und alle Einrichtungsgegenstände schwer und solide – und schob sie langsam auf.

Nein, nach einer Küche sah das nicht aus. Eher eine Art Arbeitszimmer oder Bibliothek.

Sie betrat den Raum. Hier gab es bestimmt ein Telefon.

Im selben Moment, als sie an den ebenfalls soliden und eher altertümlich erscheinenden Schreibtisch trat, beschlich sie ein ganz merkwürdiges Gefühl. Sie war in Vals Allerheiligstes eingedrungen, davon war sie jetzt überzeugt. Alles hier in diesem Raum atmete Vals Gegenwart. Die Bücher, der Tisch, die tiefen Ledersessel – wie der Hauch eines vergangenen Jahrhunderts. Es waren keine neuen Möbel, das sah man sofort. Erbstücke vielleicht?

Komisch. Wenn überhaupt, dann hätte sie sich Val in einem chromglitzernden Büro mit einer Glasfront hoch über der Stadt vorgestellt. Das hier erschien geradezu bescheiden dagegen.

Das Telefon. Im Gegensatz zu der restlichen Einrichtung des Raumes war es ganz modern, kein Relikt vergangener Zeiten. Sie nahm es aus der Ladestation, zögerte kurz, aber wählte dann mit entschlossenem Gesichtsausdruck eine Nummer.

Während der Klingelton ertönte, setzte sie sich in den alten, ledernen Schreibtischsessel. Dunkelbraun mit leicht abgewetzten Messingbeschlägen, ein weitausladendes Prunkstück und dazu bequem. Für einen winzigen Moment sah sie Val gemütlich mit einer Zigarre in diesem Sessel sitzen wie ihren eigenen Vater. Aber Val rauchte nicht. Jedenfalls hatte sie es nicht getan, als sie mit Kira zusammen war.

Am anderen Ende meldete sich eine Stimme. Nachdem Kira sich gemeldet hatte, herrschte für eine Sekunde Stille.

»Was ist passiert?« fragte ihre Mutter dann.

»Was soll denn passiert sein? Ich wollte nur kurz anrufen.« Kira tat harmlos.

»Du bist gerade erst gefahren«, erwiderte ihre Mutter, »nachdem du zwei Wochen hier warst. Wir haben uns gestern noch gesprochen.«

»Ich wollte nur Bescheid sagen, daß ich gut angekommen bin«, behauptete Kira.

Sie konnte sich den Gesichtsausdruck ihrer Mutter vorstellen, als sie antwortete: »Auch wenn wir uns sehr viel Mühe mit deiner Erziehung gegeben haben, das hast du noch nie getan.« Sie seufzte. »Ich habe dich gestern abend angerufen, aber ich konnte dich nicht erreichen.«

»Mein Akku ist leer«, gab Kira zu. »Tut mir leid. Ich wollte dich bitten, mir das Netzteil zu schicken. Es muß noch in meinem Zimmer liegen.«

»Deshalb rufst du an?« fragte ihre Mutter.

»Ja, auch . . .«, sagte Kira.

Beängstigende Stille breitete sich erneut im Hörer aus. »Also?« fragte ihre Mutter dann.

»Ich . . .« Kira schluckte. »Ich stehe auf der Straße . . . sozusagen.«

»Wie bitte?«

»Ja.« Kira schluckte erneut. »Sibylle hat die Wohnung verkauft, ich kann nicht mehr rein und sie ist weg. Mit meinem Auto.« Sie machte eine kleine Pause. »Ich stehe ziemlich dumm da«, fügte sie dann etwas kleinlaut hinzu.

Das schien ihre Mutter weniger zu überraschen, als es Kira überrascht hatte. »Ich habe dir immer gesagt, du verschwendest deine Zeit mit ihr. Sie ist nichts wert. War es noch nie. Ich habe nie verstanden, was du von ihr wolltest.«

Ich wollte sie haben, dachte Kira. Was auch immer ihre Mutter eingewendet hatte, es hatte sie nicht interessiert, wie schlecht Sibylles Ruf auch immer gewesen war. Sie wollte ihren Kopf durchsetzen, und das hatte sie getan.

»Aber es hat ja keinen Sinn, über verschüttete Milch zu klagen«, seufzte ihre Mutter. »Das hatte noch nicht einmal Sinn, als du noch ein Kind warst und tatsächlich nur Milch verschüttet hast. Wie schlimm ist es?«

Kira schluckte. »Ich ... äh ... ich fürchte, sehr schlimm.«

»Wieviel ist noch da?« fragte ihre Mutter.

»Ähm ...« Kira schluckte erneut. »Nichts, fürchte ich.«

»Dein ganzes Erbteil?« Kira konnte in Gedanken sehen, wie ihre Mutter die Hände über dem Kopf zusammenschlug.

»Ja, ich ... ich meine, ich weiß nicht. Aber ich denke schon. Sie hat mir am Telefon gesagt – Ich glaube kaum, daß noch etwas übrig ist.« Kira fühlte sich ausgesprochen elend, daß sie ihrer Mutter all das gestehen mußte, aber diesmal hatte sie keine andere Wahl.

»Ja, wahrscheinlich«, stimmte ihre Mutter zu, erstaunlich ruhig in Anbetracht der Umstände. Aber ihre Mutter hatte es immer verstanden, auch in den unangenehmsten Situationen die Ruhe zu bewahren. Dafür hatte Kira sie stets bewundert und wäre so gern gewesen wie sie, so ausgeglichen. Aber das war sie nicht.

»Meine ... meine Karte wurde eingezogen, als ich damit am Automaten Geld holen wollte«, fügte Kira, jetzt freimütig, weil ihre Mutter es so gelassen zu tragen schien, hinzu. »Unser gemeinsames Konto –«

»– dürfte wohl ebenso leer sein wie vermutlich dein Portemonnaie«, beendete ihre Mutter resigniert den Satz. »Kind, Kind. Sie hat die Zeit, in der du nicht da warst, gründlich genutzt.«

»Ich konnte doch nicht wissen –« Kira fühlte Empörung in sich aufsteigen. Immer hatte sie Sibylle gegen ihre Eltern verteidigen müssen, besonders gegen ihre Mutter, und ganz automatisch fiel sie in dieses Verhalten zurück. Aber dann fiel ihr ein, daß das diesmal vielleicht unangebracht war. »Tut mir leid, Mutter. Ich hätte besser aufpassen sollen.«

»Liebe macht eben blind«, sagte ihre Mutter. »Aber wenn es um Geld geht, sollte man die rosa Brille abnehmen.«

»Du hast ja so recht.« Kira atmete tief durch. »Aber was soll ich jetzt tun? Ich habe noch nicht einmal genug Geld, um mir eine Fahrkarte zu kaufen.«

»Wo hast du denn die Nacht verbracht?« fragte ihre Mutter plötzlich besorgt. »Wenn du nicht in die Wohnung konntest und auch kein Geld hattest?«

»Äh ... Bahnhofsmission«, murmelte Kira undeutlich. Ihrer Mutter jetzt auch noch von Val zu erzählen, war dann doch etwas zu viel.

»O Gott«, sagte ihre Mutter. »Dann bleib da, wo du bist, am Bahnhof. Dein Vater holt dich ab.« Ohne auf Kiras Antwort zu warten, legte sie auf.

Kira wußte, daß sie ihre Mutter in eine viel größere Aufregung versetzt hatte, als sie es sich anmerken ließ. Eine Dame blieb immer kühl und gelassen, auch unter den schrecklichsten Umständen. Und ihre Mutter war eine Dame. Ihr Vater dagegen – er würde Kira vielleicht besser verstehen. Eigentlich hatte er das immer getan. Er kam nicht aus einer angesehenen, alteingesessenen Familie, sondern hatte sich selbst hochgearbeitet. Seine rauhe Art schien nie in die Umgebung zu passen, in der er heute lebte.

Kira schloß die Augen und lehnte sich in den bequemen Sessel zurück. Es war, als wäre da der Hauch eines Duftes, der sie an ihren Vater erinnerte. Eine Mischung aus Holz, Weinbrand und Zigarrenrauch. Schon, wenn sie sich als Kind an seine Brust geschmiegt hatte, hatte sie das gerochen und es geliebt.

Ihr Vater war wie das Salz der Erde. Unerschütterlich. Ein Fels in der Brandung. Und immer verständnisvoll bezüglich menschlicher Schwächen. Denn er wußte um seine eigenen. »Wer im Glashaus sitzt, soll nicht mit Steinen werfen«, bemerkte er nur augenzwinkernd, wenn er seine wilde Tochter zurechtweisen sollte, weil sie wieder etwas angestellt hatte.

Er würde auch diesmal verständnisvoll sein, davon war Kira überzeugt. Aber Verständnis allein genügte wohl nicht, um die ganze Misere wieder ins Lot zu bringen. Vor allem brauchte man dazu Geld.

5

Mäuschen, wirklich, wie konntest du Mutter so etwas antun?« Ihr Vater begrüßte Kira mit einem mißbilligenden Stirnrunzeln.

»Ach, Papa ...« Kira machte ein schuldbewußtes Gesicht.

»Ich bin froh, daß du wenigstens nicht weinst«, sagte er und zog sie an sich. »Aber das hast du ja noch nie getan. Noch nicht einmal, wenn du dir als Kind das Knie aufgeschlagen hast und überall das Blut herunterlief. Ganz anders als deine Schwestern.« Er hauchte einen Kuß auf ihr Haar. »Mutter hat also recht behalten, hm?« Mit beiden Armen hielt er sie ein Stückchen von sich. »Und du wolltest nicht hören.«

»Vielleicht ... vielleicht habe ich das alles ja auch nur falsch verstanden«, versuchte Kira abzuwiegeln. »Allerdings ... war ich heute bei der Bank ...«

»Und das Geld ist weg.« Er nickte grimmig. »Die Wohnung, die wir dir gekauft hatten, das Auto?«

Kira nickte beschämt.

»Wie hat sie das gemacht?« fragte er, winkte aber im gleichen Moment ab. »Ach, ich will es gar nicht wissen. Ich werde mich darum kümmern, wenn ich Zeit dafür habe. Aber habe ich dir nicht immer gesagt, du sollst immer genügend Geld im Strumpf verstekken, damit du einen Notgroschen hast, wenn es mal hart auf hart kommt?«

Kira lachte. »Im Sommer trage ich keine Strümpfe.«

»Na gut.« Er räusperte sich. »Was nun? Mutter hat gesagt, ich soll dich mit nach Hause bringen, aber ist das auch das, was du willst?«

Kira verzog das Gesicht. »Ich war gerade zwei Wochen zu Hause, eigentlich –«

»Eigentlich bleibst du lieber in der Stadt, ist mir schon klar«, sagte er. »Aber hier von jetzt auf gleich eine Wohnung zu finden ist sicher auch nicht so leicht. Und vor allem: Wovon willst du das bezahlen? Ein Einkommen hast du ja auch nicht mehr – wenn du je eins hattest.«

»Ja, ich fürchte ...«, Kira seufzte, »ich fürchte, wir haben die ganze Zeit von meinem Geld gelebt und nichts verdient, auch wenn es so aussah. Ich hätte ihr nicht die ganzen Geldsachen überlassen sollen. Aber ich finde das so lästig.«

»Geld ist niemals lästig«, sagte ihr Vater. »Insbesondere dann nicht, wenn man keins hat.«

»Aber Papa ... Papilein ...« Kira schmiegte sich an ihn und schaute ihn von unten herauf durch lange Wimpern an.

»Oh, diesen Ton kenne ich.« Er atmete tief durch. »Aber das nützt dir diesmal auch nichts. Ich habe nämlich keins. Jedenfalls nichts, was ich dir geben könnte.«

»Was?« Kira starrte ihn erstaunt an.

»Die Baubranche läuft nicht gut«, sagte er, »und außerdem ... hm, außerdem bist du nicht nur meine Tochter, ich bin auch dein Vater.«

Kiras Gesichtsausdruck veränderte sich. »Du hast wieder gespielt?«

»Mutter weiß nichts davon, und bitte, sag es ihr nicht«, bat ihr Vater, »ich bringe das schon wieder in Ordnung, nur leider ... im Moment ... könnte ich selbst einen Kredit gebrauchen.«

»Papa!«

»Also bitte, spiel dich nicht so auf. Du hast ja schließlich auch nicht gerade gut auf dein Geld aufgepaßt. Ob man es im Casino oder an der Börse verspielt oder im Bett –«

Ein erneutes »Papa, bitte!« unterbrach ihn.

»Ist doch wahr«, sagte er. »Meinst du, ich wüßte nicht, wie das ist mit den Frauen? Mir mußt du da nichts erzählen. Ich mache dir ja auch gar keine Vorwürfe, nur kann ich dir beim besten Willen nicht helfen. Es wird dir wohl nichts anderes übrigbleiben, als mit mir nach Hause zu kommen.«

»Und was soll ich da tun?« fragte Kira und kaute auf ihrer Unterlippe herum. »Kindermädchen spielen?«

»So klein sind deine beiden Schwestern auch nicht mehr«, sagte ihr Vater.

»Du weißt, was ich meine«, sagte Kira. »Ich halte es einfach nicht lange aus auf dem Land. Das macht mich verrückt.«

Er lächelte. »Das habe ich auch gesagt, als ich jung war. Aber glaub mir, Land ist das einzige, was zählt. Es bedeutet Heimat und die Möglichkeit, sich fest zu verwurzeln. Das bietet eine Stadt dir nicht. Wenn du älter bist, wirst du das verstehen.«

»Ich glaube, ich bin alt genug.« Kira verzog trotzig den Mund.

»Nun ja, um etwas in den Sand zu setzen allemal«, erwiderte er trocken. »Dafür gibt es wohl keine Altersbeschränkung. Ich kaufe noch etwas für deine Mutter ein, und dann fahren wir, hm?«

Kira schaute ihn an und schüttelte dann langsam den Kopf. »Nein, ich nicht. Ich bleibe hier.«

Ihr Vater hob strafend die Augenbrauen. »Und was soll ich deiner Mutter sagen?«

»Einfach nur, daß ich eine Möglichkeit gefunden habe, hierzubleiben. Und ich werde mir einen Job suchen. So schwer kann das doch nicht sein.«

Er schüttelte zweifelnd den Kopf. »Ich glaube, das ist keine so gute Idee. Einen Job kannst du dir auch von uns aus suchen, und dann kostet es dich nichts, bei uns zu wohnen und zu essen. Hier in der Stadt ... ich kann dir einen Hunderter geben, aber damit kommst du nicht weit.«

»Ein Hunderter würde mir schon weiterhelfen, für den Moment«, sagte Kira. »Du bist doch der Beste, Papa.« Sie strahlte ihren Vater an, zog sich an ihm hoch und gab ihm einen Kuß auf die Wange.

»Wer kann dir schon widerstehen?« Ihr Vater grummelte, zog sein Portemonnaie heraus und gab ihr den Schein. »Aber mehr habe ich wirklich nicht. Eigentlich wollte ich davon deiner Mutter ein Geschenk kaufen.«

»Damit sie nicht merkt, daß du wieder gespielt und verloren hast?« fragte Kira. »Glaub mir, es ist besser, du kommst ohne Geschenk zurück. Sonst weiß sie gleich Bescheid. Du machst das nämlich immer so.«

»Ach, ihr Frauen ...« Ihr Vater brachte ein schiefes Grinsen zustande.

»Sag ihr, du hast mir Geld gegeben und ich habe eine Unterkunft gefunden, die nicht so viel kostet, und morgen lese ich als erstes sämtliche Jobanzeigen in sämtlichen Zeitungen durch. Das wird sie beruhigen.«

»Na, ich weiß nicht ...«, sagte ihr Vater. »Ich glaube, sie hätte dir lieber persönlich eine Standpauke gehalten.«

»Dafür hat sie ja dich geschickt.« Kira grinste, und wenn man genau hinsah, sah es genauso aus wie bei ihrem Vater, abgeschwächt durch ein paar Grübchen, die ihre Wirkung selten verfehlten. »Du kannst ihr ja mitteilen, daß ich ganz zerknirscht bin, weil du mich so zusammengestaucht hast, und daß ich jetzt weiß, daß ich so etwas nie wieder tun darf.«

»Das wirst du auch kaum können«, sagte ihr Vater, »denn mehr als ein Erbteil hattest du nicht zu verschenken. Und das ist jetzt weg.«

»Ja, ich weiß.« Kira sah wirklich zerknirscht aus. »Aber dann muß es eben ohne gehen.«

»Ich habe da einen Tip bekommen . . .«, sagte ihr Vater nachdenklich und strich sich über das Kinn.

»Oh, nicht, bitte nicht, Papa.« Kira griff nach seiner Hand. »Nicht spekulieren oder sonst etwas. Ich brauche kein Geld. Ich kann für mich selbst sorgen. Ganz bestimmt.«

Er schaute auf sie hinunter. »Ich hatte immer gehofft, du übernimmst das Geschäft, aber ehrlich gesagt möchte ich dir das jetzt gar nicht anbieten. Ich weiß nicht, was daraus wird.«

»So schlimm?« Auf einmal bemerkte Kira die Falten im Gesicht ihres Vaters, und es kam ihr so vor, als wären sie tiefer geworden. »Warum hast du nichts gesagt? Soll ich nach Hause kommen, um dir zu helfen?«

»Ich fürchte, das kannst du nicht«, sagte er. »Es geht da um . . . höhere Mächte.«

»Wie meinst du das?« Kira runzelte die Stirn. So ernst hatte sie ihren Vater selten erlebt.

Auf einmal lächelte er wieder. »Gar nichts. Du hast genügend Sachen, um die du dich jetzt sorgen mußt. Denkst du wirklich, du kommst zurecht?«

»Ja.« Kira nickte. »Wird schon irgendwie gehen.«

»Dann werden wir jetzt einmal das Glück versuchen«, sagte er und zog eine einzelne Münze aus der Tasche.

»Nicht –«, setzte Kira an, aber er war schon in der Bahnhofswirtschaft verschwunden.

Kira seufzte und folgte ihm.

Ihr Vater hatte die Münze in einen Automaten gesteckt und ließ ihn laufen. Aufmerksam verfolgte er die drei Walzen, drückte auf Knöpfe und schien ganz versunken.

»Papa . . .« Kira trat zu ihm, und in diesem Moment drückte ihr

Vater wieder auf einen Knopf.

Die dritte Walze blieb stehen, und alle drei Walzen zeigten dasselbe Symbol an.

»Siehst du?« Ihr Vater lachte. »Das Glück ist uns hold. Das ist ein gutes Omen.« Er drückte auf einen anderen Knopf, und klappernd und scheppernd begannen Münzen in die Rinne unter dem Gerät zu fallen. Es waren so viele, daß sie sogar heraussprangen und auf dem Boden landeten.

Kiras Vater sammelte sie auf und legte sie auf einen Tisch neben dem Spielautomaten. »Jetzt kann ich meine Tochter doch noch zum Essen einladen, und deine Mutter bekommt auch ein Geschenk«, bemerkte er grinsend.

»Ach, Papa, du bist unverbesserlich.« Kira lächelte.

»Aber das hast du jetzt nicht gesehen, und du machst das auch nicht nach«, ermahnte er sie.

Kira atmete tief durch. »Glaub mir, ich habe kein Bedürfnis, das zu tun«, sagte sie.

6

Kira lag angezogen auf dem Bett, die Hände unter dem Kopf verschränkt, und starrte an die Decke. Die letzten Tage waren nicht sehr aufbauend gewesen. Außer daß Vals Haushälterin sie mit allem versorgt hatte, was man zum Leben brauchte, hatte Kira wenig positive Erfahrungen gemacht.

Es war zwar kein Problem gewesen, ihr Auto als gestohlen zu melden, aber es gab wenig Aussicht es wiederzubekommen. Sie waren nahe der polnischen Grenze, und in Polen war ein gestohlenes Auto schneller verschwunden als eine Stecknadel in Treibsand.

Aufgrund der vielen Berichte über Leute, die frisch, fromm, fröhlich, frei vom Staat lebten, hatte Kira zudem angenommen, daß eine Unterstützung nicht so schwer zu bekommen sein konnte. Aber da hatte sie sich geirrt. Sie hatte bis vor kurzem nur studiert, und da gab es kein Arbeitslosengeld oder sonstige Zuschüsse.

Blieb noch die Sache mit der Wohnung, aber auch dort ließ sich so schnell nichts machen. Offenbar hatte Sibylle den Verkauf von langer Hand geplant, ja, eigentlich hatten sie schon in der verkauften Wohnung gelebt, und Sibylle hatte nur darauf gewartet, daß Kira für einige Zeit abwesend sein würde. Deshalb war schon alles vorbei, als Kira zurückkam.

Natürlich hatte Sibylle Kiras Vollmacht gefälscht, aber das mußte Kira erst einmal vor Gericht beweisen, dafür brauchte sie einen Anwalt, und der kostete Geld – das sie nicht hatte. Da biß sich die Katze in den Schwanz.

Wo Kiras Sachen aus der Wohnung geblieben waren, war nicht herauszufinden. So mußte sie mit dem auskommen, was sie zu ihren Eltern mitgenommen hatte, dem Inhalt eines Koffers. Zweifelnd schaute sie auf die magere Auswahl an Kleidungsstücken, die auf dem Bett verteilt lagen.

Es klingelte. Kira schreckte aus ihren Gedanken auf. In den letzten Tagen hatte niemand geklingelt außer dem Postboten, der ein Paket gebracht hatte. Aber jetzt, am Nachmittag, schien es eher unwahrscheinlich, daß es die Post war.

Sie stand auf und ging zur Tür des Gästehauses. Vielleicht kam ja auch Val zurück. Sie schüttelte den Kopf. Nein. Warum sollte sie klingeln? In ihrem eigenen Haus?

Kira verließ das Gästehaus und ging zum Tor. Eine Frau stand davor. »Ja, bitte?« fragte Kira.

»Wohnen Sie hier?« kam die Frage knapp abgeschossen zurück.

Kira runzelte die Stirn. »Ich . . . ja«, antwortete sie irritiert.

Die Frau musterte sie auf eine Art, die Kira merkwürdig erschien. »Ist Val da?« Noch immer hatte die Frau sich nicht vorgestellt.

»Nein, sie –« Kira schüttelte den Kopf und betrachtete die Frau genauer. Sie war eindeutig ziemlich tough. Ihre Augen durchbohrten Kira, als ob sie sie gleich damit erdolchen wollte. So einen Gesichtsausdruck sah man in gewalttätigen Filmen hinter der Mündung einer Pistole. »Sagen Sie mir doch einfach Ihren Namen, dann sage ich Val, daß Sie hier waren«, schlug Kira vor.

»Sie weiß, wer ich bin.« Die Augen der Frau musterten Kira noch einmal von oben bis unten. »Und ich denke, Sie wissen das auch.« Sie drehte sich um, stieg in ihren Wagen und fuhr davon.

Kira schaute ihr verdattert hinterher. Woher sollte sie wissen, wer diese völlig fremde Frau war? Sie schüttelte erneut den Kopf und ging zum Gästehaus zurück. Als sie hineinging, kam ihr plötzlich ein Gedanke. Natürlich. Die Frau hatte Kira aus dem Gästehaus kommen sehen und daraus ihre eifersüchtigen Schlüsse gezogen. Sie nahm an, daß Kira Vals Geliebte war, so wie sie selbst wahrscheinlich vorher. Hatte sie auch im Gästehaus gewohnt?

In diesem Moment hörte sie, wie das elektrische Tor anfing sich zu öffnen. Es gab ein leise quietschendes Geräusch.

Kira drehte sich um und trat einen Schritt aus dem Gästehaus hinaus. Sie sah zu, wie Vals Jaguar langsam die Auffahrt heraufkam. Der Kies wich unter den breiten Rädern des schweren Wagens knirschend zur Seite, als machte er nur widerwillig Platz.

Direkt neben Kira hielt Val an und stieg aus.

»Hast du sie noch erwischt?«

Val blickte Kira erstaunt an. »Erwischt? Wen?«

»Die Frau, die eben hier war«, sagte Kira. »Sie ist gerade eine Minute weg.«

»Sie muß wohl in die andere Richtung gefahren sein. Ich habe niemand gesehen«, sagte Val. Sie ging zum Kofferraum und öffnete ihn. »Was wollte sie?«

Kira zuckte die Schultern. »Keine Ahnung.«

»Sie hat nichts gesagt?« Val nahm eine große Reisetasche aus dem tiefen Gepäckabteil.

»Nein. Sie hat nichts gesagt. Noch nicht einmal ihren Namen.« Kira warf einen leicht neugierigen Blick auf Val. »Aber sie sagte, du kennst sie.«

Val hob die Augenbrauen. »Ach ja? Wie sah sie aus?«

»Ziemlich ...«, Kira räusperte sich, »athletisch. Klein, blond und stämmig. Mit einem Blick wie eine Kanonenkugel auf Abruf.«

»Aha.« Val lachte. »Stimmt. Ich kenne sie.«

»Sie schien nicht erfreut darüber zu sein, mich hier vorzufinden«, sagte Kira. »Kennst du sie schon lange?«

Val warf einen amüsierten Blick auf Kira. »Sagen wir mal so: Sie ist schon eine ganze Weile hinter mir her.«

»Dann ist es vielleicht besser, wenn ich ausziehe«, erwiderte Kira.

»Nein, nein.« Val schüttelte anscheinend belustigt den Kopf. »Das ist ganz bestimmt nicht nötig.« Sie ging ins Haupthaus hinein.

Damit war dann wohl alles klar. Diese Frau war tatsächlich eine von Vals Ex-Geliebten – oder vielleicht noch nicht einmal Ex? Auf jeden Fall schien sie Ansprüche auf Val zu erheben, und Kira war ihr im Weg.

Das auch noch. Kira hatte zwar nicht vorgehabt, ewig hierzubleiben, aber für den Moment bot sich ihr keine Alternative. Wenn sie hier ausziehen mußte –

Sie gab sich einen Ruck und folgte Val ins Haus. »Val?«

»Ja?« Val kam aus ihrem Arbeitszimmer in den Flur.

»Da ist ein Paket gekommen«, sagte Kira.

»Hm.« Val nickte. »Hab' schon gesehen.«

»Ich . . .« Kira verschränkte ihre Hände und verdrehte sie leicht gegeneinander. »Ich bin immer noch hier, weil . . . weil es leider Komplikationen gegeben hat.«

»Komplikationen?« Val hob fragend die Augenbrauen.

»Ich . . . nun ja . . . ich habe immer noch kein Geld und auch keine Wohnung«, sagte Kira. »Ebensowenig einen Job.«

Val lächelte leicht. »Ist ja wohl auch ein bißchen viel verlangt in den paar Tagen.«

Kira seufzte. »Ich dachte, es wäre leichter, einen Job zu finden.«

»Mach dir keine Gedanken.« Val hielt ein paar Briefe in der Hand und sah sie durch. »Du kannst so lange hierbleiben, wie du willst. Das hatte ich dir ja vorher schon angeboten.«

»Ich weiß«, sagte Kira, »nur hätte ich nicht gedacht, daß ich dieses Angebot so lange in Anspruch nehmen muß.«

Val hob beschwichtigend eine Hand. »Du siehst ja, ich bin kaum da. Soll das Haus die ganze Zeit leerstehen? Ich bin froh, daß du hier wohnst.« Sie lächelte Kira etwas abwesend an und ging in ihr Arbeitszimmer zurück.

Kira blieb nachdenklich stehen, dann folgte sie Val bis zur Tür. »Können wir vielleicht so eine Art virtuelle Miete vereinbaren?« fragte Kira. »Damit ich weiß, was ich dir schulde, wenn ich hier ausziehe.«

Val verzog leicht die Mundwinkel. »Dann ist die Miete aber nicht virtuell.« Sie schüttelte den Kopf. »Mach dir keine Sorgen, ich werde immer bezahlt, auf die eine oder andere Art. Da finden wir schon eine Lösung.«

Kira hob die Augenbrauen. »Auch dann hätte ich gern einen festgesetzten Preis.«

»So?« Vals Gesichtsausdruck schrammte nur knapp an einem unverschämten Grinsen vorbei. »Wie teuer bist du denn?«

Kira lief rot an. »So ... so habe ich das nicht gemeint.«

»Du wolltest keine Tauschgeschäfte, du willst die Sache lieber in bar regeln«, sagte Val. »Ist mir auch recht. So haben wir beide etwas davon. Wenn du Geld brauchst ...«

»Aber doch nicht –« Kira schnappte nach Luft. »Dann schlafe ich lieber unter einer Brücke!« Sie drehte sich um und verließ das Haus.

Als sie ihre paar Sachen in den Koffer packte, öffnete sich die Tür des Gästehauses hinter ihr. »Ich entschuldige mich«, sagte Val. »War nicht so gemeint.«

Kira warf ihr einen funkelnden Blick zu. »Damit ist es nicht getan. Gewisse Beleidigungen kann man nicht einfach so zurücknehmen.«

»Ach, komm schon ...« Val kam auf sie zu. »So ernst war es wirklich nicht gemeint.«

Kira richtete sich auf. »Und was hättest du getan, wenn ich ja gesagt hätte?«

Vals Augenwinkel zeigten kleine Lachfältchen, die sich immer mehr vertieften. »Dann hätte ich das Angebot natürlich angenommen«, sagte sie. »Warum sollte ich es ablehnen? Es gibt keinen Grund, sich darüber aufzuregen. Du weißt, daß alles nur eine Frage von Angebot und Nachfrage ist.«

»Na ja«, sagte Kira und schloß ihren Koffer. »Das Angebot auf diesem Gebiet ist ja groß genug, da sollte deine Nachfrage leicht zu befriedigen sein. Die kleine Blonde, die heute da war, ist sicher gern dazu bereit.«

»Ich habe dir etwas mitgebracht«, sagte Val.

»Bitte?« Kira zog die Augenbrauen zusammen.

Val hob die Hände. »Nur ein Geschenk, kein Geschäft.«

So sehr Kira sich auch gerade über Val aufgeregt hatte, ihre Neugier ließ sich nicht so einfach bezwingen. Ohne daß sie es wollte, entschlüpfte ein »Was denn?« ihren Lippen.

Val lächelte. »Sieh es dir an.« Sie hielt Kira ein kleines Päckchen hin.

Kira wußte, daß sie hätte gehen sollen. Dies war die beste Gelegenheit, eine zufällige Begegnung auf ihren Platz zu verweisen, einen Platz ohne jede Bedeutung, den man schnell wieder vergaß. Aber es war wie verhext. Ihre Hand streckte sich einfach aus und nahm das Päckchen in Empfang.

»Mach es auf.« Val blickte sie auffordernd an.

Immer noch versuchte Kira an ihre Erziehung zu denken. Ihre Mutter hatte stets gesagt, man nimmt von Fremden keine Geschenke an, als Frau schon mal gar nicht. Das allerhöchste waren Blumen. Wenn das hier eine Blume war, mußte es allerdings eine sehr kleine Blume sein.

Kiras Finger tasteten nach dem Band, das die kleine Schachtel umschloß. Es war golden und fiel wie die weiche Locke einer Frau an der Seite herunter. Sie zog die Schleife auf und entfernte das Papier, öffnete darunter die schön dekorierte Verpackung. »Parfum?« Erstaunt starrte sie auf das kleine Fläschchen.

»Ein spezieller Duft, den du hier nirgendwo finden wirst«, sagte Val. »Und ich bin überzeugt, er paßt zu dir.«

Kira öffnete den Flacon und roch am Verschluß. »Hm.« Sie fühlte, wie der Duft in ihre Nase stieg und sie sofort für sich einnahm. Es war ein außergewöhnlicher Duft, fast berauschend in seiner Schwere und doch wieder so süß und schwebend, daß er einem Frühlingstag entsprungen hätte sein können.

»Willst du es nicht probieren?« fragte Val.

Kira lächelte, benetzte den gläsernen Verschluß etwas und tupfte sich die flüchtige Versuchung leicht hinter die Ohrläppchen. Als das Parfum ihre Haut berührte, verwandelte sich der Duft in einen noch spezielleren, als ob er nur darauf gewartet hätte, sich mit Kiras Duft zu vereinigen.

»Mhm . . .«, sagte Val. »Ich wußte, es ist wie für dich gemacht.« Sie schaute Kira lächelnd an. »Sehr verführerisch.«

Kira fühlte, wie der Duft sie umwehte und tatsächlich leicht berauschte. War das mehr als nur ein Parfum? Sie schaute Val an, und Vals Gesicht verschwamm für einen Augenblick, als würden Kira die Sinne schwinden.

»Was ist?« Val streckte eine Hand aus. »Ist dir nicht gut?«

»Doch, schon gut.« Kira stützte sich leicht auf Vals Hand ab. »Es ist wundervoll. Vielleicht –« Sie spürte auf einmal Vals Wärme an ihrer Hand, an ihrem Arm, an ihrem ganzen Körper. Was war das bloß?

Val schaute sie an und zog sie leicht an sich, ihre dunklen Augen näherten sich Kiras, ihre Lippen berührten die Wange, Vals Nasenflügel bebten, als sie den Duft tief in sich einsog. »Ja, wundervoll ...«, flüsterte sie.

Kira fühlte sich auf einmal schwach und ausgeliefert. Diesmal war sie nicht betrunken, aber das Gefühl, Val nahe sein zu wollen, war dasselbe. Sie schloß die Augen und öffnete leicht die Lippen.

Kurz darauf spürte sie Vals Lippen auf ihren, ganz sanft und doch fordernd, als wäre eine Kraft dahinter, die mühsam zurückgehalten wurde, die Kraft eines wilden Tieres.

Kira fühlte sich angezogen von dieser Kraft, es war wie ein Sog, wie ein Strudel, der aus Tiefen emporstieg, in die sie sinken wollte. Sich fallenlassen bis auf den Grund.

Val küßte sie immer leidenschaftlicher, und Kira antwortete ihr hingebungsvoll. Sie umschlang Vals Rücken mit ihren Armen, und Vals Hände begannen an Kiras Seiten hinaufzuwandern zu ihren Brüsten.

Kira merkte, wie ihr heiß wurde. Überall kribbelte es. Fast ging dieses Kribbeln an manchen Stellen sogar schon in ein Brennen und Jucken über, so intensiv war es. Sie konnte sich nicht erinnern, so etwas je bei einem Kuß empfunden zu haben.

Im nächsten Moment sah sie die Decke des Zimmers über sich, Vals Gesicht, wie es sich über sie beugte, und plötzlich wurde ihr klar, daß sie auf dem Boden lag. Wie war sie so schnell dahingekommen? Ohne es zu merken.

Val lächelte sie etwas spitzbübisch an. »Wieder da? Ich wußte schon, daß ich gut küssen kann, aber so gut? Du bist die erste Frau, die dabei in Ohnmacht gefallen ist.«

»In Ohnmacht?« Kira runzelte die Stirn. »Ich bin in Ohnmacht gefallen?«

»Ja«, sagte Val. »Passiert dir so was öfter?«

»Nein.« Kira schüttelte ungläubig den Kopf. »Nie.«

Val grinste. »Sollten es also doch meine Kußkünste gewesen sein? Habe ich dir so den Atem genommen?« Sie beugte sich erneut über Kira, um sie zu küssen, diesmal jedoch zurückhaltender. »Wenn wir schon mal hier unten sind ...«, flüsterte sie und schaute Kira tief in die Augen. Langsam ließ sie sich neben Kira nieder und schob sich dann leicht auf sie.

Kira war zu verwirrt, um zu reagieren. Vals Kuß war toll gewesen, das stimmte, aber davon fiel man doch nicht gleich in Ohnmacht. Sie jedenfalls nicht.

Sie fühlte wieder dieses Kribbeln, aber diesmal war es unangenehm, fast schmerzhaft. »Val.« Sie schob Val mit beiden Händen von sich weg. »Warte einen Moment.«

Val richtete sich leicht auf. »Was ist?«

»Nichts ... glaube ich. Ich weiß nicht.« Kira fühlte sich zu keiner eindeutigen Antwort imstande.

Vals Augenbrauen zogen sich zusammen.

Prima, dachte Kira. *Jetzt wird sie wütend. Nur weil es nicht gleich nach ihrem Willen geht und ich nicht schon nackt hier liege.*

Aber Vals Gesichtsausdruck verriet weniger Wut als Erstaunen. Überraschung. Sie musterte Kiras Gesicht. »Was ist das?« fragte sie.

»Was?« Kira wußte nicht, was sie meinte.

»Ich glaube, es ist besser, du stehst auf und schaust mal in den Spiegel«, sagte Val. Sie erhob sich und reichte Kira eine Hand.

Kiras Verwirrung wuchs. Sie griff nach Vals Hand und ließ sich hochziehen.

Der Blick in den Spiegel brachte Erschreckendes zutage. Ihr ganzes Gesicht war übersät mit roten Flecken, und sie schienen sich ständig zu vermehren, zu vergrößern, noch mehr abstoßende rote Farbe zu gewinnen.

Kira riß die Augen auf. »Was ... was ist das?«

»Genau das habe ich eben gefragt.« Val trat hinter sie und schaute über ihre Schulter, den Anblick ihres markant gemusterten Gesichtes im Spiegel vor sich. »Sieht ein bißchen aus wie Masern.« Ihre Mundwinkel verzogen sich. »Ist das nur im Gesicht oder hast du das Gefühl, dein ganzer Körper ...?« Ihr Blick heftete sich im Spiegel auf Kiras Brüste, als könnte sie durch den Stoff, der sie bedeckte, hindurchsehen.

Kira drehte sich erbost um. »Soll ich mich ausziehen, damit du es überprüfen kannst?«

»Ich dachte, wir waren schon dabei«, sagte Val. »Aber wahrscheinlich wäre es besser, du würdest das von jemand untersuchen lassen, der weitreichendere medizinische Kenntnisse hat als ich.«

»Aber du würdest es gern zuerst versuchen, oder?« Kiras Ärger wuchs. Nun konnte sie das Jucken, das den Ausschlag begleitete, nicht mehr mit einem erotischen Kribbeln verwechseln. Es war unangenehm und nervtötend. Und im Gesicht konnte sie sich nicht kratzen. Also suchte sie eine verdeckte Stelle an ihrem Arm und tat es dort. Das brachte nur leider nicht die geringste Verbesserung. Im Gegenteil. Der Rest ihres Körpers versuchte sie zu derselben Behandlung zu zwingen.

»Komm«, sagte Val und ergriff ihren Arm. »Das hat ja keinen Sinn. Du mußt zum Arzt.«

Kira schüttelte Vals Hand ab. »Das entscheide ja wohl ich!«

Vals Gesichtsausdruck wurde nun eindeutig spöttisch. »Du kannst entscheiden, was du willst, meine Süße, aber ich sehe, daß du dich kaum zurückhalten kannst, dich überall zu kratzen. Und ich hasse Blut auf meinem Teppichboden.« Sie hob auffordernd die Augenbrauen. »Also?«

Kira starrte sie an, aber der Juckreiz wurde wirklich mit jeder Minute unerträglicher. »Ich bin schon seit meiner Kindheit nicht mehr so krank gewesen, daß ich zu einem Arzt mußte. Ich wüßte gar nicht, wo ich hingehen soll.«

»Ich kenne eine gute Ärztin. Sie kann dir bestimmt helfen.« Val drehte sich um und ging zur Tür. »Ich hole nur den Autoschlüssel.«

»Allergie!« Kira sprach das Wort aus, als wäre es eine bodenlose Frechheit, die man ihr angetan hatte.

Val hob leicht entschuldigend die Augenbrauen. »Tut mir wirklich leid. Hätte ich das gewußt, hätte ich dir etwas anderes mitgebracht als dieses Parfum. Ich wäre nie darauf gekommen, daß einer der Inhaltsstoffe eine allergische Reaktion bei dir auslöst.«

»Ich auch nicht«, sagte Kira. »Es roch so gut.« Sie schüttelte den Kopf.

Val schaute auf die Straße, während sie im Jaguar dahinglitten. Sie lächelte leicht. »Ja, unglaublich gut«, sagte sie. »Es war ... berauschend. Schade, daß du es nicht mehr tragen kannst.«

»Du verlangst ja wohl nicht, daß ich mich diesen Beschwerden aussetze, nur um dir einen Gefallen zu tun«, erwiderte Kira bissig.

»Monika sagte, das Allergiemittel würde die Beschwerden lindern«, entgegnete Val.

Kira hatte schon eine spitze Antwort auf der Zunge, aber dann überlegte sie es sich. »Ihr kennt euch gut, nicht?«

»Sie ist meine Ärztin«, sagte Val.

»Nur deine Ärztin?«

Val lachte. »Bist du eifersüchtig?«

»Warum?« Kira zuckte die Schultern. »Wir lieben uns nicht. Ich wohne bei dir, weil ich keine andere Wahl habe, und du –«, sie warf einen kühlen Blick zu Val, »du willst mich. Mehr ist nicht zwischen uns. Eine Übereinkunft aus praktischen Gründen.«

Val warf einen kurzen Blick auf sie und schaute dann in den Rückspiegel, in dem Kiras Augen die ihren trafen. »Ja, sehr praktisch«, stimmte sie zu. »Für beide Seiten.«

Kiras Mundwinkel zuckten. »Also komm schon«, sagte sie. »Ich bin nicht eifersüchtig, aber neugierig. Ihr hattet doch mal was miteinander. So wie sie dich angeschaut hat . . .«

Val lächelte leicht. »Ja«, sagte sie. »Aber das ist schon lange her.«

Zwei Frauen an einem Tag. An einem einzigen Tag hatte sie bereits zwei von Vals Geliebten oder Ex-Geliebten kennengelernt. Wenn man das hochrechnete auf eine Woche . . . oder auf einen Monat . . . ein Jahr . . .

Kira schüttelte innerlich den Kopf. So überraschend war das ja nun wirklich nicht. So, wie Val sie angesprochen hatte, war von Anfang an klar gewesen, daß sie kein unbeschriebenes Blatt war. Wohl eher ein Buch mit vielen, vielen Seiten. Zumindest, was Frauen betraf.

»Weiß sie das auch?« fragte sie leicht mokant.

Val lachte. »Ja. Wir wissen es beide.«

»Ein Gutes hat die Sache wenigstens«, fuhr Kira in leichterem Ton fort.

»Ach, tatsächlich?« Val schien überrascht.

»Ja«, sagte Kira. »Ich weiß jetzt, daß ich nicht vom Küssen ohnmächtig geworden bin, sondern aufgrund eines allergischen Schocks.«

Val schaute sie von der Seite an. »Du magst es nicht besonders, Schwäche zu zeigen, oder?«

Kira hob die Augenbrauen. »Du doch auch nicht. Also solltest du dich darüber kaum wundern.«

»Tue ich nicht.« Val lachte erneut. »Als ich dich zum ersten Mal sah . . . vor ein paar Tagen . . . in der Bar . . . wußte ich sofort, daß wir etwas gemeinsam haben. Abgesehen von . . .«, ihre Mundwinkel zuckten, als sie Kira ansah, »dem Offensichtlichen.«

»Offensichtlich ist wohl nur, daß wir beide Frauen sind«, erwiderte Kira. »Mehr nicht.«

»Denkst du?« Val runzelte ein wenig die Stirn, als müßte sie überlegen. »Du bist nicht der Meinung, daß da noch etwas anderes ist?«

»Ich hasse es, wenn du versuchst mich aufzuziehen«, sagte Kira.

»Ich weiß.« Val grinste. Sie räusperte sich. »Ich werde das berücksichtigen, Eure Hoheit.«

»Hör auf damit.« Kiras Stirn runzelte sich bis zum Haaransatz. »Das ist albern.«

»Ja, vielleicht«, gab Val zu. »Aber du stammst eindeutig aus gutem Hause, genau wie ich. Und trotzdem –« Ihre Mundwinkel zuckten. »Erziehung ist eben nicht alles«, fuhr sie dann fort.

»Du vergißt deine des öfteren, das ist wahr«, sagte Kira.

Val warf den Kopf zurück und lachte. »Du bist herrlich!«

Kira warf einen Blick auf Val und fragte sich, was sie damit meinte. Hätte sie nicht eigentlich böse sein müssen? Denn Kira hatte es genauso gemeint, wie sie es gesagt hatte. Vals braungebrannte Haut, ihr athletischer Körper, die schwarzen Haare und Augen waren äußerst attraktiv, aber ihr Verhalten war eine Zumutung. »Vielleicht war deine Erziehung aber auch einfach nur lückenhaft«, sagte sie.

»Oh.« Val wandte ihr Gesicht Kira zu. »Höre ich da erneut so etwas wie Neugier in deiner Stimme?«

Kira zuckte die Schultern. »Du mußt nicht antworten«, sagte sie. »Ich war auf einem Mädchengymnasium für höhere Töchter, aber ich kann mir nicht vorstellen, daß du –« Sie musterte Val. »Nein«, sagte sie dann.

Val schmunzelte. »Du hast recht«, sagte sie. »Ich bin von vier Schulen in vier verschiedenen Ländern geflogen – teuren Schulen – bevor ich dann an der fünften doch noch geschafft habe, Abitur zu machen. Mit der Universität war es ähnlich, aber da habe ich es nicht fünfmal versucht. Also –«, sie grinste wieder ihr Piratengrinsen, zu dem ihr nur noch ein goldener Ohrring und ein Messer zwischen den Zähnen gefehlt hätte, »kein Examen.«

»Aber Geld«, sagte Kira. Sie seufzte. »Du hast dein Erbteil offensichtlich nicht so verschleudert wie ich.«

»Mein Erbteil?« Val schaute sie etwas irritiert an. »Du denkst, ich habe das alles geerbt, was ich habe?«

»Nicht?«

»Nein.« Val schüttelte den Kopf. »Meine Familie hat mich ohne einen Pfennig vor die Tür gesetzt, als sie erfuhren, daß ich –« Sie grinste wieder. »Sie fanden, ich bin nicht mehr tragbar. Sie empfangen mich nicht einmal mehr. Also mußte ich mir alles selbst erarbeiten. Kein Erbe.«

»Ah.« Kira war überrascht. »Tut mir leid.«

»Mir nicht«, sagte Val. »So bin ich niemandem etwas schuldig.« Sie legte leicht den Kopf schief. »Daß du dein Erbe verschleudert hast, überrascht mich allerdings jetzt ein wenig. Das hätte ich nicht gedacht.«

»Hm.« Kira nickte abwesend. »Vielleicht war ich einfach zu vertrauensselig. Ab jetzt werde ich niemand mehr in Gelddingen vertrauen. Nie wieder.«

»Guter Grundsatz«, sagte Val. »Geld und Vertrauen vertragen sich nicht.«

Kira betrachtete Val und überlegte sich, wie alt sie wohl war. Mitte dreißig vielleicht? Erheblich älter als Kira mit ihren zweiundzwanzig auf jeden Fall. Erfahren und selbstbewußt. Durchaus eine Kombination, die Kira anzog. Sie hatte noch nie viel mit Gleichaltrigen anfangen können. Auch Sibylle war –

Sie unterbrach ihre Gedanken. Es hatte keinen Sinn, darüber nachzudenken. Sibylle hatte ihrem Selbstbewußtsein einen ordentlichen Knacks versetzt, aber Kira würde sich wieder davon erholen. Sie trauerte Vergangenem nicht nach. Das hatte sie noch nie getan. Sie dachte nur über solche Dinge nach, wenn sie unbedingt mußte. Aber nicht heute, lieber morgen.

7

Na, wie geht es dir heute? Wieder auf dem Damm?« Val trat zu Kira, die im Garten vor dem Gästehaus saß. »Gut geschlafen?«

Kira blickte zu ihr hoch und blinzelte leicht. Die Sonne blendete und ließ Vals Kopf noch schwärzer erscheinen. Sie legte eine Hand über die Augen, um sie zu beschatten. »Ja«, sagte sie. »Die Salbe und die Tabletten haben gut gewirkt.«

»Freut mich«, sagte Val. Sie musterte kurz Kiras Gesicht.

»Vielleicht findest du ja eine andere Frau, der du das Parfum schenken kannst und die nicht allergisch darauf reagiert«, bemerkte Kira.

Val lachte. »O nein. Es war nur für dich. Zu einer anderen Frau würde es gar nicht passen. Sag mal ...« Sie zog sich einen Stuhl heran und setzte sich neben Kira. »Ich werde jetzt eine Weile hiersein, und da dachte ich, wenn du wieder gesund bist, wie wäre es mit einem Ausflug nach Rügen? Mit einem meiner Schiffe.«

»Mit einem deiner Schiffe?« Kira sah mehr als verwundert aus. »Wie viele hast du denn?«

»Vier«, sagte Val. »Das ist mein Geschäft: Ich verleihe Jachten. Und organisiere Ausflüge durch die ganze Ostsee bis nach Skandinavien oder Litauen, manchmal sogar Rußland.« Ihr Gesicht verzog sich zu einem breiten Schmunzeln. »Nach Rügen ist es dagegen nur ein Katzensprung.«

»Deshalb bist du so braungebrannt«, sagte Kira. »Du bist viel auf dem Wasser.«

»Allerdings.« Val grinste, und nachdem sie nun wußte, daß sie tatsächlich am Steuer eines Schiffes stand, dachte Kira, daß die Piratenähnlichkeit sogar noch zugenommen hatte.

Aber das war natürlich Unsinn. Val war Schiffsunternehmerin, keine Piratin. Nicht Romantik, sondern harte Arbeit. Deshalb wohl auch die vielen Muskeln. »Was für Schiffe sind es?« fragte Kira. »Ich liebe Segelschiffe.«

Val grinste noch mehr. »Dann hast du Glück.«

»Tatsächlich?« Kiras Augen öffneten sich erfreut.

»Eins zumindest«, sagte Val. »Das, was ich selbst am meisten benutze. Es war mein erstes Schiff.« Sie lächelte Kira an. »Und damit wollte ich auch mit dir nach Rügen segeln.«

»Ist ja nicht weit«, sagte Kira.

Val grinste. »Auf dem Wasser wirst du dich wundern. Wenn dann Windstärke 7 anliegt ...«

Kira blickte in den Himmel. »Sieht gar nicht so aus.«

Val nickte. »Ja. Die Wettervorhersage ist gut. Wir könnten am Nachmittag drüben sein und abends die Störtebeker-Festspiele anschauen.«

»Sind die jetzt?« fragte Kira.

»Ja.« Val schaute sie fragend an. »Hast du Lust dazu?«

Kira lächelte leicht. »Ist schon komisch, nicht?« sagte sie. »Ich wollte immer mal zu den Festspielen, aber ich habe es nie geschafft. Obwohl es doch eigentlich um die Ecke ist.«

»Mit dem Auto«, sagte Val. »Mit dem Schiff dauert es schon eine Weile.« Sie musterte Kira kurz. »Wenn du dich noch nicht gut genug fühlst, können wir es auch auf einen anderen Tag verschieben.«

Kira schüttelte den Kopf. »Meinetwegen auch heute. Ich spüre nichts mehr.«

»Gut«, sagte Val, stützte sich mit den Händen auf den Knien ab und stand mit Schwung auf. »Dann takele ich mal auf.« Sie grinste ein wenig, und Kira dachte, während sie Vals blitzende Zähne betrachtete, daß sie in diesem Moment wohl zur Piratenbraut avanciert war.

»Feinmachen kann ich mich für die Festspiele allerdings nicht«, gab Kira zu bedenken. »Mein Koffer gibt da nicht viel her.«

»So fein geht es da nicht zu«, sagte Val. »Aber wenn du willst, können wir auch vorher noch einkaufen gehen.« Sie lachte. »Ich bin dir sowieso noch etwas schuldig für das mißlungene Geschenk und die Unannehmlichkeiten, die du dadurch hattest. Würdest du ein Kleid als Entschuldigung annehmen?«

»Ein Kleid?« fragte Kira.

Val lachte erneut. »Oder einen Matrosenanzug fürs Schiff, wenn dir das lieber ist.«

»Du hast merkwürdige Ideen«, sagte Kira.

Val verzog das Gesicht. »Ich habe einfach nur ein schlechtes Gewissen«, sagte sie, »daß das Parfum so ein Reinfall war. Ich würde das gern wiedergutmachen.«

»Gut.« Kira nickte. »Dann mache ich mich fertig.« Sie fand durchaus, daß sie eine Entschädigung von Val verdient hatte für all das Jucken und Brennen.

Sie fuhren in die Stadt, und Val schien großes Vergnügen daran zu empfinden, Kira durch die besten Geschäfte zu begleiten. Sie begutachtete fachkundig jedes Kleid, jede Bluse, jede Hose, die Kira anprobierte.

Kira dachte des öfteren, daß Vals Blicke durch die Kleidung hindurchzugehen schienen, als ob sie sehen könnte, was darunter war – und es auch sehen wollte. Vielleicht lag Vals Vergnügen und der Grund, warum sie bei all den Anproben so geduldig war, eher darin, daß sie sich bei jedem neuen Kleidungsstück darauf freute, Kira mit ihren Blicken auszuziehen.

Kein Wunder, dachte Kira. *Sie will das ja auch in Wirklichkeit tun, vom ersten Augenblick an, und durch die Umstände ist sie noch nicht so richtig dazu gekommen.* Sie fühlte, daß Vals dunkle Blicke eine gewisse Erregung in ihr hervorriefen. Es war zweifellos aufregend, mit Val zusammenzusein, und es machte viel Spaß. Dieser Hauch von Freiheit und Abenteuer, der Val umwehte, war etwas, das sie noch nie gespürt hatte.

Ihre Mundwinkel zuckten, während sie darüber nachdachte, daß Val sie begehrte und daß sie sie zappeln lassen konnte. Daran hatte sie immer viel Vergnügen gehabt. Sicherlich, Val war älter, sie hatte nicht viel Ähnlichkeit mit den Gleichaltrigen in der Schule oder an der Uni, mit denen sie dieses Spiel immer gern gespielt hatte. Wohl mehr zu ihrem eigenen Vergnügen als zu dem der anderen.

Aber was erwarteten sie auch, wenn Kira nur einmal ihren Charme spielen lassen mußte, und sofort lagen sie ihr zu Füßen? Val hatte schon recht gehabt. Sie war das gewöhnt.

Deshalb, weil Sibylle sie ignoriert hatte, weil sie so getan hatte, als ob Kiras Charme keinerlei Wirkung auf sie hätte, hatte Kira sie interessant gefunden. Es war etwas Neues für sie gewesen.

Val gab nicht vor, kein Interesse zu haben, im Gegenteil. Sie war wie all die anderen, die Kira gekannt hatte. Zumindest in der Beziehung, daß sie offensichtlich keinesfalls für Kiras Charme immun war. Das machte die Sache ein bißchen langweilig, aber auf der anderen Seite wußte Kira nie so genau, was Val dachte. Wenn sie sie manchmal ansah, mit diesen unergründlichen dunklen Augen, hatte Kira das Gefühl, daß Sex bei weitem nicht alles war, was Val von ihr wollte. Aber sie dachte nicht länger darüber nach als eben in der Sekunde, in der sie es bemerkte.

»Das nehme ich«, sagte sie mit einem zufriedenen Blick in den Spiegel, während sie sich noch einmal davor drehte.

»Du schätzt den Wert des Parfums offensichtlich sehr hoch ein.« Val grinste.

Kira hob die Augenbrauen. »Du hast mir ja nicht gesagt, was es gekostet hat. Aber das hier hat ohnehin nichts damit zu tun. Das ist Schadensersatz.«

»Ja, natürlich«, sagte Val. Ihre Mundwinkel zuckten verdächtig. »Das hätte ich fast vergessen.«

»Ich nicht«, sagte Kira. »Ganz weg ist es immer noch nicht.«

Val musterte ihr Gesicht. »Ich sehe nichts mehr.«

»Ein bißchen Make-up«, sagte Kira. »Das kann einiges verdekken.«

»Okay«, sagte Val. »Wie lange muß ich noch bluten?«

Kira verzog die Lippen. »Für den Moment bin ich zufrieden.«

»Dann war das jetzt das letzte, und wir können zum Schiff?«

Kira nickte.

»Schön«, sagte Val, und erhob sich aus dem Sessel, von dem aus sie Kiras Auftritte beobachtet hatte. »Dann sind wir gut im Plan.«

»Im Plan?« Kira hob die Augenbrauen.

»Für die Überfahrt«, erläuterte Val. »Wie ich schon sagte, geht das nicht so schnell wie mit einem Wagen.«

»Sind Sie zufrieden?« Die Besitzerin des Geschäftes, die sie bedient hatte, kam lächelnd auf sie zu.

»Ja, sehr«, sagte Val. »Vielen Dank.«

Sie gingen zur Kasse, und Val zog eine glänzende Kreditkarte aus der Tasche. »Hoffentlich reicht mein Kredit.« Sie lächelte leicht.

Die Boutiquebesitzerin nahm es als den Scherz, der es war, und lächelte ebenfalls. »Bei der Farbe gibt es wohl kaum eine Begrenzung.«

Val nahm die Kreditkarte wieder von ihr entgegen. »Das stimmt«, sagte sie. Sie warf einen Blick auf Kira. »Aber ich hatte in letzter Zeit einige unerwartete Ausgaben.«

Kiras Lippen spitzten sich indigniert, aber sie sagte nichts, bis sie vor der Tür waren. »Ich habe nie etwas von dir verlangt«, stieß sie dann wütend hervor. »Wie konntest du –?«

»Du bist ganz schön leicht erregbar.« Val lachte. »Das war doch nur ein Scherz.«

»Du hast mir das alles geradezu aufgedrängt.« Kira wollte sich nicht beruhigen. »Und jetzt machst du mir Vorwürfe?«

Val packte die diversen Tüten ins Auto. »Du bist süß, wenn du wütend bist«, sagte sie grinsend.

Kira ballte die Fäuste. »Sei froh, daß ich meine gute Erziehung nicht so leicht vergesse wie du.«

Val lachte amüsiert. »Tu es doch«, sagte sie. »Ich bin sehr gespannt, was dabei herauskommt.«

Kira machte ein unterdrücktes Geräusch wie eine Dampflokomotive. »Du kannst alles zurückgeben«, sagte sie mühsam. »Ich bin nicht mehr daran interessiert.«

»Ach, komm schon ...« Val trat auf sie zu und berührte sie am Arm. »Ich ziehe dich nur auf. Merkst du das nicht?«

»Und ich habe dir gesagt, daß ich das hasse!« Kiras blitzende Augen funkelten vor Vals Gesicht.

»Es ist einfach zu verführerisch.« Val schmunzelte. »Und du bist wirklich süß, wenn du wütend bist. Wie eine wunderschöne Katze mit gesträubtem Fell, bei der man sich wünscht, sie zu streicheln, um sie zu beruhigen, bis sie schnurrt.« Sie fing Kiras Blick ein. »Ich würde dich gern streicheln«, fügte sie leiser hinzu. »Das weißt du.«

»Ich –« Kira fühlte es in sich brodeln, sie wollte Val die Augen auskratzen, für einen Moment war sie fast soweit, aber dann verschränkte sie die Arme und drehte sich um. »Das kannst du dir abschminken«, fauchte sie. »Ich werde schon etwas finden, wo ich wohnen kann, und du –«, sie drehte sich mit einem Ruck um und starrte Val wieder an, »kannst bleiben, wo der Pfeffer wächst!«

»Aber nicht doch«, lachte Val. »Nicht so weit weg.«

Vals Lachen und daß sie offensichtlich nicht ernstnahm, was Kira sagte, brachte Kira noch mehr auf die Palme, aber sie konnte sich ja wohl kaum auf offener Straße lauthals mit Val streiten. Die Ausweglosigkeit der Situation machte sie rasend. Sie hob eine Hand, als wollte sie Val schlagen.

Val hielt ihr Handgelenk fest und drückte es nach unten. »Ich liebe temperamentvolle Frauen«, sagte sie. »Diese Leidenschaft in deinen Augen ...« Sie musterte Kiras Gesicht. »Du bist berauschender als Champagner.«

»Laß mich los«, knurrte Kira. »Laß mich sofort los!«

»Du würdest mir am liebsten die Augen auskratzen, nicht wahr?« fragte Val mit spöttisch verzogenen Mundwinkeln.

»Ich konnte mich eben nur knapp beherrschen«, erwiderte Kira drohend. »Und jetzt noch viel weniger.«

Val betrachtete sie mit einem merkwürdigen Blick. »Du willst nicht mit mir segeln?«

»Ha!« Kira starrte sie von unten herauf an. »Mit dir allein auf einem Segelschiff? Und nur Wasser drumherum?«

»Dann segle ich allein«, sagte Val, »und bringe dich nach Hause.« Sie ließ Kiras Handgelenk los, öffnete den Wagen und setzte einen

Fuß hinein. »Willst du hier stehenbleiben?« fragte sie, als Kira keine Anstalten dazu machte, die Tür zu öffnen.

Kiras Backenzähne mahlten. Sie konnte immer noch zu ihren Eltern fahren, selbst wenn sie sich das Geld dazu von Val leihen mußte, aber sie spürte sehr deutlich, daß sie nicht aufs Land wollte. Nicht unter diesen Umständen, die ihr so wenig Spielraum ließen.

Und hier in der Stadt kannte sie niemanden, bei dem sie einfach so wohnen konnte. Sie hatte sich nie die Mühe gemacht, Freunde zu gewinnen. Verehrung hatte ihr gereicht und sie ausreichend amüsiert. Aber Studenten hatten im allgemeinen sowieso keine Häuser. Die meisten wohnten noch bei ihren Eltern. Und sich mit irgend jemand ein enges Zimmer in einem Studentenwohnheim zu teilen – nein, das war nicht ihr Fall. Selbst wenn sie jemand gefunden hätte, der dazu bereit war.

»Nein«, sagte sie, öffnete die Tür und stieg ein. »Bring mich nach Hause.«

Val setzte Kira nur vor dem Haus ab, dann fuhr sie weiter zu ihrem Schiff. Auf der Fahrt hatte sie Kira erzählt, daß Segeln ihre Leidenschaft war und daß sie das schöne Wetter heute ausnutzen wollte. Meistens segele sie ohnehin allein.

Das *meistens* hätte Kira normalerweise zu einer Frage veranlaßt, aber heute verzichtete sie darauf, und sie war ohnehin überzeugt davon, daß sie sie nicht stellen mußte. Wenn Val nicht allein auf dem Schiff war, war sie ganz sicher in Begleitung einer Frau. Kira war bestimmt nicht die erste, der sie das angeboten hatte.

Darüber hinaus beschäftigte Kira sich auf der Fahrt zurück jedoch nicht mit Val, sondern mit ihren eigenen Problemen. Es war unübersehbar, daß sie welche hatte. Sie mußte einen Job finden, oder ihre Abhängigkeit von Val würde anhalten. Und wie man an den heutigen Ereignissen sah, war das nicht wünschenswert.

Wenn Val sich in einer so starken Position befand, lachte sie Kira nur aus, und das war etwas, was Kira überhaupt nicht leiden konnte. Val war zu alt und zu erfahren, um sie mit den Spielchen, die Kira mühelos beherrschte und normalerweise anwandte, auf Abstand zu halten oder ihr nur das zu gestatten, was Kira angenehm und unterhaltsam fand. Val würde sich in dieser Beziehung nie nach ihr richten.

Dieser Aspekt störte Kira enorm. Es war eindeutig, daß Val sie anziehend fand, daß sie etwas von ihr wollte, das versteckte sie ja auch gar nicht. Aber das, was normalerweise daraus resultierte, nämlich daß Kira die Oberhand hatte, fehlte hier. Sie konnte Val nicht steuern, sie nicht mit einem Lächeln besiegen und alles von ihr verlangen, wonach ihr gerade war. Das funktionierte einfach nicht mit Val. Und für etwas anderes hatte sie kein Muster.

Seit ihrer Jugend war sie verwöhnt worden, und es war meistens nach ihrem Willen gegangen. Ihre Mutter hatte sich bemüht, ihr, wie allen ihren Töchtern, Bescheidenheit beizubringen, aber Kira hatte daraufhin nur Methoden entwickelt, es so erscheinen zu lassen, als ob sie den Ratschlägen ihrer Mutter folgte, während sie genau das Gegenteil tat. Es lag ihr etwas an der Anerkennung ihrer Mutter, und deshalb lehnte sie sich nur selten offen gegen sie auf, aber sie konnte nicht sein, wie sie nicht war.

Ihre Mutter war von Natur aus bescheiden, aber das hatte sie nur an eine ihrer Töchter weitergegeben, die jüngste. Die beiden anderen waren in unterschiedlichem Maße unempfindlich gegen alle Erziehungsmethoden, die in diese Richtung gingen. Kiras Schwester hatte eher den Weg der nach außen hin braven Tochter gewählt, aber auch sie versuchte die Regeln ihrer Mutter soweit wie möglich zu umgehen. Kira tat das sowieso, obwohl sie sich immer gern vorstellte, daß sie wie ihre Mutter wäre, so bescheiden und aufopfernd. Aber es lag ihr einfach nicht im Blut.

Nachdem Val sie abgesetzt hatte, ging Kira ins Gästehaus und suchte nach einer Beschäftigung. Sie langweilte sich, und eigentlich ärgerte sie sich nun, daß sie nicht mit Val segeln gegangen war. Aber Val hatte sich einfach unmöglich verhalten. Sie konnte nicht so tun, als ob sie das akzeptierte. Dann mußte Val ja jeden Respekt vor ihr verlieren.

Ob sie den überhaupt hatte? Kira setzte sich mit einem Cocktail aus dem nun wohlgefüllten Kühlschrank in Vals Gästehaus in den Garten. Nein, Respekt war es wohl nicht, was Val für sie empfand. Vielleicht für keine Frau. Es schien so, als ob Val Frauen nur in einer Funktion wahrnehmen konnte: als Geliebte, jetzt oder später. Als Körper, die ihr Vergnügen bereiteten, vermutlich immer nur für eine gewisse Zeit. Ihre Freundin, die Ärztin, hatte das offensichtlich bedauert. Kira war es egal. Es ging ihr selbst nicht um viel mehr, wenn sie eine Frau kennenlernte.

Bis auf Sibylle. Sie legte den Kopf zurück und schloß die Augen. Die ganze Zeit, seit sie zurückgekommen war und dieses Chaos vorgefunden hatte, hatte sie sich geweigert darüber nachzudenken, was Sibylle ihr angetan hatte. Sie konnte es nicht, weil Sibylle ihr immer noch mehr bedeutete als jede andere Frau.

Warum hatte Sibylle ihr nicht gesagt, daß sie Geld brauchte? Bis vor kurzem hätte Kira darin noch kein Problem gesehen. Da war ihr eigenes Geld, das von ihrem Vater – sie hatte ja nicht gewußt, wie es um das alles stand. Und immer noch gab es da das Land. Ihr Vater war nicht immer Bauunternehmer gewesen, ursprünglich hatte er von dem gelebt, was das Land hergab. Sie hätte einfach ein Stückchen Land verkaufen können und das Geld Sibylle geben.

Sie runzelte die Stirn. Vielleicht auch nicht. Schließlich hatte ihr Vater jetzt finanzielle Probleme, und trotzdem schien er das Land nicht zu deren Beseitigung nutzen zu können. Oder zu wollen. Sie seufzte. Sie kannte ihren Vater. Er hing an seinem Land. Bevor er davon ein Stück verkaufte, würde er sich wahrscheinlich lieber einen Arm abhacken. Etwas, was Kira nicht im entferntesten nachvollziehen konnte. Schließlich war Land nur Land, sonst nichts.

Aber das entscheidende war: Sibylle hatte gar nicht nach Geld gefragt. Sie hatte einfach genommen, was da war, und war verschwunden. Warum hatte sie das getan?

Kira konnte es sich nicht erklären. Sibylle hatte ein Immobiliengeschäft betrieben, und Kira, die sich vorher nie dafür interessiert hatte, neben ihrem Studium zu arbeiten – schließlich hatte sie das gar nicht nötig –, hatte ihr dabei geholfen. Sie hatte Geld in Sibylles Geschäft investiert und auch ab und zu dort ausgeholfen. Sibylle war bei ihr eingezogen, nachdem sie sich ein paar Wochen kannten. Obwohl sie immer noch ihre eigene Wohnung hatte, schien es nach einiger Zeit so, als hielte sie sich dort nie mehr auf.

Kira war das sehr recht gewesen, denn Sibylle war immer für sie da, kümmerte sich um ihre finanziellen Angelegenheiten und schien auch sonst stets darum besorgt, daß Kira sich um nichts kümmern mußte, was ihr unangenehm war. Kira hatte diese Art von Verwöhntwerden ein wenig vermißt, seit sie von zu Hause ausgezogen war, um zu studieren, und sie fiel in die gleiche lässige Konsumhaltung zurück, die sie sich in ihrer Kindheit angewöhnt hatte. Es war nichts Besonderes daran, verwöhnt zu werden, sich um nichts kümmern zu müssen – sie hielt das eigentlich für den normalen Zustand.

Jetzt erschien es allerdings so, als wäre es nur eine Farce gewesen. Und das ärgerte sie. Es ärgerte sie nicht nur, es machte sie wütend. Vor allem, wie sie dagestanden hatte, als sie in ihre Wohnung zurückkehren wollte.

Ihr Schlüssel paßte nicht ins Schloß, und sie hatte geklingelt. Vielleicht hatte Sibylle ja ihren Schlüssel innen steckenlassen. Ein wildfremder Mann hatte ihr geöffnet – im Unterhemd.

»Was machen Sie in meiner Wohnung?« hatte Kira gefragt, nachdem sie sich von ihrer ersten sprachlosen Überraschung erholt hatte.

»Ihre Wohnung?« Der Mann hatte sie von oben bis unten gemustert. »Das ist meine.«

»Wie bitte?« Kira hatte ihn ungläubig angestarrt. »Das kann ja wohl nur ein Witz sein.«

»Also paß mal auf, Frolleinchen ...« Er war ungefähr so alt wie Kiras Vater und hielt sie wohl für ein kleines Kind. »Wenn du dich hier einnisten willst, hast du dir den Falschen ausgesucht. Die Immobilienmaklerin sagte, die Wohnung hätte schon monatelang leergestanden. Wieso warst du denn nicht hier, wenn es angeblich deine sein soll?«

Die Immobilienmaklerin ... Nicht sofort hatte Kira an Sibylle gedacht, aber nachdem sich die Gedanken in ihrem Kopf überschlugen, machte sie einen Schritt durch die Tür und versuchte den Mann zur Seite zu schieben. »Gehen Sie mir aus dem Weg. Das ist meine Wohnung. Ich war nur zwei Wochen bei meinen Eltern.«

Er war viel stärker als sie und schob sie ohne jede Anstrengung auf den Flur zurück. »Dann gehst du da wohl besser wieder hin, Kleine«, hatte er gesagt. »Du bist ja noch nicht mal trocken hinter den Ohren. Erzähl deine Lügen jemand anderem. Wenn du ein warmes Plätzchen zum Schlafen suchst, bei mir nicht.« Er schlug ihr die Tür vor der Nase zu, doch kurz darauf öffnete er sie wieder. Kira stand immer noch wie erschlagen davor. »Andererseits ...«, sagte er schmierig grinsend, »meine Frau ist gerade nicht da, so ungefähr eine Stunde habe ich noch sturmfreie Bude. Und du bist ja ganz lekker.« Seine Zunge fuhr über die Lippen. »Kannst doch bestimmt ein bißchen Geld gebrauchen, nicht? Wenn du lieb zu mir bist ...« Er streckte die Hand nach ihr aus.

Kira war so entsetzt, daß sie sich nicht rühren konnte. Aber das Entsetzen hielt nicht lange an. Bevor seine Hand ihre Wange erreichte, drehte sie sich um und lief die Treppe hinunter.

»Hau doch ab, blöde kleine Nutte!« brüllte er ihr hinterher.

Als sie vor der Haustür stand, keuchte sie ein wenig von dem schnellen Lauf, dann nahm sie ihr Handy und rief Sibylle an, erst ihre private Nummer, und als sich dort niemand meldete, die im Geschäft. Der Anrufbeantworter sprang an und teilte ihr mit, daß sie außerhalb der Geschäftszeiten anriefe. Es war ihre eigene Stimme, die das sagte.

Sie legte wieder auf und versuchte noch einmal Sibylles Handynummer, diesmal erreichte sie sie. »Sibylle ...«, keuchte sie immer noch etwas um Luft ringend. »Ich bin gerade nach Hause gekommen –«

»Ja, tut mir leid«, sagte Sibylle. Sie schien ungerührt, und die übliche Besorgtheit war aus ihrer Stimme geschwunden. »Ich mußte die Wohnung verkaufen.«

»Was?« Kira konnte es nicht fassen. Bis jetzt hatte sie das alles für einen Irrtum gehalten. Dieser Kerl da oben – das konnte doch nicht wahr sein.

»Es ging nicht anders«, sagte Sibylle. »Tut mir wirklich leid, Herzchen, aber du hast ja noch deine Eltern. Den Job und die Wohnung kannst du leicht verschmerzen.«

»Sibylle ...« Kira starrte entgeistert in die Luft. »Das ist doch gar nicht moglich ...«

»Doch, ist es«, sagte Sibylle. »Ich bin schon eine Weile im Immobiliengeschäft, und du hast mir ja alle deine finanziellen Angelegenheiten überlassen. Das gemeinsame Konto, die Unterlagen ...«

»Ich komme zu dir«, sagte Kira. »Wir müssen uns sehen. Miteinander reden –«

Sibylle lachte leicht auf. »Ich bin schon gar nicht mehr da«, sagte sie. »Ich bin schon längst in einer anderen Stadt. Und dieses Handy wird auch gleich im Mülleimer landen. Ich habe nur noch auf deinen Anruf gewartet. Ich wollte, daß du weißt, was passiert ist.«

Während Kira noch über eine Antwort nachdachte, gab ihr Handy plötzlich den Geist auf. Der Akku war leer. Sie erwachte wie aus einem Traum. Nein, eigentlich erwachte sie nicht, sondern sie dachte immer noch, sie träumte.

Daß es kein Traum war, wurde ihr dann allerdings endgültig klar, als sie kurz darauf am Automaten Geld ziehen wollte und ihre Karte auf Nimmerwiedersehen im Schlitz verschwand mit der Meldung, das Konto wäre weit über den Dispo hinaus überzogen, es wäre keine Auszahlung mehr möglich. »Das gemeinsame Konto …«, murmelte sie ungläubig vor sich hin. Wie hatte sie nur so dumm sein können?

Es war so leicht gewesen, Sibylle alles zu überlassen, Kira war gar nicht auf den Gedanken gekommen, daß sie etwas Böses im Sinn haben könnte. Eigentlich war ihr in ihrem ganzen Leben noch nichts Böses passiert. Es war das erste Mal, daß sie merkte, daß das Leben kein Spiel war.

Danach hatte sie ihre letzten Münzen zusammengekratzt, um in die Cocktailbar zu gehen. Und dort hatte sie Val kennengelernt.

In der Zeit, in der sie an der Bar gesessen hatte, bevor Val sie ansprach, war ihr vieles durch den Kopf gegangen. Zwischen ohnmächtiger Wut und Unglauben hin- und hergerissen hatte sie nach Erklärungen gesucht, sie hatte lange dafür gebraucht zu akzeptieren, daß Sibylle sie tatsächlich so betrogen hatte, wie sie es nie für möglich gehalten hätte.

Vals Gegenwart hatte sie zuerst kaum wahrgenommen, weil sie viel zu sehr mit ihren eigenen Gedanken beschäftigt war. Aber dann war sie eigentlich ganz froh über die Ablenkung gewesen. Auch wenn sie Val den Rest des Cocktails ins Gesicht geschüttet hatte.

Sie mußte bei der Erinnerung daran lachen. An diesem Abend waren ihre Nerven zu sehr angespannt gewesen, überreizt von einer Situation, wie sie sie nie zuvor erlebt hatte, und Val hatte das abbekommen, was eigentlich für Sibylle bestimmt gewesen war. Aber Sybille war ja nicht da. Und ein Cocktail im Gesicht hätte wohl auch kaum gereicht.

8

Val kehrte erst zwei Tage später von ihrem Segelausflug zurück. Kira hatte schon gedacht, sie würde gar nicht mehr wiederkommen, als auch die zweite Nacht verging und Vals Jaguar am nächsten Morgen immer noch nicht in der Auffahrt stand.

Als Val dann endlich auftauchte, schien sie sehr gut gelaunt.

»Ist dein Schiff untergegangen?« fragte Kira etwas spöttisch, als Val zu ihr in den Garten trat. »Mußtest du nach Hause schwimmen?«

Val lachte. »Nein, so etwas passiert mir nicht. Aber mir ist eingefallen, daß eine gute alte Freundin von mir schon lange auf meinen Besuch wartet.«

»Die Kanonenkugel oder deine Ärztin?« fragte Kira.

Kiras Bemerkung schien Val sehr zu amüsieren. »Keine von beiden«, sagte sie. »Ich habe noch mehr alte Freundinnen.«

Kira musterte sie und sagte nichts.

»Doch eifersüchtig?« fragte Val, setzte sich neben sie und streckte ihre langen Beine aus.

»Mach dich nicht lächerlich«, sagte Kira. »Eifersucht setzt etwas voraus, das es zwischen uns beiden nicht gibt.«

»Ja, richtig«, sagte Val. »Deshalb verstehen wir uns ja so gut.«

Kira lachte auf. »Das würde ich nicht sagen!«

»Nicht?« Val neigte leicht den Kopf, um sie ansehen zu können. »Du meinst dieses kleine Gespräch, das wir neulich hatten? Als du mich dahin schicken wolltest, wo der Pfeffer wächst? Das hast du doch nicht ernstgemeint.«

»Doch, habe ich«, sagte Kira und schaute sie direkt an.

»Ich habe kaum je eine Frau getroffen, die so ehrlich ihre Meinung sagt wie du«, bemerkte Val fast etwas bewundernd. »Selbst wenn ich sie dafür auf die Straße setzen könnte.«

»Das bin ich schon gewöhnt«, sagte Kira. »Das schreckt mich nicht mehr.«

Val lachte. »Ich wollte deinem Wunsch ja fast schon nachkommen, aber auf dem Weg in die Pfefferplantagen kam meine alte Freundin mir dazwischen.«

»Bestimmt«, sagte Kira und warf einen kurzen Blick auf den

Schnittpunkt von Vals Schenkeln.

Vals Mundwinkel verzogen sich so spöttisch, daß Kira unbehaglich wurde. Konnte sie Val denn mit nichts treffen? Nichts von dem, was sie kannte, funktionierte auf die Art, wie sie es gewöhnt war. Wie schon oft in Vals Gegenwart fühlte sie sich verunsichert, ein Gefühl, das sie vorher kaum gekannt hatte.

»Vielleicht wächst Eifersucht auch auf weniger nahrhaftem Boden«, bemerkte Val belustigt.

»Ganz sicher nicht«, erwiderte Kira kühl. »Ich werde nie auf dich eifersüchtig sein. Da kannst du mit so vielen Frauen ankommen, wie du willst.«

»Na gut«, sagte Val und streckte sich wieder gemütlich auf dem Stuhl aus, die Arme hinter dem Kopf verschränkt und das Gesicht der Sonne zugewandt. »Dann brauche ich mir ja auch keine Zurückhaltung aufzuerlegen, wenn ich jemand hierher mitbringen will.«

»Brauchst du nicht«, sagte Kira. »Solange du im Haupthaus bleibst . . .«

Es schien, als ob etwas Vals Körper leicht erschütterte – ein Lachen, das sie unterdrückte. »Du bist unbezahlbar.«

»Das sagte ich dir ja schon mal«, erwiderte Kira.

Vals Mundwinkel zuckten immer noch – oder schon wieder. »Wie wäre es mit einem gemeinsamen Abendessen heute?« fragte sie. »Ein bißchen außerhalb? An der See?«

»Kriegst du von Wasser nie genug?« bemerkte Kira leicht ironisch. »Aber nein . . .« Sie tat so, als wäre ihr gerade etwas eingefallen. »Du warst ja gar nicht auf dem Wasser. Jedenfalls nicht die ganze Zeit.«

»Die meiste Zeit schon«, sagte Val. »Ich habe ein sehr bequemes Bett in meiner Kajüte. Groß genug für zwei.«

Kira warf einen Blick zu ihr. »Das hatte ich schon vermutet«, sagte sie. »Sonst hättest du mich wohl kaum eingeladen.«

Val hob fragend die Augenbrauen. »Dann lassen wir uns doch etwas hierherkommen. Ich fand es schon immer gemütlicher, im Gästehaus zu essen als im Haupthaus.«

»Von anderen Dingen kriegst du wohl auch nie genug, nicht nur von Wasser«, entgegnete Kira.

Val schaute sie erstaunlich ernst an. »Ich habe genausowenig Interesse an Tauschgeschäften wie du. Es gibt Dinge, die nur dann wirklich Spaß machen, wenn man sie aus freien Stücken angeboten bekommt.«

Kira betrachtete Val eine Weile, antwortete aber nicht. Val hatte die letzten beiden Tage – und Nächte – bei einer Frau verbracht, die ihr bestimmt nichts abgeschlagen hatte. Man hätte meinen sollen, daß ihre Lust auf Sex zumindest für einen Tag gestillt war. Aber offensichtlich fand sie nichts dabei, mit Kira da weiterzumachen, wo sie mit der anderen Frau – vielleicht erst heute nachmittag – aufgehört hatte. Potenzprobleme konnte man Val jedenfalls nicht nachsagen.

»Ich bestelle auf jeden Fall was«, sagte Val und stand auf. »Ich habe Hunger. Du kannst dir ja noch überlegen, ob du dich mir anschließen willst.« Sie ging ins Haupthaus hinüber.

Ungefähr eine Stunde später kam das Essen, aus dem besten Restaurant der Stadt, zumindest, wenn man die Preise betrachtete.

Kira hatte mittlerweile auch Hunger, aber sie machte keinen Versuch, den Inhalt der Kiste zu erfahren, die der Bote gebracht hatte.

Eine Viertelstunde darauf kam Val in den Garten, mit einer Flasche Wein und zwei Gläsern. »Es ist noch eine Menge da«, sagte sie. »Willst du wirklich nichts essen?«

»Nein, danke«, sagte Kira. »Ich habe keinen Hunger.« Dabei hatte ihr Magen vor zehn Minuten schon einmal hörbar geknurrt. Aber irgendwie wollte sie Val die Genugtuung nicht gönnen. Sie würde später ein Brot essen, wenn Val wieder gegangen war.

»Aber wenigstens ein Glas Wein«, sagte Val. »So zum Sonnenuntergang?« Sie wies auf den Horizont, der sich bereits rötete. »Auf dem Wasser ist es natürlich schöner«, sagte sie, stellte die Flasche auf den Tisch und die Gläser daneben. »Gestern war es herrlich.«

»Du meinst, ich habe etwas verpaßt, weil ich dich nicht begleitet habe?« Kira hob die Augenbrauen.

»Definitiv«, sagte Val.

»Sie war bestimmt glücklich darüber«, sagte Kira, »und froh, daß ich nicht da war.« Ja, die Frau, mit der Val gestern den Sonnenuntergang betrachtet hatte, hätte Kiras Gegenwart wohl kaum geschätzt.

Val goß den dunkel schimmernden Rotwein in die Gläser und reichte eins davon Kira. »Gestern auf dem Wasser war die Farbe der untergehenden Sonne fast wie dieser Wein«, bemerkte sie. »Das ganze Meer hatte diese Farbe. Du hast wirklich etwas verpaßt.« Sie stieß ihr Glas leicht klingend gegen Kiras. »Auf schöne Sonnenuntergänge«, sagte sie, trank einen Schluck und fügte dann hinzu: »Und schöne Frauen.« Ihr Blick ruhte für einen Moment auf Kira, dann setzte sie sich.

Kira nippte an dem Wein, und wie schon beim ersten Mal in dem russischen Restaurant stieg er ihr sofort in den Kopf. *Ich hätte doch etwas essen sollen,* dachte sie. Sie war Alkohol nicht gewöhnt, aus irgendeinem Grund hatte sie sich nie viel daraus gemacht, und dann schon wieder auf leeren Magen. Sie stellte ihr Glas ab und beobachtete Val, die einfach nur neben ihr saß, als wenn sie wirklich nur der Sonnenuntergang interessieren würde.

»Das nächste Mal bringe ich dir etwas mit, das garantiert keine Allergien auslöst«, sagte Val plötzlich. »Versprochen.«

»Das nächste Mal?« Kira schaute sie erstaunt an. »Sagtest du nicht, du bleibst jetzt eine Weile hier?«

»Ja, wollte ich«, sagte Val, »aber es hat sich etwas ergeben ... Ich fahre morgen ab.«

»Ah.« Kira griff nach ihrem Glas und nahm automatisch einen Schluck. »Du segelst?«

»Nein, nein.« Val lachte. »Es ist eine längere Tour, das wäre mit einem Segler nicht zu machen. Jedenfalls nicht in der vorgegebenen Zeit. Ich nehme eine Motorjacht.«

»Sind viele Leute an Bord?« fragte Kira.

»Zwölf«, sagte Val, »und nein –«, sie warf einen spöttischen Blick auf Kira, »es sind nicht alles nur Frauen.«

»Daran habe ich nicht gedacht«, behauptete Kira. »Ich wollte es nur wissen. Wie groß das Schiff ist, meine ich.«

»Es ist nicht das *Traumschiff*«, sagte Val. »Es ist nur eine kleine Kreuzfahrt.«

»Und wie lange ... wirst du weg sein?« Kira fühlte sich auf einmal unbehaglich bei der Vorstellung, daß Val nicht bleiben würde.

»Neun Tage«, sagte Val. »Zehn wahrscheinlich, bis alles erledigt ist.«

Kira nahm einen weiteren Schluck. »Du bist wirklich nicht viel zu Hause.«

»Das habe ich dir ja gesagt. Wärst du nicht hier, würde das Haus die ganze Zeit leerstehen.«

»Wäre es da nicht praktischer, ein Hotelzimmer zu nehmen?« fragte Kira.

Val lachte. »Für manche Sachen nicht.«

»Ah, ich verstehe.« Kira nippte nun schon gewohnheitsmäßig an ihrem Wein, das Glas war fast leer.

»Nein, tust du nicht«, sagte Val und beugte sich zu ihr, um ihr nachzuschenken. »Es ist nicht so, wie du denkst.«

Kiras Mundwinkel zuckten. »Wir sind nicht verheiratet, du brauchst diese Ausrede nicht.«

»Es ist keine Ausrede«, sagte Val. Ihr Gesicht befand sich nah vor Kiras, und sie sah ihr direkt in die Augen. »Gar nicht.« Ihre Stimme flüsterte, sie beugte sich vor und berührte Kiras Lippen ganz leicht mit ihren.

Kira fühlte Vals Lippen auf ihren, war sich der Wärme und Weichheit bewußt und schmeckte gleichzeitig den Wein, den sie beide getrunken hatten. Der Nebel in ihrem Kopf verdichtete sich. Schon ein Glas Wein war genug, um sie nicht mehr klar denken zu lassen. Aber denken wollte sie jetzt auch gar nicht. Sie fühlte sich auf einmal sehr wohl. Langsam öffnete sie ihre Lippen und schloß die Augen.

Val drang langsam mit ihrer Zunge in Kiras Mund ein und streichelte die Innenseiten zärtlich.

Kira spürte, wie der Abendwind leicht von außen über ihre Wangen strich, während Val sie von innen verwöhnte. Sie lehnte sich noch mehr in den Gartenstuhl zurück, und Val stand auf, um ihrer Bewegung zu folgen und den Kontakt nicht zu verlieren.

Schon mehrmals hatten sie sich geküßt, aber noch nie hatte Kira es als so süß empfunden. Es war, als ob Val sich für ihre bevorstehende Abwesenheit entschuldigen wollte, mit liebevollen Gesten wie einem Kuß, der nichts zu verlangen schien.

Val löste ihre Lippen wieder von Kiras, blieb aber über sie gebeugt stehen. »Noch Wein?« fragte sie leise.

Kira schlug die Augen auf. Ihr Blick war leicht verschleiert. Der Wein und der Kuß hatten sich in ihr zu einem wohligen Gefühl der Entrücktheit vereinigt.

Val nahm einen Schluck Wein und küßte Kira erneut. Kira fühlte, wie der Wein in ihren Mund floß, wie Val und sie den Genuß teilten. Sie schluckte und schob Val von sich. »Ich wollte gar keinen Wein mehr«, sagte sie.

»Du hättest nein sagen können.« Val lächelte, immer noch nah über ihr. »Das kannst du doch gut.«

»Du hast mich überrumpelt«, sagte Kira.

»Es hat dir gefallen«, flüsterte Val, mit Augen, die wie glühende Kohlen im Sonnenuntergang leuchteten, »es hat dir *sehr* gefallen.« Sie stellte die Flasche und ihr Glas beiseite, und diesmal berührte sie Kira nicht nur mit ihren Lippen. Sie begann sie zu streicheln, erst ihr Gesicht, dann ihre Schulter, dann weiter hinunter zu ihrer Brust.

Kira spürte, daß Val ihr Verlangen jetzt nicht mehr zurückhielt. Ihre Lippen forderten, sie baten nicht. Vals Zunge drang tief in Kiras Mund ein, und während sie sich mit einer Hand auf Kiras Stuhl abstützte, begann die andere Kiras Brust zu massieren, glitt dann tiefer, unter ihr T-Shirt, und auf der nackten Haut wieder nach oben.

Kira stöhnte unwillkürlich auf, als Val ihre Haut berührte. Letztes Mal war das Kribbeln das erste Anzeichen für die Auswirkungen der Allergie gewesen, diesmal war es das ganz sicher nicht. Es drang tiefer in sie ein, blieb nicht nur an der Oberfläche. Sie fühlte, wie Val ein Knie zwischen ihre Beine schob, um sich besser auf dem Stuhl abstützen zu können, auf dem Kira lag. »Hier draußen?« flüsterte sie.

»Niemand kann hier hereinschauen«, sagte Val und richtete sich leicht auf. »Es ist Sommer, die Luft ist warm, und die Wiese ist weich, wenn es dir auf dem Stuhl zu hart wird.« Sie schaute Kira an, griff dann an die Seiten ihres T-Shirts und zog es ihr über den Kopf. »Hab ich doch richtig gesehen«, bemerkte sie grinsend. »Kein BH.«

Kira fühlte, wie ihre Brustwarzen unter dem lauen Wind, der sie streichelte, hart wurden. Ihr nackter Oberkörper ließ ihr für einen Moment bewußt werden, daß sie so noch nicht einmal weglaufen konnte.

Val beugte sich herunter und nahm eine ihrer Brustwarzen in den Mund.

Kira seufzte auf. Nein, sie wollte nicht weglaufen. Sie wollte hier bei Val sein, fühlen, wie Val sie begehrte, und sich von ihr verwöhnen lassen.

Val streichelte ihre Brüste gleichzeitig mit Händen und Zunge, und Kira hob ihr ihre Hüften entgegen, weil sie sich wünschte, Val würde nicht nur ihren Oberkörper berühren. Vals Hände wanderten tiefer.

»Warte«, flüsterte Kira.

Val hob den Kopf und schaute sie an.

»Laß mich aufstehen«, sagte Kira. »Der Stuhl ist wirklich nicht sehr bequem.«

Val lächelte leicht und erhob sich. »Die Wiese?« fragte sie.

»Ja.« Kira blickte in Vals Augen, während sie vor ihr stand, und sah das Verlangen darin, das Val nur für einen Moment unterbrochen hatte, wie sie es wünschte. Mit leicht zitternden Händen griff sie an Vals Hosenbund und öffnete ihn.

Val tat dasselbe bei Kira, und sie zogen sich gegenseitig aus. Die Sekunden erschienen wie Ewigkeiten, während sie sich küßten und endlich beide nackt ins Gras sanken.

Kira öffnete leicht die Beine. »Komm«, flüsterte sie mit einer Stimme, die mittlerweile rauh vor Erregung war. »Leg dich auf mich.«

Val schien für einen Moment zu zögern, während ihr dunkles Gesicht über Kira schwebte, dann ließ sie sich langsam heruntersinken, schob mit einem Bein Kiras Schenkel noch weiter auseinander und berührte heiße Haut mit heißer Haut.

Kira hielt für einen Augenblick die Luft an. Es war wie Feuer auf ihrer Haut, das brennend aufloderte, und Vals Gewicht auf ihr vermittelte ihr das Gefühl, ganz darin gefangen zu sein. Sie hob ein Bein an und öffnete ihre Mitte weit, drängte sie Val entgegen und seufzte erneut.

»Kira …«, flüsterte Val. »Du bist so wunderbar … so wunderbar …« Auch ihre Stimme klang so erregt, wie Kira es bisher noch nie von ihr gehört hatte.

»Val …« Kira hatte schon lange die Augen geschlossen und spürte nur den Empfindungen nach, die Val in ihr erzeugte, auf ihren Brüsten, an ihrer Haut, in ihrem Schoß. »Val …«, wiederholte sie. »Laß mich nicht so lange warten … bitte …«

Val lachte leise. »Ganz wie Ihr befehlt, Hoheit.«

Kira hätte sie am liebsten geschlagen für die Frechheit, sich selbst in dieser Situation noch über sie lustigzumachen, aber ihr fehlte die Kraft dazu. »Gleich stehe ich auf«, drohte sie statt dessen, »wenn du dich nicht benimmst.«

»Oje«, sagte Val. »Das darf ich auf keinen Fall riskieren.« Sie schien sehr gut gelaunt. »Ich werde dir sofort zeigen, wie gut ich mich benehmen kann.« Mit einer schlangengleichen Bewegung glitt sie nach unten, spreizte Kiras Beine so weit, daß sie sich dazwischenlegen konnte, und drang ohne Übergang mit ihrer Zunge in sie ein.

Kira zuckte hoch, weil es so schnell gegangen war und sie sich nicht darauf hatte vorbereiten können. Im nächsten Moment stöhnte sie laut auf, denn das Gefühl von Vals Zunge in sich war unbeschreiblich.

Und dabei blieb es nicht. Val kam ihrem Wunsch nach und reizte sie mit Zähnen und Zunge so sehr, daß sie innerhalb kürzester Zeit explodierte. »Richtig so?« fragte sie schmunzelnd, als Kira keuchend im Gras lag und Val sich an ihr hochgeschoben hatte, um ihr ins Gesicht sehen zu können. »Schnell genug?«

»Ich bringe dich um«, keuchte Kira. »Irgendwann bringe ich dich um!«

»Oh, so schlimm war es?« Val legte ihre Stirn in Dackelfalten. »Und dabei wollte ich dir doch nur etwas Gutes tun.«

»Kannst du denn nie ernst sein?« fragte Kira, während sich ihr Atem langsam beruhigte.

»Doch«, sagte Val. »Ich bin ganz ernst.« Sie beugte sich wieder über Kira, küßte sie, und ihre Hand glitt nach unten, in den immer noch heiß pochenden Schoß.

Kira spürte das Kribbeln erneut, dann die Spannung, den Krampf. Sie schrie spitz auf. Vals Finger reizten ihre Perle, sie schien der Mittelpunkt eines Vulkans zu sein, der sich immer nur kurz zurückzog, um dann wieder ihren ganzen Unterleib mit glühender Lava zu überschwemmen. Kira stöhnte und versuchte nach Luft zu schnappen zwischen den Orgasmen, aber es gelang ihr kaum. Ihr Körper schien nur noch aus einem einzigen Krampf zu bestehen, sie bog sich nach oben, fiel wieder herunter, und schon kam der nächste Vulkanausbruch.

»Du bist schön«, hörte sie Vals Stimme über sich flüstern. »Du bist so schön.«

Die Stimme drang kaum durch das Rauschen in ihren Ohren, das ihr heißes Blut durch die Adern schießen ließ. Sie spürte Val auf sich, unter sich, in sich, sie war überall und ließ Kira keine Ruhe, bis Kira zu erschöpft war, um überhaupt noch darüber nachzudenken, was hier geschah. Es war, als ob Val ein Teil von ihr wäre, als ob sie beide nur zwei Hälften wären, die sich jetzt zusammengefunden hatten und dieses Ereignis in einem nie enden wollenden Rausch feierten, um sich begeistert immer wieder aufs neue zu vereinigen.

Ihr schwanden die Sinne, aber manchmal, wenn sie aus diesem Rauschzustand kurz auftauchte, sah sie Val über sich, die sie mit Augen betrachtete, die Kira fast zu verschlingen schienen, und doch war da etwas in diesen Augen, das keineswegs so gewalttätig war, so fordernd und beherrschend. Aber Kira konnte es nicht erkennen, sie war viel zu sehr mit ihren eigenen Gefühlen beschäftigt, um überhaupt darüber nachzudenken.

Als sie am nächsten Morgen im Bett des Gästehauses erwachte – sie wußte nicht einmal mehr, wie sie da hingekommen war –, hätte sie nicht sagen können, wie lange der Rausch gedauert hatte.

Sie streckte sich, ohne die Augen zu öffnen, weil sie das Gefühl noch ein wenig genießen wollte, den Empfindungen nachspüren, und ein Lächeln überzog ihr Gesicht. Auch wenn sie sich vielleicht nicht an jede Einzelheit erinnern konnte, aber eins wußte sie ganz genau: Es war phantastisch gewesen. Einfach überwältigend – im wahrsten Sinne des Wortes.

Val … Immer noch lächelnd öffnete sie die Augen und drehte den Kopf. Ein Blick auf das zerwühlte Kissen neben ihr zeigte ihr jedoch, daß sie allein war. Val war gegangen, ohne sich zu verabschieden.

Kira blinzelte irritiert. Sie stand auf und ging in die Küche, schaute zum Fenster hinaus. Die Auffahrt war leer. Der Jaguar war fort.

Aber vielleicht hatte Val ja einen Zettel dagelassen. Kira blickte suchend über die Plätze, die dafür in Frage kamen. Nichts.

Leichte Wut stieg in ihr auf. Das Hochgefühl, das sie beim Aufwachen noch zum Lächeln gebracht hatte, war verschwunden. So berauschend die Nacht auch gewesen war, aber es war eine Unverschämtheit, sie einfach so im Bett zurückzulassen wie eine Puppe, mit der man nicht mehr spielen wollte, die man nicht mehr brauchte.

Aufgebracht ging sie ins Bad und duschte. Danach merkte sie, daß sie schon lange nichts mehr gegessen hatte. Das Abendessen war ja ausgefallen.

Erneut kehrte sie in die Küche zurück, und diesmal fiel ihr Blick durch die Glastür auf etwas, das gestern noch nicht dagewesen war. Vor der Tür aufgereiht standen die Tüten mit den Aufschriften der Modegeschäfte, in denen sie vor zwei Tagen eingekauft hatte.

9

Im Laufe des Vormittags klopfte es einmal an der Tür, aber Kira hatte beschlossen, daß sie Schlaf nachholen mußte, und machte nicht auf.

Später dann klopfte es ein zweites Mal. Mittlerweile war sie aufgewacht und ärgerte sich schon wieder maßlos darüber, daß sie Val nachgegeben hatte – und dann so behandelt worden war.

Die würde etwas zu hören kriegen, wenn sie zurückkam! Das würde nicht noch mal passieren! Kira stand auf und warf sich ihren Morgenmantel über, und obwohl sie wußte, daß es kaum Val sein konnte, die vor der Tür stand, stapfte sie mit furchterregendem Gesichtsausdruck nach vorn.

»Frau Eggers?«

Vals Haushälterin stand vor der Tür – sonst konnte ja auch niemand auf dem Grundstück sein – und hielt einen Strauß Blumen im Arm. »Die sind für Sie gekommen«, sagte sie und reichte Kira den Strauß.

Kira war so überrascht, daß sie nur auf die Blumen starrte, ohne sie anzunehmen.

»Soll ich sie für Sie ins Wasser stellen?« fragte Frau Eggers. »Ich hatte das schon im Haupthaus getan, aber ich dachte, Sie möchten sie lieber hier bei sich haben.« Sie warf einen Blick nach unten. »Ich kann auch die Sachen für Sie auspacken, wenn Sie möchten.«

Immer noch standen die Tüten so vor der Tür, wie Val sie dort hingestellt hatte.

»Das ist nicht –« Kira brach ab. Sie hatte Val zwar gesagt, sie solle die Sachen zurückgeben, aber Val hatte das offensichtlich nicht getan. Und nun, nach diesem Morgen, hatte sie noch mehr Anrecht auf eine Entschädigung als vorher, fand Kira. »Wenn Sie wollen«, sagte sie und trat einen Schritt zurück.

Frau Eggers ging an ihr vorbei, nahm eine Vase aus dem Schrank und stellte die Blumen hinein, arrangierte sie noch ein wenig und plazierte sie dann auf dem großen Tisch in der Mitte. »Sie sind wunderschön«, sagte sie lächelnd.

»War eine Karte dabei?« fragte Kira.

»Nein, aber Frau Velázquez hat angerufen«, erwiderte die Haushälterin. »Sie mußte heute morgen sehr früh weg und konnte sich deshalb nicht verabschieden.«

Das habe ich gemerkt. Kira biß die Zähne zusammen. »Sonst hat sie nichts gesagt?« fragte sie.

»Nein.« Frau Eggers schüttelte den Kopf. »Doch.« Sie korrigierte sich. »Sie sollen es sich gemütlich machen, bis sie wiederkommt.«

Kira hätte ohne mit der Wimper zu zucken zuschlagen können, die Blumen samt Vase vom Tisch fegen und die Kleider zerfetzen. Aber Frau Eggers Gegenwart hielt sie davon ab.

Ein paar Blumen als Entschuldigung. Das reichte nun wirklich nicht. Selbst wenn der Strauß so groß war wie dieser. An Geld mangelte es Val offensichtlich nicht, also konnte sie sich das mit Leichtigkeit leisten. Es bedeutete gar nichts.

»Sind Sie heute zum Essen zu Hause?« fragte Frau Eggers. »Ich habe gesehen, daß Sie gestern Essen aus dem Restaurant bestellt haben.« Sie verzog das Gesicht.

»Ja ... Val ... ja.« Kira wütete in Gedanken immer noch. »Ich denke, ich werde zu Hause sein«, sagte sie dann. »Ich fühle mich noch etwas –« Kurz bevor sie den Satz beenden konnte, bemerkte sie Frau Eggers interessierten Blick. »Es geht mir nicht so gut«, sagte sie statt dessen. »Ich habe eine Allergie. Die Tabletten machen müde.«

»Wogegen sind Sie allergisch?« fragte Frau Eggers. »Irgendwelche Putzmittel, die ich benutze?«

»Nein, nein.« Kira schüttelte abwesend den Kopf. »Etwas anderes. Nichts, was mit Putzmitteln zu tun hat.«

»Gut, dann brauche ich ja nichts zu ändern«, sagte Frau Eggers. »Ich packe jetzt die Sachen aus.« Sie ging zur Tür und nahm eine Tüte hoch. »Herrlich«, sagte sie, nachdem sie hineingesehen und das Kleid herausgezogen hatte. »Was für ein Stoff. Wollen Sie das heute tragen?«

»Nein, ich –« Kira brach ab und spitzte die Lippen. »Warum eigentlich nicht? Legen Sie es mir aufs Bett.«

Während Frau Eggers die restlichen Sachen in den Schrank hängte, danach das Gästehaus aufräumte und alles wieder in einen sauber glänzenden Zustand versetzte, duschte Kira zum zweiten Mal an diesem Tag und zog sich an.

»Sie sehen entzückend aus«, sagte Frau Eggers lächelnd, als Kira zum Schluß in die Küche trat, um einen Kaffee zu trinken. »Das Kleid steht Ihnen sehr.« Sie seufzte entsagungsvoll. »Aber Sie haben ja auch eine Figur wie ein Reh. In meinem Alter dagegen ...« Sie hob etwas komisch die Augenbrauen. »Sie sind noch so jung.«

Kira trat an die Kaffeemaschine und drückte auf den Knopf zum Einschalten. »Manche denken leider, ich bin auch zu jung zum Arbeiten«, bemerkte sie etwas mißmutig.

»Haben Sie Sorgen?« fragte Frau Eggers.

Kira nahm eine Tasse vom Regal, stellte sie unter die Maschine und drückte den Knopf für eine große Tasse Kaffee. Sie hatte nicht gelogen, als sie Frau Eggers erzählt hatte, sie fühle sich müde. Das tat sie immer noch, trotz des nachgeholten Schlafs. Und sie spürte auch ein schmerzhaftes Ziehen in einigen Regionen ihres Körpers. Was hatte Val nur mit ihr gemacht? Muskelkater nur von Sex hatte Kira ja noch nie gehabt. »Nein«, sagte sie. Schließlich ging Frau Eggers ihr Privatleben nichts an. »Ich muß mir nur einen Job suchen. Ich kann schließlich nicht ewig hier auf Vals ... auf Frau Velázquez' Kosten leben.«

»Das Haus steht doch so oft leer. Wann ist sie denn schon einmal zu Hause?« sagte Frau Eggers. »Da können Sie sicher noch eine Weile bleiben.«

»Ich hätte lieber eine eigene Wohnung«, sagte Kira. »Bis vor kurzem hatte ich die, und –« Auch das ging Frau Eggers nichts an, und sie brach ab. Sie nahm den Kaffee aus der Maschine. Der Duft, der aus dem Dampf über der Tasse zu ihr drang, hatte allein schon eine belebende Wirkung. »Ich muß mich einfach mal umschauen«, fuhr sie fort. »Es wird sich schon etwas finden.«

»Schade«, sagte Frau Eggers. »Dann putze ich wieder ein leeres Haus.«

Kira verzog ein wenig die Lippen. »Aber Sie sagten doch, daß öfter ... daß zumindest das Gästehaus auch mal länger belegt ist.«

»Ja, manchmal hat Frau Velázquez Gäste«, bestätigte Frau Eggers. »Meistens allerdings im Haupthaus. Da gibt es ja auch genug Platz.«

»Ach?« Kira hob interessiert die Augenbrauen. »Das Gästehaus wird gar nicht so oft benutzt?«

»Das lohnt sich ja nicht nur für ein Wochenende oder ein paar Tage«, meinte Frau Eggers trocken. »Die meisten bleiben kaum je länger. Sie sind da seit langem die erste Ausnahme.«

»Hm.« Kira dachte nach. Dann hatte Val wohl schon lange keine feste Freundin mehr gehabt, jedenfalls keine, die bei ihr schlief. Val konnte natürlich auch zu ihr gehen. In eine andere Wohnung, ein anderes Haus.

»Sie ist ja nicht verheiratet«, bemerkte Frau Eggers in ihre Gedanken hinein. »Nicht daß Sie denken, ich finde das nicht richtig, was sie tut. Solange man nicht verheiratet ist, kann man tun und lassen, was man will. Ich mache ihr keine Vorwürfe, daß sie ihr Leben genießt, solange sie jung ist. Das sollte jeder tun. Dann hat man hinterher nichts zu bereuen.«

»Ja«, stimmte Kira ihr abwesend zu. »Da haben Sie wohl recht.«

»Ich würde mich freuen, wenn Sie noch ein bißchen bleiben«, fuhr Frau Eggers fort. »Ich habe das Gefühl, Sie ...«, sie zögerte, »tun ihr gut«, ergänzte sie dann. »Heute morgen am Telefon klang sie sehr ... gutgelaunt. So habe ich sie schon lange nicht mehr erlebt.«

Na, kein Wunder, dachte Kira. *Nach dieser Nacht* ... Im Gegensatz zu ihr selbst war Val nicht in einem leeren Bett aufgewacht und mußte sich keine Gedanken über fehlende Nachrichten oder sonst etwas machen. Sie war wahrscheinlich nur entspannt gewesen nach dem Sex – wie nach einer langen Massage. »Wie schön für sie«, murmelte sie über den Rand ihrer Tasse hinweg sarkastisch. Sie fühlte, wie schon wieder die Wut in ihr aufstieg. Jetzt noch mehr, als sie hörte, daß Val so gut gelaunt gewesen war. Woher nahm sie das Recht –?

»Wissen Sie«, sagte Frau Eggers, während sie ein Tuch auf der Spüle zusammenfaltete, »ich arbeite hier schon ein paar Jahre. Und ich habe viele Leute kommen und gehen sehen. Bei den meisten war ich froh, wenn sie wieder gingen.« Sie schaute Kira ernst an. »Bei Ihnen wäre ich es nicht. Sie sind anders als die anderen.«

»Ach, tatsächlich?« Kira hatte nicht so richtig zugehört. Sie war immer noch wütend.

Frau Eggers lachte. »Sie sind wie ein wildes junges Fohlen, und ich glaube, Frau Velázquez war das auch mal. Ist es vielleicht immer noch. Sie beide sind sich sehr ähnlich.«

»Was?« Kira schaute die ältere Frau empört an. »Ich bin doch nicht ... nein. Und so jung bin ich auch nicht mehr.«

»O doch«, sagte Frau Eggers. Sie lächelte mütterlich. »Das sind Sie.«

»Sie müssen es ja wissen«, schnappte Kira, trank ihren Kaffee aus und ging in den Garten. Sie mußte wirklich raus aus diesem Haus. Wenn schon die Dienstboten anfingen, ihr Ratschläge zu erteilen ...

10

Das heißt, Sie sagen mir, ich kann mit meinem Studium im Prinzip gar nichts anfangen?« Kira zog die Augenbrauen zusammen.

Die Beraterin auf dem Arbeitsamt verzog leicht das Gesicht. »Wissen Sie, es gibt so viele Studienabgänger, gerade in den geisteswissenschaftlichen Fächern, und außerhalb der Universität braucht das eben kaum eine Firma.«

»Das habe ich gemerkt«, sagte Kira ärgerlich. »Als ich die Jobanzeigen in den Zeitungen durchlas und versuchte mich darauf zu bewerben. Aber ich dachte, Sie –« Sie schaute die Beraterin an. »Sind Sie nicht dafür da? Jobs zu vermitteln, meine ich.«

»Mein Spezialgebiet ist eigentlich die Beratung«, erklärte die Frau am Tisch ihr gegenüber. »Vor allem die von Studienabgängern wie Ihnen, die keinen Job finden.«

»Das heißt, Sie können mir gar nichts anbieten?« Zum ersten Mal in ihrem Leben fühlte Kira sich irgendwie überflüssig.

»Eine Umschulung kann ich Ihnen anbieten«, sagte die Beraterin. »Im Computerbereich. So daß sie dann eine Arbeitsstelle in einem Büro annehmen können.«

»Sie meinen: Tippse?« Kira starrte sie empört an.

»Diesen Beruf gibt es nicht«, erwiderte die Beraterin leicht indigniert. »Und da Sie keine Lehre als Industriekauffrau oder ähnliches gemacht haben, werden Sie vermutlich am Ende auch nicht so viel zu tippen haben.«

»Mit einer Lehre wäre ich auf dem Arbeitsmarkt also mehr wert als mit meinem Studium?« fragte Kira.

»Mit diesem Studium ja«, bestätigte die Beraterin. »Betriebswirtschaft, Jura, Ingenieurwesen ... da wären die Aussichten natürlich besser.«

»Mein Vater wollte, daß ich Betriebswirtschaft studiere«, sagte Kira. »Aber ich habe mich geweigert.«

»Das war eindeutig ein Fehler«, sagte die Beraterin. »Damit stän-den Sie jetzt wesentlich besser da.«

»Großartig.« Kira lehnte sich zurück. »Das sind ja schöne Aussich-ten.« Sie lachte sarkastisch auf. »Eigentlich eher das Gegenteil: gar keine.«

Die Beraterin nickte. »Da haben Sie recht. Es sei denn, Sie finden eine Firma, die genau so jemanden wie Sie sucht. Aber das ist wie ein Sechser im Lotto.«

»Scheint mir auch so«, sagte Kira. »Vielen Dank.« Sie erhob sich. »Wofür auch immer.«

»Tut mir leid«, sagte die Beraterin, »aber das hätten Sie sich über-legen sollen, bevor Sie anfingen zu studieren.«

Kira warf einen ärgerlichen Blick auf sie und verließ das Büro. Am liebsten hätte sie laut geflucht. Sie konnte ihren Vater bitten, bei ihm zu arbeiten, aber das hätte bedeutet, daß sie wieder aufs Land mußte ... ans Ende der Welt ... in die Langeweile. Dabei hatte sie von Paris geträumt, als sie anfing Französisch zu studieren. Sprachen waren ihr immer leicht gefallen, sie hatte fast nichts tun müssen im Studium. Deshalb hatte sie das Studienfach eigentlich auch gewählt.

Von offiziellen Stellen war wohl keine Hilfe zu erwarten, das hat-te sie jetzt endgültig begriffen. Die üblichen Wege waren ihr aus dem einen oder anderen Grund verschlossen. Sie mußte selbst einen Weg finden.

Aber was nur? Was? Sie dachte angestrengt darüber nach, während sie das Gebäude verließ.

Eine ganze Weile drehten sich die Gedanken in ihrem Kopf nur im Kreis. Ehrlich gesagt hatte sie nie wirklich darüber nachgedacht, was sie einmal arbeiten würde. Ihr Vater hatte ihr immer wieder vorgeschlagen, später einmal das Geschäft zu übernehmen, und obwohl sie das stets abgelehnt hatte, hatte diese Möglichkeit immer im Raum gestanden, ihr Sicherheit verliehen.

Einen Angestelltenjob hatte sie nie in Betracht gezogen. Nun, in ihrer Verzweiflung, hätte sie es getan, aber nun waren es die Jobs, die sie nicht wollten.

Sie atmete tief durch. Sie hätte nie gedacht, daß sie je in ihrem Le-ben in eine solche Misere geraten würde.

Angestellt zu sein war immer nur etwas für die Leute gewesen, die kein Geld hatten, die bei jemand anderem arbeiten mußten als in ihrem eigenen Betrieb. Kiras Vater hatte nie Zweifel daran aufkommen lassen, daß sie das nie würde tun müssen, daß im Familienbetrieb immer Platz für sie war.

Und nun das. Natürlich hatte ihr Vater sich nie für einen Angestelltenjob bewerben müssen, er war immer selbständig gewesen.

Selbständig. Plötzlich ging ihr ein Licht auf. Selbständig konnte man immer sein, man brauchte keine Arbeitgeber, keine speziellen Qualifikationen. Nur was konnte sie –?

In überraschter Verwunderung zogen sich ihre Augenbrauen zusammen. Sibylle hatte die Wohnung verkauft, aber was war mit dem Geschäft? Es war noch gar nicht so lange her, da hatte sie zumindest den Anrufbeantworter dort erreicht. Es war natürlich möglich, daß sie auch dort bereits neue Leute vorfinden würde, wie in ihrer Wohnung. Aber andererseits – die Geschäftsräume waren nur gemietet, Sibylle hatte sich sicherlich nicht die Mühe gemacht, den Vertrag ordnungsgemäß zu kündigen. Vermutlich wußte der Vermieter noch gar nichts davon, daß sie verschwunden war.

Sie konnte nicht sicher sein, also mußte sie hingehen und es überprüfen.

Kurze Zeit darauf steckte sie den Schlüssel ins Schloß. Er paßte, er drehte sich. Es war noch immer dasselbe Schloß wie vorher. Aufatmend öffnete sie die Tür und ging hinein. Es war alles genauso, wie sie es vor ihrer Abfahrt zu ihren Eltern verlassen hatte. In der Tat wirkte es so, als wäre Sibylle gar nicht mehr hiergewesen.

Sie ging zum Schreibtisch und setzte sich in den Stuhl dahinter. Auf dem Tisch verteilt lagen ein paar Prospekte von Immobilien, nur der Computer war verschwunden, den hatte Sibylle wohl verkauft oder mitgenommen. Ansonsten hatte sich wirklich nichts verändert.

Sie starrte völlig versunken auf einen der Prospekte, als ob sie ihn nicht schon tausendmal gesehen hätte, und dachte darüber nach, was sie nun tun könnte.

Sie war so in ihre Gedanken versunken, daß sie nicht hörte, wie jemand die Geschäftsräume betrat. Erst ein Räuspern machte sie darauf aufmerksam. Sie blickte hoch. Ein älteres Ehepaar stand mitten im Raum, wahrscheinlich interessierten sie sich für eine der

Wohnungen oder eines der Häuser, deren Bilder im Schaufenster hingen.

»Es ist geschlossen.« Kira blickte die beiden etwas unwillig an.

»Frau Kira Levien?« Der Mann schaute fragend auf sie.

Kira begann sich belästigt zu fühlen. »Ja, aber wie ich schon sagte, es ist geschlossen.«

»Steuerfahndung.« Der Mann trat auf sie zu und hielt ihr einen Ausweis unter die Nase. Er wies mit einer Handbewegung auf die Frau neben sich. »Meine Kollegin.«

»Bitte?« Kira runzelte die Stirn. »Was soll das? Ich war bis vor kurzem noch Studentin. Ich habe noch nie Steuern gezahlt.«

»Sie geben es also zu?« Die Frau bombardierte Kira mit einem stechenden Blick.

»Was zugeben?« Kiras Stirn krauste sich noch heftiger.

»Daß Sie keine Steuern gezahlt haben.«

»Ja, du meine Güte, das ist doch ganz normal. Wenn man nichts verdient, muß man keine Steuern zahlen.« Kira lachte spöttisch auf. »Oder nehmen Sie das Geld jetzt sogar schon Leuten ab, die unter Brücken schlafen?«

»Schlafen Sie unter einer Brücke?«

Kira war jetzt mehr als irritiert. »Nein, natürlich nicht. Aber ich wüßte nicht, was Sie das angeht.«

»Sie können also zahlen?« Der Mann blickte sie erneut fragend an.

»Was soll das heißen?« Kira schüttelte den Kopf. »Ich habe Ihnen doch eben erklärt –«

»Haben Sie unsere Briefe bekommen?«

»Briefe? Was für Briefe?«

»Sie haben mehrere Mahnschreiben erhalten. Ihre Steuerschuld ist dadurch noch mehr angewachsen. Es wäre besser gewesen, Sie hätten gleich gezahlt.« Die Frau durchbohrte sie weiterhin mit ihren Blicken, als hätte Kira ihr persönlich etwas getan.

»Also wirklich«, sagte Kira. »Wenn Sie mir nicht sagen wollen, worum es geht, verlassen Sie bitte das Geschäft.«

»Sie wissen genau, worum es geht.«

Kira schüttelte den Kopf und verzog die Mundwinkel. »Woher soll ich das wissen? Sie sprechen in Rätseln.«

»Eine ganz harte Nuß, hm?« Der Mann schaute seine Kollegin an. Er öffnete die Mappe, die er unter dem Arm trug, und nahm ein

Blatt Papier heraus. »Hier.« Er hielt Kira das Blatt hin. »Das ist das letzte Mahnschreiben, das Sie bekommen haben.«

Kira warf einen Blick auf das Blatt, nahm es aber nicht. »Das habe ich noch nie gesehen.«

»Ja, natürlich ...« Die Frau blickte sie abschätzig an. »Das behaupten alle.«

Langsam hatte Kira genug. »Was soll das?« Sie schüttelte unwillig den Kopf. »Ich weiß nicht, wovon Sie sprechen, und wenn Sie jetzt nicht gleich gehen, rufe ich die Polizei.«

Die Frau stieß ein nicht sehr nettes Lachen aus. »Das ist ein guter Witz.«

Kira stand mit einem Ruck auf. »Das ist überhaupt kein Witz. Nicht im geringsten. Ich fordere Sie jetzt zum letzten Mal auf, das Geschäft zu verlassen.«

»Passen Sie auf.« Er legte das Blatt vor Kira auf den Schreibtisch. »Ich gebe Ihnen noch eine letzte Chance. Wenn Sie die geschuldete Summe innerhalb der nächsten zwei Wochen bezahlen, ist alles erledigt. Andernfalls kommen wir wieder – und zwar mit der Polizei. Das wird dann nicht sehr schön für Sie. Die Betten in Gefängniszellen sind hart.«

Kira starrte den beiden wütend hinterher, als sie das Geschäft verließen und die Tür sorgfältig hinter sich schlossen. Was hatte das alles zu bedeuten?

Nachdem sie sich beruhigt hatte, nahm sie das Blatt auf und las es. »Das kann ja wohl nicht wahr sein!« Sie lehnte sich im Stuhl zurück. Bis vor kurzem hätte sie noch nicht geglaubt, was sie da sah, aber nachdem sie mit Sibylle telefoniert hatte ...

Auf diesem Blatt, das der Steuerfahnder ihr gegeben hatte, wurde sie als Besitzerin des Immobiliengeschäftes bezeichnet. Von Sibylle war nicht die Rede. Sicherlich, sie hatte etwas Geld in das Geschäft investiert, als Sibylle sie darum bat. Sibylle hatte ihr dafür einen Darlehensvertrag zur Unterschrift gegeben. Kira hatte unterschrieben, ohne genau durchzulesen, was da stand.

Wie oft hatte ihr Vater sie davor gewarnt. Aber sie hatte das einfach nicht ernstgenommen. Sibylle war schließlich ihre Freundin, sie lebten schon eine Weile zusammen, Kira hatte das Gefühl gehabt, sie hätte keinen Grund mißtrauisch zu sein.

Jetzt aber ... Wo war dieser Vertrag? Sie hatte sich nie darum gekümmert. Suchend schaute sie sich um. Im Aktenschrank wahrscheinlich. Sie zog ihn auf und schaute hinein. Zum großen Teil enthielt er Prospekte. Warum war ihr nie aufgefallen, wie leer der Schrank eigentlich war? Praktisch keine Kundenunterlagen, obwohl Sibylle immer behauptet hatte, das Geschäft liefe gut, sie hätte mehr Kunden, als sie bedienen könnte.

In so einem Fall hätten doch hier eine Menge Schriftstücke sein müssen, Unterlagen über Verkäufe von Wohnungen und Häusern, Kundendaten. Es war wohl tatsächlich so, wie sie schon vermutet hatte: Sibylle und sie hatten von Kiras Geld gelebt, nicht von den Einkünften aus dem Geschäft. Selbst das ›Gehalt‹, das Sibylle Kira gezahlt hatte, war wohl Kiras eigenes Geld gewesen, das Sibylle für Gewinne aus dem Geschäft ausgegeben hatte.

Das schlimmste an dieser Situation war noch nicht einmal die Sache mit dem Geld. Über Geld hatte Kira sich noch nie viele Gedanken gemacht. Es bedeutete ihr nichts. Das schlimme war, daß sie sich auf einmal sehr dumm vorkam. Sibylle hatte sie nach allen Regeln der Kunst über den Tisch gezogen, und sie hatte es nicht gemerkt.

Wütend malten ihre Kiefer. Noch nie in ihrem Leben hatte jemand sie so behandelt.

Endlich fand sie den Vertrag und sah, daß das Blatt Papier, das der Steuerfahnder ihr gegeben hatte, recht hatte. Das, was sie unterschrieben hatte, war kein Darlehensvertrag gewesen, es war ein Vertrag, der festlegte, daß Kira mit dem Geld, das sie Sibylle gegeben hatte, das Geschäft gekauft hatte.

Kira war für alles verantwortlich, was das Geschäft betraf, inklusive der Steuern natürlich. Sibylle hatte nie welche bezahlt, und die Briefe, von denen Kira jetzt überzeugt war, daß sie tatsächlich existierten, hatte sie wahrscheinlich abgefangen. Sie hatte sich immer um die Post gekümmert, wie um alles andere. Im Geschäft und auch in der Wohnung. Sicherlich auch ein Grund, warum sie bei Kira eingezogen war.

Kira setzte sich erst einmal wieder hin. Sie fühlte sich etwas erschlagen. Die Summe, die auf dem Mahnschreiben genannt wurde, war nicht gerade niedrig. Da Sibylle nie eine Steuererklärung abgegeben hatte, hatte das Finanzamt den Gewinn des Unternehmens geschätzt und wie üblich natürlich viel zu hoch.

Die Summe war im voraus zu zahlen, das hieß, selbst wenn sie jetzt nachwies, daß das Geschäft gar keinen Gewinn abgeworfen hatte, mußte sie erst einmal zahlen. Und da das Geld schon so lange überfällig war, wurde ihr in diesem letzten Schreiben tatsächlich Gefängnis angedroht.

Sie strich sich mit der Hand über die Stirn. Da hatte sie gedacht, hier wäre eventuell eine Chance Geld zu verdienen, ihren Lebensunterhalt, aber jetzt war sie noch ärmer als zuvor.

Sie schüttelte ungläubig den Kopf. Das konnte doch alles nicht wahr sein. Im Moment war es ihr zuviel, darüber nachzudenken. Sie mußte sich das alles erst einmal durch den Kopf gehen lassen, und morgen war schließlich auch noch ein Tag.

11

Kira war gerade im Haupthaus, weil sie eben telefoniert hatte, als sie das typische Knirschen auf der Auffahrt hörte. Sie ging nach vorn und schaute zum Fenster hinaus. Wie sie vermutet hatte: Val kam zurück.

Einen Moment zögerte sie, dann ging sie zur Tür und schaute in den Spiegel, der dort neben dem Eingang an der Wand hing. Sie ordnete ein wenig ihr Haar und überprüfte den Sitz ihres Kleides. Sie hatte heute extra eins der Kleider angezogen, die Val ihr gekauft hatte. Zur Feier ihrer Rückkehr – würde Val hoffentlich denken.

Sie öffnete die Tür und ging lächelnd hinaus. »Val. Schön, daß du wieder da bist.« Sie stand oben auf dem Absatz, und Val blickte zu ihr hinauf.

Vals Augenbrauen wanderten ein wenig nach oben. »Du hast auf mich gewartet?«

»Nicht direkt.« Kira schüttelte leicht den Kopf und lächelte sehr charmant. »Ich mußte telefonieren.«

»Das hätte mich auch gewundert.« Val kam mit ihrem Seesack – nein, mit ihrer Reisetasche – die Stufen zum Absatz hinauf. »Ich hätte eher gedacht, du hast mich schon ganz vergessen.«

»Wie könnte ich das?« Kira lächelte noch charmanter, mit einem leicht koketten Augenaufschlag. »Diese Nacht ...«, sie senkte etwas verschämt den Blick, »werde ich nie vergessen«, fügte sie so leise hinzu, als wäre es ihr peinlich es auszusprechen.

»Oh.« Val schien überrascht. Sie lächelte und gab Kira einen sehr keuschen Kuß auf die Wange. Dann ging sie an ihr vorbei hinein, direkt durch in ihr Arbeitszimmer.

Kira kam ihr nach. »Soll ich für dich auspacken? Du bist doch sicher müde.«

Val warf einen ungläubigen Blick auf sie. »Du? Auspacken? Für mich? Hast du getrunken?«

»Nein.« Kira lächelte erneut. »Aber ich wette, du konntest dich nicht sehr viel ausruhen auf See.«

»Das stimmt.« Val schaute sie immer noch etwas ungläubig an. »Aber ich denke, Frau Eggers wird auspacken, wie immer. Ist sie nicht da?«

»Einkaufen.« Kira ging mit leicht schwingenden Hüften, so daß das Kleid voll zur Geltung kam, auf Val zu.

»Ich habe mein Versprechen gehalten«, sagte Val, die ihren Blick kaum von ihr lösen konnte. »Ich habe dir etwas mitgebracht, das garantiert keine Allergien auslöst.«

»Das wäre doch nicht nötig gewesen«, entgegnete Kira bescheiden. Man hätte es fast glauben können.

Val öffnete ihre Tasche und nahm etwas heraus. »Ich hoffe, es gefällt dir.«

»Wenn du mir garantierst, daß es keine Allergien auslöst ...« Kira lächelte sie hinreißend an und nahm die Schachtel, diesmal war es eine größere, eher flache.

»Keine Angst. Es ist kein Parfum.« Val lachte leicht. »Pack es ruhig aus.«

Kira entfernte das Papier und öffnete das samtbezogene Etui. Auf dem ebenfalls samtbezogenen Innenteil lagen eine Kette und zwei Ohrringe. »Wunderschön«, sagte Kira und lächelte Val weiter an. »Vielen Dank.«

Val trat auf sie zu und lächelte ebenfalls. »Bernstein. Ich fand, dieser hier hat exakt die Farbe deiner Augen.« Sie griff in die Schachtel und nahm die Kette heraus. »Darf ich?«

»Ja, natürlich.« Kira drehte sich mit dem Rücken zu Val, so daß sie ihr die Kette umlegen konnte. Als Val dabei ihren Hals berührte, schauderte Kira zusammen.

Val beugte sich vor und küßte Kiras Halsbeuge. »Es freut mich, daß dir mein Geschenk gefällt«, flüsterte sie.

Kira blieb so abgewandt stehen und wartete darauf, was Val tun würde.

»Leg die Ohrringe an«, wisperte Val in ihr Ohr. Ihre Stimme klang leicht belegt. »Ich will sehen, wie sie dir stehen.«

Kira beugte sich vor, nahm die Ohrringe aus dem Etui und legte sie langsam, so daß Val gut zuschauen konnte, einen nach dem anderen an.

Eine Sekunde schien Val zu zögern, dann berührte sie erneut Kiras Hals mit ihren Lippen. »Sie stehen dir wunderbar«, flüsterte sie.

Auf Kiras Haut bildete sich ein Relief kleiner, leicht erhobener Punkte. Ihr Atem beschleunigte sich. »Darf ich mich im Spiegel anschauen?« fragte sie.

»Selbstverständlich.« Val richtete sich auf. »Komm.« Sie nahm Kiras Hand und zog sie mit sich die Treppe ins Schlafzimmer hinauf. Dort ließ sie Kiras Hand los und setzte sich in einen Sessel, damit Kira ihren Anblick im Spiegel ungestört genießen konnte.

Nach einer Weile drehte Kira sich um. »Du hast die Farbe wirklich gut getroffen.« Sie lächelte. Es schien fast schon ein Dauerzustand zu sein.

»Ja, finde ich auch.« Val schaute sie bewundernd an.

Kira kam auf sie zu. »Ich freue mich so, daß du wieder da bist.« Mit einer eleganten Bewegung glitt sie auf Vals Schoß.

Val hielt die Luft an. »Was ist los?« fragte sie erstaunt. »Du bist so anschmiegsam heute.«

»Nichts«, sagte Kira. Sie ließ ihre Lippen leicht über Vals Wange streicheln. »Ich habe dich nur vermißt.«

»Ich –« Val legte ihre Arme um Kiras Rücken. Sie räusperte sich. »Ich wollte mich noch für die Nacht vor meiner Abfahrt bei dir bedanken. Es war wundervoll. Ich konnte das Frau Eggers nicht gut am Telefon sagen, und eine Karte hätte sie auch gelesen. Vielleicht auch einen Zettel.«

»Schon gut«, sagte Kira, während sie fühlte, wie leichte Wut in ihr aufstieg, als sie an jenen Morgen dachte, aber sie unterdrückte sie und zwang sich wieder charmant zu lächeln. »Es war nur schade, daß du morgens nicht mehr da warst.«

»Ja.« Val vergrub ihr Gesicht in Kiras Haar. Es war offensichtlich, daß sie hingerissen von ihr war. »Das habe ich auch bedauert. Aber ich mußte so früh weg. Das Schiff lief bei Sonnenaufgang aus. Da hast du noch tief und fest geschlafen.« Sie lächelte. »Du sahst süß aus.«

»Ich sah ziemlich ... hm ...«, Kira richtete sich leicht auf und schaute Val an, »mitgenommen aus, wie ich später im Bad festgestellt habe. So süß kann das nicht gewesen sein.«

»O doch.« Val bestand darauf, und ihre Hände wanderten nun tiefer an Kiras Rücken hinab. »Wie eine schlafende Prinzessin. Ich konnte mich kaum von deinem Anblick losreißen.« Sie lachte leicht. »Und ich hätte nicht erwartet, daß du mich so ... nett begrüßt, wenn ich wiederkomme. Ich hätte eher gedacht, daß du wütend bist.«

»Wütend? Weshalb sollte ich wütend sein?« Kira tat vollkommen unschuldig.

»Es hätte gepaßt.« Vals Hände wanderten auf Kiras Brüste zu. »Aber ich bin froh, daß es nicht so ist.« Ihre Lippen glitten an Kiras Hals entlang in Richtung ihres Dekolletés. »Das Kleid steht dir genauso gut wie die Ohrringe, als ob du gewußt hättest, was ich mitbringen würde, und es direkt passend dazu ausgesucht hättest.«

»Habe ich nicht«, sagte Kira, »denn ich wußte ja von nichts.« Sie lachte weich. »Ich denke, du hast eher den Schmuck passend zum Kleid ausgesucht.«

Val verzog die Lippen. »Ich hatte nicht erwartet, daß du überhaupt eines dieser Kleider trägst. Ich sollte sie ja zurückbringen.«

»Ach, nimm das doch nicht so ernst. Ich meine es nicht immer so, wie ich es sage.« Kira hob kokett die Wimpern.

»Bisher hatte ich schon den Eindruck«, sagte Val. »Aber heute bist du ... anders, das stimmt.«

»Ich habe dich wirklich sehr vermißt«, hauchte Kira in Vals Ohr. »Besonders nach dieser Nacht.« Ihre Lippen suchten sich einen weich streichelnden Weg zu Vals Mund. »Ich konnte es kaum erwarten, daß du zurückkommst.« Sie zupfte an Vals Lippen. »Komm, küß mich. Ich habe mich so danach gesehnt.«

Val schlug Kiras Einladung nicht aus. Sie tastete mit ihren Lippen nach Kira, dann mit ihrer Zunge.

Kira seufzte leise, als Val in ihren Mund eindrang. Sie öffnete ihn weit und suchte mit ihrer Zungenspitze nach Val.

Val umarmte Kira fest und zog sie zu sich heran, ihr Kuß wurde immer tiefer, dann löste sie ihren Griff ein wenig und ließ eine Hand auf Kiras Po sinken, hinunter zum Schenkel und wieder hinauf zwischen ihre Beine.

Kira zuckte ein wenig hoch auf Vals Schoß. »Nicht«, flüsterte sie leicht atemlos. »Das Kleid zerknittert. Laß uns ins Bett gehen.«

»Nein.« Val schob ihre Hand noch entschiedener zwischen Kiras Schenkel. »Ich will es jetzt. So.« Sie lachte. »Ich kaufe dir ein neues Kleid, wenn das hier danach unbrauchbar ist.«

In Kiras Körper entstand eine fühlbare Spannung, aber die Spannung ließ gleich wieder nach, und sie wurde weich. »Gut«, sagte sie. »Wie du willst.«

Val küßte sie erneut, und gleichzeitig glitten ihre Finger in Kiras Slip, schoben den Stoff zur Seite, suchten den Eingang.

Kira stöhnte leise auf. Val drang in sie ein, und Kira umklammerte ihre Schultern, während sie begann sich mit Vals Rhythmus zu bewegen.

»Ja«, flüsterte Val erregt. »Komm. Zeig mir, wie sehr du mich vermißt hast.«

Kira stöhnte erneut, im Rhythmus, wie Val sie nahm und Kira ihr mit zuckenden Hüften antwortete. Die Bewegungen wurden schneller, härter, das Stöhnen abgehackter. »Sehr ...«, hauchte Kira.

Plötzlich krallten ihre Finger sich so schmerzhaft in Vals Schultern, daß Val aufstöhnte. Kira erstarrte auf ihrem Schoß, die Bewegungen endeten abrupt. Sie fiel in sich zusammen, bettete ihren Kopf an Vals Schulter und atmete schwer.

»Schön?« fragte Val. Ihre Stimme klang weich.

»Ja.« Kira atmete immer noch heftig und antwortete nur knapp.

»Jetzt können wir ins Bett gehen, wenn du magst«, sagte Val leise, während sie Kira sanft streichelte. »Du hast es dir verdient.«

Es schien, als ob Kira Luft holte, um zu antworten, aber dann tat sie es doch nicht. Sie stand auf und schaute auf Val hinunter. Val erhob sich ebenfalls. »Das war eine schöne Begrüßung«, sagte sie lächelnd.

»Das Schönste kommt noch«, erwiderte Kira und begann sie auszuziehen.

12

Geht es dir gut?« Val streichelte mit einer Hand Kiras Schulter, während Kira an ihrer Brust lag.

»Ja.«

Val runzelte ein wenig die Stirn. »Du bist so still. Bist du so erschöpft?« Sie lachte leicht.

»Verglichen mit letztem Mal war das hier ja ein Spaziergang«, sagte Kira.

»Ach ja?« Val drehte sich ein wenig und schaute sie an. »Wir können noch einen Sprint einlegen, wenn du willst.«

»Nein, nein. Eigentlich bin ich schon ein bißchen erschöpft«, sagte Kira schnell.

»Was hast du denn?« fragte Val. »Du hättest mir ruhig sagen können, wenn es dir zuviel war. Und vielleicht auch«, sie lachte etwas spöttisch, »daß du schlechte Laune bekommst danach, wenn du erschöpft bist.«

»Bin ich nicht, ich meine ... habe ich nicht«, sagte Kira. »Schlechte Laune. Und wenn, dann nicht wegen unseres ... Spaziergangs.«

»So? Weswegen dann?« Val schaute sie fragend an.

»Ach, ich ... ich will dich nicht damit belasten.« Kira drehte sich weg.

»So schlimm kann es doch nicht sein«, sagte Val. »Brauchst du Geld?«

Kira wirbelte herum und starrte sie an.

»Ruhig, ruhig!« Val hob lachend die Hände. »Doch nicht dafür«, sagte sie. »Nur so. Du hast ja noch keinen Job gefunden in der Zwischenzeit, oder?«

»Nein«, sagte Kira.

»Dann wärst du glaube ich auch nicht mehr hiergewesen, um mich so nett zu begrüßen«, vermutete Val. »Damit hatte ich eigentlich gerechnet.«

»Und trotzdem hast du den Bernsteinschmuck mitgebracht?« Kira runzelte die Stirn.

»Wir wären uns schon noch mal über den Weg gelaufen«, bemerkte Val gelassen. »Nun sag schon. Was ist los?«

»Hast du schon mal mit der Steuerfahndung zu tun gehabt?« Kira seufzte tief auf.

Val antwortete nicht sofort. »Du kannst doch keine Schwierigkeiten mit der Steuer haben«, sagte sie dann. »Du hast kaum gearbeitet.«

»Das dachte ich auch.« Kira seufzte erneut. »Aber leider kann man auch dann Schwierigkeiten bekommen. Zumindest wenn man so dumm war, etwas zu unterschreiben, ohne vorher das Kleingedruckte zu lesen.«

»Das ...«, Val schaute sie interessiert an, »sollte man allerdings nie tun. Wie ist das passiert?«

»Meine ...«, Kira räusperte sich, »Ex-Freundin hat leider meinen Namen benutzt, um krumme Geschäfte zu machen. Das heißt, ob sie noch andere krumme Geschäfte gemacht hat, weiß ich nicht, aber auf jeden Fall hat sie mir all mein Geld abgezockt, meine Wohnung in meiner Abwesenheit verkauft ... und damit die Situation geschaffen, in der ich mich jetzt befinde.«

»Das ist übel«, sagte Val, »aber was hat das mit der Steuer zu tun?«

»Sie war Immobilienmaklerin, und ich habe Geld in ihr Geschäft investiert. Ein vorübergehender finanzieller Engpaß, sagte sie. Sie würde es mir mit Zins und Zinseszins zurückgeben.« Kira verzog das Gesicht.

»Oh, das klingt nicht gut.« Val lachte wie jemand, dem man eine mehr als bekannte Geschichte erzählt. »So etwas sagen nur Leute, die dir dein Geld garantiert nie zurückgeben wollen.«

»Ich habe an so etwas überhaupt nicht gedacht. Ich habe ihr gesagt, sie braucht mir keine Zinsen zu zahlen, aber sie bestand darauf, daß wir einen Vertrag abschließen, einen Darlehensvertrag, in dem alles geregelt werden sollte.« Kira atmete tief durch. »Nur leider habe ich vor ein paar Tagen festgestellt, daß das gar kein Darlehensvertrag war. Es war ein Kaufvertrag, der mich zur Besitzerin des Geschäfts machte, mit allen Rechten – von denen ich natürlich nichts wußte – und vor allem mit allen Pflichten.«

»Inklusive der Steuerpflicht.« Val pfiff durch die Zähne. »Da hat sie dich aber schön gelinkt.«

»Kann man so sagen«, bestätigte Kira trocken. »Und ebenfalls vor ein paar Tagen, als ich im Geschäft war, kam die Steuerfahndung vorbei. Die wissen überhaupt nichts von Sibylle, die kennen nur mich – jedenfalls meinen Namen. Und das heißt, ich habe in ihren Augen jahrelang keine Steuern gezahlt. Und nicht auf ihre Mahnschreiben geantwortet. Die Sibylle offenbar abgefangen hat. Wir haben zusammengewohnt.«

»Ist das Geschäft denn gut gelaufen?« fragte Val.

»Nein. Jedenfalls denke ich das jetzt. Damals ist mir das nicht aufgefallen. Sibylle hat mich ja sogar ›eingestellt‹, weil angeblich so viel zu tun war.« Kira verdrehte die Augen. »Das Telefon hat dauernd geklingelt.«

»Ach das«, sagte Val. »Drück einem Penner auf der Straße eine Telefonkarte in die Hand, und der ruft dich hundertmal am Tag an, wenn du willst. Wenn du noch eine Schnapsflasche drauflegst.«

»Mit so etwas kenne ich mich nicht aus«, sagte Kira. »In solchen Kreisen verkehre ich nicht.«

»Sicher nicht«, sagte Val und warf einen Blick auf sie. »Das heißt also, du hast jetzt Schulden bei der Steuer und weißt nicht, wie du die bezahlen sollst.«

»Im letzten Brief stand etwas von Gefängnis«, erklärte Kira kleinlaut.

Val lachte auf. »Ja. Damit drohen sie immer.« Sie schüttelte den Kopf. »Das wird wohl nicht so schnell gehen, aber trotzdem ist die Sache unangenehm. Wieviel brauchst du?«

»Einhundertfünfzigtausend Euro.« Kira sprach die Zahl sehr leise aus.

»Wow. Schöne Stange Geld.« Selbst Val schien von dieser Summe beeindruckt.

»Ich habe nur noch ein paar Tage Zeit«, sagte Kira. »Sie hatten mir zwei Wochen gegeben, aber das war kurz nachdem du abgefahren warst.« Sie schaute Val an. »Vielleicht ...«, sie leckte sich über die Lippen, die trocken geworden waren, »vielleicht könntest du ja für mich bürgen oder so etwas. Und dann zahle ich dir das Geld zurück, sobald ich kann. Da ich sowieso keinen Job finde, habe ich überlegt, ob ich nicht einfach das Immobiliengeschäft von Sibylle«, sie lachte ironisch auf, »nein, meins, es ist ja meins ... ob ich das Geschäft nicht einfach weiterführe. Es wäre zumindest eine Möglichkeit.«

Val spitzte nachdenklich die Lippen. Dann stand sie auf, zog schnell ein T-Shirt und eine kurze Hose an und blickte auf Kira im

Bett hinunter. »Habe ich mir damit diese nette Begrüßung verdient?« fragte sie lässig. »Damit, daß ich Geld habe und für dich bürgen soll?«

»Es ist keine Bezahlung –« Kira brauste auf.

»Nein, natürlich nicht. Nur eine Bürgschaft. Das ist nicht dasselbe, nicht wahr?« Val hob amüsiert die Augenbrauen.

»Ich habe bei der Polizei Anzeige gegen Sibylle erstattet«, sagte Kira hastig. »Wenn sie sie finden und sie das Geld aus dem Verkauf der Wohnung noch hat, bekomme ich es vielleicht zurück. Und dann könnte ich sofort meine Schulden bezahlen.«

»Das ist mir zu unsicher«, sagte Val. »Erstens traue ich der Polizei nicht zu, daß sie sie finden, wenn sie so clever ist, wie du es beschreibst, und zweitens wird sie das Geld längst ausgegeben haben. Oder es ist sonstwie verschwunden. Da kann ich meine Bürgschaft dann gleich in den Wind schreiben.« Sie hob erneut die Augenbrauen. »Sonst hast du keine Sicherheiten?«

»Wenn ich die hätte –«, fuhr Kira auf. Dann riß sie sich zusammen. Sie wollte etwas von Val, da war es nicht gut, sie zu verärgern. Sie versuchte zu lächeln. Es mißlang. »Ich habe mich«, sagte sie kühl. »Du wolltest, daß ich hier wohnen bleibe. Ich ... ich – Wenn ich einen Job gefunden hätte und das alles nicht wäre, hätte ich mir wahrscheinlich eine eigene Wohnung gesucht. Jetzt –«

»Jetzt – unter den zugegebenermaßen unangenehmen Umständen – würdest du auch die Unannehmlichkeit in Kauf nehmen hierzubleiben, bei mir? Mir Tag und Nacht zur Verfügung zu stehen?« Val schaute sie interessiert an. Es hatte etwas von einem Geschäftsgespräch.

Kira blickte kühl, aber auf einmal voll unerschütterlicher Ruhe zurück, direkt in Vals Augen. »Ja«, sagte sie.

»Aha.« Val hob die Augenbrauen und neigte leicht den Kopf, als würde sie über das Angebot nachdenken. »Was für eine Entwicklung.«

»Du wolltest das immer«, entgegnete Kira, nun wieder leicht aufgebracht, sie konnte sich einfach nicht so lange beherrschen. »Du wolltest mir immer Geld geben, hast mir die Kleider gekauft, den Schmuck. Was sollte das anderes bedeuten als –?« Sie brach ab. »Jetzt bekommst du, was du willst«, sagte sie dann.

»Ja.« Val betrachtete sie nachdenklich. »Warum hast du mir etwas vorgespielt? So getan, als würdest du dich über meine Rückkehr freuen? All das Geflirte und Getue, das zärtliche Gegurre –« Sie schüttelte über sich selbst den Kopf. »Ich hätte es merken müssen. Es war meine Schuld. So liebenswürdig bist du nicht.«

»Vielen Dank«, erwiderte Kira säuerlich.

»Oh, bitte.« Vals Mundwinkel hoben sich in der altbekannten spöttischen Art. »Aber du bist wirklich gut darin, es zu spielen, das muß man dir lassen. Nur dein Gesichtsausdruck, wenn du solche Angebote machst wie gerade eben – daran mußt du noch arbeiten. Deine Augen sahen aus, als würdest du mich am liebsten ermorden. Glaub mir, wenn man sich diesem Blick gegenübersieht, hat man keine Lust mehr, mit dir ins Bett zu steigen.«

»Gut«, sagte Kira. »Demütige mich, beschimpf mich, tu alles mit mir, was du willst – aber gib mir das Geld.«

»Gesprochen wie eine wahrhafte höhere Tochter.« Val lachte laut auf. »Ja, das haben wir gelernt, wir Töchter aus gutem Hause: Courage in den unmöglichsten Situationen.« Sie beugte sich zu Kira hinunter und schaute sie aus sehr kurzer Entfernung an. Ihr Gesicht war nur eine Handbreit von Kiras entfernt. »Courage hast du, das ist mir gleich am Anfang an dir aufgefallen. Du hättest es auch jetzt zuerst damit versuchen sollen. Dann wäre ich vielleicht auf dein Angebot eingegangen.«

»Du –« Kiras Kopf zuckte hoch, und sie starrte mit wütend funkelnden Augen auf Val. »Du willst mir das Geld nicht geben? Du läßt mich hier ... solche Dinge sagen und wußtest schon, daß du es mir nicht geben wirst?«

»Ich wußte es nicht«, erwiderte Val mit ihrem spöttischen Grinsen, das Kira in diesem Moment wie die Maske des Teufels erschien. »Solche Dinge entscheide ich immer spontan. Und hätte ich mir all deine netten Angebote entgehen lassen sollen? Ich glaube nicht, daß du sie ein zweites Mal machst. Ich mußte die Chance nutzen.« Sie lachte.

»Du –« Kira hob die Hände und versuchte ihre Fingernägel in Vals Gesicht zu schlagen.

Val hatte das kommen sehen und hielt ihre Hände fest. »Nicht, Liebling, ich brauche meine Augen noch.« Sie sah höchst amüsiert aus.

»Nenn mich nicht Liebling!« Kira versuchte wild sich zu befreien, aber Val war stärker. »Du ... du ...« Ihre Augen sprachen, aber ihr Mund fand das Wort nicht.

»Schon gut«, schmunzelte Val. »Ich weiß, was du sagen willst.« Sie hielt Kiras Hände weiterhin fest und drückte sie nach unten. »Und jetzt beruhige dich wieder.« Sie lächelte, es schien fast liebevoll. »Mein Gott, was für eine Wildkatze du bist. Was für ein Temperament. Nicht nur im Bett. Du bist die Leidenschaft in Person.«

»Hör auf mich zu beleidigen«, fauchte Kira. »Wenn du mir das Geld nicht geben willst ...«

»Ich würde es dir schon geben«, sagte Val, »aber im Moment kann ich das leider nicht. Ich habe es nicht. Das heißt, ich habe es schon, aber ich komme nicht dran. Nicht so schnell, wie du es brauchst.« Sie schaute Kira freundlich an. »Kann ich dich jetzt loslassen? Oder ist mein Gesicht immer noch in Gefahr?«

Kira kämpfte noch einmal gegen sie an, dann hielt sie still. »Laß mich los«, sagte sie müde. »Ich kann nicht mehr.«

»Gut.« Val ließ sie vorsichtig los. »Es tut mir leid«, sagte sie, »aber mein Geld ist festgelegt. Das, was ich flüssig habe, reicht für deine Steuerschuld nicht aus.«

»Das wußtest du spätestens, als ich dir die Summe nannte«, erwiderte Kira erschöpft. »Du hättest es mir gleich sagen können.«

»So wie du mir gleich gesagt hast, was du von mir wolltest?« Val verzog die Lippen. »Ich denke, da haben wir uns nichts vorzuwerfen. Wie gut du die Liebhaberin auch immer spielst.«

»Ja, ja«, sagte Kira und ließ sich aufs Kissen zurückfallen. »Ist ja jetzt auch alles egal. Ich lande im Gefängnis, mein Vater ist bankrott –«

»Dein Vater ist bankrott?« Val schaute sie überrascht an.

»Ja«, sagte Kira. »Meinst du, ich hätte dich gefragt, wenn ich noch irgendeine andere Möglichkeit gesehen hätte, an das Geld zu kommen?«

Val hob nickend die Augenbrauen. »Du hast zuerst deinen Vater gefragt?«

»Ja.« Kira atmete tief durch. »Schon als wir uns das letzte Mal trafen, hatte er mir von finanziellen Schwierigkeiten erzählt, er konnte mir damals noch nicht einmal genug Geld geben, um –«

»Um aus meinem Gästehaus ausziehen zu können?« fragte Val. »Deshalb bist du geblieben. Du hättest es lieber gehabt, wenn er dir hätte Geld geben können. Dann wärst du sofort weg gewesen.«

»Ja, wäre ich«, sagte Kira. »Aber – nun ja, er hatte mir zwar gesagt, es ginge dem Geschäft nicht gut, der ganzen Baubranche, aber ich habe noch nie erlebt, daß er nicht eine Lösung gefunden hätte. Es gab schon öfter Engpässe, immer wieder eigentlich, aber ich habe mir nie Sorgen gemacht. Mein Vater hat das alles immer wieder hingekriegt.«

»Diesmal nicht?«

»Nein, diesmal nicht.« Kira starrte an die Decke. »Er wird alles verkaufen müssen. Das heißt, noch nicht einmal das. Die Bank nimmt es ihm einfach weg. Es wird nichts übrigbleiben. Mein Vater, meine Mutter, meine beiden Schwestern – ich habe keine Ahnung, wovon sie demnächst leben sollen.« Sie wandte den Kopf zu Val. »Deshalb dachte ich, ich könnte wenigstens –« Sie schüttelte den Kopf. »Aber das war Unsinn, wie sich herausgestellt hat. Ich kann sie genausowenig unterstützen wie sie mich.«

»Hm.« Val schien zu überlegen. »Die Bank, sagst du? Hypotheken?«

»Ja.« Kira nickte. »Mehr als alles wert ist. Ich habe mich geirrt. Es wird etwas übrigbleiben: Schulden. Da bin ich dann ja bei meiner Familie in guter Gesellschaft.«

»Weißt du, welche Bank?« fragte Val.

»Ich nehme an – Ich weiß es nicht genau. Da müßte ich meinen Vater fragen.« Kira musterte Vals Gesicht. »Aber es ist ja egal, welche Bank. Das sind alles Gangster, sagt mein Vater.«

Val lachte leicht auf. »Da hat er nicht so unrecht. Aber das könnte uns . . . ihm jetzt auch zugute kommen.«

»Du sagtest eben selbst, du hast kein Geld, jedenfalls nicht genug. Nicht genug für meine Steuerschulden. Bei meinem Vater geht es noch um weit größere Summen.« Kira runzelte die Stirn.

»Ist mir klar«, sagte Val. »Aber eine Bank ist etwas anderes als der Staat. Auch wenn der Staat eine Menge Geld in die Banken hineinpumpt, um das Gegenteil zu beweisen.«

»Ich habe keine Ahnung, wovon du sprichst«, sagte Kira. »Der Staat, die Banken – was hat das alles mit meinem Vater zu tun? Mit seinem Bankrott?«

»Weißt du, was ein Bankrott ist?« fragte Val.

Kira runzelte die Stirn. »Wenn man kein Geld hat.«

»Nein«, sagte Val. »Ein Bankrott ist, wenn die anderen *wissen*, daß man kein Geld hat.«

»Ich verstehe den Unterschied nicht«, erwiderte Kira gereizt. »Das ist doch dasselbe.«

»Ganz und gar nicht«, sagte Val. »Ebenso ist Reichtum der Glaube der anderen daran, daß dir unendliche Mittel zur Verfügung stehen. Ob die tatsächlich vorhanden sind, interessiert niemand.«

»Du sprichst in Rätseln.« Kira wurde noch gereizter. Es machte sie immer gereizt, wenn sie etwas nicht verstand. Sie stand auf. »Ich gehe jetzt ins Gästehaus. Ich meine –«, sie schaute Val an, »wenn ich überhaupt noch da wohnen darf.«

»Kein Problem.« Val wirkte auf einmal abgelenkt. So abgelenkt, daß sie noch nicht einmal bemerkte, daß Kira nackt vor ihr stand. »Geh nur.«

Kira warf sich ihr Kleid über und verließ Vals Schlafzimmer, während Val so aussah, als würde sie nichts mehr mitbekommen, was um sie herum vorging.

13

Na, wie wär's? Mittagessen?« Val stieß lächelnd die Tür auf und kam auf Kira zu, die hinter dem Schreibtisch saß.

»Hm?« Kira blickte auf. »Ist es schon so spät?«

Val wies auf eine Uhr im Bahnhofsformat, die an der Wand hing. »Du solltest es eigentlich wissen. Mit so einer großen Uhr.«

»Ich schaue da nie hin«, sagte Kira. »Dafür habe ich gar keine Zeit.«

Val trat zu ihr an den Schreibtisch und schmunzelte. »Ich weiß. Du bist eine vielbeschäftigte Geschäftsfrau. Aber essen mußt du auch mal, oder?«

»Ja, und ich –« Kira kam nicht mehr dazu, den Satz zu beenden, weil das Telefon klingelte. Sie nahm ab und meldete sich, dann war sie eine Weile still, weil ein unaufhörlicher Strom von Wörtern von der anderen Seite auf sie einprasselte. »Ja, ich kann einen Besichtigungstermin vereinbaren«, sagte sie schnell, als endlich eine kleine

Pause eintrat. »Morgen?« Sie hörte wieder zu, wobei sie ungeduldig die Augen rollte und Val ansah. »In Ordnung«, sagte sie zum Schluß. »Ich gebe Ihnen noch Bescheid, wann genau.« Erleichtert aufseufzend legte sie auf. »So geht das den ganzen Tag«, sagte sie.

Val lachte. »Dann hat sich meine Investition ja gelohnt. Die Werbung hat etwas gebracht.«

»Allerdings«, sagte Kira. »Ich weiß kaum, wie ich alles schaffen soll.«

»Das schaffst du schon«, behauptete Val. »Und wenn nicht, stell doch jemand ein.«

»Damit ich mir noch mehr Geld von dir leihen muß?« Kira hob die Augenbrauen. »Wenn möglich, möchte ich das vermeiden.«

»Deine Entscheidung«, sagte Val. »Aber wie war das jetzt mit dem Essen? Ich habe heute morgen nicht gefrühstückt.«

»Hat sie dich ohne Frühstück aus dem Bett geworfen?« fragte Kira spöttisch, stand auf und stellte das Telefon auf den Anrufbeantworter um.

Val grinste, äußerte sich aber nicht dazu. »Als ich nach Hause kam, warst du jedenfalls schon weg zur Arbeit.«

»Trotzdem hättest du doch frühstücken können.« Kira ging zum Eingang, und Val öffnete ihr die Tür.

»Oh, ich war ... ziemlich müde.« Val grinste erneut. »Ich mußte erst einmal schlafen.«

Kira trat auf den Bürgersteig und schloß das Geschäft von außen ab. »So genau wollte ich es gar nicht wissen«, erwiderte sie kurz angebunden.

»Du hast gefragt«, sagte Val. Ihre Mundwinkel zuckten sehr. »Was hast du denn heute nacht gemacht?«

»Geschlafen«, sagte Kira. »Wie es sich gehört.« Sie ging energisch los.

Val lachte leicht auf und folgte ihr. »Wenn du nicht gerade mit etwas anderem beschäftigt bist«, sagte sie. »Ich habe dir schon mal gesagt, daß dir die Unschuld vom Lande nicht steht.«

»Und ich weiß nicht, was du damit meinst«, erwiderte Kira verärgert. »Können wir von etwas anderem reden?«

»Gern«, sagte Val. »Wie geht es deinem Vater?«

»Oh, ja, darüber –«, Kira räusperte sich, »darüber wollte ich ohnehin mit dir reden.«

Val schaute sie fragend an. »Irgend etwas nicht in Ordnung?«

»Nein, das – das ist es nicht. Im Gegenteil.« Kira warf einen Blick auf Val neben sich, während sie zum Marktplatz gingen. »Ich weiß nicht, was du gemacht hast, aber er hat jetzt wieder Kredit. Überall.«

Val nickte. »Ich sagte doch, ein Bankrott ist eine relative Angelegenheit. Ansichtssache. Wie Schönheit liegt auch Reichtum oder Armut größtenteils im Auge des Betrachters.«

»Trotzdem verstehe ich es nicht«, sagte Kira. »Denn eigentlich hat er immer noch kein Geld.«

»Das hat keine Bedeutung«, erwiderte Val. »Siehst du ja.«

Kira schüttelte den Kopf. »Ich hätte nie geglaubt, daß so etwas möglich ist.«

»Oh, das ist keine große Sache«, behauptete Val. »Ein bißchen Aufwand, aber keine große Sache.«

»Ich –« Kira räusperte sich erneut. »Ich bin dir sehr dankbar für das, was du getan hast. Was immer es auch war.«

»Ich werde dich daran erinnern, wenn du das nächste Mal Sachen nach mir wirfst«, grinste Val.

»Du hattest es verdient.« Kiras Augen blitzten.

Val warf den Kopf zurück und lachte. »Das sagst du immer, wenn es nicht nach deinem Willen geht.« Sie schaute Kira an. »Denkst du nicht, es wird langsam mal Zeit, erwachsen zu werden?«

»Was –!« Kiras Augen funkelten wütend, aber sie wurde dabei unterbrochen, das in Worte umzusetzen.

»Kira!« Eine helle Frauenstimme drang über die Geräusche der vielen Menschen um sie herum zu ihnen durch.

Kira blieb wie vom Schlag getroffen stehen. Es war, als hätte sie plötzlich jeden Antrieb verloren. Val schaute sie erstaunt an.

»Kira.« Die Stimme war nun direkt vor ihnen. Eine junge Frau in Kiras Alter hatte sie erreicht und strahlte Kira über das ganze Gesicht an. Noch einmal wiederholte sie Kiras Namen. Sie schien ganz hingerissen davon.

»Melanie«, sagte Kira endlich. »Du bist zurück?« Ihre Stimme klang irgendwie dumpf.

»Ja.« Die zierliche blonde Frau betrachtete Kiras Gesicht, und plötzlich fiel sie ihr um den Hals. »Ich bin zurück. Und kaum bin ich hier, treffe ich dich. Ist das nicht wundervoll?« Sie löste sich von

Kira, tastete jedoch nach ihrer Hand und hielt sie fest, während sie einen Schritt zurücktrat. »Meine Güte«, strahlte sie weiter. »Ist das schön, dich endlich wiederzusehen.«

»Ja.« Kira begann zu lächeln.

»Entschuldigung.« Melanie schaute Val an. »Ich habe euer Gespräch unterbrochen.«

Val lächelte freundlich. »Es war nichts Wichtiges. Wir sind nur auf dem Weg zum Mittagessen.«

»Ich war einkaufen«, erzählte Melanie aufgeregt, aber die Aufregung bezog sich wohl eher auf Kira, denn ihre glänzenden Augen lösten sich kaum von Kiras Gesicht. »Und eigentlich wollte ich jetzt auch eine Kleinigkeit essen.«

»Dann schließen Sie sich uns doch an«, sagte Val. Sie beobachtete weniger Melanie als Kira, die Melanie nun auch nicht mehr aus den Augen ließ.

Jetzt warf Kira einen Blick auf Val. »Ja, schließ dich uns doch an«, sagte sie mit einem merkwürdigen Gesichtsausdruck. »Val hat großen Hunger. Sie hat heute noch nicht gefrühstückt.«

Val verzog schmunzelnd die Mundwinkel. »Ja, das stimmt. Ich könnte einen ganzen Bären verspeisen.«

»Ach, ist das schön!« Melanie klatschte vor Begeisterung in die Hände. »Ich hatte schon überlegt, wie ich dich erreichen kann. Bei deinen Eltern wohnst du ja nicht mehr, oder?«

»Nein«, sagte Kira.

»Ich habe dich so vermißt«, plauderte Melanie weiter, während sie sich auf eine sehr vertraute Art bei Kira einhängte. »Was hast du so gemacht in der ganzen Zeit?« Sie gingen zusammen los in Richtung Restaurant.

»Studiert«, sagte Kira. »Französisch.«

Melanie warf einen bewundernden Blick auf sie. »Du warst immer so gut in Sprachen – und auch noch Französisch. Ich konnte das nie. Ich bin froh, wenn ich mit Englisch klarkomme.«

Kira lächelte auf eine weiche Art, die Val noch nie an ihr gesehen hatte. »Darum wirst du in Amerika ja wohl kaum herumgekommen sein.«

»O ja.« Melanie seufzte. »Deshalb bin ich ja auch als Au-Pair da hingegangen. Sonst hätte ich die Sprache wohl nie richtig gelernt.«

»Die ganzen vier Jahre hast du als Au-Pair gearbeitet?« fragte Kira.

»Nein, ich –« Melanie senkte den Blick, als könnte sie Kira auf einmal nicht mehr ansehen. »Nur das erste Jahr. Ich hatte dir ja geschrieben, daß ich in einem Haushalt mit vier Kindern war.« Sie lachte auf. »Eine Rasselbande! Ich liebe Kinder. Es war sehr schön. Viel Arbeit, aber trotzdem – Jedenfalls«, fuhr sie fort, »wollte ich eigentlich dort bleiben, wenigstens noch ein Jahr, aber dann –«, ihre Stimme wurde plötzlich leiser, »dann hat sich etwas anderes ergeben.«

»Du hast plötzlich aufgehört zu schreiben«, sagte Kira.

»Ja, ich –« Melanie schaute sie an, als wollte sie sie um Entschuldigung bitten. »Ich habe geheiratet.«

Val sah, wie ein Ruck durch Kira ging, den auch Melanie an ihrem Arm bemerkte.

»Er ist ein sehr netter Mann«, fuhr Melanie in hastigem Tempo fort. »Der Bruder der Frau, bei der ich als Au-Pair war.«

Kira sagte nichts. Sie waren jedoch mittlerweile am Restaurant angekommen, und Val öffnete die Tür und hielt sie für Kira und Melanie auf. »Ich habe einen Tisch reserviert«, sagte sie. »Für zwei. Ich werde eben mal Bescheid sagen, daß wir jetzt zu dritt sind.« Sie verließ Kira und Melanie und ging zur Theke.

»Bitte ...« Melanie schaute Kira mit flehenden Augen an. »Sei nicht böse.«

Kira musterte Melanies Gesicht, und in ihren Augen lag etwas, das Val sehr überrascht hätte. Sie waren warm und liebevoll. »Ich –« Sie schluckte. »Ich bin nicht böse. Es ist dein Leben.«

»Ich ... ich kann nicht anders«, flüsterte Melanie unglücklich. »Bitte versteh doch –«

In diesem Moment kehrte Val zurück. »Unser Tisch ist fertig.«

Sie begaben sich an den Tisch, und der Kellner brachte die Speisekarten. Melanie war jedoch so voller Geschichten, daß sie gar nicht hineinsah. Sie erzählte und erzählte, es war wie ein sanft rauschender Wasserfall. Ihr Gesicht glühte fast vor Begeisterung.

Als der Kellner zurückkam, bestellte Val ein großes Steak und Kira einen Salat. Sie hatte ebenfalls nicht in die Karte gesehen, sondern die ganze Zeit Melanie beobachtet und ihren Geschichten gelauscht. Im Gegensatz zu sonst war sie ungewöhnlich still.

Als der Kellner Melanie ansah, um ihre Bestellung aufzunehmen, geriet Melanie etwas in Panik. »Oh ... ja ... mein Gott ... ich habe noch gar nicht geschaut ...« Hektisch öffnete sie die Karte.

»Bringen Sie ihr den Pannfisch«, sagte Kira auf einmal lächelnd. »Mit Bratkartoffeln.«

Melanie sah sie dankbar an. »Pannfisch ...«, hauchte sie geradezu überwältigt. »Wie lange habe ich das nicht mehr gegessen?«

»Ja, die heimischen Spezialitäten ...«, sagte Val. »Obwohl ich größtenteils in Deutschland aufgewachsen bin, ist eine Paella immer noch ein besonderes Festessen für mich.«

Melanie schien sie zum ersten Mal richtig zu betrachten. »Sind Sie Spanierin?« Sie musterte Vals südländisch dunkle Haut, das schwarze Haar, die schwarzen Augen. »Ja, natürlich sind Sie das.« Sie lächelte. »Das ist unverkennbar.«

Val neigte leicht den Kopf. »Ich bin in Spanien geboren. Da haben Sie recht. Allerdings lebe ich schon lange nicht mehr dort.«

»Verglichen mit Ihrer Heimat ist das Wetter hier oben an der Ostsee doch sehr kalt«, sagte Melanie. »Frieren Sie da nicht?«

Val lachte. »Ich habe mich daran gewöhnt.«

»Du kannst eine Tour mit Val machen, wenn du willst«, warf Kira mit spöttisch zuckenden Mundwinkeln ein. »Sogar auf einer Segeljacht. Das würde sie besonders freuen.« Ihre Augen blitzten Val mutwillig an.

»Sie haben eine Segeljacht?« fragte Melanie interessiert.

»Ja. Und drei Motorjachten. Das ist mein Geschäft. Ich verleihe Jachten.« Val lächelte Melanie an. »Kira hat recht. Sie können gern einmal mitkommen.«

»Oh, ich ...« Melanie lächelte leicht verschämt. »Ich werde seekrank. Das Meer ist leider nichts für mich.«

»Wie schade«, sagte Val. »Ich hätte Ihnen gern alles gezeigt.«

»Davon bin ich überzeugt«, sagte Kira, und ihr Blick streifte nicht sehr freundlich Vals Gesicht.

Glücklicherweise kam in diesem Moment das Essen, und das Gespräch wurde kurz unterbrochen.

»Arbeitet ihr zusammen?« fragte Melanie, nachdem sie mit hingerissen verdrehten Augen das erste Stück Pannfisch gegessen hatte. »Im Jachtverleih?«

»Nein«, sagte Kira sofort. »Wir –« Sie brach abrupt ab.

Vals Lippen zuckten, als beobachtete sie etwas sehr Vergnügliches. »Kira hat ihr eigenes Geschäft«, erklärte sie. »Immobilien.«

»Immobilien?« Melanie schaute Kira erstaunt an. »Ich dachte, du hast Französisch studiert.«

»Habe ich auch«, bestätigte Kira, »aber leider ist man damit auf dem Arbeitsmarkt irgendwie ... überflüssig. Also mußte ich mir etwas anderes überlegen.«

»Und du hast ein eigenes Geschäft? Ich dachte immer, du solltest das von deinem Vater übernehmen.« Melanie wandte sich an Val. »Wir sind zusammen aufgewachsen ... sozusagen. Kiras und meine Eltern waren Nachbarn. Wir kennen uns schon aus dem Sandkasten.« Sie schaute wieder Kira an und lächelte.

»Ja, mein Vater ...« Kira schüttelte leicht den Kopf. »Das wollte ich nicht. Und zu dem Immobiliengeschäft bin ich irgendwie gekommen wie die Jungfrau zum Kind. Da habe ich es eben mal versucht.«

»Dann seid ihr ja fast so etwas wie Schwestern«, sagte Val.

Melanie nickte. »So habe ich es eigentlich immer betrachtet.« Sie warf einen merkwürdigen Blick auf Kira. »Bis Kiras jüngere Schwester geboren wurde, dachte ich wirklich, wir wären Schwestern. Kira und ich waren unzertrennlich.«

»So unzertrennlich, daß sie uns schon *Die schrecklichen Zwei* nannten.« Kira lachte. Auf einmal schien sie ganz entspannt. »Wir haben viel angestellt.«

»Hauptsächlich waren es deine Ideen«, bemerkte Melanie etwas schüchtern. »Ich habe immer nur mitgemacht. Und dann wurden wir beide bestraft.« Sie seufzte.

»So war es ja nun auch nicht«, protestierte Kira. »Wir waren doch immer einer Meinung.«

»Du warst so kraftvoll, so wild.« Melanie lächelte Kira zärtlich an. »So voller lebenssprühender Energie. Wie hätte ich da nein sagen können? Ich habe das immer bewundert an dir, diese Leidenschaft. Wenn ich dich nicht gehabt hätte, hätte ich mich wahrscheinlich nur in meinem Zimmer vergraben und gelesen.« Sie lachte. »Ich wäre ganz sicher nie auf einen Baum geklettert. Das habe ich nur mit dir gemacht – weil ich nicht wollte, daß du mich für feige hältst. Aber ich hatte eine Heidenangst.«

»Du bist doch nicht feige«, entgegnete Kira unwillig. »Weißt du noch, das eine Mal, als uns im Wald dieser Hund angegriffen hat? Den hast du ganz allein in die Flucht geschlagen.«

»Das arme Tier war nur verängstigt«, sagte Melanie. »Und das war ich auch. Ich glaube, er hat gemerkt, daß wir dasselbe fühlen, und war dann selbst froh, daß nichts vorgefallen ist.«

»Ein Hund fühlt doch so etwas nicht«, sagte Kira. »Das bildest du dir ein.«

»Jede Kreatur fühlt etwas«, erwiderte Melanie ernst. »Ob Mensch oder Tier. Selbst Pflanzen. Deshalb sollte man sie alle mit Respekt behandeln.«

»Sie sind eine sehr feinfühlige Person, Melanie.« Vals Stimme klang ungewohnt weich, als sie Melanie ansprach. »Selten habe ich eine Wahrheit so schlicht und verständnisvoll ausgesprochen gehört.«

»Was für ein Unsinn«, sagte Kira und zog ärgerlich die Augenbrauen zusammen. »Pflanzen! Hat man je schon mal so was gehört?«

»Du nicht. Das glaube ich.« Val grinste sie an. »Aber Melanie und ich schon.«

»Bitte ... streitet euch nicht. Nicht meinetwegen.« Melanie sah furchtbar unglücklich aus. »Das habe ich nicht gewollt.«

»Wir streiten uns doch nicht.« Val schaute Melanie beruhigend an. »Keine Sorge. Dazu sehen wir uns auch viel zu selten.« Sie warf einen provozierenden Blick auf Kira. »Seit Kira das Geschäft hat, ist sie kaum noch zu Hause. Sie arbeitet Tag und Nacht.«

»Ich habe eine ganze Menge Schulden abzuzahlen«, erwiderte Kira und gab den Blick zurück. »Das will ich möglichst schnell hinter mir haben. Ich hasse diese Abhängigkeit.«

»Ich hätte nie gedacht, daß du –« Melanie lachte etwas ungläubig. »Ich meine, daß du ... eine Geschäftsfrau wirst. Mit so viel Arbeit, daß du keine Zeit mehr für anderes hast.«

»Das habe ich mir auch nicht gewünscht«, sagte Kira. »Es ist eben so gekommen.«

»Du warst immer so lebenslustig«, sagte Melanie. »Tanzen, Partys, jeden Tag woanders. Ich kann mir gar nicht vorstellen, daß du den ganzen Tag hinter einem Schreibtisch sitzt.«

»Tue ich auch nicht«, erklärte Kira. »Die meiste Zeit bin ich unterwegs zu Besichtigungen, mit Kunden oder auf Baustellen ...«

»Dann trittst ja doch in die Fußstapfen deines Vaters«, sagte Melanie. »Auf seinen Baustellen sind wir ja schon als Kinder herumgerannt.«

»Wenn er uns nicht erwischt hat«, fügte Kira hinzu. Sie lächelte wieder. »War schon lustig«, sagte sie.

»Was ist mit der Baustelle, auf der du letztens warst?« fragte Val mit einem interessierten Blick auf Kira. »Hast du den Maklervertrag bekommen?«

»Ja.« Kira seufzte. »Und zehn andere Makler auch. Da werde ich mich anstrengen müssen.«

»Du brauchst deine Kunden doch nur anzulächeln, dann kaufen sie dir bestimmt alles ab«, bemerkte Melanie mit einem liebevollen Blick. »Du brauchtest immer nur jemand anzuschauen, und er lag dir zu Füßen.«

Val hob amüsiert die Augenbrauen. »Ach? Das mir ja ganz neu.«

»Aber so war es«, erwiderte Melanie ernsthaft. Sie hatte die Ironie in Vals Worten gar nicht bemerkt. »Und es ist bestimmt immer noch so. Du siehst bezaubernd aus.« Melanie brach ab und schaute Kira an, als hätte sie das heute zum ersten Mal wahrgenommen. »Du bist noch schöner geworden«, fügte sie hinzu. »Du siehst aus wie . . . wie eine griechische Göttin.« Sie errötete, als hätte sie etwas Unanständiges gesagt.

»Das ist eine interessante Beschreibung«, bemerkte Val. »Welche wohl?«

»Thalia«, sagte Melanie sofort.

»Thalia?« Val lachte auf. »Ist Kira dafür nicht ein bißchen zu schlank?«

»Wovon redet ihr?« Kira mischte sich unwillig ein. »Ich verstehe kein Wort.«

»Melanie findet, daß du wie eine der drei Grazien aus der griechischen Mythologie aussiehst«, erklärte Val. »Thalia. Allerdings war Thalia – nun ja, eher üppig.« Sie musterte Kira angelegentlich. »Aber natürlich war sie vor allem sehr schön.«

»Sie steht für Lebensfreude, für die Leidenschaft, das Leben voll auszuschöpfen«, ergänzte Melanie. »Bei Festen und allerdings auch beim Essen.« Sie lächelte. »Aber das muß man ja nicht so eng sehen.«

»Griechische Mythologie«, sagte Kira. »Habt ihr sonst nichts zu tun?«

Melanie schüttelte ein wenig den Kopf. »Ich weiß, du hast dich nie viel für Bücher interessiert. Ist auch nicht so wichtig.«

»Einiges ist schon noch wichtig«, widersprach Val. »Es gibt Dinge, die aus der Mythologie entstanden sind und heute noch Bedeutung haben. Als Grundlage unserer Kultur.«

»Das stimmt«, sagte Melanie, »aber ich glaube, Kira langweilt das Thema.« Sie legte ihre Hand auf Kiras. »Hat es schon immer.« Verständnisvoll lächelte sie Kira an. »Sie ist ein Tatmensch, kein Büchermensch.«

»Ich mußte Bücher lesen«, sagte Kira. »In der Schule, im Studium . . .«

Melanie lachte. »Ja, aber nie freiwillig, so wie ich. Du lebst in der Realität, nicht in der Phantasie. Wo ich geträumt habe, hast du einfach die Gelegenheit beim Schopf gepackt.«

»Träume bringen einen nirgendwohin«, sagte Kira. »Man muß etwas tun.«

»Da stimme ich dir zu«, sagte Val. Sie musterte Kiras entschlossen wirkende Gestalt. »Aber es gibt eben auch Menschen, die das nicht einfach so können.«

»Dann kann ich ihnen auch nicht helfen«, sagte Kira. »Ich hatte keine Ahnung von Immobilien, und trotzdem ist es jetzt mein Geschäft. Das hätte jeder andere auch tun können.«

»Nicht jeder«, sagte Melanie. »Aber du.« Sie schaute Kira mit einem Blick an, der all ihre Bewunderung enthielt. »Du konntest das schon immer.«

Kiras Blick versank etwas in Melanies Augen. Sie musterte Melanies Gesicht, ihren Mund. »Ich kann mich nicht daran erinnern«, erwiderte sie leise. »Aber wenn du es sagst . . .«

»Ich glaube, meine Mittagspause ist zu Ende.« Val stand auf. »Würdet ihr mich bitte entschuldigen?« Sie warf einen spöttischen Blick auf Kira. »Ich glaube, du kommst allein zurecht. Nicht wahr, Schatz?« Mit langen Schritten schlenderte sie pfeifend davon.

»Was ist mit ihr?« Melanie schreckte hoch und blickte Vals lässiger Gestalt hinterher.

»Nichts«, sagte Kira. »Mach dir keine Gedanken.«

»Sie . . . Ihr . . .« Melanie senkte verlegen den Blick.

»Nein«, sagte Kira. »Wir wohnen nur zusammen – mehr oder weniger.«

»Oh, ich dachte –« Melanie schien verwirrt.

»Wir haben lange nichts voneinander gehört«, sagte Kira. »In der

Zwischenzeit ist viel passiert. Und als Ergebnis davon wohne ich jetzt in Vals Gästehaus.« Sie lächelte Melanie an. »Aber das ist kein interessantes Thema. Du bist wieder da. Das ist alles, was mich interessiert.« Sie griff nach Melanies Hand und streichelte sie.

Melanie schien einen Moment unentschlossen, dann zog sie ihre Hand weg. »Ich bin jetzt verheiratet.«

»Ich weiß«, sagte Kira, »aber –« Sie betrachtete Melanie kurz. »Du *kannst* ihn nicht lieben!« brach es dann aus ihr hervor. »Du hast gesagt, du liebst mich.«

»Das tue ich auch.« Melanies sanfte braune Augen streichelten Kiras Gesicht. »Das tue ich noch immer. Ich werde dich immer lieben. Das wird sich nie ändern. Aber –« Sie blickte von Kira weg in die Luft. »Du weißt, ich wollte immer Kinder.«

»Und? Hast du welche?« fragte Kira.

»Nein.« Melanie schüttelte langsam den Kopf. »Leider noch nicht. Es gibt da . . . Schwierigkeiten.«

Kira lachte auf. »Ist er impotent?«

»Bitte . . .« Melanie schaute sie mit verletztem Blick an. »Sprich nicht so über ihn. Er ist ein wunderbarer Mensch. Er tut alles für mich.«

»Ach ja?« Kiras Kiefer mahlten. »Dann brauchst du mich ja nicht mehr.«

»Bitte . . .« Diesmal legte Melanie ihre Hand auf Kiras und ließ sie dort. »Ich bin nur deinetwegen zurückgekommen.«

»Meinetwegen?« Kira starrte sie an.

»Ja.« Melanie seufzte. »Sonst wäre ich nicht hier. Ich habe Mark bekniet, bis er endlich nachgegeben hat.« Sie umfaßte Kiras Hand fester. »Ich kann nicht ohne dich leben. Ich mußte dich sehen.«

»Melanie . . .« Kira versank erneut in Melanies Anblick. »Bleibst du dann jetzt hier?«

Melanie schüttelte traurig den Kopf. »Mark hat ein Auslandssemester beantragt. Er ist Dozent für Geschichte, wahrscheinlich bald Professor. Aber er möchte nicht auf Dauer in Deutschland leben. Er liebt Europa, aber nur das historische Europa. Jede Modernität schreckt ihn ab.«

»Du gehst also in einem halben Jahr wieder mit ihm zurück«, sagte Kira tonlos.

»Ja.« Melanie nickte. »Ich hatte gehofft – Ich meine, du könntest doch auch mal nach Amerika kommen. Mich besuchen.«

»Dich besuchen?« Kira ließ ihre Hand unter Melanies hinausgleiten und lehnte sich zurück. »Um was zu tun? Mich wie das fünfte Rad am Wagen zu fühlen? Die harmlose Jugendfreundin aus Deutschland? Während du mit ihm im Schlafzimmer nebenan schläfst?«

Melanie schien sich unter Kiras Worten zu winden. »Du weißt, wir haben nie – Und ich habe dir nichts versprochen. Nicht in dieser Beziehung.«

»Du hast gesagt, du liebst mich.« Kira schaute Melanie mit einem Blick an, der die gleichen Gefühle für Melanie offenbarte. »Ich habe –« Kira schluckte. »Ich habe immer gedacht, daß wir beide unser Leben miteinander verbringen würden. So wie immer: unzertrennlich.«

»Das sind wir doch auch«, sagte Melanie. »Wir haben uns nie vergessen. In vier Jahren nicht. Und ich –«, sie schaute Kira unglücklich an, »ich habe mich so nach dir gesehnt. Deshalb bin ich nun hier. Eigentlich ... eigentlich hatte ich gehofft, daß ich dich überreden könnte ... Aber ich sehe, die Dinge haben sich geändert. Und Amerika war ja noch nie dein Traumland.«

»Nein«, sagte Kira. »Wenn schon, dann Frankreich.«

»Oder Spanien?«

»Was willst du damit denn sagen?« Kira sah Melanie verständnislos an.

»Val ist Spanierin«, erwiderte Melanie.

Kira verzog unwillig das Gesicht. »Ich sagte doch, wir wohnen nur zusammen.«

»Bist du sicher?« fragte Melanie.

»Worauf willst du hinaus?« Kira runzelte die Stirn.

Melanie sah sie nur an.

»Na gut«, gab Kira seufzend nach. »Wir haben miteinander geschlafen. Aber das hat doch keine Bedeutung. Und außerdem – außerdem tun wir das schon lange nicht mehr. Sie ist nachts meistens noch nicht einmal zu Hause.« Sie lachte ironisch auf. »Val hat viele *alte Freundinnen* ... und ganz sicher auch immer mal wieder eine neue. Sie reißt Frauen in Bars auf.«

»Und verbringt dann die Nacht mit ihnen?« Melanie hob die Augenbrauen. »Einfach so?«

»Ich weiß es nicht«, sagte Kira. »Und es interessiert mich auch nicht. Ist mir doch egal, wo sie ihre Nächte verbringt.«

»Und ihr ist es egal, wo du deine verbringst?«

»Ich verbringe meine in meinem eigenen Bett, schlafend«, entgegnete Kira unwillig. »Und seit einiger Zeit allein, wie ich vorhin schon sagte.«

»Das kann ich mir überhaupt nicht vorstellen«, sagte Melanie. »Du warst immer so umschwärmt . . .«

»Das war, bevor ich arbeiten mußte«, sagte Kira. »Seither habe ich keine Zeit mehr für so was.«

»Du hast dich verändert.« Melanie musterte sie mit einem verwunderten Blick. »Du bist ernster geworden. Ein bißchen fehlt mir die Kira von früher.«

»Die ist hier.« Kira beugte sich vor und sah Melanie an. »Ich bin hier. Genauso wie früher. Mit dir.« Sie nahm Melanies Hand und hauchte einen Kuß darauf. »Ich würde dich so gern küssen«, flüsterte sie. »Bitte . . .«

»Doch nicht hier. In aller Öffentlichkeit.« Melanie zog sich auf ihren Stuhl zurück.

»Nein, natürlich nicht.« Kira atmete tief durch und lehnte sich ebenfalls zurück. »Wie konnte ich das vergessen?«

»Wir können uns ja treffen«, schlug Melanie vor. »So wie früher. Im Wald. Oder auf einer Wiese. Es ist Sommer.«

»Was wird der liebe Mark dazu sagen?« fragte Kira etwas ironisch.

»Das hat nichts mit Mark zu tun«, behauptete Melanie.

Kira betrachtete sie, und es war wie früher. Jedesmal, wenn sie Melanie ansah, schlug ihr Herz höher, sie sehnte sich danach, sie zu berühren, sie zu küssen. Nichts war süßer als ein Kuß von Melanie. Ihr Körper, der sich an Kiras schmiegte, als wären sie wie füreinander gemacht.

Und dann gab es diese schönen Erinnerungen an Tage, als sie auf der Veranda gesessen hatten oder im Garten und Melanie ihr etwas vorlas oder etwas erzählte, das sie gelesen hatte. Sie las immer so viel. Das waren die einzigen Zeiten, in denen sie nicht zusammen waren.

Kira verstand nicht immer, wovon Melanie sprach. So wie heute, als Val und Melanie sich über griechische Mythologie unterhalten hatten. Aber es war schön, Melanies Stimme zu hören, ihrem sanften Klang zu lauschen an diesen lauen Sommerabenden, in denen nichts die Ruhe ihres Zusammenseins stören konnte.

Das einzige, was diese Ruhe manchmal störte, war Kira, die nicht so lange zuhören konnte oder wollte und ungeduldig wurde. Die Melanie dazu überredete, etwas mit ihr zu unternehmen. Und wenn es nur das große Abenteuer war, auf einen Baum zu klettern.

Melanie war ein Teil ihres Lebens gewesen, seit sie denken konnte. Und ebensolange liebte sie sie. Sie hatte dieses Wort nie mit einer anderen Person in Verbindung gebracht.

Als Melanie fortging, nach Amerika, war Kira am Boden zerstört gewesen. Sie konnte sich ein Leben ohne Melanie nicht vorstellen. Um zu vergessen oder sich einfach nur zu betäuben hatte sie sich in Affären gestürzt, eine nach der anderen, und eine davon war Sibylle gewesen. Nur daß Sibylle keine Affäre geblieben war. Aber dennoch, obwohl sie fast zwei Jahre mit Sibylle zusammengelebt hatte, hatte sie nie *Ich liebe dich* zu ihr gesagt und das auch niemals empfunden. Sie konnte sich noch nicht einmal erinnern, ob Sibylle es je zu ihr gesagt hatte. Aber wenn, war es ohnehin eine Lüge gewesen.

Erst jetzt, wo Melanie wieder da war, empfand Kira dieses Gefühl wieder in Gegenwart einer Person für diese Person. Obwohl sie nie aufgehört hatte es zu empfinden, wenn sie allein war. Oder manchmal nach dem Sex mit irgendeiner Frau oder sogar währenddessen. Wenn sie an Melanie dachte, wenn sie sich wünschte, daß es Melanie wäre, die sie streichelte oder Melanie, die sich unter ihr oder über ihr wand. Für einen Augenblick hatte sie diese Illusion aufrechterhalten können, aber immer hatte die Wirklichkeit sie wieder schnell eingeholt. Das Träumen lag ihr einfach nicht. Wenn sie an Melanie dachte, wollte sie sie real bei sich haben, sie in ihren Armen halten und küssen.

»Kira?« Melanies Stimme drang in ihre Gedanken. »Woran denkst du?«

Kira tauchte aus ihren Erinnerungen auf und lächelte Melanie an. »An früher. Was wir alles zusammen gemacht haben. Wie schön es war.«

»Du bist schön«, sagte Melanie und streichelte mit ihren Augen Kiras Gesicht. »Wunderschön. Und so lebendig. Ich wünschte, ich wäre so lebendig wie du.«

»Red' keinen Unsinn!« Kira lachte. »Du sitzt doch hier ganz lebendig vor mir.«

»Ich hatte fast vergessen, daß du die Sachen immer so verstehst, wie man sie sagt«, erwiderte Melanie weich und ließ ihre Augen weiterhin auf Kira ruhen. »Du bist so mit der Erde verbunden, mit dem Boden, auf dem du stehst. Alles hat für dich eine konkrete Bedeutung. Du weißt genau, wer du bist und was du willst.«

»Das weißt du auch«, sagte Kira, die sich überhaupt nicht erklären konnte, worauf Melanie hinauswollte. »Ich glaube, ich habe es sogar von dir gelernt.«

»Nein, nein, das hast du nicht.« Melanie lachte leicht. »Das konntest du immer schon. Du bist so.«

»Melanie ...« Kira beugte sich erneut vor. In diesem Moment klingelte ihr Handy. Sie blickte kurz aufs Display und schaltete das Telefon stumm.

»Val?« fragte Melanie.

Kira schüttelte den Kopf. »Nein, eine Kundin. Ich habe einen Termin mit ihr.«

»Jetzt?« fragte Melanie alarmiert.

»Gleich«, sagte Kira. »Sie ist immer zu früh.«

»Dann mußt du jetzt unbedingt gehen«, drängte Melanie sie. »Ich will nicht, daß du meinetwegen zu spät kommst, vielleicht eine Kundin verlierst. Dein Geschäft ist wichtiger als hier zu sitzen und zu plaudern.«

»Aber ... ich –« Kira wollte nicht gehen. Sie wollte Melanie nicht verlassen. Sie hatten sich doch kaum wiedergetroffen. Alles in ihr wehrte sich dagegen aufzustehen. Es war geradezu schmerzhaft.

»Wir sehen uns morgen«, sagte Melanie. »Hier ist meine Nummer.« Sie schob Kira einen Zettel über den Tisch und lächelte sie an. »Geh, bitte. Ich kriege ein ganz schlechtes Gewissen, wenn du noch länger hierbleibst.«

Kira schaute auf die Zahlen, aber sie verschwammen. Sie konnte sie nicht lesen. Sie steckte den Zettel ein und stand widerstrebend auf. Kurz stützte sie sich am Tisch ab.

Melanie beugte sich vor und gab ihr einen Kuß ... auf die Wange. »Bis morgen«, flüsterte sie.

Kira starrte sie an, als wäre sie ein Geist, eine Erscheinung. »Bis morgen«, erwiderte sie dann mit brüchiger Stimme, riß sich mit einer gewaltigen Anstrengung los und ging davon.

14

Darf ich?« Ein Klopfen an der Glasscheibe gefolgt von diesen zwei Worten ließ Kira aufblicken. Val schaute fragend zum Gästehaus herein.

»Sicher«, sagte Kira. »Es ist dein Haus.«

»Ich habe es dir überlassen«, sagte Val. »Ich betrachte es momentan eher als deins.« Sie kam herein, ging ein paar Schritte und lehnte sich dann gegen einen alten Fachwerkholzpfeiler, der den Küchenbereich vom Aufenthaltsraum abteilte. Lässig kreuzte sie die Beine. »Nun?« fragte sie. »Wie war das Gespräch zwischen den Sandkastenfreundinnen?«

Kira hob die Augenbrauen. »Geht dich das irgend etwas an?«

»Nein, vermutlich nicht.« Vals Mundwinkel hoben sich spöttisch. »Aber ich war doch sehr erfreut zu sehen, daß nicht nur ich ...«, sie zögerte mit offensichtlichem Genuß, »alte Freundinnen habe.«

»Wie kannst du es wagen –?« fuhr Kira auf, aber dann beherrschte sie sich. »Das ist wohl kaum zu vergleichen«, entgegnete sie kühl. »Deine *alten Freundinnen* triffst du ja nur im Bett.«

Val lachte. »Oh, ich könnte sie sicherlich auch einmal auf dem Marktplatz treffen – wie du.«

»Du weißt überhaupt nicht, wovon du sprichst«, erwiderte Kira, jetzt nicht nur kühl, sondern schon eisig. »Du verstehst das nicht.«

»Hm-hm.« Val nickte nachdenklich und stieß sich mit der Schulter vom Pfeiler ab, um auf Kira zuzugehen. Sie saß auf dem Sofa und hatte die Beine unter sich gezogen. Bevor Val gekommen war, hatte sie einfach nur so dagesessen und in die Luft gestarrt. Val beugte sich über sie. »Laß uns nicht streiten. Wie wäre es, wenn wir mal wieder ein Glas Wein zusammen trinken? Das haben wir schon lange nicht getan.« Ihr Gesicht näherte sich Kiras und sie versuchte sie zu küssen.

»Nicht.« Kira wandte den Kopf ab.

Val hob die Augenbrauen. Langsam richtete sie sich wieder auf. »Sie ist verheiratet«, sagte sie ernst.

»Das –« Kiras Kopf zuckte hoch. »Das ist nur – Sie wollte immer Kinder.«

»Aha«, sagte Val. »Dann ist er also nur der Samenspender? Sonst liegt ihr nichts an ihm?«

Kira schaute in die andere Richtung und antwortete nicht.

»Ganz so ist es nicht, hm?« vermutete Val. Sie betrachtete Kiras abgewandte Gestalt.

»Melanie ist . . . Sie würde nie –« Kira sprach in die Luft. »Ich sagte ja, du würdest es nicht verstehen.«

»Du meinst, daß sie – wie sagt man das doch? – eine ehrbare Frau ist?« fragte Val. »Ich glaube, davon verstehen wir beide nicht sehr viel, mein Schatz.«

»Nenn mich nicht so!« Kira fuhr mit einem Ruck herum und starrte Val wütend an. »Du verbringst jede Nacht in einem anderen Bett, nichts ist dir heilig, über alles machst du deine spöttischen Bemerkungen – du bist nicht mal wert, ihre Schuhe zu küssen!«

Val ging schnell um das Sofa herum, packte Kira bei den Schultern und drückte sie auf die Polster hinunter. Ihr Gesicht näherte sich Kiras bedrohlich, ihre Augen waren dunkel wie die Nacht. »Du hast ja keine Ahnung«, flüsterte sie rauh. Ihre Lippen preßten sich hart auf Kiras, ließen ihr kaum Luft zum Atmen.

Kira ballte die Hände zu Fäusten und schlug damit gegen Vals Brust, immer und immer wieder, bis Val sie losließ. Sie atmete schwer von der Anstrengung Val abzuwehren. »Laß mich los!« fauchte sie. »Laß mich sofort los!«

»Und wenn ich es nicht tue?« Vals Augen trugen wieder den typischen spöttischen Ausdruck, nicht mehr die tiefe Schwärze einer Nacht, in der beunruhigende Gefahr zu lauern schien.

»Du willst Zinsen für deine Investition?« Auch Kira hatte sich wieder gefangen. Mit dieser Val konnte sie etwas anfangen, diesen Ausdruck kannte sie. »Bitte. Du bestätigst damit nur, was ich eben gesagt habe. Aber wie könnte es auch anders sein?« Sie glitt tiefer ins Sofa und wehrte sich nicht mehr gegen Vals harten Griff. »Bedien dich.«

Val ließ sie los und richtete sich auf. »Ich will nicht, daß du dich mit Opfermiene hinlegst und die Beine breitmachst«, sagte sie. »Davon habe ich nichts.« Sie schaute Kira ernst an. »Ich will, daß du es gern tust. Weil du es willst.«

»*Nie* mehr!« schleuderte Kira ihr mit kaltem Blick entgegen. »Jedenfalls nicht mit dir.«

Vals Mundwinkel zuckten, dann hoben sie sich in einer noch spöttischeren Art als sonst. »Wie du selbst schon so freundlich bemerktest, herrscht kein Mangel an warmen Betten in der Nacht. Ich bin auf jeden Fall versorgt. Mach dir nur keine Vorwürfe«, sie grinste, »mein Schatz«, fügte sie dann noch hinzu.

Kira knurrte wie eine wütende Katze und griff nach einem Glas, um es nach Val zu werfen, aber sie verfehlte sie, und das Glas durchschlug eine der vielen kleinen Scheiben in der Tür.

»Oh«, sagte Val. »Das muß wohl repariert werden. Kümmerst du dich darum ... Liebling?« Sie lachte, öffnete die Tür und ging hinaus.

Kurz darauf hörte Kira den Kies in der Auffahrt knirschen. Der Jaguar rollte in die Nacht auf der Suche nach Beute.

15

Melanie wieder in ihren Armen zu halten nach so vielen Jahren war wie ein Schock. Er durchdrang ihren ganzen Körper und ließ sie hilflos zurück.

Kira löste sich von Melanies Mund. »Melanie ...«, flüsterte sie schwach. »Meine Melanie ... Endlich bist du wieder da ...«

»Kira ...« Melanies Arme schlangen sich um Kiras Taille, und sie legte aufseufzend ihren Kopf an Kiras Schulter. »Ich habe dich so vermißt.«

»Ich dich auch. O mein Gott. Wie sehr.« Kira fuhr mit ihren Lippen über Melanies Haar. »Dich wieder bei mir zu haben ...« Sie schluckte. »Als du aufhörtest zu schreiben, als du nicht mehr auf meine Briefe geantwortet hast, dachte ich, ich hätte dich für immer verloren.«

»Ich war ... ich wußte ...« Melanies Schultern verspannten sich ein wenig. »Ich konnte dir nicht von Mark erzählen«, sagte sie dann. »Ich wußte, wie du darauf reagieren würdest, und ich wollte dich nicht verletzen.«

»Nichts von dir zu hören war viel schlimmer«, sagte Kira leise. »Ich dachte, du hättest mich vergessen.«

»Ich habe dich nie vergessen.« Melanie lehnte sich leicht in Kiras

Arm zurück und schaute sie an. »Nicht für einen Tag.«

Kira schluckte erneut. »Hast du Mark von uns erzählt?«

»Nein.« Melanie schüttelte den Kopf. »Du und ich und Mark und ich – das hat nichts miteinander zu tun.«

»Ich will nicht mehr daran denken«, flüsterte Kira. »Hier und jetzt gibt es nur uns beide, dich und mich.« Sie legte ihre Wange an Melanies und genoß die warme, samtige Empfindung, Melanies einzigartigen Duft und ihren Körper, der so weich an ihrem eigenen lag. Es war wie früher, ganz genau wie früher.

Ihre Lippen wanderten erneut zu Melanies Mund, fuhren sanft darüber, baten um Einlaß.

Melanie öffnete sich ihr, und dieser Kuß war noch schöner als der erste, der ein wenig atemlos die verlorenen Jahre aufzuholen versucht hatte. Kira streichelte Melanies Rücken, glitt mit ihren Händen zu Melanies Hüften hinunter, die schmal wie die eines Jungen waren. Sie seufzte in Melanies Mund, ihre Hände umfaßten Melanies kleinen Po, der sich sanft in sie hineinschmiegte.

Melanie seufzte ebenfalls, und Kira ließ sich mit ihr ins Gras sinken, auf der versteckten Lichtung, zu der sie vom Waldparkplatz gelaufen waren.

Sie küßten sich so lange, bis sie aufhören mußten, weil sie beide nicht mehr atmen konnten.

»Kira ...« Melanie atmete schwer. Ihr Finger fuhr zärtlich über Kiras Augenbraue. »Wie schön das ist.« Ihre Augen wanderten über Kiras Gesicht. »Mit dir hier zu sein.«

Kira lächelte. »Ich hätte nie gedacht, daß wir das noch einmal tun würden.«

»Ich auch nicht«, erwiderte Melanie leise. »Ich dachte, ich komme zurück, und du bist ... nun ja, verheiratet, genau wie ich. Mit einer Frau, die dich liebt und die du liebst ... und wir wären eben nur noch Jugendfreundinnen, die in alten Erinnerungen schwelgen.«

»Das tun wir doch gerade«, sagte Kira. Sie beugte sich über Melanie und hauchte einen sanften Kuß auf ihre Lippen. Lächelnd fuhr sie fort: »Den schönsten Erinnerungen.«

»Ja, es war eine Zeit ohne Sorgen damals, wir waren fast noch Kinder, nichts konnte uns daran hindern zu tun, was wir wollten.« Melanies Stimme klang nachdenklich. »Heute ist es nur noch wie ein schönes Bild, das man sich an die Wand hängt.«

»Was meinst du damit?« Kira runzelte die Stirn. »Wir sind einfach nur älter geworden, erwachsen. Sonst hat sich nichts verändert.«

Melanie lächelte. »Du sagtest selbst, daß du keine Zeit mehr für Partys hast, weil du jetzt arbeiten mußt. Das hat sich schon verändert.«

»Ach das ...«, sagte Kira. »Das ist doch nicht wichtig.«

»Vielleicht nicht«, sagte Melanie. »Aber es zeigt, daß die Zeit nicht stehenbleibt.«

»Natürlich nicht«, erwiderte Kira irritiert. »Das ist ja auch gut so. Als wir Kinder waren, konnten wir uns nicht mal ein Eis kaufen, ohne zu fragen.«

»Das können wir jetzt«, bemerkte Melanie lächelnd. »Aber ist das wirklich so eine große Errungenschaft?«

Kira schüttelte den Kopf. »Ich verstehe nicht, was du damit sagen willst.«

»Erinnerst du dich noch«, fragte Melanie, »wenn wir auf der Veranda saßen, mit Zitronentee, den deine Mutter gemacht hatte, und der laue Wind uns einfach so streichelte? Wenn die Geräusche herüberdrangen von den Feldern, warme, weiche Sommergeräusche, das Muhen einer Kuh, leises Lachen, eine unendliche Ruhe? Wie saßen da, im goldenen Licht des Sonnenuntergangs, und während ich dir etwas vorlas, schliefst du ein. Erinnerst du dich?« Sie lächelte sehnsuchtsvoll.

»Ja ... nein ... ich weiß nicht.« Kira fühlte sich unwohl. Sie erinnerte sich an Melanies Stimme, die ihr vorlas, aber an sonst nicht viel. Anscheinend hatten Melanie und sie sich nicht unbedingt dieselben Sachen gemerkt. Aber was hatte das auch für eine Bedeutung? Was vorbei war, war vorbei. Jetzt waren sie hier. »Ich erinnere mich daran.« Ihr Mund berührte Melanies Lippen und fuhr zärtlich daran entlang. »Wie wir das erste Mal allein in deinem Zimmer waren, in deinem Bett. Weil ich bei euch übernachten sollte.« Ihre Hand glitt zu Melanies Brust. »Wie wir uns gestreichelt haben, die ganze Nacht. Wie wir uns geküßt haben.« Ihre Zunge drang zwischen Melanies Lippen und erforschte die Herrlichkeit von Melanies Mund. Sie fühlte, wie ihre Erregung stieg. »Melanie ...«, flüsterte sie.

Melanie umarmte sie und zog sie zu sich heran. Sie küßte Kira so sanft, daß Kira fast dahinschmolz. Melanies Küsse waren immer schon wunderbar gewesen. Sie vermittelten ein Gefühl, das durch den ganzen Körper zog, in jede einzelne Faser, das selbst die tiefsten Tiefen zu erreichen schien, um sie zu liebkosen.

Kira spürte, wie ihre Brustwarzen noch härter wurden, als sie schon waren, während sie sich vorstellte, daß Melanie ihre tiefsten Tiefen tatsächlich erforschen würde. Zum ersten Mal. Denn bis zum Schluß waren sie nie so weit gegangen. Kira hätte schon gewollt, aber Melanie hatte sie immer zurückgehalten, im letzten Moment gestoppt. Es hatte eine ganz bestimmte Grenze gegeben, die Kira nie überschreiten durfte.

Kiras Leidenschaft war dadurch immer nur noch mehr angestachelt worden. Irgendwann würde Melanie nachgeben. Irgendwann würde sie sich Kira ganz hingeben. Irgendwann würde sie nur für sie da sein. Irgendwann …

Aber dann war Melanie nach Amerika gegangen. Kiras Hoffnungen hatten sich nicht erfüllt.

Doch jetzt war eine andere Zeit, vier Jahre später. Melanie hatte selbst zugestimmt, daß die Zeit nicht stehenblieb. Und sie war verheiratet, sie war keine Jungfrau mehr. Ihre Einstellung mußte sich geändert haben, daran gab es gar keinen Zweifel.

Kiras Körper sendete ihr deutliche Signale. Das Ziehen in ihrem Bauch, das Kribbeln, die Feuchtigkeit … Sie beugte sich zu Melanies Brust hinab und suchte mit ihren Lippen durch den Stoff des T-Shirts hindurch die harte Spitze. Ihre Hände fuhren unter das T-Shirt und schoben es langsam hoch.

Melanies Brüste waren immer noch klein und fest wie die eines jungen Mädchens, sie hätte eigentlich keinen BH tragen müssen, aber sie trug einen. Kira glitt mit ihren Händen nach hinten und öffnete ihn. Melanie seufzte leise auf.

Endlich konnte Kira das T-Shirt und den BH ganz hochschieben, Melanies Brüste in ihrer verführerischen Nacktheit betrachten. Sie schluckte. Sie hatte sich so sehr danach gesehnt, daß sie es in diesem Moment kaum fassen konnte, daß es Wirklichkeit geworden war.

Sie beugte sich wieder hinunter und nahm die Brustwarze in den Mund. Ein Ruck ging durch Melanies Körper, sie spannte sich an, hob sich Kira leicht entgegen. Gleichzeitig tastete sie nach dem Saum von Kiras T-Shirt und zog es hoch, streichelte ihren nackten Rücken.

Kira seufzte auf und schloß kurz die Augen. Dann öffnete sie sie wieder und schob Melanie T-Shirt und BH über den Kopf, zog sie ihr aus. Melanie tat dasselbe mit ihrem T-Shirt, und Kiras BH folgte und landete einfach im Gras.

Kira ließ sich auf Melanie hinabsinken, um ihre Brüste nun ohne störenden Stoff dazwischen an ihren eigenen zu spüren. Sie stöhnten beide gleichzeitig auf, als ihre Oberkörper sich so intensiv berührten. Kira genoß das Gefühl kurz, dann küßte sie Melanie erneut, wanderte mit ihren Lippen über ihren Hals zu ihren Brüsten hinab und verwöhnte die beiden abwechselnd. Ihre Hände glitten zu Melanies Hüften, suchten den Reißverschluß ihres Rockes, öffneten ihn. Ihre Finger tasteten sich vorsichtig unter den Bund, dann weiter vor in den Slip, ihre Fingerspitzen berührten weiche Haare –

»Nein.« Melanie hielt sie auf.

»Was ist?« Kira hob den Kopf und schaute sie an.

»So weit sind wir früher nie gegangen«, sagte Melanie.

»Wir sind erwachsen, Melanie.« Kira zog irritiert die Augenbrauen zusammen. »Petting ist nur was für Teenager.«

Melanie sah etwas unglücklich aus. »Wahrscheinlich hast du recht, aber ich glaube ... ich kann das nicht.« Sie schaute Kira um Verzeihung bittend an.

»Warum nicht?« fragte Kira. Sie verstand Melanie nicht. »Wir haben uns doch beide danach gesehnt, oder nicht?«

Melanie schloß kurz die Augen und atmete tief durch. »Ich habe mich danach gesehnt, wie es früher war«, sagte sie. »Diese Verbundenheit, dieses wundervolle warme Gefühl, wenn wir uns im Arm hielten und gemeinsam eingeschlafen sind. Alles war so sanft und rein ...«

»Also wirklich, Melanie ...« Kira setzte sich auf. »Wir haben uns wild geküßt, fast überall gestreichelt, das war nicht besonders unschuldig. Ganz zu schweigen von sanft und rein.« Wie kam Melanie nur darauf? So war es doch nie gewesen.

»Ich habe für einen Moment vergessen, daß ich verheiratet bin«, sagte Melanie ernst. »Es war so schön, wieder mit dir zusammen zu sein ... Ich habe einfach nicht an Mark gedacht. Aber ich muß an ihn denken. Eine Ehe ist für mich nicht einfach nur ein Spiel, eine Übereinkunft für eine gewisse Zeit, in der man zusammenbleibt, weil man es gerade *cool* findet. Eine Ehe ist eine Verpflichtung auf Lebenszeit, unauflöslich. Ich liebe dich. Ich liebe dich wirklich. Aber es gibt gewisse Dinge, die ich nicht tun kann.«

»Nicht mit einer Frau«, sagte Kira. »Nur mit einem Mann.«

»Ich –« Melanie zog die Schultern hoch, als ob ihr kalt wäre. »Ich kann mir nicht vorstellen, meinen Eltern zu sagen – Deine Eltern sind da anders. Sie haben es sofort akzeptiert.«

»Na, sofort ...«, sagte Kira. »Es war ein Schlag für meine Mutter. Aber mein Vater war da schon immer lockerer. Er hat sie überzeugt, indem er ihr gesagt hat, daß er ja schließlich auch nicht gern auf Frauen verzichten würde, speziell nicht auf meine Mutter.« Sie schmunzelte ein wenig.

»Du führst ein Leben, wie ich es nie führen könnte«, sagte Melanie. »In aller Öffentlichkeit. Vor aller Augen. Du lebst mit einer Frau zusammen, als ob ihr verheiratet wärt.«

»Tue ich nicht«, widersprach Kira. »Ich schlafe nicht mehr mit Val, und wir leben in getrennten Häusern. Ich bleibe nur noch so lange da, bis ich meine Schulden abgezahlt habe, dann nehme ich mir eine eigene Wohnung.«

»Du verstehst nicht, was ich meine«, sagte Melanie. »Es ist nicht nur der äußere Anschein, es ist auch der Mut, der dazugehört, so zu leben, sich nicht zu verstecken. Mit Mark kann ich überall zusammen hingehen, wir werden als Paar eingeladen und niemand wundert sich darüber. Ich könnte niemals –« Sie verzog äußerst beschämt das Gesicht. »Ich weiß, es ist unfair dir gegenüber«, fügte sie hinzu. »Du hast dir mehr erhofft. Immer schon.«

Kira stieß unzufrieden die Luft aus. »Hättest du das nicht gleich sagen können? Bevor wir hier rausgefahren sind?«

»Ich wollte ja ... mit dir zusammen sein«, sagte Melanie leise. »Aber ...«, sie schaute auf den Ring an ihrer Hand, »ich kann es einfach nicht. Mark und ich waren immer ehrlich zueinander.«

»Wenn du mich wirklich lieben würdest, hättest du ihm von uns erzählt«, erwiderte Kira unwillig.

»Ich liebe dich.« Melanies sanfte braune Augen flehten Kira an, sie zu verstehen. »Ich liebe dich so sehr, daß es mir weh tut mir vorzustellen, daß wir uns wieder trennen müssen. Ich möchte nie mehr ohne dich sein. Ich möchte dich immer bei mir haben. Deine Stärke, deinen Mut, dein unerschütterliches Selbstvertrauen.«

Kira dachte an Sibylle. Das hatte ihr Selbstvertrauen ziemlich erschüttert. Aber Melanie wußte ja nichts davon. »Du hast das alles auch«, sagte sie. »Das ist doch nichts Besonderes.«

»Für dich nicht.« Melanie lächelte. »Deshalb habe ich dich immer bewundert.« Sie hob eine Hand und streichelte Kiras Gesicht. »Ich habe dein Gesicht vor mir gesehen. Wie du die Augenbrauen zusammenziehst, wenn du deinen Willen nicht bekommst. Ich habe immer alles getan, was man von mir verlangt hat. Du nicht.« Sie richtete sich leicht auf und küßte Kira hauchzart auf den Mund. »Komm«, sagte sie leise. »Es gibt so viele schöne Dinge, die wir tun können, ohne daß ich mein Ehegelübde verletze. Was wir früher getan haben, war doch auch nicht so schlecht.« Sie ließ sich wieder zurück ins Gras sinken und schaute zu Kira auf.

Kira betrachtete sie, und sie fühlte, daß sie Melanie nicht verlassen konnte, daß es sie unaufhörlich zu ihr hinzog, auch wenn sie vielleicht nicht all das bekam, was sie sich ausgemalt hatte.

Sie legte sich neben Melanie ins Gras und schaute sie an. »Du bestimmst«, sagte sie. »Ich will nicht, daß du dich bei irgend etwas, das wir tun, schlecht fühlst.«

Melanie lächelte und beugte sich über sie.

16

Kann ich mit dir sprechen?« Kira war gerade von der Arbeit gekommen und hatte sich dazu entschlossen, gleich jetzt den Stier bei den Hörnern zu packen und zu Val ins Haupthaus zu gehen.

»Sicher.« Val saß in einem Sessel in ihrem Arbeitszimmer und blickte auf. »Ich habe gesehen, du hast die Tür reparieren lassen.« Sie lächelte leicht.

»Ja, tut mir leid«, sagte Kira. »Ich sollte aufhören, Sachen nach dir zu werfen.«

»Meinst du das ernst?« Val lehnte sich schmunzelnd zurück. »Das würde aber viel Spannung aus unserer Beziehung nehmen.«

Kira hob die Augenbrauen. »Ich hatte einen harten Tag. Können wir das lassen? Ich bin zu müde, mich zu streiten. Ich wollte dich nur etwas fragen.«

»Natürlich«, sagte Val, auf einmal ernst. Sie musterte Kiras Gesicht. »Du siehst wirklich müde aus.«

»Ja, darüber wollte ich mit dir reden.« Kira stand immer noch in der Tür.

»Komm, setz dich doch«, sagte Val und wies auf den anderen Sessel. »Wenn du so müde bist, solltest du nicht so da rumstehen. Wein?«

»Nein.« Kira schüttelte den Kopf. Sie ging zum Sessel und setzte sich. »Ich habe den ganzen Tag über fast ununterbrochen Kaffee getrunken. Es war die Hölle. Rein und raus, keine ruhige Minute. Ich bin nicht mal zum Essen gekommen.«

»Willst du etwas?« fragte Val. »Frau Eggers hat bestimmt noch Reste vom Mittagessen im Kühlschrank.«

»Nein, danke«, sagte Kira. »Das einzige, wonach ich mich jetzt noch sehne, ist ein weiches Bett.« Sie warf einen Blick auf Val. »Allein.«

Val hob leicht die Mundwinkel. »Etwas anderes hatte ich auch nicht angenommen. Also?« Sie schaute Kira fragend an. »Worum geht es?«

»Du hattest mir vor einiger Zeit angeboten ...«, begann Kira. »Ich weiß natürlich nicht, ob das Angebot noch aktuell ist«, unterbrach sie sich sofort.

Val lachte. »Wenn du mir nicht sagst, was du meinst, kann ich dir nicht antworten.«

»Ich muß jemand einstellen«, sagte Kira zurückhaltend, als wäre es eine Schwäche, die sie nur ungern zugeben würde. »Ich schaffe es nicht mehr allein.«

»Kein Problem.« Val nickte bestätigend. »Ich habe mich schon die ganze Zeit gefragt, wie du das machst. Du gehst in aller Herrgottsfrühe aus dem Haus, kommst erst mitten in der Nacht zurück – und jedesmal, wenn ich dich sehe, siehst du aus, als hättest du nicht eine Sekunde geschlafen. Das ist auf die Dauer nicht gesund.«

»Ja, ich –«, Kira fuhr sich mit der Hand über die Stirn, »ich hätte nicht gedacht, daß das Geschäft so gut läuft. Ich dachte, es ist vielleicht nur eine Phase – und dann wäre es nicht gut gewesen, jemand einzustellen. Aber jetzt –«

»Endlich hast du Vernunft angenommen«, sagte Val. »Stell einfach jemand ein und sag mir dann, wieviel du brauchst.«

»Leider ...«, Kira lehnte sich erschöpft zurück, »leider kommen die Provisionen nicht so schnell herein wie die Aufträge. Sonst müßte ich dich nicht fragen.«

»Was dir natürlich lieber wäre«, sagte Val. »Kein Zweifel. Aber ich bin immer froh, wenn ich dir helfen kann, das weißt du.«

»Der Preis ist mir nur meistens zu hoch«, sagte Kira. »Aber diesmal habe ich keine andere Wahl.« Sie seufzte. »Hätte ich doch nur auf meinen Vater gehört und Betriebswirtschaft studiert. Oder wenigstens Buchhaltung. Dann müßte ich mir das jetzt nicht alles mühsam zusammensuchen. Ich hoffe, ich finde jemand, der gut in diesen Sachen ist, damit ich mich auf das eigentliche Geschäft konzentrieren kann.« Sie verzog die Lippen. »Und vielleicht nicht immer erst um Mitternacht nach Hause gehen.«

»Kira ...« Val stand auf, trat auf sie zu und beugte sich über sie. Ihr Blick musterte die dunklen Ringe unter Kiras Augen.

»Heute nicht«, sagte Kira müde. »Bitte ... Ich würde dabei einschlafen.«

Val lachte leise auf. »Das sehe ich dir an. Nein«, sie richtete sich auf, »du bist absolut sicher vor mir, keine Sorge. Geh ins Gästehaus und schlaf dich aus. Süße Träume«, fügte sie in ihrer üblichen spöttischen Art hinzu, die vorher fast schon verschwunden gewesen war.

»Das konntest du dir nicht verkneifen, hm?« Kira erhob sich aus dem Sessel.

»Ich verlange ja sonst nichts von dir«, sagte Val, »dann laß mir doch wenigstens das Vergnügen. Wie geht es Melanie?«

»Gut«, sagte Kira. »Soweit ich weiß. Wir haben uns ein paar Tage nicht gesehen.«

»Oh, ist die große Leidenschaft schon vorbei?« fragte Val.

Für einen Moment blitzte etwas in Kiras Augen auf, dann war es wieder verschwunden. »Zu viel Arbeit«, erwiderte sie ruhig. »Wie ich schon sagte. Keine Zeit.«

»Wie schade«, bemerkte Val, wobei es mehr als offensichtlich war, daß sie es überhaupt nicht bedauerte, wenn Kira und Melanie sich nicht sehen konnten. »Du hast aber auch Pech. Erst ist sie überhaupt nicht da, und jetzt, wo sie da ist, hast du keine Zeit.«

»Mach nur deine Witze«, sagte Kira mit einer matten Stimme, die gar nicht zu ihr paßte. »Ich habe nicht mal mehr die Kraft, etwas nach dir zu werfen.«

»Wolltest du diese sportliche Betätigung nicht ohnehin einstellen?« fragte Val neckend, aber Kira reagierte gar nicht mehr darauf. »Tut mir leid«, fügte Val hinzu. Sie hob eine Hand und strich sehr sanft über Kiras Wange. »Schlaf gut. Ich halte dich nicht mehr davon ab.«

Ihre Stimme klang so weich, daß Kira sich eigentlich hätte wundern müssen, aber sie war zu müde, es zu bemerken.

Val schaute Kira hinterher, als sie das Haus verließ und zum Gästehaus hinüberging. Ihr schien es, als wäre die schlanke Gestalt noch schlanker geworden, zu schlank eigentlich schon. »Morgen lade ich dich zum Essen ein«, murmelte sie. »So geht das nicht weiter.«

Sie ging zum Safe, öffnete ihn und nahm eine Pistole in einem Holster heraus. Sie zog die Waffe aus dem Etui, überprüfte sie und steckte sie wieder hinein. Danach befestigte sie sie an ihrem Gürtel und verließ das Haus.

Diesmal hörte Kira nicht mehr, wie der Wagen auf die Straße hinausrollte. Sie war längst eingeschlafen.

17

Ja ... Nein ... Ja ... Selbstverständlich.« Kira hielt das Telefon in der Hand und wirkte genervt. Vor ihr auf dem Tisch stapelten sich Prospekte und Papiere, alles sah ein bißchen chaotisch aus und sie dahinter fast verloren. »Ja, ich habe mir die Adresse aufgeschrieben«, wiederholte sie erneut, mühsam beherrscht. Sie hatte es schon dreimal gesagt.

In diesem Moment öffnete sich die Tür, und eine ältere Dame kam herein.

»Bitte ... Frau Nittwitz, ich weiß genau, wo ich hinkommen muß. Um halb vier. Ja, genau. Fünfzehn Uhr dreißig.« Kira warf einen Blick auf die ältere Dame und hätte sie am liebsten hinausgeworfen. Sie hatte im Moment genug von älteren Damen, die ihr die Zeit stahlen. Frau Nittwitz war auch so eine. Sie hielt die Sprechmuschel zu und sagte leise: »Einen Moment, bitte.«

Die ältere Dame nickte, und sie lächelte freundlich. Wenigstens war sie nicht verärgert.

»Frau Nittwitz, ich muß jetzt auflegen«, sagte Kira. »Wir haben ja auch alles besprochen. Ich komme um halb vier. Wir sehen uns dann.« Aufatmend legte sie den Hörer zurück. »Entschuldigung.« Sie versuchte die Frau, die vor ihr stand, anzulächeln, aber es gelang ihr fast nicht. Sie war hundemüde, und der Tag hatte gerade erst angefangen. »Womit kann ich Ihnen helfen? Suchen Sie eine Wohnung oder ein Haus?« Sie grub ein wenig in den Papieren auf dem Tisch. »Wenn Sie so nett wären und das hier ausfüllen würden, dann kann ich mir ein besseres Bild machen und die Angebote für sie sondieren.« Sie reichte der Frau ein Blatt.

Die lächelte leicht. »Ich fürchte, das ist das falsche Formular.« Sie gab Kira das Blatt zurück.

»Das falsche?« Kira starrte auf das Formular. Sie konnte nichts Falsches daran finden. »Es ist leider alles ein bißchen durcheinander hier«, nahm sie höflich die Schuld auf sich. Die Kundin hatte immer recht.

»Ein bißchen«, sagte die Frau erneut lächelnd. »Ein Wunder, daß Sie das Formular überhaupt gefunden haben. Aber es würde Ihnen leider gar nichts nützen, wenn ich das ausfülle. Ich komme auf Ihre Anzeige.«

»Anzeige? Welche?« fragte Kira. »Die Zwei-Zimmer-Wohnung, die heute in der Zeitung war?« Sie schaute etwas hektisch über den Tisch. Wo war die Zeitung?

»Nein.« Die Frau schien die Ruhe selbst zu sein. »Sie suchen eine Mitarbeiterin? Oder ist die Stelle schon vergeben?«

»Oh, *die* Anzeige ...« Kira lehnte sich erschöpft zurück. »Entschuldigung, ich verliere manchmal etwas den Überblick.«

»Hätte ich jetzt gar nicht vermutet«, sagte die Frau freundlich, aber mit einem leicht neckenden Blitzen in den Augen.

»Ja, ich fürchte, man sieht es«, gab Kira zu. »Aber ich bin ganz allein, und ich komme einfach nicht mehr nach. Zu viele Aufträge für einen Tag, der nur vierundzwanzig Stunden hat. Ich bin praktisch nie hier, ständig unterwegs.«

»Freuen Sie sich doch, daß Ihr Geschäft so gut läuft«, sagte die Frau.

»Oh, das tue ich.« Kira atmete tief durch. »Aber meistens werfe ich nur die neuen Aufträge auf die alten, und irgendwann wird irgendwer sich beklagen, daß ich ihn vergessen habe. Ist sogar schon passiert.«

»Ja, das kann ich mir vorstellen«, sagte die Frau. »Sie suchen also jemand, der das Chaos hier in Ordnung verwandelt?«

»Ja, ich –« Kira richtete sich auf und beugte sich leicht vor. »Ich suche jemand«, fügte sie dann zögernd hinzu.

»Sie finden mich zu alt?« fragte die Frau direkt. »Sie haben mit jemand Jüngerem gerechnet?«

»Ich ... äh ...« Kira fühlte sich etwas überrumpelt. So übermüdet, wie sie war, war sie nicht zu schnellen geistigen Reaktionen fähig. Ihr Kopf fühlte sich an, als würde er gleich explodieren.

»Darf ich Ihnen ehrlich sagen«, fuhr die ältere Frau fort, »daß ich ebenfalls nicht mit einer so jungen Chefin gerechnet hatte?«

Kiras Mundwinkel hoben sich leicht. »Ich auch nicht«, sagte sie. »Ich bin sehr plötzlich zu diesem Geschäft gekommen.«

Die Frau nickte. »Und nun wächst es Ihnen über den Kopf, und Sie brauchen jemand, der hier die Stellung hält, während Sie unterwegs sind.«

»Richtig«, sagte Kira. »Ich kann nicht an zwei Orten gleichzeitig sein.«

»Hier«, sagte die Frau und zog etwas aus ihrer Tasche. »Meine Bewerbungsunterlagen. Ich habe hauptsächlich als Buchhalterin gearbeitet, aber im letzten Jahr leider gar nicht. Die Firma, bei der ich lange Jahre war, ist in Konkurs gegangen. Und wenn man mit über fünfzig arbeitslos wird, hat man kaum mehr eine Chance auf dem Arbeitsmarkt.« Sie schaute Kira ernst an. »Sie wollen ja auch jemand Jüngeren. Ich nehme nicht an, daß Sie mich in Betracht ziehen.«

Kira nahm die Bewerbungsunterlagen, suchte ein freies Plätzchen auf dem Tisch und schlug sie auf. Sie schaute auf das Geburtsdatum. Diese Dame hier war glatte zehn Jahre älter als ihre Mutter. »Eigentlich ist mir das Alter egal, Frau Vogel«, sagte sie. »Sie sind die erste Bewerberin, und ich habe keine Zeit, tausend Bewerbungsgespräche zu führen. Also versuchen wir es doch einfach.«

Frau Vogel sah überrascht aus. »Haben Sie gar keine Fragen?«

»Nein.« Kira schüttelte den Kopf. »Auch dafür habe ich keine Zeit. Ich brauche Ergebnisse, und zwar schnell. Das ist das einzige, was mich interessiert.«

Frau Vogel verzog anerkennend die Lippen. »Sie sind zwar jung, aber Sie wissen, was Sie wollen.«

Kira nahm einen Prospekt und schrieb ihre Handynummer darauf. »Wenn etwas ist, so können Sie mich erreichen. Ich muß jetzt zu einer Hausbesichtigung.« Sie reichte den Prospekt über den Tisch und stand auf.

»Äh ...« Frau Vogel schien etwas überrascht. »Sie wollen, daß ich sofort anfange? Jetzt?«

»Haben Sie etwas anderes vor?« fragte Kira, schon mit ihrer Aktentasche in der Hand und fast auf dem Weg zur Tür.

»Terminkalender?« fragte Frau Vogel. »Wo tragen Sie Ihre Termine ein?«

»Hier.« Kira tippte sich gegen die Schläfe.

»Sie haben also keinen?« Frau Vogel hob die Augenbrauen. »Sie müssen ein gutes Gedächtnis haben.«

»Habe ich«, sagte Kira. »Bisher habe ich keinen Terminkalender gebraucht.«

Frau Vogel lächelte. »Schön. Dann werde ich versuchen, mich hier mit allem vertraut zu machen, bis Sie zurückkommen.« Sie blickte fragend. »Wissen Sie ungefähr, wann das sein wird?«

Kira fragte kurz ihren Terminkalender im Kopf ab. »So ungefähr in vier Stunden. Vielleicht. Wenn nichts dazwischenkommt.«

»Gut«, sagte Frau Vogel. »Ich halte die Stellung.«

Sie lächelte erneut, und Kira fand dieses Lächeln sehr beruhigend. Irgendwie erinnerte es sie schon an ihre Mutter.

18

Melanie, bitte ...« Kira atmete schwer. »Ich sehne mich so nach dir.«

»Ich bin doch hier«, erwiderte Melanie lächelnd.

»Ja.« Kira seufzte. »Du bist hier.«

»Ich weiß.« Melanie legte ihre Hand auf Kiras Arm. »Aber ich kann es doch nicht ändern. Ich bin verheiratet.«

»Bist du sicher, daß das der einzige Grund ist?« Kira hob die Augenbrauen.

Melanie schaute sie unschuldig fragend an. »Welchen Grund sollte es sonst geben?«

»Du warst nie sehr ... offen, was diese Dinge betrifft.« Kira neigte etwas zweifelnd den Kopf. »Ich hatte gehofft, daß sich das in dieser langen Zeit geändert hat.«

»Ich bin eben nicht so ... mutig wie du.« Melanie verzog etwas unglücklich das Gesicht.

»Was hat das mit Mut zu tun?« Kira schüttelte nun schon ziemlich verärgert den Kopf. »Wir sind in einer leeren Wohnung, niemand sieht uns.«

»Darauf kommt es nicht an.«

»Worauf dann?« Kira verstand es einfach nicht. Mühsam hatte sie sich Zeit von ihrem übervollen Terminkalender abgeknapst, Melanie hatte freudig zugestimmt, sich mit ihr zu treffen, aber nun war das Ergebnis kaum der Mühe wert.

»Es ist einfach ...«, Melanie rang die Hände, »kompliziert.«

»Was ist daran kompliziert?« Kira hauchte einen Kuß auf Melanies Lippen. »Du weißt, was Sex ist, ich weiß, was Sex ist, und wir beide lieben uns. Das ist die einfachste Sache der Welt.«

Melanie lachte etwas betrübt auf. »Für dich.«

»Für jeden.« Kira schüttelte noch einmal den Kopf. Sie neigte sich wieder über Melanie, die auf dem Boden lag. »Was ist denn daran so schwierig?« flüsterte sie, während ihre Lippen sanft über Melanies Wange fuhren. »Du willst es doch auch.«

»Ja ... nein ...« Melanie legte einen Arm um Kiras Nacken. »Ach Kira ...« Sie suchte mit ihrem Mund nach Kiras und schloß die Augen, als sie sich küßten. »Es ist so schön mit dir.«

»Warum willst du dann nicht –? Ach verdammt!« Kira sprang auf und lief im Zimmer herum. »Du machst mich verrückt, Melanie. Ich halte das einfach nicht mehr aus.« Sie schaute auf Melanie am Boden hinunter. Sie hatte sich nicht gerührt. »Was ist nur mit dir los?«

Melanie verzog die Lippen. »Mit Val hattest du nie solche Probleme, nicht wahr?«

»Val? Was hat das denn mit Val zu tun?« Kira zog in der für sie typischen Art die Augenbrauen zusammen. »Val und ich – das ist ganz etwas anderes. Ich liebe sie nicht und sie liebt mich nicht. Es war nur Sex.«

»Ist es dann wirklich einfacher? Das kann ich nicht beurteilen.« Melanie schüttelte leicht den Kopf. »Ich kann es mir einfach nicht vorstellen.«

»Für uns hat das ja auch keine Bedeutung. Wir lieben uns.« Kira schaute irritiert auf Melanie hinunter. »Deshalb verstehe ich einfach nicht, was das Problem ist.«

»Ich sagte es schon: Ich bin verheiratet.« Melanie wirkte jedesmal so unglücklich, wenn sie das sagte, daß Kira sofort Mitleid mit ihr bekam.

»Es tut mir leid.« Kira ließ sich wieder neben Melanie auf den Boden sinken. »Aber warum bist du dann hier?«

»Weil ich es nicht ertragen kann, dich nicht zu sehen.« Melanie wandte den Kopf ab. »Und es ist jedesmal eine Sünde.«

»Eine Sünde? So hast du es doch früher nicht empfunden.« Kira war erstaunt.

»Doch, schon immer.« Melanie wandte den Kopf zu ihr zurück. »Du hast es nur nicht gemerkt.«

»Weil ich eine Frau bin?«

»Nein.« Melanie schüttelte den Kopf. »Mit einem Mann wäre es genauso.«

»Jetzt, wo du verheiratet bist. Aber früher warst du das doch nicht, als wir noch halbe Kinder waren.« Kira konnte das alles nicht nachvollziehen.

»Früher haben wir ... wir haben nie das getan, was Eheleute tun.« Melanie runzelte die Stirn. »Es war ein Spiel unter Kindern.«

»Ein Spiel?« Kira hob die Augenbrauen. »Na ja, vielleicht am Anfang ... Aber schon bald nicht mehr. Ich habe es jedenfalls nicht so empfunden.« Sie verzog ein wenig die Mundwinkel. »War das deine Entschuldigung?«

»Zum Schluß hat es dann nicht mehr gereicht. Deshalb bin ich so schnell nach Amerika.« Melanie hob die Schultern. »Hast du dich nicht gewundert? Es war wie eine Flucht. Nein, nicht wie – es war eine.«

»Vor mir?« Kira war so überrascht, daß sie eine ganze Weile sprachlos blieb.

»Ja«, sagte Melanie. »Du warst so lebenssprühend, so anziehend ich konnte mich nicht dagegen wehren.« Sie senkte den Blick. »Weil es schneller ging, bin ich als Au-Pair rüber, dann wollte ich dort studieren. Eigentlich hätte ich lieber in Europa studiert, aber –« Sie atmete tief durch. »Und dann habe ich Mark kennengelernt.«

»Das ist doch nicht dein Ernst.« Kira starrte sie ungläubig an. »Warum ... warum hast du mir nichts gesagt?«

»Was hätte ich dir sagen sollen?« Melanie zuckte schicksalsergeben die Achseln. »Du hättest es nicht akzeptiert. Du hättest nicht verstanden – Ach Kira ... Wenn ich doch nur so wäre wie du. Dann wäre vieles leichter.«

»Leichter? Du findest, ich habe es leicht?« fragte Kira. »Ich arbeite vierundzwanzig Stunden am Tag, und das reicht manchmal noch nicht einmal.«

»Ich weiß«, erwiderte Melanie beschämt. »Aber du bist so ... stark. Du kannst alles überwinden, wenn du willst.«

»Kann ich das?« Über solche Dinge machte Kira sich normalerweise keine Gedanken. Sie tat einfach, was getan werden mußte. »Wenn du meinst«, sagte sie dann. »Aber bei dir will ich gar nicht stark sein. Ich will nur, daß du mich im Arm hältst.« Sie kuschelte sich an Melanie. »Ich liebe dich«, flüsterte sie leise.

Melanie lächelte und streichelte ihr Haar.

19

Sie ist unterwegs, Frau Velázquez«, sagte Frau Vogel bedauernd. »Ich weiß nicht, wann sie wiederkommt.«

Val lächelte. »Wie schade. Ich wollte sie zu einem kleinen Ausflug einladen. Sie arbeitet zu viel.«

»Das ist wahr.« Frau Vogel schüttelte ein wenig den Kopf. »Ich weiß nicht, wie sie das macht. Selbst jetzt, wo ich hier bin ...«

Val schaute sich um. »Auf jeden Fall hat sich der Zustand der Geschäftsräume massiv verbessert.«

»Ich mußte einiges ändern«, sagte Frau Vogel. »Aus praktischen Gründen.«

Val schmunzelte. »Welche praktischen Gründe haben denn die Blumen da auf Kiras Tisch?«

»Oh, die sind nicht von mir«, sagte Frau Vogel. »Die hat sie heute morgen bekommen.«

Vals Gesichtsausdruck schien sich kaum zu verändern. »Ach ja? Wissen Sie, von wem? Ein dankbarer Kunde?«

»Nein, privat«, erwiderte Frau Vogel. »Es war eine Karte dabei, auf der nur Initialen standen. Frau Levien sagte, die Blumen wären von einer alten Freundin, als Erinnerung an ihre gemeinsame Kindheit.«

»Ah, eine alte Freundin.« Vals Gesichtsausdruck war immer noch unmöglich zu lesen.

»Val? Was machst du denn hier? Ich dachte, du wärst auf See.« Kira kam hereingestürmt, als gälte es eine Festung zu erobern. Sie stellte ihre Tasche auf ihrem Schreibtisch ab.

»War ich bis vor kurzem«, sagte Val. »Ich bin eben erst zurückgekommen.«

»So?« fragte Kira ziemlich uninteressiert. Sie schaute ein paar Notizen durch, die Frau Vogel ihr auf den Tisch gelegt hatte. »Und da führt dich dein erster Weg zu mir?«

Val ging nicht auf die Frage ein. »Schöne Blumen«, sagte sie und trat auf Kiras Tisch zu.

»Ja, Melanie hatte immer schon einen guten Geschmack«, erwiderte Kira abwesend, weil sie im Kopf ihren Terminkalender abfragte. Frau Vogel hatte zwar einen großen Kalender gekauft, der auf ihrem Schreibtisch lag, aber Kira hatte sich immer noch nicht daran gewöhnt.

»Ich dachte mir schon, daß sie von Melanie sind.« Val beobachtete Kiras Gesicht, ihre Augen, die blicklos in die Luft starrten, als würden sie innerlich etwas sehen, während äußere Reize sie nicht erreichten. »Ich wollte dich zu einem kleinen Ausflug einladen«, fügte sie hinzu.

Kiras Augen kehrten in die Realität zurück. »Segeln?« fragte sie mit leicht spöttisch verzogenen Mundwinkeln.

»Wenn du willst«, nickte Val. »Ich hatte allerdings eher an einen Landausflug gedacht.«

Der spöttische Ausdruck in Kiras Mundwinkeln verstärkte sich. »Sag an. Selbst du kriegst von Wasser mal genug?«

»Manchmal.« Val zuckte die Schultern. »Ich war ja nun eine ganze Weile weg.« Als wäre es eine Spiegelung von Kiras Gesichtsausdruck, verzogen sich auch ihre Mundwinkel spöttisch. »Falls du das überhaupt bemerkt hast.«

»Der Jaguar hat mir nicht die Ausfahrt versperrt«, sagte Kira. »Das habe ich bemerkt.«

»Ich dachte mir schon, daß es nicht meine Person war, die dir gefehlt hat.« Val grinste.

»Gefehlt?« Kira blickte sie erstaunt an. »Wir sehen uns sonst ja auch kaum. Tagsüber bin ich nicht zu Hause, und wenn ich nachts nach Hause komme, bist du oft gar nicht mehr da. Oder du fährst gerade weg zu ...«, sie warf einen verächtlichen Blick auf Val, »was oder wem auch immer.«

Val neigte leicht den Kopf. »Und? Wie wäre es jetzt mit Wegfahren? Was hältst du von meinem Vorschlag?«

»Ich habe keine Zeit«, sagte Kira sofort. »In einer halben Stunde ist die nächste Besichtigung.«

»Äh ... die ist abgesagt«, mischte Frau Vogel sich unerwartet ein. »Sie haben angerufen. Anscheinend ist jemand krank geworden.«

»Ach?« Kira schien überrascht. »Aber sie waren doch so wild darauf – Na ja, ist ja auch egal. Ich habe genug anderes zu tun.«

»Nichts Dringendes«, sagte Frau Vogel. »Die Buchhaltung habe ich erledigt, die Anzeigen sind aufgegeben und die Prospekte sind verschickt. Sie können sich ruhig ein bißchen Erholung gönnen. Spannen Sie mal aus.« Sie lächelte Kira fürsorglich an.

Kira wirkte leicht unzufrieden. »Ich langweile mich, wenn ich nichts zu tun habe. Da kann ich mich nicht entspannen.«

»Frau Vogel, Sie sind ein Schatz.« Val strahlte Frau Vogel so sehr an, daß Frau Vogel verwirrt den Blick senkte. »Und Sie haben ganz recht. Frau Levien sollte unbedingt einmal ausspannen. Sonst klappst du noch zusammen«, wandte sie sich wieder an Kira. »Und ich muß meine Investition schützen.«

»Ja, sicher«, sagte Kira. »Du bist nur an deiner Investition interessiert.«

»Woran sonst?« fragte Val so unschuldig, daß ihre schwarzen Augen fast blau erschienen. »Nun komm schon. Gib dir einen Stoß. Du kannst doch nicht immer nur arbeiten.«

»An was hattest du denn gedacht?« fragte Kira.

»Was hältst du von einem kleinen Burgfest?« Vals Brauen hoben sich fragend, und ihre Augen blitzten wieder so piratenhaft abenteuerlustig, wie man es von ihnen gewohnt war.

»Burgfest? Was für ein Burgfest?« Kira hielt sich gerade noch davor zurück, den Kopf zu schütteln. Auf was für komische Ideen Val manchmal kam ...

»Ganz inoffiziell«, sagte Val. »Eine alte Freundin von mir«, sie grinste, »hat Geburtstag.«

»Was soll ich dann da?« fragte Kira schnippisch. »Denkst du nicht, daß das ein bißchen störend wäre für euch zwei?«

»Nein, überhaupt nicht«, entgegnete Val offensichtlich vergnügt. »Sie ist glücklich verheiratet. Schon seit Jahren.«

»Das heißt gar nichts«, murmelte Kira vor sich hin.

»Was hast du gesagt?« Val beugte sich vor.

»Nichts«, sagte Kira. Sie schaute Frau Vogel an. »Und Sie wollen mir wirklich erzählen, daß ich jetzt einfach so gehen kann? Keine Termine? Wie war das mit –«

»Das verschiebe ich«, unterbrach Frau Vogel sie. »Das ist nicht so dringend. Und alles andere ist für heute erledigt.«

»Kaum zu fassen«, sagte Kira. »Ich glaube, das ist mein erster freier Nachmittag seit –« Sie schüttelte den Kopf. »Ich kann mich nicht einmal mehr erinnern.«

»Dann komm«, sagte Val. »Bevor hier noch irgend jemand was von dir will.«

Kira schien verdattert. Sie rührte sich nicht.

»Nun gehen Sie schon«, drängte jetzt auch Frau Vogel. »Ich weiß, Sie tun keinen Schritt mehr hier hinaus, wenn ein Kunde hereinkommt.«

Kira griff nach ihrer Tasche. »Na gut«, sagte sie. »Gegen euch beide komme ich nicht an.«

»Na, gefällt es dir?« Val schaute lachend auf Kira, nachdem sie aus dem Auto gestiegen waren.

»Ich wußte gar nicht, daß das frei zugänglich ist«, bemerkte Kira erstaunt und blickte an der beeindruckenden Burgmauer hinauf. »Ich dachte immer, das wäre für Besucher gesperrt.«

»Ist es auch«, sagte Val. »Wenn man nicht eingeladen ist ...«

»Valentina!« Eine melodische Tenorstimme drang über den Burghof zu ihnen. Es klang fast wie Musik.

»Xalvador.« Val lächelte dem Mann entgegen.

Noch bevor er Kira und Val erreichte, begann Xalvador wie ein

Wasserfall zu plätschern. Die Worte glitten aus seinem Mund, als hätten sie nur darauf gewartet, sich ununterbrochen ergießen zu können. Er sprach spanisch.

Als er endlich eine kleine Pause machte, antwortete Val ebenfalls auf spanisch, und Kira war erstaunt, wie anders als in deutsch Vals Stimme in dieser Sprache klang. Genauso melodisch wie Xalvadors und viel weicher. Das letzte Wort, das sie sagte, war »Kira«, und sie deutete dabei auf Kira neben sich.

Mit südländischer Überschwenglichkeit riß Xalvador Kira an sich. Im Gegensatz zu Val war er ein kleiner Mann, auch kleiner als Kira. Das hinderte ihn jedoch nicht daran, sie inbrünstig abzuknutschen.

»Ist gut«, sagte Val lachend, nun wieder auf deutsch, und versuchte Xalvador von Kira loszueisen. »Sie bekommt ja keine Luft mehr.« Sie wartete noch einen Moment, bis Kira ihr ihre Aufmerksamkeit wieder zuwenden konnte. »Es tut mir leid, daß wir spanisch gesprochen haben. Es ging so automatisch.«

»Ein paar Wörter habe ich verstanden«, sagte Kira und ordnete ein wenig ihre Kleidung, die Xalvador an diversen Stellen zerdrückt hatte. »Vom Französischen. Nur wird in Spanisch alles anders ausgesprochen.«

»Alors on parle français«, sagte Val.

»Meinetwegen müßt ihr nicht französisch sprechen«, widersprach Kira, ebenfalls auf französisch. »Ich bin ganz zufrieden damit, wenn ich mal nicht darauf achten muß, was die Leute sagen.«

»Kann ich mir vorstellen«, erwiderte Val, nun wieder auf deutsch. »Die Kunden erwarten von dir, daß du dich ständig auf ihre Wünsche konzentrierst.«

»Ja, das tun sie«, sagte Kira. »Aber genau um das zu vergessen bin ich ja jetzt hier, oder?« Sie klang etwas gereizt. War nicht vor kurzem von Erholung die Rede gewesen? Dieses Herumspringen zwischen verschiedenen Sprachen fand sie nicht gerade erholsam. Da hätte sie auch im Geschäft bleiben können.

»Richtig«, bestätigte Val. »Geht es Camila gut?« fragte sie Xalvador, und er antwortete in perfektem Deutsch mit einem leicht singenden Akzent:

»Ja. Sie wartet schon sehnsüchtig auf dich, querida.«

»Dann will ich sie nicht warten lassen.« Val nickte Kira zu. »Kommst du?«

»Oh, ich – besser nicht«, erwiderte Kira und verkniff sich wegen Xalvadors Gegenwart jeden weiteren Kommentar.

Val lächelte leicht. »Du kannst ruhig mitkommen. Ich glaube, sie würde dich gern kennenlernen.«

»Das glaube ich auch«, bestätigte Xalvador und nahm Kira am Arm. »Wir sind hier alle eine große Familie. Und sie freut sich immer über Zuwachs.« Er überwand Kiras verdutzten Widerstand und zog sie mit sich. »Insbesondere über so schönen.« Er grinste sie an, und Kira fühlte sich entschieden an Val erinnert.

Sie betraten eine große Halle, die offensichtlich für ein Fest geschmückt war. Überall Girlanden, ein buntes Buffet, unter dem man die Tische kaum erkennen konnte, und im Hintergrund stimmten Musiker ihre Instrumente. In der Mitte standen keine Tische, es war eine große, leere Fläche.

»Sieht fast aus wie ein Tanzsaal«, bemerkte Kira.

»Heute ist es das auch.« Val lächelte sie freundlich an. Nichts Spöttisches lag in ihrem Blick. »Nachher, wenn alle da sind, wird hier sicher bis in die Morgenstunden getanzt.« Immer noch war ihr Lächeln freundlich und vertiefte sich. »Tanzt du gern?«

»O ja.« Kira seufzte. »Es kommt mir wie eine Ewigkeit vor, seit ich nicht mehr tanzen war.«

»Dann hoffe ich, daß du nachher mit mir tanzt«, sagte Val.

Kira schaute sie an und erwiderte nichts.

»Wollen wir jetzt zu Camila gehen?« fragte Val, ohne darauf einzugehen. »Sie wartet nicht gern.«

Was habe ich damit zu tun? dachte Kira. *Warum schleppt sie mich mit, wenn sie irgendeine alte Flamme besuchen will?* »Dann solltest du wohl besser mit ihr tanzen, statt mich dazu aufzufordern«, entgegnete sie etwas spitz.

»Oh, der erste Tanz gehört auf jeden Fall ihr.« Val zeigte ihre blitzend weißen Zähne. »Etwas anderes würde ich gar nicht wagen.«

Ihre Augenwinkel kräuselten sich dermaßen vergnügt, daß Kira sich am liebsten umgedreht hätte und gegangen wäre.

Sie wußte nicht, was sie erwartet hatte, aber ganz sicher nicht, die zweite Geige zu spielen. Das war noch nie ihre Rolle gewesen. Im Gegenteil, sie hatte andere auf diesen Platz verwiesen. »Gibt es hier irgendwo einen Taxistand?« fragte sie nur mühsam ihre Wut unterdrückend.

»Kaum.« Val schien nun äußerst amüsiert. »Wo willst du denn mit einem Taxi hin?«

»Nach Hause«, sagte Kira. »Hier zu bleiben hat wohl wenig Sinn. Dann schlafe ich mich lieber aus.«

Val beugte sich nah zu ihr. »Glaub mir«, sagte sie leise. »Du würdest es bereuen. Und zudem würdest du Camila zutiefst beleidigen.«

»Wieso sollte es mich kümmern, wenn eine deiner –«

»Sch!« Val unterbrach sie mit einem scharfen Laut und einer warnenden Handbewegung. »Du weißt nicht, was du sagst. Sei lieber still.«

Kiras Augen sprühten Funken. »Du verbietest mir den Mund? Wofür hältst du dich?«

Val lächelte wieder spöttisch. »Für jemand, die dir auf jeden Fall kein Taxi besorgen wird«, sagte sie. »Wenn du nach Hause willst, mußt du laufen. Aber ich würde es wirklich nicht empfehlen. Es ist ziemlich weit.«

»Du hast mich hierhergebracht –!« fuhr Kira auf.

»Sch«, machte Val erneut, aber diesmal viel sanfter und mit einem Lächeln, und legte einen Finger auf ihre Lippen. »Glaub mir, es wäre ein Fehler, jetzt zu gehen. Ich möchte nur, daß du Camila begrüßt. Wenn du danach noch nach Hause willst, fahre ich dich eigenhändig heim. Versprochen.«

Kira starrte sie ärgerlich an. Erholung. Erholung! Aber was hatte sie erwartet? Von Val? *Erholung* mit Val war anstrengend. Immer schon gewesen. Jedes Mal.

Aber eins mußte man Val lassen: Sie hielt ihre Versprechen immer. Also brauchte sie, Kira, nur noch diese Camila für eine kurze Begrüßung zu ertragen, dann würde Val sie nach Hause bringen. »Ist gut«, gab sie etwas widerwillig nach.

Xalvador führte sie eine bombastische Steintreppe hinauf, auf der man sich Ritter in voller Rüstung gut vorstellen konnte. Platz genug war jedenfalls, dachte Kira. Ein ganzer Zug hätte hier entlangrauschen können.

Ein breiter Gang führte von der Treppe in den oberen Teil der Burg hinein. Links und rechts hingen Porträts vergangener Zeiten, Männer und Frauen in wallenden Gewändern, die man heute nur noch auf dem Theater oder in Historienfilmen bewundern konnte.

Kira blickte kurz zur Decke hinauf. Sie war kaum zu erkennen, so hoch oben schwebte sie über dieser Galerie der Eitelkeiten längst zu Staub zerfallener Epochen.

Xalvador öffnete eine Tür – in jedem normalen Haus hätte man es wohl als Tor bezeichnet – an der rechten Seite des Ganges und trat hindurch. »Camila, schau, wer da ist«, sagte er auf spanisch.

Kira verstand es, weil diese Wörter in allen romanischen Sprachen sehr ähnlich klangen.

Val trat hinter Xalvador ein, und Kira hörte, wie sie mit warmer Stimme »Camila« sagte.

Was will sie mir hier zeigen? dachte Kira unwillig. *Daß sie diese Frau liebt? Soll sie doch. Damit habe ich nichts zu tun, und es interessiert mich auch nicht.*

»Kira, komm.« Val streckte lächelnd den Arm nach ihr aus. »Camila möchte dich jetzt kennenlernen.«

Kira berührte Vals Arm nicht. Widerstrebend ging sie an ihr vorbei in den Raum. Hoffentlich war das alles bald vorbei, und sie konnte nach Hause.

»Camila, das ist Kira«, sagte Val auf französisch. »Sie spricht kein Spanisch.«

Erst jetzt hatte Kira die breite, torähnliche Tür hinter sich gelassen und konnte den Raum – auch diese Bezeichnung war selbstverständlich untertrieben – überblicken. Links von ihr stand ein gewaltiges Himmelbett, und darin saß, nein: thronte, eine Frau.

Eine Königin hätte man meinen können, so wie sie aussah, aber auf jeden Fall war sie alt – sehr alt.

Kira fühlte sich mit einem Mal verwirrt. Mit dieser Frau konnte Val doch kein Verhältnis haben. Sie war mindestens hundert.

»Camila hat heute Geburtstag«, erklärte Val, weiterhin auf französisch. »Deshalb sind wir hier.« Sie lächelte mit offensichtlichem Vergnügen. Sie hatte gewußt, was Kira gedacht hatte, und nun genoß sie unverschämt wie immer ihre hinterhältige Überraschung.

»Das hättest du mir doch sagen können!« zischte Kira wütend in Vals Richtung, auf deutsch.

»Und mir deinen Gesichtsausdruck entgehen lassen?« gab Val leise, aber sehr vergnügt ebenfalls auf deutsch zurück. »Niemals.«

»Du bist –!«

»Komm her, mein Kind«, forderte plötzlich eine durchdringende

Stimme auf französisch und unterbrach damit Kiras fast schon erfolgten Wutausbruch. Camila schaute Kira gebieterisch an. Weder die Stimme noch dieser Blick schienen zu ihrem Alter und zu ihrer fragilen Erscheinung zu passen.

»Komm«, sagte Val und grinste. »Ich beschütze dich.«

»Ich brauche keinen Schutz!« schnappte Kira und ging mit schnellen Schritten zum Bett vor.

»Du bist hübsch«, bemerkte Camila jetzt, aber kein Lächeln begleitete diese Aussage. »Sehr hübsch sogar.« Sie musterte mit ihren alten, aber dennoch scharf blickenden Augen Kiras Gesicht. Nun verzogen sich ihre Mundwinkel doch etwas. »Und du hast Temperament, das sieht man. Bist du sicher, daß du keine Spanierin bist?«

»Ganz sicher«, sagte Kira.

Val lachte leise hinter ihr. »Sie behauptet, ihre ganze Familie wäre urdeutsch.«

»Mit dieser Haarfarbe?« fragte Camila skeptisch. Sie lächelte immer noch nicht. »Aber wer weiß ... vielleicht ein paar unserer Leute, die durch die Gegend gezogen sind. Haben ihre Spuren hinterlassen. Valentina sagte, du hättest Pech gehabt, wärst von jemand um dein ganzes Geld betrogen worden?« Sie wandte ihre Aufmerksamkeit wieder Kira zu.

Kira zuckte die Schultern. »Meine eigene Schuld«, sagte sie, »aber ...«, sie zögerte kurz, dann fuhr sie fort, »aber mit Vals Hilfe habe ich jetzt ein Einkommen.«

»Bescheiden, aber ehrlich, vermute ich«, entgegnete Camila in einem merkwürdigen Tonfall. Aber vielleicht lag es auch nur daran, daß sie französisch mit einem starken spanischen Akzent sprach.

»Wenn ich meine Schulden abbezahlt habe, ist es gar nicht so bescheiden«, erwiderte Kira. Es ging ihr gegen den Strich, daß Camila sie behandelte, als wäre sie ein kleines Kind, das nicht für sich selbst sorgen konnte. »Allerdings –«, in diesem Moment war ihr ein Gedanke gekommen, der ihre Laune erheblich sinken ließ, »allerdings die Steuer ...« Sie atmete tief durch. »Wahrscheinlich werden sie mir alles wieder wegnehmen, und dann stehe ich genauso da wie am Anfang. Oder noch schlimmer.«

»Das glaube ich nicht«, sagte Camila und warf einen Blick auf Val. »Aber ich denke, das ist nicht meine Angelegenheit.« Sie schaute wieder Kira an. »Ich hoffe, ihr werdet euch sehr amüsieren auf meinem Fest. Ich werde später hinunterkommen.«

Vals Hand legte sich auf Kiras Arm. »Komm«, sagte sie leise. »Wir sind entlassen.« Sie ging zu Camila und hauchte einen Kuß auf ihre faltige Wange. »Soll ich nachher helfen?«

Camila schüttelte unwillig den Kopf. »Ach was. Es lungert schon genug unnützes Volk hier oben herum.«

Val nickte und ging zu Kira. Sie schmunzelte. »Damit ist die Audienz endgültig beendet. Wir können gehen.« Sie drehte sich zu Camila um. »Bis nachher, Camila. Vergiß nicht, du hast mir den ersten Tanz versprochen.« Sie lachte.

»Paß bloß auf«, drohte Camila, obwohl es nicht ernst schien. »Du solltest deine Kräfte bis dahin gut sparen.«

»Ich werde mich zurückhalten«, antwortete Val lächelnd und machte eine kleine Verbeugung.

Danach drehte sie sich um und ging mit Kira hinaus.

»Und?« fragte sie, als sich die schwere Tür hinter ihnen geschlossen hatte. »Willst du immer noch nach Hause?«

»Wie alt ist sie?« fragte Kira.

Val zuckte die Schultern. »Keine Ahnung. Niemand weiß das. Auch ihren Geburtstag kennt niemand. Sie feiert ihn jedes Jahr an einem anderen Tag. Vielleicht weiß sie selbst nicht einmal das richtige Datum. Sie wurde unter einem Baum geboren.«

»Ist sie deine . . . Großmutter?« Kira runzelte die Stirn.

»Nein.« Val schüttelte den Kopf. »Wir sind nicht verwandt. Wie ich schon sagte, empfängt mich meine Familie nicht mehr. Deshalb ist das hier jetzt meine Familie. Camila ist die beste Mutter, Großmutter . . . was immer du willst . . . die ich je hatte.«

»Sie wirkt sehr . . .«, Kira suchte nach dem richtigen Wort, »bestimmt«, sagte sie dann.

»Du meinst herrisch.« Val lachte. »Ja, das ist sie. Das muß sie sein. Sie ist das Oberhaupt des ganzen Clans. Alle gehorchen ihr, kommen zu ihr, wenn sie irgend etwas brauchen. Sie trifft alle Entscheidungen.«

»Clan? Was für ein Clan?« fragte Kira irritiert. »Ich dachte, so etwas gibt es nur in Schottland.«

»Das ist ein bißchen schwierig zu erklären«, sagte Val. »Aber zuerst einmal möchte ich dir etwas anderes erklären. Laß uns hinuntergehen, da gibt es zu trinken und zu essen, und wir können uns ein ruhiges Plätzchen suchen.«

»Ein ruhiges Plätzchen?« fragte Kira. »Ich dachte, das hier ist ein Fest.«

»Ist es auch«, sagte Val, »aber ich würde mir trotzdem gern ein ruhiges Plätzchen mit dir suchen. Jetzt.«

»Ah«, sagte Kira. Erstaunlich, daß es so lange gedauert hatte, bis Val zum eigentlichen Zweck dieses Besuches kam.

»Was du schon wieder denkst ...« Val lachte. »Ich muß dir einfach nur etwas erzählen, das will ich nicht so zwischen Tür und Angel tun.«

Kira schaute sie an. Sie wußte nie, was Val dachte oder beabsichtigte. Es war auf eine gewisse Art beunruhigend, auch wenn sie im allgemeinen nicht darüber nachdachte. Wenn sie Vals spöttischen Gesichtsausdruck sah, der sie nicht ernstzunehmen schien, stieg zwar regelmäßig Wut in ihr auf, aber dann war sie so beschäftigt damit, sich eine passende Erwiderung auszudenken, daß sie sich nicht auch noch mit Vals Gedankengängen beschäftigen konnte. »Was gibt es denn so Wichtiges?« fragte sie etwas spitz. »Eine neue Flamme? Da es ja nicht Camila sein kann.«

»Es betrifft dich«, sagte Val. »Und ich dachte, du wärst vielleicht interessiert daran, es zu hören.«

Kira hob die Augenbrauen. »Unangenehme Neuigkeiten?« fragte sie. »Willst du dein Geld zurück?«

»Mit Geld hat es schon zu tun, aber nicht so«, sagte Val. Mittlerweile waren sie am Fuß der riesigen Treppe angekommen. »Was willst du trinken?« Sie ging zum Buffet.

»Nichts Alkoholisches«, sagte Kira.

Vals weiße Zähne blitzten. »Damit du mir nicht in der Schwäche des Augenblicks zum Opfer fällst?«

»Ich kann mich schon wehren«, sagte Kira. »Vielleicht gibt es ja spanischen Orangensaft, das würde doch passen.«

Schon während sie heruntergekommen waren und auch nun, da sie am Buffet standen, schienen ständig Leute in die Burg hineinzuströmen. Viele brachten Geschenke mit, einige nicht. Es war eine sehr unterschiedliche Gesellschaft. Von jung bis alt, von Smoking bis zu Jeans, die Frauen zum Teil in Abendkleidern und andere nur in T-Shirt und kurzen Bermudas.

»Es gibt offensichtlich keine Kleidervorschriften«, bemerkte Kira, während sie an dem Orangensaft nippte, den Val ihr gereicht hatte. »Von den Besuchern her könnte es alles von einem Ball bis zu einem Kegelabend sein.«

»Viele werden sich noch umziehen«, sagte Val, »aber einige können es eben kaum erwarten, ihre neuen Roben auszuführen. Ein bißchen neureich, fürchte ich.«

Kira schaute Val mißtrauisch an. »Du hast mir kein Abendkleid gekauft, oder?«

Val antwortete nicht sofort.

»Val, nein«, sagte Kira tadelnd. »Hättest du mir vorher Bescheid gesagt, hätte ich mir selbst etwas Passendes besorgen können.«

»Es war ein gutes Angebot«, sagte Val.

Kira verzog die Lippen. »Abendkleider gibt es nicht auf dem Grabbeltisch.«

»In Ordnung.« Val neigte zustimmend den Kopf. »Aber man schaut doch nicht auf den Preis bei einem schönen Kleid«, sie zögerte und schaute Kira erstaunlich ernst an, »für eine schöne Frau.«

»War es das, was du mir sagen wolltest?« fragte Kira spöttisch. »Dafür braucht man wirklich kein ruhiges Plätzchen.«

»Nein, das war es nicht«, sagte Val. »Komm«, sie wies mit ihrem Weinglas in eine entfernte Ecke. »Laß uns da rübergehen.«

Es war ein kleiner Erker mit einem Blick in den Innenhof, einem wunderschönen Garten mit farbenfroh strahlenden exotischen Pflanzen, einem kleinen, künstlich angelegten Bach und offensichtlich alten Bäumen.

»Wie groß ist so eine Burg eigentlich?« fragte Kira erstaunt. »Was da alles reinpaßt.«

»Eine Menge.« Val lächelte. »Platzprobleme hat man hier in der Tat keine. Aber auch darüber wollte ich nicht mit dir reden. Du hast vorhin bei Camila die Steuer erwähnt und deine Sorge, daß sie deine ganzen Bemühungen zunichtemachen könnte.«

»Tut sie das nicht immer?« fragte Kira etwas verärgert. »Früher habe ich mir über so etwas keine Gedanken gemacht, aber erst mein Vater und jetzt ich – es scheint, daß sie darauf aus sind, uns alle in Grund und Boden zu stampfen.«

Val nickte. »Deshalb darf man das nicht zulassen.«

»Guter Witz«, sagte Kira. »Ich glaube nicht, daß die beiden, die bei mir im Geschäft waren, darüber lachen würden. Die sahen sehr humorlos aus.« Plötzlich runzelte sie die Stirn. »Komisch, sie haben sich gar nicht mehr gemeldet. Du sagtest doch, du hattest nicht genug Geld, um die Steuern zu bezahlen. Oder hast du doch –?«

»Nein.« Val schüttelte den Kopf. »Ich hatte das Geld wirklich nicht flüssig. Aber du brauchst dir trotzdem keine Sorgen mehr zu machen.«

»Ich habe keinen Brief oder irgend etwas von der Steuer bekommen«, sagte Kira irritiert. »Hast du Ratenzahlung mit ihnen vereinbart oder so was?«

»Eher so was.« Val grinste. »Sie werden dich nicht mehr belästigen, ebensowenig wie deinen Vater.«

Kira runzelte verständnislos die Stirn. »Einfach so? Hundertfünzigtausend? Darauf verzichten sie doch nicht völlig selbstlos.«

»Sie wissen gar nichts davon«, sagte Val. »Und eigentlich hat das Geschäft ja auch nie Gewinn abgeworfen. Insofern habe ich nur die Zahlen ein wenig der Realität angepaßt.«

»Du hast – Wie –?« Kira fühlte sich für einen Moment überfordert.

»Nun ja, ich will mich nicht mit fremden Federn schmücken«, sagte Val. »Es war ein Freund von mir. Hast du eine Ahnung, wie unsicher die Computersysteme von Behörden sind? Offen wie ein Scheunentor, sagt mein Freund. Kein Problem, da reinzukommen.«

»Er ist ein Hacker?« fragte Kira.

»Unter anderem«, bestätigte Val. »Alles, was mit Computern zu tun hat, ist ein offenes Buch für ihn. Eigentlich macht er das eher, um die sogenannten Opfer darauf aufmerksam zu machen, welche Sicherheitslücken ihr System hat, und sie dazu zu bringen, bessere Sicherheitssysteme einzubauen. Die verkauft er natürlich auch.« Sie schmunzelte.

»Und dann raubt er sie aus?« fragte Kira.

»Nein, daran liegt ihm nichts.« Val schüttelte den Kopf. »Ihm geht es wirklich nur darum, die Computerwelt sicherer zu machen. Er war entsetzt, wie einladend das System bei dieser Behörde gestaltet ist. Er sagte, man braucht ungefähr die Kenntnisse eines Vierzehnjährigen, um sich da einzuklinken.«

»Aber –« Kira sah sehr verwirrt aus. »Diese Behörden haben doch nicht nur Computer, sie haben mir Briefe gezeigt. Da ist alles auf Papier festgelegt. Das stimmt doch jetzt nicht mehr überein.«

Val grinste nun sehr breit. »Sagen wir mal, die Schlösser an den Gebäuden sind auch nicht sicherer als ihr Computersystem«, erklärte sie. »Ein anderer Freund von mir kennt sich sehr gut mit Schlössern und Alarmanlagen aus.«

»Was hast du denn für Freunde?« Kira zog die Augenbrauen zusammen.

»Nützliche«, sagte Val. »Bist du nicht froh darüber?«

»Ich weiß nicht.« Kira zog etwas unbehaglich die Schultern hoch. »Ist das nicht strafbar?«

»Wieso?« sagte Val. »Wenn überhaupt, haben die sich strafbar gemacht, indem sie von dir verlangt haben, Steuern für Einnahmen zu zahlen, die du nie gehabt hast. Wären Sie nicht von einer Behörde, würde man das als Erpressung bezeichnen.«

Kira dachte einen Augenblick nach. »Ja«, sagte sie dann. »Ich glaube, du hast recht. Bei mir. Aber bei meinem Vater?«

»Bei deinem Vater lief es etwas anders«, sagte Val. »Mein Freund«, sie schmunzelte, »der Hacker, hat Geld zwischen verschiedenen Banken und Konten hin und her geschoben. Da ging es ja nicht nur um die Steuer, sondern vor allem auch darum, die Kreditwürdigkeit wiederherzustellen.«

»Was für Geld?« fragte Kira. »Es war doch gar keins da.«

»Banken haben immer Geld«, sagte Kira. »Und auch ein Computersystem ...«

»Hat er das Geld von irgendwelchen Konten gestohlen?« fragte Kira.

»Geliehen«, sagte Val. »Nur immer fur vierundzwanzig Stunden. Und dann sofort zurückgezahlt. Die Banken waren begeistert über so einen zuverlässigen und offensichtlich solventen Kreditnehmer.« Wieder grinste sie. »Geld ist nichts Reales mehr heutzutage, das habe ich dir schon mal zu erklären versucht. Es sind Zahlen in einem Computer. Und es ist die Meinung desjenigen, der die Zahlen in diesem Computer sieht, die darüber entscheidet, ob du kreditwürdig bist oder nicht. Banker sind nicht unbedingt die intelligentesten, weißt du? Sonst wären sie ja nicht bei einer Bank angestellt, sondern würden ihren eigenen Laden aufmachen.«

Kira schüttelte ungläubig den Kopf. »Das kann doch nicht so einfach sein.«

»Wie ich schon mal sagte«, Val trank ihr Glas aus und erhob sich,

»verlangt es einen gewissen Aufwand. Und natürlich Kenntnisse. Aber es gibt immer jemand, der die hat. Also ...« Sie hob abschließend die Hände. »Ich glaube, dein Vater hat eine ziemlich hohe Steuerrückzahlung zu erwarten. Das war ein Aufwasch.« Sie nickte Kira zu und ging mit ihrem leeren Glas zum Buffet.

Kira saß da wie erschlagen. Alles, was Val gesagt hatte, klang so logisch, aber sie konnte sich trotzdem nicht erklären, wie das möglich war. Sie nahm einen Schluck Orangensaft. Dann schüttelte sie den Kopf. Sie hatte keine Lust, jetzt darüber nachzudenken. Eigentlich verstand sie es sowieso nicht. Im Augenblick konnte sie nur darauf hoffen, daß dies das Ende der Geschichte war. Aber sich darüber Gedanken zu machen hatte auch bis morgen Zeit.

»Willst du dich umziehen?« fragte Val, als sie mit ihrem gefüllten Glas wieder zurückkam. »Du kannst dich auch etwas frischmachen in den oberen Räumen. Es gibt genug Badezimmer.« Sie hob die Augenbrauen. »Oder weigerst du dich strikt, das Kleid zu tragen, weil ich es dir gekauft habe?«

»Das wäre eigentlich am besten«, sagte Kira. »Ich habe dich schließlich nicht darum gebeten.«

»Willst du es noch nicht einmal sehen?« Vals Stimme klang lokkend. »Ich bin überzeugt davon, es würde dir hervorragend stehen.«

»Oh, ich stelle deinen Geschmack nicht in Frage«, sagte Kira. »Davon habe ich mich ja schon des öfteren überzeugen können.«

»Nicht zu deinem Schaden, oder?« Val streckte die Hand aus. »Bist du gar nicht neugierig?«

Wenn Kira sich selbst gegenüber ehrlich war, war sie schon seit der ersten Erwähnung des Kleides sehr neugierig darauf. Natürlich zeigte man das nicht als wohlerzogene junge Dame, die sie war. Man mußte sich erst einmal spröde geben.

Mit Val hatte sie allerdings das Gefühl, es war hoffnungslos. Sie konnte sich so spröde geben, wie sie wollte, Val ging einfach mit einem Lachen darüber hinweg, und der ganze Aufwand verpuffte.

Sie schaute sich im Saal um. Diejenigen, die schon Abendgarderobe trugen, bildeten eine bunte Schar um das Buffet herum. »Es geht aber nicht in diese Richtung, oder?« fragte sie mit einem leichten Schaudern beim Blick auf das Kleid einer etwas älteren und reichlich fülligen Dame.

Val lachte. »Hattest du mir nicht eben Geschmack zugestanden?

Das ist wohl eher –«

»Geschmacklos«, setzte Kira fort. »Wie kann man so etwas tragen?«

»Nicht alle haben eine so ausgezeichnete Erziehung genossen wie du und ich, mein Schatz«, bemerkte Val versöhnlich. »Sie finden es schön.«

»Mein Schatz?« Kira hob die Augenbrauen.

Vals Mundwinkel zuckten. »Ich bitte um Verzeihung, Hoheit.«

»Hör bloß auf.« Kira blitzte sie an. »Sonst fahre ich doch noch nach Hause. Ich finde bestimmt jemand, der mich mitnimmt.«

»Oh, das dürfte nicht schwer sein«, bestätigte Val schmunzelnd. »Die ganze Männerwelt wird sich darum reißen. Sie werden dich auf Händen nach Hause tragen.«

Kiras Augenbrauen zogen sich zusammen. »Denkst du, ich tue es nicht?«

»O doch«, sagte Val. »Wenn du dich erst einmal dazu entschlossen hast, bist du nicht mehr aufzuhalten. Deshalb würde ich diesen Entschluß gern dadurch beeinflussen, daß ich dir das Kleid zeige.« Ihre Mundwinkel verzogen sich spöttisch. »Komm schon, gib's zu, du platzt vor Neugier. Das sehe ich dir an.«

»Es wäre unhöflich, es nicht anzuschauen«, erwiderte Kira hoheitsvoll. »Wo du so aufmerksam warst, es zu besorgen.«

»Du meine Güte«, sagte Val und betrachtete sie spöttisch bewundernd. »Deine Mädchenschule muß ja toll gewesen sein.«

»Erträglich«, sagte Kira. »Meistens.«

Val grinste. »Ich wußte, daß ich was verpaßt habe.«

»Du nimmst mich auf den Arm.« Kira war sauer.

»Nein«, sagte Val. »Ich hoffe nur darauf, dich nachher mit dem Kleid *in* den Arm nehmen zu können – beim Tanzen.«

»Das überlege ich mir noch«, sagte Kira mit einem Blitzen in den Augen, das sowohl ja als auch nein bedeuten konnte.

»Ich habe den Karton noch im Auto«, sagte Val. »Warte einen Moment.« Sie lief über die Tanzfläche zum Ausgang.

Kira schaute sich um, während sie auf Vals Rückkehr wartete, und sie stellte erneut fest, daß dies eine entschieden merkwürdige Gesellschaft zu sein schien. Jedenfalls nicht zu vergleichen mit irgendeiner, auf der sie je gewesen war.

Die Menschen, die sich hier versammelten, schienen teilweise, wie beispielsweise die Frau in dem grauenhaften Abendkleid, auf das sie auch noch stolz zu sein schien, nicht gerade aus den oberen Gesellschaftsschichten zu stammen. Andere wiederum, wie Val und sie selbst, und es gab noch mehr, schon.

Viele der Anwesenden erinnerten sie an die eher rauhen Sitten, die sie von den Baustellen ihres Vaters kannte. Wie die Arbeiter untereinander miteinander umgingen. Selbstverständlich hatten sie sich immer sofort zusammengerissen, wenn sie Kira, die Tochter des Chefs, sahen, aber sie hatte oft genug mitbekommen, was wirklich abging, bevor sie sie sahen. Manchmal hatte sie sich auch versteckt, mit Melanie, um die Männer zu beobachten. Sie schienen wie aus einer anderen Welt, mit nacktem Oberkörper im Sommer oder nur mit einem Unterhemd bekleidet, schmutzig, aber stark.

Hätte ihr Vater es gewagt, zu Hause nur mit einem Unterhemd herumzulaufen, hätte ihre Mutter ihn geköpft. Es gab sehr strenge Regeln im Hause Levien, was Anstand betraf. Ihre Mutter stammte aus einer Familie, in der solche Lässigkeit nicht geduldet wurde. Viele fragten sich, warum sie Kiras Vater, der definitiv nicht in dieselben Kreise gehörte wie sie, überhaupt geheiratet hatte. Unter ihrem Stand, wie einige munkelten.

Aber sie hatte es getan, aus welchem Grund auch immer, und das Ergebnis waren Kinder, die eine wilde Mischung aus edlem alten Großbürgertum und eben jenen rauhen, ursprünglichen, animalischen Bauarbeitern darstellten, was durchaus nicht immer einfach war.

Hier auf dieser Gesellschaft schien es so, als hätten sich die Bestandteile wieder getrennt, oder als ob sich beide Hälften der Familie, sowohl von mütterlicher als auch von väterlicher Seite, zusammen auf demselben Fest befanden, nur mit völlig verschiedenen Voraussetzungen.

»So.« Val kam zurück, einen Karton unter dem einen und einen Anzug über dem anderen Arm.

»Oh«, sagte Kira. »Und ich hatte so sehr gehofft, ich würde dich endlich mal im Kleid sehen.« Ihre Mundwinkel zuckten.

»Das ist leider eine Option, die ich nicht anbieten kann«, erwiderte Val schmunzelnd, »aber ich bin sehr froh, daß du dich dafür entschieden hast, nicht nur Hosen zu tragen.« Sie ließ ihren Blick über Kiras Hosenanzug schweifen.

»Im Geschäft ist es praktischer«, sagte Kira. »Obwohl ich wahrscheinlich in einem engen, kurzen Rock eine Menge mehr Verträge abschließen könnte.« Sie lächelte etwas ironisch.

»Wenn sie nicht vorher tot umfallen«, sagte Val, »vor lauter Aufregung.« Sie wies mit dem Kopf zur Treppe. »Komm, ich zeige dir das Kleid.«

Kurz darauf packte sie den Karton aus, den sie in einem der vielen Schlafzimmer aufs Bett gelegt hatte. »Mit der Bernsteinkette und den Ohrringen wäre es perfekt, dachte ich mir.«

»Ich trage sie heute aber nicht«, sagte Kira.

Val schaute sie an. »Du hast sie überhaupt nicht mehr getragen, seit –«

»Nein, habe ich nicht.« Kira schaute sie ebenfalls an, und sie dachte an den Tag, als Val den Schmuck mitgebracht hatte. Es war das letzte Mal gewesen, daß sie miteinander geschlafen hatten.

»Eine Weile her«, sagte Val.

»Eine Weile.« Kira warf einen Blick auf das Kleid. »Ein bißchen auffällig, die Farbe.«

»Wie die goldenen Funken in deinen Augen«, erklärte Val. »Es wird sie noch mehr hervorheben, damit sie jeder sieht. Sie werden strahlen wie Sterne.«

»Willst du mich verkuppeln?« Kiras Mundwinkel verzogen sich ironisch.

»Nein, ich möchte –« Val brach ab. »Willst du es nicht anprobieren? Wie es sich gehört, gibt es hier sogar einen Paravent.« Sie wies auf den Sichtschutz in der Ecke.

»Du könntest auch einfach das Zimmer verlassen«, sagte Kira.

»Wenn du willst«, sagte Val.

»Nein, bleib hier.« Kira drehte sich schon halb um. »Möglicherweise brauche ich Hilfe. Bei solchen Kleidern weiß man nie.« Sie begab sich hinter den Paravent und zog sich aus, schlüpfte in das Kleid und trat wieder hervor. »Wie ich sagte. Der Reißverschluß ist eine akrobatische Nummer.« Sie kam auf Val zu.

»Tut mir leid«, sagte Val.

»Tut es nicht«, sagte Kira. »Weil du nämlich schon die ganze Zeit darauf wartest, ihn zuzumachen.« Sie drehte sich mit dem Rücken zu Val. »Tu's bitte.«

Val berührte Kiras Hüften und glitt dann mit ihren Fingern nach hinten, um den Reißverschluß zu schließen. Als sie an Kiras Schulterblättern angekommen war, wo der Stoff endete, beugte sie sich vor und hauchte einen Kuß auf Kiras nackten Rücken.

»Ich wußte es«, sagte Kira. »Nur deshalb hast du das Kleid gekauft.«

Val trat zurück. »Ich habe es gekauft, um dich darin ansehen zu können«, sagte sie. »Es steht dir phantastisch.«

»Spiegel?« fragte Kira.

»Hier.« Val deutete auf die andere Seite des Zimmers.

Kira trat vor den Spiegel und betrachtete sich darin. »Wirklich sehr auffällig«, sagte sie. »Etwas weniger Ausgeschnittenes hätte es nicht getan?«

Vals Lippen verzogen sich schmunzelnd. »Ich kann dir ein Tuch besorgen, wenn du möchtest.«

»Dann hättest du auch gleich etwas Hochgeschlossenes kaufen können.« Kira drehte sich zu ihr um. »Was du offensichtlich nicht wolltest.«

»Nicht wirklich«, gab Val zu. »Du bist –« Sie räusperte sich. »Es ist ja nicht so, daß du dich verstecken müßtest.«

»Sicher nicht«, sagte Kira selbstbewußt. »Aber so kann ich auf keinen Fall bleiben. Ich habe keine Frisur, keinen Schmuck, keine Schuhe – nichts von alldem, was eigentlich zu so einem Kleid gehört. Abgesehen davon, daß ich mich auch noch frischmachen müßte.«

»Alles kein Problem«, sagte Val. »Das Badezimmer ist gleich hier, und ich denke, da wirst du auch einiges für deine sonstigen Ansprüche finden. Welche Schuhgröße?«

»Siebenunddreißig«, sagte Kira.

»Hab ich doch richtig geraten.« Val grinste. »Na ja, fast. Ich habe zwei Paar gekauft, in siebenunddreißig und achtunddreißig.«

»Neue Schuhe? Zum Tanzen?« Kira seufzte. »Ich würde sagen, wir tauschen. Du nimmst meine und ich nehme deine.«

»Die Größe paßt nicht«, sagte Val. »Aber du kannst auch auf bloßen Füßen tanzen. Du wirst sehen, daß das einige nachher tun werden, wenn das Fest fortgeschritten ist.« Sie lachte leicht.

»Wo sind die Schuhe?« Kira hob fragend die Augenbrauen.

»Hier.« Val zog eine Tüte unter dem Smoking hervor, den sie ebenfalls aufs Bett gelegt hatte. »Dann werde ich dich jetzt alleinlassen. Nimm dir so viel Zeit, wie du willst.« Sie wandte sich zur Tür.

»Val?« Kiras Stimme hielt sie auf.

Val drehte sich zurück.

»Der Reißverschluß«, sagte Kira. »Ich muß das Kleid erst einmal wieder ausziehen.«

Val nickte und kam auf sie zu, Kira drehte sich um, und als Val den Reißverschluß geöffnet hatte, glitten ihre Hände nach vorn, sie umfaßte Kiras Taille und zog sie zu sich heran, hauchte einen Kuß auf ihren Nacken.

»Nicht, Val.« Kira wand sich aus ihrem Arm.

»Hätte ich dir lieber Blumen schicken sollen?« fragte Val. »Wie Melanie?«

»Melanie geht dich nichts an«, erwiderte Kira brüsk. Sie hielt das Kleid vor ihrer Brust fest, damit es nicht herunterfiel.

»Habt ihr euch oft gesehen in der Zeit, in der ich weg war?« fragte Val, offenbar nur halbwegs interessiert.

»Ich hätte sie am liebsten jeden Tag gesehen«, fauchte Kira sie an, »aber leider läßt das mein Terminkalender nicht zu. Und abends –« Sie biß sich auf die Lippe.

»Spielt sie zu Hause bei ihrem Mann die brave Ehefrau«, setzte Val fort. »Ist es nicht so? Da hat sie keine Zeit für dich.«

»Sie ist – Ihr liegt sehr viel an ihrer Ehe«, erwiderte Kira wütend. »Sie ist eine anständige Frau.«

»O ja! Sehr anständig.« Val lachte. »Zu anständig, um ihrem Mann die Wahrheit zu sagen?«

»Du verstehst das nicht«, schnappte Kira. »Du wirst es nie verstehen. Es gibt eben auch Leute, die nicht jede Nacht in einem anderen Bett schlafen wie du.«

Vals Gesichtszüge verharrten in einem amüsierten Ausdruck, bis sie antwortete: »Wahrscheinlich hast du recht. Das ist zu hoch für mich. Immer nur mit derselben Frau, das wäre mir zu langweilig.«

»Eben«, sagte Kira. »Du weißt nicht, was wahre Liebe ist.«

»Oh?« Val hob überrascht die Augenbrauen. »Ist es das zwischen euch? Wahre Liebe?«

»Schon immer«, sagte Kira. »Ich liebe sie und sie liebt mich. Es hat nie jemand anderen gegeben, und das wird es auch nie.«

Vals spöttischer Gesichtsausdruck kehrte zurück. »Na dann viel Spaß«, sagte sie. »Aber du wirst doch hoffentlich trotzdem mit mir tanzen.«

»Eigentlich hast du das überhaupt nicht verdient«, sagte Kira, aber sie schien ein wenig besänftigt.

»Da stimme ich dir zu.« Val schmunzelte. »Und ich verspreche auch, ich trete dir nicht auf die Füße.«

»Du tanzt himmlisch.« Kira lag in Vals Arm und drehte sich mit ihr auf dem Parkett, während sie mit strahlenden Augen zu ihr aufschaute.

»Das Kompliment gebe ich zurück.« Val lächelte sie an. »Bist du nicht froh, daß du ja gesagt hast? Es wäre doch wirklich zu schade gewesen, darauf zu verzichten.«

»Vielleicht hätte ich es nur tun sollen, um dir zu zeigen, daß ich nicht verfügbar bin«, erwiderte Kira ein wenig kokett blinzelnd.

»Du hattest die Wahl«, sagte Val.

»Ich tanze einfach zu gern.« Kira seufzte. »Und es ist so lange her.«

»Ja, ich weiß, es hatte nichts mit mir zu tun, es war einfach nur eine gute Gelegenheit.« Val schmunzelte.

»Warum mußt du über alles immer so reden, als ob es ein Witz wäre?« beschwerte Kira sich. »Wenn du das weiter tust, tanze ich nicht mehr mit dir.«

»O doch, du wirst«, sagte Val mit Belustigung in der Stimme. »Weil dich nämlich sonst niemand auffordern wird, weil alle wissen, daß du zu mir gehörst.«

»Ich bin doch nicht deine Gefangene oder dein Eigentum!« Eine solche Unterstellung regte Kira maßlos auf.

»Sie würden mich fragen, bevor sie dich fragen, das ist alles«, erklärte Val. »Es ist ein bißchen altertümlich hier.«

»Und du hättest die Stirn nein zu sagen?« Kira starrte sie an.

»Kommt drauf an«, sagte Val und blitzte vergnügt mit schwarzen Augen auf sie hinunter.

»Das ist Erpressung«, grummelte Kira. »Wenn ich nicht ... entgegenkommend genug bin, deiner Meinung nach, kann ich nicht tanzen?«

»Es ist einfach eine Frage des Respekts«, sagte Val. »Sie respektieren mich, und deshalb fragen sie mich.«

»Und wenn ich dich nicht ›respektiere‹ ...«, fuhr Kira auf. »Das ist ja Mittelalter!«

»Respekt ist eigentlich zeitlos«, sagte Val. »Ich respektiere Camila auch, und sie respektiert – nun ja, vielleicht nicht mehr viele Dinge in ihrem Alter. Sie hat zu viel gesehen. Aber irgend etwas gibt es immer.«

»Geld«, sagte Kira. »Sie respektieren dich, weil du Geld hast.«

Val lachte. »Glaub mir, da bin ich nicht die einzige hier.«

»Ja, das gräßliche Abendkleid der dicken Dame war bestimmt teuer«, bemerkte Kira spitz.

»Ganz bestimmt«, sagte Val. »Geld und Geschmack gehen nicht immer Hand in Hand, das wissen wir glaube ich alle.«

»Mit Geld kann man eben nicht alles kaufen«, sagte Kira.

»Ach ja?« Val schaute sie fragend an. »Wie bist du denn zu dieser Erkenntnis gekommen?«

»Sagt man doch so, oder?« Kira schien sich weiter keine Gedanken darüber zu machen. »Glück, Liebe ... solche Dinge kann man nicht kaufen.«

»Na ja«, sagte Val, »vielleicht nicht in der reinen Form, aber es gibt ganz guten Ersatz dafür, der durchaus käuflich ist.«

»Natürlich«, entgegnete Kira abschätzig. »Das ist das einzige, woran du denkst.«

Val lachte erneut. »Sei nicht so hart mit menschlichen Schwächen. Es könnte auf dich zurückfallen.«

»Ich habe keine Ahnung, was du damit meinst«, sagte Kira. »Kannst du nicht mal etwas Nettes sagen?«

Val schaute sie eindringlich an. »Da verstecken sich kleine goldene Fischchen in deinen wunderschönen Bernsteinaugen, ganz winzige. Sie glitzern und funkeln und machen dich unwiderstehlich, wenn du deinen Charme sprühen läßt.«

»Hör auf damit.« Kira verzog das Gesicht. »Das meinst du nicht ernst. Du willst mich nur aufziehen.«

»Du bist die schönste Tänzerin, die ich je im Arm gehalten habe«, erwiderte Val. Sie zog Kira etwas mehr an sich.

»Drück mich nicht so an dich.« Kira versuchte sich gegen Vals Griff zu wehren, aber der Tanz ließ es nicht zu. »Ich bin jetzt schon wütend, reiz mich nicht noch mehr.«

»Du siehst hinreißend aus, wenn du wütend bist.« Val grinste. »Ich kann dir sicher auch etwas besorgen, um es nach mir zu werfen. Du bist wirklich bezaubernd, wenn du mit Dingen um dich wirfst.

Au! Das war mein Fuß.«

»Ich habe dich gewarnt«, sagte Kira. Sie schien zufrieden. »Hochhackige Schuhe können sehr gefährlich sein.«

»In der Tat.« Val verzog leicht schmerzhaft das Gesicht. »Ich hätte daran denken sollen.«

»Hättest du. Ich bin nicht irgendein Mädchen, das du bezahlst, damit sie nett zu dir ist.«

»Die Musik hört auf. Ich glaube, ich muß meinen Fuß mal in kaltem Wasser baden«, sagte Val, brachte Kira zum Rand der Tanzfläche an einen Tisch und ging dann nach oben.

20

Woran denkst du?« Melanie betrachtete Kiras Gesicht, das ganz entrückt schien.

»Ach ...« Kira streckte dehnend die Arme in die Luft. »Ich habe die ganze Nacht getanzt, bis heute morgen, ich hatte gerade noch Zeit zu duschen, bevor ich dann ins Geschäft ging. Ich bin ein bißchen müde.«

»Wo kann man hier denn die ganze Nacht durchtanzen?« fragte Melanie neugierig.

»Privat«, sagte Kira. »Val hatte mich eingeladen.«

»Und du hast mit ihr getanzt?«

»Hauptsächlich.« Kira streckte sich erneut und gähnte. »Auch mit einigen anderen.«

»Ich dachte, ihr seht euch nie«, sagte Melanie. »War sie nicht sogar lange Zeit weg?«

»Ja.« Kira nickte. »Sie ist gestern erst zurückgekommen.«

»Und dann hat sie dich sofort zum Tanzen eingeladen.« Melanie legte den Kopf schief. »Sonst war nichts? Ich meine ... nach dem Tanzen?«

»Nach dem Tanzen bin ich –« Kiras Augen öffneten sich weit. »Oh, Melanie, du denkst doch nicht ... nein, wir waren nur tanzen.«

»Das wundert mich«, sagte Melanie. »Immerhin habt ihr schon

lange nicht mehr – Und sie will eindeutig etwas von dir.«

»Dazu gehören immer noch zwei«, sagte Kira. »Was denkst du von mir?«

»Ich denke ...«, Melanie beugte sich an dem Tisch im Restaurant vor, an dem sie saßen, »daß ich dir nicht geben kann, was du brauchst. Und wenn das früher der Fall war, hast du dir immer genommen, was du wolltest, egal von wem.«

Kira rollte die Augen. »So schlimm war ich nie.«

»Doch, warst du«, sagte Melanie. »Ich habe das immer bewundert. Wenn du etwas wirklich wolltest – Du hast nie auf etwas verzichtet.«

»Val ist aber nicht ... Val ist nicht – Ich liebe sie nicht«, sagte Kira.

»Das hat dich noch nie gestört.« Melanie schaute sie an. »Du warst da immer anders als ich. Du bist sehr ... lustbetont. In allem, nicht nur –« Sie brach ab, als wäre es ihr peinlich weiterzusprechen.

»Ich arbeite von morgens bis abends«, sagte Kira, ein wenig verteidigend. »Und wenn ich einmal, ein einziges Mal seit ewig langer Zeit, tanzen gehe, ist das zu viel?«

»Es ist nicht zu viel.« Melanie lächelte. »Es ist viel weniger als du brauchst. Val ist dir in der Beziehung ähnlich. Ähnlicher als ich. Du solltest mehr mit ihr unternehmen.«

»Was?« Kira starrte sie an. Dann schüttelte sie den Kopf. »Val will nicht nur tanzen. Hast du eben selbst gesagt.«

»Ihr hattet doch schon mal eine Beziehung«, sagte Melanie. »Es wäre nicht anders als damals.«

»Etwas ganz Entscheidendes ist anders«, sagte Kira leise und beugte sich vor. »Du bist jetzt da.« Sie schaute Melanie tief in die Augen. Dann lehnte sie sich wieder zurück, als sie merkte, wie sehr sie sich danach sehnte, Melanie zu küssen, was hier im Restaurant nicht ging. »Im übrigen hatten Val und ich noch nie eine Beziehung. Dazu wäre sie gar nicht fähig. Sie segelt mit ihrem Boot von einem Hafen zum anderen – wenn du verstehst, was ich meine.«

»Ich verstehe schon.« Melanie nickte. »Das hast du mir schon beim ersten Mal erzählt, als wir uns wiedertrafen. Aber ich habe das Gefühl ... sie mag dich sehr.«

Kira lachte spöttisch auf. »Wenn du mit mögen meinst, sie will mit mir schlafen, hast du recht.« Sie beugte sich erneut vor. »Laß uns nicht die ganze Zeit über Val reden. Sie interessiert mich nicht. Du interessierst mich.«

21

Kira fuhr die Auffahrt hinauf und sah Vals Jaguar vor der Garage stehen. Sie versuchte ihren kleinen Suzuki daneben zu parken. Es war erst früher Abend, Val würde sicherlich später noch wegfahren – wie fast immer.

Seufzend nahm sie ihre Tasche vom Sitz und stieg aus. Heute konnte sie keine Nachtschicht einlegen, sie war immer noch todmüde von gestern. Sie brauchte endlich einmal Schlaf.

Sie betrat das Gästehaus und wollte ins Schlafzimmer gehen, da blieb sie überrascht stehen. Sie zog die Augenbrauen zusammen. »Was machst du hier?« fragte sie ärgerlich.

»Ich warte auf dich.« Val lümmelte auf der Couch, eine Flasche Brandy neben sich, die auch schon einmal voller ausgesehen hatte, und einen Cognacschwenker mit der goldfarbenen Flüssigkeit in der Hand.

»Warum?« Kira ging in die Küche und nahm sich ein Glas Wasser.

»Weil ich dich heute mittag in der Stadt gesehen habe«, erklärte Val mit schwerer Zunge. »Mit Melanie.«

»Und?« Kira hob die Augenbrauen.

»Ihr nutzt wohl jede dunkle Ecke aus, oder?« Vals Stimme klang zynisch. »Deine wunderbare, anständige, ehrenwerte Melanie. Pah!«

»Ich habe dir schon mal gesagt, du verstehst das nicht«, erwiderte Kira von oben herab. Sie fühlte sich Val in diesem Zustand sehr überlegen. »Geh ins Haupthaus und schlaf deinen Rausch aus. Gute Nacht.« Sie nahm das Wasserglas und ging ins Schlafzimmer hinüber.

Eine Weile hörte sie nichts. Wahrscheinlich war Val auf der Couch eingeschlafen. Sollte sie. Es interessierte Kira nicht. Sie duschte und ging ins Bett.

Auf einmal stand Val in der Tür. »Träumst du von ihr?« fragte sie in einem schleppenden Tonfall und starrte Kira aus blutunterlaufenen Augen an.

Automatisch zog Kira die Bettdecke hoch. »Und wenn?« fragte sie schnippisch. »Was geht das dich an?«

»Nichts.« Val kam mit schweren, schwankenden Schritten auf sie zu. »Gar nichts, nicht wahr? Wir wohnen im selben Haus, man könnte meinen, wir leben zusammen, aber mit wem du schläfst, das geht mich nichts an.«

»Deine schmutzige Phantasie.« Kira verzog abschätzig die Mundwinkel. »Melanie ist eine anständige Frau. Ihre Ehe ist ihr heilig. Sie würde ihren Mann nie betrügen.«

»Ach?« Val hob mühsam die Augenbrauen. »Sie läßt dich nicht ran? Diese Küsse in dunklen Ecken sind das einzige, was du bekommst? Wie traurig für dich.«

Kiras Mundwinkel verzogen sich noch mehr nach unten. »Was weißt du schon davon? Von Anstand und Ehre? Du lebst gut ohne das. Melanie könnte das nie. Sie würde sterben, wenn sie darauf verzichten müßte.«

»Und deshalb mußt du verzichten?« Ein schiefes Grinsen verwandelte Vals Gesicht in die Maske eines Fauns. »Weil sie so anständig ist, ihren Mann nur im Geiste zu betrügen, nicht mit ihrem Körper? Oder wenn«, sie grinste noch mehr, »dann nur mit ihrem Mund.«

»Geh verdammt noch mal ins Haus und laß mich mit deinen schmutzigen Gedanken in Ruhe«, fuhr Kira sie an. »Es hat keinen Sinn, mit dir über Dinge zu reden, von denen du keine Ahnung hast. Melanie ist treu. Sie schläft nicht – Aber das kannst du dir natürlich nicht vorstellen.«

»Ach ...« Val winkte müde ab. »Träum doch von deiner Melanie, wenn du nichts anderes zu tun hast. Was soll's?« Sie drehte sich um.

»Nie im Leben müßte Melanie so ein Gespräch mit ihrem Mann führen. Er würde verstehen, daß Melanie und ich nur Freundinnen sind«, sagte Kira. »Er weiß, was Ideale sind.« Sie verzog angewidert das Gesicht. »Du kannst ja von einem deiner Flittchen träumen. Oder dir eine herbestellen, damit du dir nicht die Mühe machen mußt zu träumen – oder betrunken gegen einen Baum fährst. Mir ist das egal.« Sie drehte sich zur Seite und löschte das Licht.

Im nächsten Moment wurde ihre Schulter herumgerissen. Vals dunkles Gesicht schwebte über ihr, ihre Augen flackerten, weil das

Mondlicht sich in ihnen spiegelte. »Du wirst heute nacht nicht träumen«, raunte sie heiser. »Du wirst nicht einmal schlafen. Nicht in meinem Bett.«

Kira dachte für einen Moment, Val wollte sie vor die Tür setzen, aber das wollte sie nicht. Sie riß Kira an sich und küßte sie wild, verzweifelt. Ihre Hände warfen die Bettdecke zurück und griffen dann nach Kira, ihre Finger krallten sich in Kiras nackte Haut.

Kira stöhnte schmerzvoll auf. »Nicht, Val«, flüsterte sie auf einmal wie erstarrt. »Tu das nicht.«

Aber sie sah nur noch Vals schwarze Gestalt über sich, die ihr jeden Ausblick auf etwas anderes verdeckte, bis ein Gewicht sie niederdrückte und ihr fast die Möglichkeit zu atmen nahm.

»Val ... bitte ...« Kira schaffte es, sich zwischen heißen Küssen etwas Luft zu verschaffen. »Ich kann nicht ... ich habe die ganze letzte Nacht nicht geschlafen. Ich bin todmüde.«

»Und wenn sie jetzt hier wäre?« Val stemmte ihre Hände neben Kira ins Bett. »Deine geliebte Melanie? Wärst du dann auch müde?«

»Darum geht es doch nicht«, sagte Kira, erleichtert, daß Val mit ihr sprach. »Ich bin wirklich müde. Es ist keine Ausrede. Du warst schließlich selbst dabei. Wir sind erst heute morgen nach Hause gekommen.«

»Das ist keine Antwort auf meine Frage.« Vals düsterer Gesichtsausdruck erschreckte Kira erneut. So hatte sie sie noch nie erlebt.

»Ich bin müde«, sagte Kira. »Das ist die Antwort. Ich habe sechsunddreißig Stunden nicht geschlafen.«

»Dafür kannst du aber noch gut rechnen«, sagte Val.

»Ich habe jede einzelne Stunde gezählt heute.« Kira seufzte. »Beim letzten Kunden bin ich fast eingeschlafen. Du hast bestimmt tagsüber geschlafen, aber ich nicht.«

»Bis gegen Mittag habe ich geschlafen«, sagte Val. »Danach habe ich getrunken.«

»Ja.« Kira wußte nicht, was sie darauf sagen sollte. Es war offensichtlich. Aber sie hatte auch den Eindruck, Val war heute in einer Stimmung, in der sie sie nicht reizen sollte. Was auch immer der Grund war. »Deshalb solltest du dich jetzt auch ausschlafen«, sagte sie beherrscht. »Genau wie ich.«

»Aber nicht *mit* dir, ha!« Val warf den Kopf zurück. »Tanzen ja, Sex nein. Hat Hoheit beschlossen.«

»Val …« Kira versuchte ruhig zu bleiben. »In diesem Zustand hättest du doch gar nichts davon. Und ich auch nicht. Laß es uns verschieben, ja?«

»Auf wann?« Val beugte sich hinunter und küßte Kira erneut. »Kira …« Ihre Lippen fuhren über Kiras Wange. »Du willst es doch auch. Sie läßt dich seit Wochen am ausgestreckten Arm verhungern. Das ist nichts für dich.«

Merkwürdig, dachte Kira. *So etwas Ähnliches hat Melanie auch gesagt.* »Aber doch nicht so, Val«, antwortete sie so sanft wie möglich. »Nicht mit Gewalt.«

»Es war so schön, mit dir zu tanzen … dich zu spüren …«, flüsterte Val. Ihre Lippen strichen erneut über Kiras Gesicht, berührten ihren Mund, wanderten am Hals hinunter. »Dein Körper ist berauschend. Du lagst so weich in meinem Arm. Und du hast gelacht. Du warst glücklich.«

»Ich tanze gern«, sagte Kira. Sie hatte das Gefühl, gleich würden ihr die Augen zufallen und sie würde sich nicht mehr gegen den Schlaf wehren können. Und gegen Val. »Laß uns bei nächster Gelegenheit wieder tanzen gehen, was hältst du davon? Ich verspreche dir, ich werde nicht nein sagen.«

Val richtete sich erneut auf. »Nicht nein zum Tanzen«, erwiderte sie. »Aber zu allem anderen.«

»Meinetwegen verspreche ich auch das«, antwortete Kira müde. Sie hatte äußerste Mühe, ihre Augenlider auch nur einen kleinen Spalt offenzuhalten. Gleich würde es ihr gar nicht mehr gelingen. »Aber laß mich jetzt schlafen. Bitte. Ich kann nicht mehr.«

Sie sah noch wie durch einen Schleier, wie Vals Gesicht sich wieder auf ihres senkte, spürte Vals Lippen an ihrem Mund, dann sackte ihr Bewußtsein weg, und sie spürte nichts mehr.

22

Kira erwachte, und sie brauchte gar nicht auf die andere Seite des Bettes zu schauen, um zu wissen, daß Val nicht mehr da war.

Sie fühlte sich erschlagen. Es war nicht genug, eine Nacht zu schlafen, wenn man zwei Nächte hätte schlafen sollen. Aber hatte sie überhaupt geschlafen letzte Nacht? Sie erinnerte sich an nichts mehr, nur noch, wie Val –

Sie schloß die Augen und versuchte ein klares Bild zu bekommen. Aber da war nichts. Bewußtlosigkeit. Sie wußte nicht, was geschehen war, nachdem die schwarze Nacht sie verschlungen hatte.

Sie atmete tief durch. Was auch immer Val getan hatte, sie hatte nichts davon mitbekommen.

Sie hörte, wie sich die Tür des Gästehauses öffnete und jemand hereinkam. Schritte näherten sich dem Schlafzimmer. Dann trat Val durch die Tür.

Kira spürte, wie ihr Herz einen Satz machte und dann laut und vernehmlich in ihrer Brust weiterschlug. Sie schob sich im Bett nach oben, in eine sitzende Position, und zog die Decke bis fast über ihre Schultern hoch. Darunter war sie nackt, wie Val sehr wohl wußte, und Kira wünschte sich, sie würde nachts wenigstens ein T-Shirt tragen. Dann hätte sie sich jetzt sehr viel besser gefühlt. Sie starrte Val nur an.

Val kam auf sie zu und blieb neben ihrem Bett stehen. Sie schaute auf sie hinunter. »Ich komme, um mich zu entschuldigen«, sagte sie nüchtern, obwohl der Alkohol von gestern abend schwarze Ringe unter ihre Augen gemalt hatte. »Ich war betrunken. Es tut mir leid. Ich hoffe, du vergibst mir.«

Kiras Blick unterstützte diese Hoffnung nicht, auch wenn sie kein Wort sagte.

»Ich konnte deinem Charme noch nie widerstehen.« Einer von Vals Mundwinkeln hob sich leicht, dann wurde sie wieder ernst. »Ich hätte das nicht tun sollen. So etwas hätte nicht geschehen dürfen.« Sie blickte zum Fenster hinaus. »Aber ich werde dir meinen Anblick jetzt ersparen – für eine lange Zeit. Ich werde fortbleiben, bis du eine Wohnung gefunden hast und hier ausziehen kannst. Ich komme nicht so schnell zurück.«

Kiras Herz hatte sich im Verlauf von Vals Erklärung wieder beruhigt. Es schlug jetzt gleichmäßig und kaum spürbar. »Das ändert auch nichts«, sagte sie.

»Ich weiß.« Vals Augenbrauen hoben sich bedauernd. »Es war unverzeihlich. Aber ich kann es leider nicht rückgängig machen.«

»Nein, kannst du nicht.« Kiras Lippen preßten sich zusammen. »So etwas kann man nie mehr rückgängig machen.«

»Ich –« Val schluckte. »Betrachte deine Schulden als bezahlt. Ich werde keinerlei Rückzahlung meiner Investition mehr von dir verlangen. Streich es einfach aus deinem Gedächtnis. Das Geschäft gehört dir – ohne Einschränkung.«

Kira stieß ein undefinierbares Geräusch aus. »Du bist unglaublich«, knurrte sie wütend. »Du denkst, du kannst mich dafür bezahlen, und damit ist alles erledigt?«

»Ich weiß, daß es das nicht ist«, sagte Val. Sie musterte Kiras Gesicht. »Kira, ich –« Sie brach ab. »Es tut mir leid«, wiederholte sie. »Es ist dein gutes Recht, mich zu hassen, und ich werde dich jetzt nicht mehr länger mit meiner Anwesenheit belästigen.« Sie drehte sich um und ging.

Kira blieb im Bett sitzen und starrte ihr aufgebracht nach. Sie wußte, daß Val genau das tun würde, was sie gesagt hatte, aber was geschehen war, war geschehen. Niemand konnte das mehr ungeschehen machen oder einfach aus dem Gedächtnis streichen.

Nun ja, eigentlich erinnerte sie sich ja an nichts. Da war nicht viel zu streichen. Aber sie hatte Val noch nie so bedrohlich erlebt, so düster und voll gefährlicher Spannung, so unausgesprochen und dann sogar tatsächlich gewalttätig. Was war nur in sie gefahren? In der Nacht zuvor hatten sie getanzt, und es war schön gewesen, Kira hatte sich trotz all ihrer Kabbeleien wohlgefühlt.

Val hatte sie ein oder zwei Mal geküßt, in der Nacht, als sie sich beim Tanzen so nah waren, und das letzte Mal vor dem Haus, als sie sich verabschiedeten. Sie hatte nicht versucht mit ins Gästehaus zu kommen, sie war in ihr eigenes Schlafzimmer gegangen. Es schien ihr nichts auszumachen. Ihr spöttisches Lächeln hatte gelassen gewirkt.

Und dann auf einmal dieser Ausbruch. Als ob sie ein völlig anderer Mensch wäre.

Kira schüttelte den Kopf. Wahrscheinlich war sie einfach schon zu lange hier. Val betrachtete sie vielleicht wirklich schon als ihr Eigentum, mit dem sie machen konnte, was sie wollte.

»Aber nicht mehr lange.« Sie warf die Bettdecke von sich und stand auf. Jetzt brauchte sie erst einmal eine kalte Dusche, und dann würde sie sich nach einer Wohnung umsehen. Sie hatte auch schon eine im Blick. Nun, da die Rückzahlungen erledigt waren, konnte sie sie sich leisten.

»Frau Velázquez hat angerufen«, begrüßte Frau Vogel sie, als Kira das Geschäft betrat. »Ich soll den Dauerauftrag für die Rückzahlung stornieren. Ist das korrekt?«

»Ja.« Kira nickte und ging zu ihrem Schreibtisch.

»Haben Sie sich anderweitig geeinigt?« fragte Frau Vogel.

Kira warf einen Blick zu ihr hinüber. »Hm, ja. Anderweitig«, bestätigte sie.

Ein breites Lächeln überzog Frau Vogels Gesicht. »Na, das wäre doch ein Grund zu feiern. Kommt Frau Velázquez später vorbei?«

Kira hob eine Augenbraue. »Das glaube ich eher nicht«, murmelte sie.

»Wie schade«, sagte Frau Vogel. »Ich hätte gern Sekt besorgt.« Sie lächelte erneut.

»Dafür gibt es keinen Anlaß«, sagte Kira. »Hat sich jemand für die Wohnung im Neubaugebiet interessiert? Das Penthouse?«

»Die ist ja noch gar nicht annonciert«, sagte Frau Vogel. »Es sei denn, ein anderer Makler hat sie zwischenzeitlich vermittelt. Aber das ist unwahrscheinlich. Sie ist ja noch gar nicht richtig fertig.«

»Ja, stimmt«, sagte Kira. »Ich fahre mal raus und schaue sie mir an.«

»Das haben Sie doch letzte Woche schon getan«, bemerkte Frau Vogel etwas stirnrunzelnd.

»Ich weiß.« Kira hob gereizt den Blick. »Aber darf ich sie mir nicht noch einmal ansehen? Vielleicht sind sie jetzt ja schon weiter.«

»Natürlich.« Frau Vogel musterte sie kurz und wandte sich dann wieder ihrem Schreibtisch zu. »Soll ich Ihnen einen Kaffee machen?« fragte sie so nebenbei.

»Nein, danke«, sagte Kira und stand auf. »Ich hole mir vielleicht unterwegs einen.« Sie verschwand ebenso schnell aus dem Geschäft, wie sie gekommen war.

Kurz darauf stand sie in dem Rohbau, der ihr Interesse erweckt hatte. Das Penthouse im obersten Stock war ein Traum. Eine rundumlaufende Terrasse mit einem wunderbaren Blick über die Ostsee, vier Schlafzimmer, zwei Bäder und ein großer Bereich, in dem später die offene Küche, das Eßzimmer und der Aufenthaltsraum mit Kamin untergebracht werden sollten. Im Moment war davon noch nicht viel zu sehen, aber der Bauherr hatte allen Maklern, so auch Kira, die Pläne gegeben. Man konnte jetzt sogar noch Änderungen vornehmen, wie man es später haben wollte.

Sie seufzte und stellte sich an den Rand, blickte weit über das Meer. Von hier aus konnte sie Vals Begeisterung dafür sogar verstehen. Val. Sie biß die Zähne zusammen.

»Passen Sie auf, daß Sie nicht runterfallen!« Eine warnende Stimme hallte durch die noch offene Wand.

Kira drehte sich um.

Eine Frau mit einem Bauhelm kam auf sie zu. Sie trug ein paar Pläne in der Hand. »Sie stehen sehr nah am Rand«, sagte sie. »So ohne Geländer ist das gefährlich.«

»Ich weiß«, sagte Kira. »Aber mir passiert schon nichts.«

»Das sagen alle, solange, bis es passiert.« Die andere streckte die Hand aus. »Bitte kommen Sie rein.«

Kira hob die Augenbrauen, fügte sich aber der Anweisung.

»Wollen Sie die Wohnung kaufen?« fragte die Frau.

»Ja«, sagte Kira.

Die Frau streckte noch einmal die Hand aus. »Ich bin die Architektin von all dem hier«, sagte sie. »Andrea Strauss.«

Kira gab ihr die Hand. »Kira Levien«, sagte sie. »Eigentlich sollte ich die Wohnung nur vermakeln, aber nun . . .«

»Ach, Sie sind das.« Die Architektin schaute sie interessiert an. »Ich habe schon viel von Ihnen gehört.«

»Tatsächlich?« Kira war erstaunt. Mit Architekten hatte sie normalerweise nichts zu tun.

»Sie sind die Tochter von Hans Levien, nicht wahr?« Andrea Strauss blickte freundlich fragend.

»J-ja.« Wieso wußte diese Frau so viel von ihr?

»Ich habe für ihn gearbeitet«, sagte Andrea Strauss. »Und neulich erfuhr ich, daß Sie der aufgehende Stern am Maklerhimmel sind.«

»Bitte?« Kira lachte ungläubig auf. »So lange mache ich das doch noch gar nicht.«

»Ah . . . aber eine junge, hübsche Frau wie Sie . . . das ist nun nicht gerade das, was man üblicherweise unter Maklern trifft. Das fällt auf, und darüber wird geredet.« Andrea Strauss warf einen erneuten Blick auf Kira. »Sie sind wirklich noch *sehr* jung.«

»Irgendwann muß jeder mal anfangen«, erwiderte Kira gereizt. Sie haßte es, auf ihr Alter angesprochen zu werden, wenn darin eine Andeutung darüber enthalten war, daß sie vielleicht nicht kompetent sein könnte.

»Nicht böse sein.« Andrea Strauss lächelte besänftigend. »Sie sind ganz sicher nicht *zu* jung – nicht nach dem, was ich gehört habe. Wie Sie allen anderen Maklern die Kunden abluchsen. Sie sind eben die Tochter Ihres Vaters.« Nun wurde ihr Lächeln anerkennend. »Und ich fand Ihren Vater sehr beeindruckend. Er ist ein sehr netter Mann.«

»Ja, ist er«, sagte Kira. »Und meine Mutter wird sich bestimmt freuen, daß Sie das auch denken.«

Andrea Strauss lachte hell auf. »Aber nein! So war das nicht gemeint. Ihre Mutter kann unbesorgt sein.« Sie hielt die Pläne hoch. »Wollen Sie irgend etwas ändern? Jetzt ist noch Zeit.«

»Eigentlich finde ich es ziemlich gelungen«, sagte Kira, »außer vielleicht –«

»Was?« Andrea Strauss blickte sie fragend an.

»Die Bäder«, sagte Kira. »Beide sind nur vom Flur zugänglich. Ich hätte zumindest eins gern direkt mit dem Schlafzimmer verbunden, so daß man nicht erst über den Flur laufen muß.«

»Richtig.« Andrea Strauss nickte. »Ich wollte das auch so machen, aber der Bauherr sagte, das ist in Deutschland nicht üblich, und er hat dann gemeint, ich soll es so ändern, wie es jetzt ist.«

»Es ist aber kein Problem, das wieder zurückzuändern?« fragte Kira.

»Überhaupt nicht.« Andrea Strauss legte die Pläne auf einen Tapeziertisch. »Sehen Sie hier. Das ist nur diese Wand. Ich hatte da eine Tür geplant, und so machen wir es dann eben jetzt auch.«

»Gut.« Kira beugte sich neben ihr über die Pläne. Sie hatte von klein auf gelernt, sie zu lesen, wenn ihr Vater ihr etwas erklärte. Sie ließ ihren Blick darüber schweifen. »Alles andere gefällt mir sehr«, sagte sie. »Aber falls mir noch etwas einfällt, sage ich Ihnen Bescheid.«

»Bitte«, sagte Andrea Strauss. »Hier. Meine Karte. Unter einer der Telefonnummern können Sie mich immer erreichen.« Sie berührte Kiras Hand, als sie ihr die Karte gab, und Kira schien es, als ob die Architektin leicht zusammenzuckte.

»Danke«, sagte sie. »Dann werde ich mich mal um die Finanzierung kümmern und die Wohnung als verkauft melden. Damit sie mir nicht noch jemand wegschnappt.« Sie lächelte leicht.

Die Architektin schaute noch einmal auf ihre Pläne und rollte sie dann zusammen. »Ich werde die Änderung verzeichnen. Es wird nicht mehr lange dauern, dann können Sie das Ergebnis sehen.«

»Freut mich«, sagte Kira. »Ich möchte nämlich möglichst schnell hier einziehen.«

»Dann müssen wir uns wohl noch ein bißchen mehr beeilen«, sagte Andrea Strauss, und ihre Mundwinkel hoben sich angedeutet. »Sie wissen es ja sicher von Ihrem Vater: Wenn man nicht jeden Tag auf der Baustelle ist ...«

»Ich kann mich erinnern«, sagte Kira. »Wenn Sie wollen, können Sie mich auch anrufen, sobald Sie soweit sind.« Sie zog ebenfalls eine Karte aus der Tasche und gab sie Andrea Strauss. Diesmal hatte sie das Gefühl, die Architektin bemühte sich, jede Berührung zu vermeiden. Aber wahrscheinlich war das nur Einbildung. Warum sollte sie das tun?

»Dann hoffe ich, daß wir uns bald einmal wiedersehen«, sagte Andrea Strauss. »In einem nicht mehr ganz so unfertigen Bau.« Sie lachte, und Kira bemerkte, daß sie graue Augen hatte, die beim Lachen von einem leichten Grün erhellt wurden wie am Grunde eines Sees.

»Hoffe ich auch.« Kira reichte ihr die Hand. »Freut mich, Sie kennengelernt zu haben.«

Andrea Strauss schien zu zögern, bevor sie ihr ihre Hand gab. »Mich auch«, sagte sie. Dann nickte sie Kira zu und verließ eilig die Wohnung.

»Papa, ich glaube, du hast mir nicht alles erzählt«, murmelte Kira vor sich hin, während sie noch einmal einen Blick über die Terrasse warf. Diese Wohnung war schöner als die, die Sibylle ihr unter den Füßen weggezogen hatte. Zum Schluß hatte alles doch immer auch etwas Gutes.

23

Kira drehte den Schlüssel herum, öffnete die Tür und betrat ihre Wohnung. Ihr Gesichtsausdruck hätte jeden, der sie kannte, erschreckt.

Sie stellte ihre Tasche ab, ging zur Couch und ließ sich darauf fallen, als hätte sie keine Kraft mehr zu stehen. Erschöpft legte sie den Kopf auf das Polster zurück und schloß die Augen.

Melanie. Ihre Gedanken kreisten um nichts anderes als um diesen Namen. Sie war gerade aus Berlin zurückgekehrt, wo sie Melanie vor ein paar Stunden am Flughafen verabschiedet hatte. Melanie und ihren Mann, die jetzt schon im Flugzeug nach Amerika saßen.

»Warum kannst du nicht hierbleiben?« hatte sie Melanie gefragt.

Und Melanie hatte nur geantwortet: »Ich kann nicht.«

Warum, warum, warum? Warum konnte Melanies Mann nicht einfach tot umfallen? Er zerstörte alles, wovon sie je mit Melanie geträumt hatte. Sie haßte ihn. Haßte ihn von ganzem Herzen. Sie wünschte ihm nur das Schlechteste. Er hatte ihr Melanie weggenommen, jetzt schon zum zweiten Mal.

»O Melanie ...« Sie legte die Arme um sich selbst, als wäre es möglich, sich so die Illusion zu verschaffen, Melanie wäre hier, Melanie wäre es, die sie umarmte. Sie fühlte immer noch Melanies letzte Umarmung am Flughafen, eine keusche Umarmung in Gegenwart ihres Mannes. Zwei alte Freundinnen, die sich verabschiedeten. Harmlos, leidenschaftslos.

Die Leidenschaft, die sie für Melanie empfand, war dadurch jedoch nicht verschwunden. Sie hatte sich sogar noch verstärkt. Sie hätte fast ein Ticket gekauft, um noch im letzten Moment mitzufliegen. Sie wollte nicht aufgeben, nicht einsehen, daß es sinnlos war. Es *mußte* einen Weg geben!

Sie schüttelte den Kopf. Nein, es war nicht das Ende. Diese sechs Monate, die Melanie nun hiergewesen war, waren ein neuer Anfang, das wußte sie ganz genau.

Sie hatten so viel Zeit miteinander verbracht, sich so viel erzählt. Melanie hatte Kira ihr Leid geklagt, daß sie immer noch keine Kinder hatte. Ihr Körperbau deutete eigentlich schon darauf hin, daß sie nicht dafür geschaffen war, viel zu schmal und zu zart, aber sie wollte unbedingt welche.

Als sie dann endlich schwanger geworden war, hatte sich herausgestellt, daß ihr Körper derselben Meinung war wie die Ärzte: Sie sollte keine Kinder bekommen. Dennoch hatte sie es immer wieder versucht. Drei Fehlgeburten in drei Jahren.

Kira hatte sich verpflichtet gefühlt, sie zu trösten, auch wenn sie dieses ganze Gerede um Kinder überhaupt nicht verstand. Sie hatte sich nie welche gewünscht. Mit ihren beiden jüngeren Schwestern als Beispiel hatte sie Kinder immer nur als lästig, laut und störend empfunden. Wenn sie es schaffen konnte, würde sie sich von Kindern soweit wie möglich fernhalten. Ebenso wie von Frauen mit Kindern. Es hatte sie nie gereizt, Mutter oder auch nur Co-Mutter zu sein. Das sollten andere tun.

Aufgrund von Melanies körperlicher Konstitution war es sehr unwahrscheinlich, daß sie je Kinder haben würde, also war das dann auch kein Problem, wenn sie zusammensein würden.

Kira rechnete fest damit. Sie hatte sogar schon über Wege nachgedacht, Mark aus dem Weg zu räumen, damit eine gemeinsame Zukunft für sie und Melanie möglich wurde, aber so radikal wie in ihren Gedanken konnte sie in Wirklichkeit dann doch nicht sein. Sie hoffte nur, daß er einen Unfall haben würde, eine unheilbare Krankheit oder sonst etwas, so daß sich das Problem Mark von allein erledigte. Konnte man nicht auch an einem Schnupfen sterben?

Sie atmete tief durch. Es hatte keinen Sinn, herumzusitzen und zu grübeln. Für den Augenblick waren Mark und Melanie abgeflogen, und es würde eine Weile dauern, bis irgendeine Art von Wiedersehen stattfinden konnte. Vielleicht mußte sie dazu sogar nach Amerika fliegen. Das konnte sie aber momentan aus geschäftlichen Gründen nicht. Seit sie die Wohnung gekauft hatte, waren wieder hohe Abzahlungen zu leisten, und die mußten erst einmal verdient werden.

Sie schaute sich zufrieden in ihrem neuen Domizil um. Auch die Möbel waren nicht billig gewesen, nur das Beste vom Besten. Die Zeit im Gästehaus war vergessen – und alles, was damit zusammenhing.

Die Türglocke meldete mit melodischem Klang die Notwendigkeit an, sich um eine Anfrage von außerhalb des Hauses zu kümmern. Kira seufzte, atmete tief durch und stand auf. Wer konnte das sein?

Sie ging zur Tür und drückte auf den Knopf für die Gegensprechanlage. »Ja?«

»Ich bin's, Andrea.«

Kira hob die Augenbrauen. »Andrea?«

»Ja, ich dachte ...«, Andrea räusperte sich, »vielleicht brauchst du ein bißchen Trost, weil Melanie doch heute zurück nach Amerika ist.«

»Das ist nicht nötig«, sagte Kira, »aber komm ruhig rauf.« Sie drückte auf den Summer, der die Haustür unten öffnete.

Eine Minute später stand Andrea Strauss vor der Wohnungstür. Sie hob zwei Dinge an, die sie rechts und links in Händen hielt. »Ich wußte nicht, was dich mehr tröstet, Schokolade oder Alkohol. Ich habe beides mitgebracht.« Sie lächelte anteilnehmend.

Kira lächelte ebenfalls. »Weder noch«, sagte sie, »aber trotzdem danke.«

»Anscheinend habe ich mich geirrt«, sagte Andrea, als sie an Kira vorbei die Wohnung betrat. »Es geht dir gut.«

»Wie man's nimmt«, sagte Kira. »Auf jeden Fall muß ich mich weder betrinken noch mit Schokolade vollstopfen. Das führt sowieso zu nichts.«

»Ja, du hast recht.« Andrea seufzte. »Höchstens zu ein paar Kilo mehr auf der Waage.«

»Du doch nicht«, sagte Kira höflich, aber etwas in Gedanken.

»O doch.« Andrea seufzte erneut. »Wenn ich nicht so viel Sport machen würde ...« Sie blickte auf das Sofa. »He, wo ist denn das andere geblieben?«

»In einem der Schlafzimmer«, sagte Kira. »Ich habe dieses hier im Schaufenster gesehen, und ich dachte, es paßt besser.«

»Das andere war auch nicht schlecht«, sagte Andrea, »aber dieses hier ist extravaganter – und teurer, würde ich sagen.«

»Ein bißchen«, sagte Kira, »aber es muß ja auch den Stil der Wohnung widerspiegeln, die du so extravagant gestaltet hast.« Ihr anerkennendes Lächeln ließ Andrea fast ein wenig erröten.

»Mit deiner Hilfe«, erwiderte Andrea bescheiden. »Ich habe mich mit keinem der Käufer so oft getroffen wie mit dir.«

»Es sind eben immer die Kleinigkeiten«, sagte Kira. »Das kenne ich mit meinen Kunden auch. Setz dich doch.« Sie wies auf das Sofa. »Probier es aus.«

Andrea stellte die Mitbringsel auf den Tisch und ließ sich auf dem Sofa nieder. »Sehr schön«, sagte sie. »Schön und bequem.«

»Das ist alles, was ein Sofa sein muß, oder?« Kira setzte sich neben sie und streckte sich aus. »Ich bin heute morgen so früh aufgestanden, um nach Berlin zum Flughafen zu fahren, dann die Warterei bis zum Abflug, die Rückfahrt ... ich fürchte, ich werde nicht viel reden. Ich bin zu müde.«

»Schon in Ordnung«, sagte Andrea und betrachtete Kira lächelnd, als sie tief durchatmete und die Augen schloß.

Kira hatte das Gefühl, nur einen Augenblick später kitzelte sie irgend etwas. Sie hob die Hand und versuchte den Störenfried zu vertreiben. Diese Fliegen waren manchmal lästig.

»Nicht schlagen, bitte«, sagte Andreas Stimme leise.

Kira schlug ruckartig die Augen auf. Andreas Gesicht war ihrem so nah, daß sie jedes kleinste Detail erkennen konnte.

»Tut mir leid«, sagte Andrea. »Du hast so tief geschlafen, ich dachte –«

Kira legte irritiert einen Finger auf ihre Lippen, auf die Stelle, an der es gekitzelt hatte. »Du hast mich geküßt?« fragte sie erstaunt.

»Nur deine Lippen berührt«, erwiderte Andrea und schaute zur Seite. »Tut mir leid, ich wollte dich nicht wecken. Ich wollte nur – Tut mir wirklich leid.« Sie schaute Kira erneut an. »Du sahst so bezaubernd aus.« Ihre Augen trugen einen leicht gequälten Ausdruck.

»Ach ja?« Kira richtete sich auf. »Ich habe gar nicht gemerkt, daß ich eingeschlafen bin.«

»Sofort«, sagte Andrea. Sie lächelte unsicher. »Fast im selben Moment, als du aufhörtest zu sprechen.«

»Du – Ich dachte, du und mein Vater ...« Kira schüttelte ungläubig den Kopf.

Andrea verzog das Gesicht. »Ich weiß nicht, warum du das angenommen hast. Ich habe dir gleich gesagt, daß das nicht stimmt.«

»Deshalb die vielen Nachfragen wegen der Änderungen«, bemerkte Kira langsam verstehend.

»Dadurch sind wir uns zumindest ein bißchen näher gekommen und ich konnte dich ab und zu einmal sehen«, sagte Andrea. »Ich ... ich wollte dich nicht belästigen. Und als du mit Melanie hier warst, habe ich gesehen, daß du nur Augen für sie hattest. Du hast mich überhaupt nicht mehr wahrgenommen. Aber als du dann erzähltest, daß Melanie zurück nach Amerika geht ...«

»Sahst du deine Chance gekommen«, beendete Kira den Satz.

»Tut mir leid. Tut mir wirklich leid.« Andrea stand auf.

»Wenn du noch einmal *Tut mir leid* sagst, schlage ich dich tatsächlich«, sagte Kira. »Du hättest ja wenigstens mal eine Andeutung machen können.« Sie schaute von unten zu Andrea auf und streckte die Hand nach ihr aus. »Komm her. Setz dich wieder.«

Andrea zögerte. »Ich glaube ... lieber nicht.«

»Ich glaube doch«, erwiderte Kira und hielt Andreas Augen fest.

Es schien, als ob sie dadurch einen Magneten eingeschaltet hätte, der Andrea langsam zu ihr hinunterzog.

Als Andrea unsicher wieder neben ihr saß, nur auf der Kante der Couch, berührte Kira mit ihrer Hand leicht Andreas Gesicht. Sie sah Melanie wieder vor sich, am Flughafen, Melanie und Mark, der sie umarmte, der sie einfach mit sich fortnahm. Und Kira hatte kein Recht, etwas dagegen zu tun, konnte ihn nicht davon abhalten. Sie konnte sich immer noch an das Gefühl der Hilflosigkeit erinnern, das sie in diesem Moment überfallen hatte. Wenn sie eins haßte, dann ganz sicher hilflos zu sein. Solange sie etwas tun konnte, war alles in Ordnung, aber wenn sie nichts tun konnte –

Aber sie konnte etwas tun. Sie schaute Andrea an. »Du wolltest mich küssen?« sagte sie leise. »Dann tu's doch.«

»Ich ... Kira ...« Andrea schluckte. Sie rührte sich nicht.

Kira lächelte und legte ihren Arm um Andreas Nacken, ließ sich langsam auf das Sofa zurücksinken und zog Andrea mit sich. »Tu's«, flüsterte sie. »Ich warte.« Als Andrea sich immer noch nicht rührte, hob Kira sich an, spitzte leicht ihre Lippen und strich zärtlich damit über Andreas. »Komm ...«, hauchte sie.

»Kira ...« Andrea war offensichtlich einem Herzinfarkt nahe. Sie konnte nicht glauben, was hier geschah, auch wenn sie es sich noch so lange gewünscht hatte. »Kira ...«, wiederholte sie schwach, und endlich senkte sie ihre Lippen auf Kiras und küßte sie. Sehr sanft und vorsichtig.

Kira war nicht auf eine langsame Steigerung aus. Sie war so wütend, daß ihre Erregung schlagartig die Schallgrenze überschritten hatte. Sie legte nun beide Arme um Andreas Nacken, preßte ihre Lippen auf Andreas und küßte sie tief und heiß.

Andrea keuchte auf in Kiras Mund, als ob sie dieser Angriff völlig überrascht hätte. Sie versuchte mit Kiras Tempo schrittzuhalten.

Kiras Finger griffen schnell hinunter an Andreas Hosenbund, öffneten ihn, zogen den Reißverschluß auf. Ihre Hand glitt hinein. Andrea stöhnte auf und erstarrte.

»Bitte ...«, flüsterte Kira. Sie hob ihre Hüften unter Andrea an. »Bitte ...«

Andrea öffnete Kiras Hose ebenfalls. Ihre Finger tasteten nach dem Slip, schoben den Stoff zur Seite.

Kira seufzte, stöhnte, wand sich. »Ja ...«, hauchte sie atemlos. »Ja ...«

Andrea wußte kaum, wie sie Kira bändigen sollte, weil ihre Bewegungen immer wilder wurden, Andrea fast vom Sofa warfen. »Langsam, mein Liebling«, flüsterte Andrea zärtlich. »O mein süßer Engel ...«

Kiras Hüften zuckten erneut hoch, sie spreizte die Beine, drängte sich an Andrea. »Komm ...«, stieß sie abgerissen hervor. »Komm ...« Ihre Finger drückten gegen Andreas Schamlippen, versuchten sie zu öffnen.

Andrea tat dasselbe bei ihr, aber es gelang nicht, weil sie beide noch angezogen waren.

Dennoch stieß Kira ihre Hüften immer härter gegen Andreas, trieb ihre Finger immer tiefer zwischen Andreas Schenkel.

Sie stöhnten beide im selben Rhythmus.

»Kira ... o Gott ... o ja ...« Andrea hatte die Augen geschlossen und gab sich nur den Empfindungen hin, die Kira in ihr auslöste.

Kiras Hüften hoben sich an, sie fühlte Andreas Finger auf ihren Schamlippen, den Druck, den die ganze Hand an den richtigen Stellen ausübte. Ihr Innerstes revoltierte, wollte nicht mehr länger warten. Sie schrie unvermittelt auf und erstarrte. Ihr ganzer Unterleib war ein einziger Krampf, für einen Moment konnte sie nicht einmal mehr atmen, so stark war die Anspannung.

Sie hörte Andrea keuchen, nach Luft schnappen, leise stöhnen. »O ja ...«

Fast gleichzeitig, als der Krampf in Kira nachließ, fiel auch Andrea auf sie nieder.

»O Kira ...« Andreas Atem ging immer noch schwer. »O mein Gott. Das war wundervoll.« Sie richtete sich leicht auf und hauchte mit einem zärtlichen Lächeln einen Kuß auf Kiras Lippen. »Sollten wir nicht vielleicht lieber ins Bett gehen?«

»Nein, ich –« Kira stemmte ihre Hände leicht gegen Andreas Brust. »Ich gehe jetzt duschen. Laß mich bitte aufstehen.«

Andreas Gesichtszüge entgleisten. Dann lächelte sie erneut. »Darf ich mitduschen?«

»Nein«, sagte Kira. »Aber wenn du willst ... Es gibt ja zwei Badezimmer.« Sie stand auf, als Andrea zur Seite glitt und ihr den Weg freigab.

»Kira ...« Andrea griff nach ihrer Hand und hielt sie fest. »Was ist? War es nicht schön für dich?«

»Doch«, sagte Kira, beugte sich hinunter und hauchte einen Kuß auf Andreas Lippen, der sie kaum berührte. »Laß bitte meine Hand los.«

»Ja, natürlich.« Andrea wirkte wie vor den Kopf geschlagen. »Entschuldige.« Ihre Hand fiel wie leblos aufs Sofa, als sie Kiras Hand losließ.

Kira setzte ihren Weg aus dem Wohnzimmer hinaus fort in den Flur, der zu ihrem Schlafzimmer führte. Am liebsten hätte sie es gehabt, wenn Andrea jetzt gegangen wäre. Sie konnte ihren verletzten Blick kaum noch ertragen. Sie, Kira, hatte bekommen, was sie wollte, nicht von Melanie, die es ihr stets verweigert hatte, aber von Andrea, die Kira nun glücklicherweise ein Ventil für all die Spannung geboten hatte, die Melanie in den letzten Monaten in ihr immer mehr hatte ansteigen lassen, durch all die Berührungen, das Streicheln und die Küsse, die nie zu etwas führten.

Andrea hatte sich offensichtlich in sie verliebt, aber Kira empfand dieses Gefühl nicht. Nicht für Andrea jedenfalls. Es war für Melanie reserviert, für alle Zeit. Nie würde jemand anderes dieses Gefühl in ihr hervorrufen. Aber deshalb brauchte sie ja nicht auf Sex zu verzichten. Melanie schlief schließlich auch mit ihrem Mann.

Schon der Gedanke allein machte Kira erneut wütend. Er durfte sie anfassen, ihre süße Melanie, ihm setzte sie keine Grenzen, hoffte jedesmal auf ein Kind. Er durfte sie dort berühren, wo Kira es nie hatte tun dürfen. Sie schlug mit der Hand gegen die Duschtür, daß es ein lautes Geräusch gab.

Schnelle Schritte kamen über den Korridor gelaufen. »Kira? Ist etwas passiert?« Andrea stand besorgt in der Badezimmertür.

»Nein.« Kira drehte sich nicht um, schaute sie nicht an. »Nichts.

Es ist alles in Ordnung.«

Andrea trat hinter sie und legte ihre Hände auf Kiras Schultern. »Du hast doch etwas«, fragte sie sanft. »Willst du es mir nicht sagen?«

»Faß mich nicht an!« Kira schüttelte Andreas Hände wütend ab. »Bitte geh. Wenn du willst, kannst du vorher noch duschen, aber bitte geh dann.«

»Ja. Ja, natürlich. Ganz wie du willst. Bitte entschuldige.« Andrea verließ zögernd das Badezimmer, als ob sie noch auf etwas warten würde, aber das kam nicht.

24

Kira verbrachte die nächsten Tage mit dem Abschluß einiger sehr lukrativer Geschäfte, für die sie sich mit aller Kraft ins Zeug gelegt hatte. Sie arbeitete erneut so angestrengt und ununterbrochen, daß Frau Vogels besorgte Blicke sie nun fast unablässig beobachteten, wenn sie im Geschäft war.

Abends, wenn sie nach Hause kam, fiel sie nur noch ins Bett, und das war auch genau das, was sie beabsichtigte. Sie wollte keine Zeit dafür haben, über irgend etwas nachzudenken. Es führte zu nichts, und es machte sie nur wütend. Und wenn das der Fall war, hatte sie ungeheure Mühe, ihren Charme aufblitzen zu lassen, wenn sie mit einem Kunden verhandelte.

Heute war wieder so ein Tag, an dem sie von einer Wohnung zur nächsten hetzte, vom Abschluß eines Hausverkaufs am einen Ende der Stadt zu einer Baustelle am anderen.

Einige Spekulanten hatten es geschafft, in einem Gebiet, in dem eigentlich nicht gebaut werden durfte, eine Baugenehmigung zu erhalten, und der Rohbau sah vielversprechend aus. Als Kira die Baustelle betrat, wirkte die Atmosphäre recht hektisch, sie ließ die Bauarbeiter links liegen und betrat den Rohbau, um sich umzusehen. Sie brauchte niemand, der ihr irgend etwas zeigte, sie hatte mittlerweile genug Erfahrung.

Sie sah ein paar Leute mit Baustellenhelmen im ersten Stock am

Fußende der noch nicht vorhandenen Treppe in den zweiten Stock stehen. Sie ging auf sie zu. »Wissen Sie schon, wann –?«

Zwei der Personen drehten sich um. Eine davon war Andrea. Sie hielt einen Plan in der Hand, der sich plötzlich nach unten neigte, als würde er gleich zu Boden fallen. Kira griff zu und hielt ihn fest. »Vorsicht«, sagte sie und schaute Andrea an.

»Guter Rat«, erwiderte Andrea. Ihre Augen flackerten ein wenig.

»Ich wollte nur wissen –« Kira hatte auf einmal ein schlechtes Gewissen. Sie räusperte sich. »Wird der Zeitplan eingehalten?«

»Bis jetzt ja.« Andreas Gesicht wirkte undurchdringlich. »Wenn nicht noch etwas dazwischenkommt. Im Moment sieht es gut aus. Das Wetter spielt auch mit.«

»Ja.« Kira blickte durch die offene Decke hinauf in den Himmel. »Trocken.«

»Sonst noch etwas?« fragte Andrea. »Oder können wir jetzt weitermachen?«

Kira nickte. »Ich denke, das war alles. Meine Kunden drängen mich schon, am liebsten wollen alle sofort einziehen oder vermieten, deshalb –«

»So ist es doch immer«, sagte Andrea und drehte sich wieder zu ihren Kollegen um.

Kira ging langsam zur Treppe zurück. Andrea war Architektin, es war eigentlich unvermeidlich gewesen, daß sie sich wiedertrafen, aber wie so oft hatte sie nicht darüber nachgedacht.

Ein wenig bedauerte sie ihr letztes Zusammentreffen. Wäre Andrea doch nicht gekommen ... Aber das war sie, und es war der absolut falsche Zeitpunkt gewesen. Noch einmal drehte sie sich um, sah Andrea mit ihren Kollegen diskutieren.

Sie wußte, daß sie Andrea mochte. Während der Zeit, als ihre Wohnung sich immer mehr der Fertigstellung näherte und sie sich so oft gesehen hatten, hatte sie festgestellt, daß Andreas Gegenwart ihr angenehm war. Andrea war klug, verständnisvoll, sie lachte gern und hatte Kiras stets aufschäumendem Temperament immer ruhige Gelassenheit entgegengesetzt, die alles wieder ins Lot brachte. Bis auf das letzte Mal.

Andrea verabschiedete sich von ihren Kollegen und drehte sich um, anscheinend um zur Treppe zu gehen, stutzte jedoch und blieb stehen, als sie bemerkte, daß Kira immer noch da war.

Kira atmete tief durch und schaute sie an. Sie hob ein wenig die Mundwinkel. Andrea zögerte, ging dann aber los und kam auf sie zu.

»Kaffee?« fragte Kira, als Andrea bei ihr angekommen war. »Ich könnte einen gebrauchen.«

»Was soll das bringen?« Andrea wirkte hin- und hergerissen.

Kira verzog das Gesicht. »Ich bin nicht gut in Entschuldigungen«, sagte sie.

Andrea hob die Augenbrauen.

»Ich habe dich nicht gut behandelt«, sagte Kira und seufzte. »Das hattest du nicht verdient.«

Andrea gab ein hohles Geräusch von sich. »Erstaunlich, daß dir das noch eingefallen ist.«

»Können wir die ganze Sache nicht vergessen?« fragte Kira. »Du warst einfach zur falschen Zeit am falschen Ort. An diesem Tag war ich – nicht sehr gut drauf.«

»Teilweise«, sagte Andrea. »Währenddessen schienst du gar nicht so schlecht draufzusein.«

Kira lächelte leicht. »Kaffee?« wiederholte sie. »Ich zahle.«

Andrea schüttelte etwas irritiert den Kopf. »Und dann?«

»Heute bin ich viel besser drauf«, sagte Kira. »Und wir haben das Bett noch nicht ausprobiert.«

Andrea schnappte fast nach Luft. »Warum tust du das?« fragte sie.

Kira lächelte jetzt sehr charmant. »Weil ich nicht gut in Entschuldigungen bin.« Sie hob einen Finger und strich damit über Andreas Wange. »Aber ich habe das Gefühl, du bist auch nicht gut darin, sie anzunehmen.«

Andrea schloß kurz die Augen. Kiras Berührung machte sie für einen Moment wehrlos. »Ich verliere jeden Respekt vor mir, wenn ich das tue«, erwiderte sie, während sie Kira wieder anschaute. »Eigentlich tut es mir leid, daß ich – Nun ja, ich konnte mich nicht zurückhalten, und deshalb ist das alles passiert. Ich mache mir schon die ganze Zeit Vorwürfe deswegen. Ich hätte mir einiges ersparen können, wenn ich mich beherrscht hätte.«

»Puh.« Kira atmete vernehmlich aus. »Du machst dir Gedanken ...« Sie schüttelte den Kopf. »Aber ich kann nicht mehr tun, als dir meine Entschuldigung anzubieten. Und der Kaffee ist immer noch offen.« Sie lächelte erneut. »Wir können ihn auch bei mir trinken.« Sie schaute Andrea an. »Hättest du doch einen Ton gesagt.«

»Ich dachte eigentlich, daß es so offensichtlich war, daß du es hättest merken müssen«, erwiderte Andrea und ging los zur Treppe.

»Ich war so ... beschäftigt«, sagte Kira, während sie ihr hinunterfolgte.

»Hm, ich weiß.« Andrea verzog die Lippen.

»Niemand kann etwas für seine Gefühle«, erwiderte Kira etwas gereizt. »Das solltest du am besten wissen.«

»Ja«, sagte Andrea. »Und man kann auch niemand zwingen, sie zu erwidern.«

»Ich –« Kira räusperte sich. »Ich werde dich nicht belügen. Es gibt nur eine Frau, die ich liebe.«

»Melanie.« Andrea nickte. »Und alle anderen, die sich in dich verlieben, müssen das akzeptieren oder auf dich verzichten.«

»Das ist ihre Entscheidung«, sagte Kira. Sie trat auf Andrea zu und schaute ihr in die Augen. »Deine Entscheidung.«

Andrea atmete tief durch. »Was bietest du mir dann an? Freundschaft?«

»Eine sehr intensive Freundschaft«, entgegnete Kira leise, immer noch Andreas Augen festhaltend. »Wenn du willst.«

»Guten Tag, Frau Levien.«

Kira zuckte beim Klang der Stimme leicht zusammen.

»Meine *liebe* Frau Levien«, ergänzte Val spöttisch, während sie auf Kira und Andrea zutrat. »Wir haben uns ja ewig nicht gesehen.« Die schwarzen Augen blitzten in offensichtlichem Vergnügen. »Wie geht es Ihnen?« Sie warf kurz einen Seitenblick auf Andrea und wandte ihre volle Aufmerksamkeit dann wieder Kira zu. »Gut, wie ich sehe.«

»Mach dich nicht lächerlich«, sagte Kira. »Willst du hier eine Wohnung kaufen?«

Val schüttelte leicht den Kopf. »Nein, ich habe das Projekt mitfinanziert.«

»Ich dachte, das wären alles Speku- ... Oh.« Kira brach ab.

»Ja«, sagte Val. »Ich verspreche mir einen ziemlichen Gewinn davon.«

»Ich hätte mir denken können, daß du keine Skrupel hast«, entgegnete Kira verächtlich.

»Oho.« Val lachte. »Du verkaufst die Wohnungen, sehe ich das richtig? Wieso sollte das besser sein als in das Projekt zu investieren?«

»Dann kennst du ja sicher die Architektin, Frau Strauss.« Kira hatte das Gefühl, sie verlor an Boden.

»Wir haben uns schon mal kurz gesehen.« Val nickte Andrea zu. »Sie haben wirklich gute Arbeit geleistet.«

»Danke«, sagte Andrea, deren Augen zwischen Kira und Val hin- und herwanderten.

Vals Gegenwart machte Kira mehr und mehr nervös. Sie hatten sich monatelang nicht gesehen, aber Vals Auftauchen erinnerte sie an die letzte Nacht, die sie miteinander verbracht hatten – mehr oder weniger. Val sollte sich schämen, es überhaupt zu wagen sie anzusprechen. Aber das war wieder typisch für sie. Wahrscheinlich dachte sie, die Angelegenheit wäre lange genug vorbei, und alles wäre vergeben und vergessen. »Ich habe Frau Strauss zu einem Kaffee eingeladen«, sagte sie brüsk. »Entschuldigst du uns bitte?«

»Aber sicher.«

Vals spöttisches Grinsen erweckte in Kira den Wunsch, es ihr aus dem Gesicht zu reißen. Was bildete sie sich eigentlich ein? Sie drehte sich auf dem Absatz um und ging davon.

Andrea kam ihr, sportlich wie immer, nach einer Weile hinterher und holte sie ein. »Willst du darüber reden?« fragte sie.

»Nein.« Kira schoß die Antwort wie einen Pfeil ab.

»Dachte ich mir schon«, sagte Andrea. »Ihr zwei seid ja wie Hund und Katze.«

Kiras Kopf fuhr zu Andrea herum. »Sie hat –« Abrupt unterbrach sie sich. »Sie ist unmöglich«, setzte sie den Satz anders fort, als sie ihn begonnen hatte.

»Sie ist ... eine interessante Frau«, erwiderte Andrea nachdenklich. »Geheimnisvoll. Keiner weiß so genau, woher sie kommt.«

»Spanien«, schnappte Kira.

Andrea lachte. »Das weiß ich auch. Aber viel mehr weiß niemand. Es wird nur gemunkelt –«

»Interessiert mich nicht«, unterbrach Kira sie wütend. »Können wir von etwas anderem reden?«

»Sagtest du vorhin nicht, die einzige Frau, die du je geliebt hast, wäre Melanie?«

»Liebe?« Kira blieb stehen und starrte sie an. »Val weiß nicht mal, wie man das Wort buchstabiert.«

»Aber ihr hattet mal was miteinander«, vermutete Andrea in einem Tonfall, der eher eine Feststellung als eine Frage war.

»Was auch immer«, brummte Kira. »Mit Liebe hatte es jedenfalls nichts zu tun. Sie hat an jedem Finger zehn, und ich war nur eine davon.«

»Du?« Andrea sah sehr ungläubig aus. Dann begann sie zu lächeln. »Bist du deshalb so wütend?«

»Es ist mir völlig egal.« Kira versuchte sich zu beruhigen. »Sie soll sich einfach nur um ihre eigenen Angelegenheiten kümmern.« Sie schaute Andrea an. »Jetzt brauche ich wirklich einen Kaffee. Ist hier in der Nähe nicht so ein Ausflüglercafé?«

»Ja«, sagte Andrea. »Ich glaube, es ist besser, wenn ich dich fahre.«

25

Ein Finger fuhr von Kiras Mund zu ihrer Wange, wanderte hinauf, strich ihr eine Locke aus der Stirn.

Sie lächelte und schlug die Augen auf.

»Gut geschlafen?« fragte Andrea.

»Hat dich das jetzt ein bißchen entschädigt?« fragte Kira zurück.

Andrea seufzte. »Ich wünschte, du würdest nicht immer alles so funktional sehen. Es war schön, falls das deine Frage war.«

Kira lächelte erneut. »Entschuldigung angenommen?«

Andrea verzog die Lippen. »Es bleibt mir wohl nicht viel anderes übrig. Ich frage mich nur –« Sie brach ab.

»Frag dich nicht zu viel«, antwortete Kira. »Das hat keinen Sinn.« Sie richtete sich leicht auf und beugte sich über Andrea. »Gib mir lieber einen Kuß.« Ihre Lippen senkten sich und streichelten Andreas. Flüsternd fuhr sie fort: »Das ist viel sinnvoller.«

Als sie später beim Frühstück saßen, runzelte Kira die Stirn. »Kann man mit Investitionen in solche Projekte wie deins wirklich so viel Geld verdienen?«

»Vermutlich.« Andrea zuckte die Schultern. »Ich habe leider

selbst nicht genug, um das aus eigener Erfahrung nachvollziehen zu können. Ich bekomme ein festes Honorar.«

»So wie ich Provision.« Kira wirkte nachdenklich. »Das ist nicht schlecht, aber ich könnte mehr verdienen, wenn mir die Wohnungen gehören würden, die ich verkaufe.«

Andrea gab ein überraschtes Geräusch von sich. »Weißt du, was so ein Anteil kostet? Davon kannst du dir wahrscheinlich zehn Wohnungen wie diese hier kaufen – oder noch mehr. Mit Kleinkram geben die sich nicht ab.«

»Ist mir klar«, sagte Kira. »War nur so eine Idee. Mein Vater hat glaube ich auch sehr gut verdient mit solchen Investitionen.«

»Ja, bestimmt«, sagte Andrea. »Aber es ist auch immer ein ziemlich großes Risiko dabei. Wenn so ein Projekt platzt . . .«

»Hm.« Kira nickte. Sie warf einen Blick auf ihre Armbanduhr. »Mußt du heute zur Baustelle?«

»Nicht zu dieser«, sagte Andrea, »zu zwei anderen. Kleinere Projekte.«

»Gut«, sagte Kira. »Und ich muß ins Geschäft.« Sie stand auf. »Rufst du mich nachher mal an? Dann können wir verabreden, was wir heute abend machen.«

»Heute . . . abend?« Andrea machte ein Gesicht, als hätte sie gerade der Schlag getroffen. »Du willst, daß ich . . . wiederkomme?«

»Warum nicht?« Kira beugte sich zu ihr hinunter und hauchte einen Kuß auf ihre Lippen. »Was dagegen?« Sie lächelte, und ihre Augen blitzten unternehmungslustig.

»Ist das nicht die liebe Frau Levien?« Vals Stimme klang höchst amüsiert. »Wie oft wir uns in letzter Zeit treffen . . .«

»Hör auf mit dem Unsinn.« Kira zog die Augenbrauen zusammen. »Was soll das auf einmal?«

»Ach, komm schon . . .« Val fuhr neben Kira her, die eilig die Straße entlanglief. »Steig ein. Kann ich dich irgendwo hinbringen?« Sie hielt an und öffnete die Beifahrertür. »Was ist mit deinem Auto passiert?«

»In der Werkstatt«, sagte Kira. Sie wollte an der geöffneten Tür vorbeilaufen, aber dann überlegte sie es sich anders und stieg ein. »Ich bin praktisch schon zu spät für den nächsten Termin, ohne Auto ist das alles fast nicht zu machen.«

»Kann ich mir denken«, sagte Val. »Wo mußt du hin?«

Kira sagte es ihr.

»Na, zu Fuß ist das aber ein ganzes Stück.« Val fuhr los.

»Andrea wollte mir eigentlich ihr Auto geben, aber sie brauchte es plötzlich selbst«, erklärte Kira. »Und ich konnte so schnell nichts organisieren.«

»Andrea?« Vals Augenbrauen hoben sich fragend.

»Tu nicht so«, sagte Kira. »Du weißt es doch längst.«

»Frau Strauss heißt Andrea«, sagte Val. »Vermute ich also richtig –«

Kira schaute sie nur an und zog die Stirn kraus.

»Okay, schon gut.« Val schmunzelte. »Du läßt dir nicht lange Zeit, hm?«

»Wie meinst du das?« Kira war in Gedanken schon beim nächsten Kunden und hörte nicht genau zu.

»Wenn ich mich recht erinnere, ist das Semester doch erst vor kurzem zu Ende gegangen, das heißt, Melanie kann noch nicht so lange weg sein.«

»Und?« fragte Kira.

»Nach dem, was ich darüber weiß, müßtest du da nicht eigentlich noch in Trauer sein?« fragte Val spitzbübisch grinsend.

Kira wandte sich ihr zu. »Nach dem, was ich weiß, solltest du da nicht irgendwo sein, wo ich *nicht* bin?« Ihre Augen funkelten.

»Ich hatte Geschäfte zu erledigen«, sagte Val. »Ich konnte nicht ewig wegbleiben. Und wie ich sehe, hast du dich ja auch nicht gerade nach mir verzehrt. Du hast dich schnell getröstet.«

»Nach dir verzehrt?« Kira machte ein abschätziges Geräusch. »Du hast sie wohl nicht alle. Nach allem, was war –«

»Wir sind da«, sagte Val. Sie machte mit ihrer Hand eine Bewegung zur Stirn, als würde sie ehrerbietig eine Chauffeursmütze berühren. »Falls Sie mal wieder ein Taxi benötigen, Madame . . .«

»Werde ich eine andere Firma bemühen«, setzte Kira fort und stieg aus. »Schick mir die Rechnung.« Sie warf die Tür ins Schloß und ging zu dem Haus, vor dem ihr Kunde schon auf sie wartete.

26

So ein Mist!« Kira schimpfte laut vor sich hin.

»Was ist denn?« fragte Frau Vogel.

»Ach, ich habe nur etwas vergessen.«

»Zu Hause?«

»Nein, nicht zu Hause.« Kiras Gesichtsausdruck schwankte zwischen Ärger und Unentschlossenheit. »Wie kann man nur so blöd sein?« fügte sie murmelnd hinzu.

»Soll ich es für Sie holen?« fragte Frau Vogel. »Wenn Sie keine Zeit haben, kann ich das gern machen.«

»Nein, ich –« Kira atmete tief durch. »Das tue ich wohl besser selbst. Heute abend kann ich hingehen.«

Es war schon weit nach Mitternacht und stockdunkel, als Kira endlich das Tor öffnete und hindurchging. Ihren Wagen hatte sie vor dem Grundstück stehengelassen. Es dauerte ja nur eine Minute.

Plötzlich hörte sie ein metallisches Klicken. Sie drehte sich etwas erschreckt um.

»Kira.« Val stand am Kofferraum ihres Jaguars, der beim Schließen anscheinend dieses metallische Geräusch gemacht hatte. Sie war sehr dunkel gekleidet. Kira hatte sie nicht gesehen. »Was machst du denn hier?«

Kira atmete aus. Sie hatte tatsächlich kurz die Luft angehalten. »Ich habe vergessen, dir das hier zurückzugeben.« Sie hob den Schlüssel mit der Fernbedienung für das Tor hoch. »Und außerdem habe ich auch noch etwas im Gästehaus vergessen. Anscheinend hat Frau Eggers es beim Aufräumen nicht gefunden, deshalb dachte ich, ich schaue selbst mal nach.« Sie zögerte einen Moment. »Das heißt, wenn das Gästehaus leer ist. Falls jemand da wohnt –«

»Nein«, sagte Val. »Niemand wohnt da. Geh ruhig rein.« Ihre dunklen Augen verschmolzen fast mit der Nacht ebenso wie ihre dunkle Kleidung. »Was hast du denn vergessen?«

»Ein kleines goldenes Kettchen mit einem Anhänger«, sagte Kira. »Es ist nicht viel wert, aber ich habe es seit meiner Kindheit. Mein Vater hat es mir geschenkt. Wahrscheinlich ist es in irgendeine Ritze gerutscht. Es ist sehr schmal.«

Val, die die ganze Zeit am Auto stehengeblieben war, kam jetzt auf sie zu. »Dann hat es einen Wert«, sagte sie lächelnd. »Einen sentimentalen.« Sie legte leicht den Kopf schief. »Aber jetzt, mitten in der Nacht, ist das Licht so schwach – Vielleicht sollte ich besser Frau Eggers Bescheid sagen, daß sie dann bei Tageslicht danach sucht.«

»Ja, vielleicht.« Kira nickte. »Ich hatte tagsüber einfach nie Zeit.« Sie blickte auf die Tür des Gästehauses. »Aber wo ich schon einmal hier bin . . .«

»Ja, sicher«, sagte Val. Sie warf einen Blick auf den Jaguar, als ob sie überlegen müßte, was sie damit tun sollte. »Ich habe eine starke Taschenlampe im Auto, ich hole sie.«

Kira nickte und ging ins Gästehaus, schaltete das Licht ein. Es war merkwürdig vertraut, ohne hinzuschauen nach dem Lichtschalter zu greifen, weil sie so lange hier gewohnt hatte.

Das Gästehaus war aufgeräumt und leer, wie Val gesagt hatte.

»Hier.« Ein weißer Lichtstrahl schoß an Kira vorbei. »Damit siehst du besser.«

»Wahrscheinlich habe ich es im Bad verloren.« Kira ging auf die Badezimmertür zu. »Oder am Bett.«

Val ließ die Taschenlampe zum Bett schwenken. »Ich schaue mal nach.«

Das Licht im Badezimmer war auch ohne Taschenlampe hell genug. Es gab hier nicht allzu viele Ritzen, in denen etwas hätte verschwinden können. Kira hatte die in Frage kommenden Orte schnell untersucht. Sie ging ins Schlafzimmer. »Etwas gefunden?«

Val, die auf dem Bett kniete, schaute zu ihr auf. »Nein. Du?«

»Auch nicht.« Kira schüttelte den Kopf. »Aber es muß hier sein.« Sie seufzte. »Ich hoffe es zumindest. Vielleicht habe ich auch einfach beim Umzug nicht aufgepaßt.« Sie ging zum Bett und griff an der Seite in die Ritze zwischen Matratze und Bettgestell. »Hm. Wäre wahrscheinlich doch besser bei Tageslicht. Man müßte die Matratze rausnehmen.«

»Ja«, sagte Val. »Ich kann Frau Eggers ja darum bitten.«

»Eigentlich möchte ich ihr das nicht zumuten.« Kira runzelte die Stirn. »Und wenn wir zwei –?«

»Warum nicht?« sagte Val. »Versuchen können wir es ja mal.«

Kira nickte, und Val und sie hoben die Matratze des Doppelbettes an. Sie war ziemlich schwer. Kira merkte, wie sie ihr aus den Fingern rutschte. Schnell wollte sie nachfassen, aber irgendwie verlor sie das Gleichgewicht und fiel vornüber.

Val ließ den anderen Teil der Matratze los, weil der Ruck sie ihr ebenfalls aus der Hand gerissen hatte, und fiel neben sie. Ihre Gesichter waren so nah voreinander, daß sie sich fast berührten.

Für einen Moment schienen sie beide die Luft anzuhalten. Ihre Augen versanken ineinander, schienen sich fast miteinander zu verbinden.

Vals Erstarrung löste sich zuerst. Sie stand schnell vom Bett auf. »Ich glaube, Frau Eggers hat mehr Erfahrung damit«, sagte sie. »Vielleicht sollten wir es doch besser ihr überlassen.«

Kira stand nicht sofort auf. Sie fühlte sich komisch. Vals Gegenwart hatte sie schon des öfteren nervös gemacht, wenn auch meistens wütend. Aber so wie heute war es noch nie gewesen. Als sie Vals Gesicht so nah vor sich sah, hatte sie sich spontan gewünscht sie zu küssen, sie zu berühren. Sie versuchte ihre Unsicherheit zu überspielen. »Ja, vielleicht«, sagte sie.

Val reichte ihr eine Hand, Kira nahm sie und stand auf. *Das war keine gute Idee,* dachte sie sofort, denn die Berührung war genau das gewesen, was noch gefehlt hatte. Sie spürte plötzlich eine Sehnsucht nach Val, mit der sie nie gerechnet hätte. *Doch nicht nach allem, was sie mir angetan hat,* dachte sie, und der Ärger überdeckte die Erregung, die sie zuvor erfaßt hatte.

Aber sie kehrte zurück. Obwohl Val ihre Hand längst losgelassen hatte, spürte Kira immer noch die warme Haut an ihrer, es kribbelte. »Ich ... Vielleicht ist es auch gar nicht so wichtig«, sagte sie. »Ich kann mir ein neues kaufen.«

»Es wäre nicht dasselbe.« Val lächelte leicht und betrachtete sie. »Es tut mir leid, aber ich kann nicht länger mit dir suchen. Ich muß weg.«

»Ja, natürlich, was auch sonst?« Kiras Augenbrauen hoben sich in der bekannten Weise. Sie wollte an Val vorbei zur Tür gehen, aber Val hielt ihren Arm fest.

»Es hat nichts mit einer Frau zu tun, das versichere ich dir.«

»Das geht mich nichts an«, sagte Kira. »Du mußt mir keine Erklärung geben.«

»Ich möchte aber.« Val zog sie leicht zu sich heran. »Ich möchte dir so vieles erklären, aber –« Sie brach ab und suchte Kiras Augen, suchte etwas darin, von dem Kira nicht wußte, was es war.

Dennoch fühlte Kira sich so sehr angezogen von diesen Augen, daß sie sich leicht zu Val beugte, ihre Lippen öffneten sich unwillkürlich.

Val berührte Kiras Lippen ganz sanft, streichelte sie nur. Ihr Arm umschlang Kiras Taille, und ohne daß Val irgendeinen Druck ausübte, sank Kira gegen sie.

Der Kuß war so vertraut und doch so neu, daß Kira irritiert darin verharrte, Vals Zärtlichkeiten genoß. Selten war Val so zärtlich gewesen. Sie war eine gute Liebhaberin, aber ihre Berührungen waren meistens fest und bestimmt, zielgerichtet. Das hier schien nur für sich selbst zu leben, ohne weitere Konsequenzen.

Val löste sich langsam, fast widerwillig von Kiras Mund. »Es tut mir leid, ich muß gehen«, sagte sie leise, während sie Kira ansah.

Kiras Mundwinkel zuckten.

»Nein«, sagte Val. »Bitte glaub mir. Es ist keine Frau.« Sie begann leicht zu lächeln. »Ehrlich gesagt ... von dir zu einer anderen Frau zu gehen wäre ein Abstieg. Ich bleibe lieber da, wo ich bin.«

»Val ... ich ...« Kira war von ihren eigenen Gefühlen überrascht. Sie hätte gedacht, daß sie das nie wieder fühlen würde.

»Ich weiß«, sagte Val. »Andrea.« Ein wenig spöttische Belustigung kehrte in ihre Augen zurück. »Wenn es nicht so albern wäre, würde ich sagen, grüß sie von mir. Sie ist eine sehr nette Frau, und ich wünsche euch beiden viel Glück.« Sie strich leicht über Kiras Wange, dann verließ sie das Gästehaus.

Kurz darauf hörte Kira den Jaguar davonfahren.

27

Die Tür der Immobilienagentur gab ein leises Klingeln von sich. Es hatte jemand die Geschäftsräume betreten.

Kira kam mit einer Tasse Kaffee aus dem angrenzenden Raum. »Kann ich Ihnen –?« Sie brach ab und blieb stehen.

»Frau Eggers hat es gefunden.« Val hielt lächelnd das Kettchen in die Höhe.

Kira sah überrascht aus. »Wo war es?«

»Doch im Badezimmer. Es hätte fast den Weg durch den Abfluß genommen.« Val kam auf sie zu und reichte ihr das kleine Schmuckstück. »Frau Eggers hat es im letzten Moment gerettet.«

»Ich dachte, ich hätte überall nachgesehen.« Kira nahm das Kettchen verwundert in Empfang.

»Nun ja, den Abfluß hast du nicht auseinandergenommen.« Val lächelte immer noch freundlich, ihr sonst so spöttischer Blick zeigte sich nicht. Aber das war sicher nur eine Frage der Zeit. »Ich wußte auch nicht, daß Frau Eggers solche Fähigkeiten als Klempnerin hat.« Sie schmunzelte.

»Zum Glück«, sagte Kira. »Auf den Gedanken wäre ich nie gekommen.«

»Ich muß zugeben, ich auch nicht«, sagte Val. Sie schaute sich um. »Bist du heute ganz allein? Ist Frau Vogel nicht da?«

»Nein.« Kira schüttelte den Kopf. »Familienangelegenheiten. Ich glaube, eine Tante von ihr ist gestorben.«

»Da hast du ja Glück, daß es so ruhig ist.«

»Ist es nicht.« Kira setzte sich hinter ihren Schreibtisch. »Das ist mein erster Kaffee seit Stunden. Bis eben war die Hölle los.«

»Ich kann dich nicht zu einem gemeinsamen Mittagessen überreden?« fragte Val. »Es ist gleich eins.«

»In der Mittagspause rufen die meisten an«, sagte Kira, und wie zur Bestätigung klingelte das Telefon.

Val blieb zuerst stehen, aber als das Telefonat länger dauerte, weil Kira es offensichtlich mit einem etwas schwierigen Kunden zu tun hatte, setzte sie sich in einen der Besucherstühle und streckte ihre langen Beine aus.

Kira fühlte, wie allein diese Bewegung sie nervös werden ließ. *Was ist nur mit mir los?* dachte sie. *Ich kenne ihre Beine doch. Ihren ganzen Körper.* Sie hörte ihrem Kunden nur noch mit halbem Ohr zu. »Doch, natürlich«, sagte sie, als er ihr zwischendurch einmal Gelegenheit dazu gab, und ließ ihn dann weiterreden.

Dennoch konnte sie sich nicht von Vals Anblick lösen. Sie war heute sehr leger gekleidet, in Jeans und ein weites Männerhemd, das ihre breiten Schultern betonte. *Sie sieht bestimmt wunderbar aus am Mast eines Schiffes, wenn sie die Mannschaft befehligt,* dachte Kira. *Ein Piratenkapitän auf hoher See. Blitzende weiße Zähne, feurige schwarze Augen, das Lachen des Eroberers im braungebrannten Gesicht.*

»Hören Sie mir überhaupt zu?« Ihr Kunde klang ärgerlich.

»Doch, selbstverständlich.« Kira antwortete automatisch und versuchte sich an das letzte zu erinnern, was er gesagt hatte. »Wir können das alles zu Ihrer Zufriedenheit regeln. Da sehe ich keine Schwierigkeiten.«

»Das hoffe ich.« Er grummelte ein bißchen. »Versprechen tut ihr Immobilienleute ja immer viel.«

»Ich halte, was ich verspreche«, sagte Kira. »Darauf können Sie sich verlassen.«

»Na gut«, sagte er. »Ich versuche es mal mit Ihnen. Wenn Sie mein Haus zu einem guten Preis verkauft kriegen, empfehle ich Sie weiter.«

»Danke«, sagte Kira. »Ich bin überzeugt, es wird nicht lange dauern. Es ist ein sehr gutes Objekt.«

»Allerdings«, sagte er selbstbewußt. »Geben Sie sich Mühe.« Er legte auf.

»Puh.« Kira lehnte sich zurück. »Hausbesitzer, die meinen, sie hätten eine Goldgrube.«

»Jeder will das beste Geschäft machen«, sagte Val. »Das ist doch klar. Der Verkäufer wie der Käufer.«

»Und ich auch«, sagte Kira. Sie lächelte. »Weißt du was? Ich glaube, ich habe mir wirklich ein Mittagessen verdient. Aber vorher möchte ich noch in ein Geschäft.«

»Du willst dir etwas kaufen?« Val stand auf.

Kira schmunzelte. »Mal sehen«, sagte sie.

»Du bist sicher, daß du weißt, wo du hinwillst?« Val folgte Kira, die an allen großen Geschäften vorbeiging und anscheinend immer noch nicht gefunden hatte, was sie suchte.

»Ganz genau«, sagte Kira. »Es ist ein bißchen abseits.«

»Solange wir da heute noch ankommen ...«, sagte Val und zuckte die Schultern.

»Wir sind gleich da.« Kira bog in eine kleine Gasse ab. »Es ist hier. Das rote Haus dahinten.«

»Hier ist doch nichts«, sagte Val, als sie vor dem Haus angekommen waren.

»Doch.« Kira klingelte. »Du wirst gleich sehen.«

Der Summer öffnete die Tür, und Kira ging hinein. »Kommst du?« Val schien zu zögern. Kira schmunzelte. Es war so selten, daß sie Val einmal unsicher gesehen hatte. Sie genoß es sehr. »Keine Angst, es ist alles ganz harmlos«, sagte sie.

Val folgte ihr in den Hausflur. »Wo ist das Geschäft?« fragte sie.

»Es ist eher privat«, sagte Kira. »Leider ist mit so etwas heute nicht mehr viel Geld zu verdienen. Sie betreibt das Geschäft von zu Hause aus.«

»Mit so etwas?« Val runzelte die Stirn.

Kira lächelte nur und ging ein paar Stufen hinauf. »Hallo«, sagte sie, ohne daß Val sehen konnte, mit wem sie sprach.

»Ach, Kira.« Eine Frauenstimme antwortete. »Habe ich dich jetzt doch überzeugt?«

Val war Kira nun gefolgt und sah, wie sie in den Flur der Wohnung hineinging, deren Tür hinter ihr offenblieb.

»Komm nur rein«, rief Kira über die Schulter zurück. »Und mach die Tür zu.«

Val schloß die Tür hinter sich und folgte den beiden Frauen. Von der zweiten hatte sie nur einen Anflug blonden Haares gesehen, als sie vor Kira herging.

»Was soll es denn sein?« Die blonde Frau schaute Kira lächelnd an.

»Ich brauche etwas ... ich weiß nicht genau. Ein Borsalino vielleicht?« Kira schien unschlüssig.

»Für dich?« fragte die blonde Frau.

»Nein.« Kira lächelte. »Für sie hier.« Sie deutete auf Val.

Die blonde Frau musterte Val aufmerksam. »Das geht wohl eher in Richtung Fedora«, sagte sie.

Val hob die Augenbrauen. Sie verstand kein Wort.

»Val, das ist meine Schulfreundin Annika«, stellte Kira nun endlich die blonde Frau vor. »Die Mädchenschule, erinnerst du dich? Wir hatten da auch Handarbeiten, und Annika hat einen Beruf daraus gemacht. Sie ist Hutmacherin.«

»Hutmacherin?« Val sah eindeutig überrascht aus.

»Ja. Und da das nicht viel einbringt, weil es heute nicht mehr so viele Leute gibt, die Hüte tragen, arbeitet sie eben in ihrer Wohnung.« Kira wies auf ein paar Hüte, die im Raum verteilt auf Köpfen von Schaufensterpuppen saßen.

»Du willst dir einen Hut kaufen?« fragte Val.

Kira lächelte. »Du hast nicht zugehört. Ich will *dir* einen Hut kaufen.«

»Mir?« Selten hatte Kira Val so sprachlos erlebt.

»Ja«, sagte Kira. »Da ich dachte, ein goldener Ohrring oder ein Entermesser wäre doch etwas übertrieben, bin ich auf einen Hut gekommen.«

»Entermesser?« Val schien nun gar nicht mehr zu wissen, worum es ging.

»Du hast recht«, sagte Annika und nickte Kira zu. »Genau das ist es. Und da habe ich sogar etwas Passendes. Eigentlich ein Ausstellungsstück. Ich dachte, so etwas kauft bestimmt niemand.« Sie verschwand plötzlich aus dem Zimmer.

»Was soll das alles?« fragte Val.

»Darf ich dir nicht auch einmal etwas schenken?« fragte Kira. »Du hast mir schon einiges geschenkt.«

»Ja, aber –«

In diesem Moment kehrte Annika zurück. »Na, wie wäre das?« fragte sie lachend und hielt einen breitkrempigen schwarzen Hut hoch, in dessen besticktes Hutband keck eine weiße Feder gesteckt war.

»Ich wußte es.« Kira nahm den Hut und drehte ihn in ihren Händen, um ihn genau anzusehen. »Ich wußte, du hast etwas.«

»Falls nicht, hätte ich etwas anfertigen können«, sagte Annika. Sie nahm Val in den Blick. »Anprobieren?«

Val schien leicht überfordert.

»Komm, setz dich«, sagte Kira. Sie wies auf einen Stuhl. »Hier ist auch ein Spiegel.«

Val gehorchte, als wäre sie nicht ganz da.

Kira setzte Val den Hut auf und betrachtete ihr Spiegelbild vor sich zufrieden. »Paßt perfekt«, sagte sie. »Findest du nicht?«

Vals Mundwinkel begannen leicht zu zucken. »Das ist nicht dein Ernst«, sagte sie.

Kira fand, daß der Hut Val noch attraktiver machte, als sie es ohnehin schon war. Er gab ihr äußerlich genau jenen abenteuerlichen, verwegenen Hauch, der zu ihrem Wesen paßte. Sie beugte sich zu Val hinunter. »Du siehst aus wie Zorro«, flüsterte sie ihr ins Ohr, und sie mußte sich sehr beherrschen, um sie nicht ins Ohrläppchen zu beißen. *Ich bin verrückt,* dachte sie und richtete sich abrupt wieder auf. Ihre eigenen Reaktionen überraschten sie so sehr, daß sie fast über sich selbst den Kopf geschüttelt hätte.

»Es ist ein ziemlich spanischer Hut, das stimmt«, sagte Val und musterte ihr Spiegelbild eingehend.

»Gefällt er dir?« fragte Annika. »Ich hätte nicht gedacht, daß ich hier in Deutschland jemand finden würde, der diesem Hut gerecht wird. Aber nun ...«

»Wir nehmen ihn«, sagte Kira. »Gar keine Frage.« Sie lächelte Val im Spiegel an. »Oder bringst du mich dafür um?«

Vals Mundwinkel hoben sich nun doch wieder etwas spöttisch, wie man es von ihr gewohnt war. »Dafür nicht«, sagte sie.

28

Es vergingen ein paar Tage, bevor Val erneut zu Kira ins Geschäft kam.

Kira schmunzelte, als sie sie hereinkommen sah. »Du trägst ja den Hut.«

»Sollte ich nicht?« Vals Piratengrinsen schien noch breiter zu werden, dann verwandelte es sich in ein leicht erstauntes Lächeln. »Du hast die Bernsteinkette noch?«

»Ja, ich ...« Kira räusperte sich und griff mit einer Hand nach der Kette. »Die Ohrringe sind zu auffällig bei der Arbeit, aber die Kette geht.«

Vals Augen musterten Kiras Gesicht, wanderten dann zu ihrem Hals hinunter, wo sie kurz verharrten, als ob sie sich nicht entscheiden könnten, welche Richtung sie nun nehmen sollten. Auf einmal drehte sie den Kopf zu Frau Vogel und lächelte sie an. »Ist sie nicht wunderschön, unsere Frau Levien?«

Frau Vogel lächelte zurück. »O ja, das ist sie.«

»War das alles, weshalb du hergekommen bist?« Kira sah Val etwas tadelnd an. »Wir müssen nämlich arbeiten.«

»Davon will ich niemand abhalten.« Val kam auf Kiras Schreibtisch zu und setzte sich auf einen Stuhl. »Genau deshalb bin ich auch hier. Ich möchte dir einen geschäftlichen Vorschlag machen.«

»Geschäftlich?« Kiras Gesichtsausdruck wirkte ziemlich zweifelnd.

»Ja.« Vals Gesichtsausdruck blieb im Gegensatz zu Kiras neutral. »Ich habe da ein Projekt im Blick.«

»Du willst mich als Maklerin engagieren?«

»Vielleicht«, sagte Val. »Kommt drauf an.«

»Worauf?« fragte Kira.

»Darauf, ob du das Projekt lohnend findest«, erwiderte Val gelassen, auch wenn Kiras Augen warnend blitzten. »Aber dazu mußt du es dir erst einmal ansehen.«

»Jetzt?« Kira runzelte die Stirn.

»Jetzt oder ein andermal.« Val schien keine Eile zu haben. »Wann du willst und wann du Zeit hast.«

»Hm.« Kira lehnte sich zurück. »Heute auf jeden Fall nicht. Du hast mich nur gerade zwischen zwei Terminen erwischt.«

»In Ordnung.« Val nickte. »Ruf mich doch einfach an, wenn du Zeit hast. Dann können wir einen Termin ausmachen.« Ihr Verhalten war derart geschäftsmäßig, daß Kira langsam Zweifel daran kamen, ob das alles hier nur ein Vorwand war, wie sie zu Anfang gedacht hatte.

»Du kannst mit Frau Vogel nach einem Termin suchen«, erwiderte sie. »Ich muß jetzt weg.« Sie stand auf und griff nach ihrer Aktentasche mit den Unterlagen.

»Haben Sie mir alle Termine gesagt?« fragte Frau Vogel schnell, bevor Kira verschwinden konnte.

Kira starrte in die Luft und rief ihre Datenbank im Kopf ab. Schnell ratterte sie ein paar Termine herunter. »Das waren alle«, sagte sie.

»Und von der Hälfte davon höre ich jetzt zum ersten Mal.« Frau Vogel seufzte. »Ich wünschte, Sie würden den Kalender mitnehmen.«

»Ich würde ihn ohnehin nicht benutzen«, sagte Kira und lächelte sie charmant an. »Es wäre nur unnötiger Ballast. Wenn Sie mich fragen, sage ich Ihnen alles, was Sie wissen wollen.«

Man sah deutlich, wie Frau Vogel vor Kiras Lächeln dahinschmolz. Wie die meisten konnte sie ihm nicht widerstehen. »Na gut«, sagte sie. »Für den Moment ist es ja erledigt.«

Kira erweiterte ihr Lächeln auf Val. »Ihr beide kommt doch zurecht, oder?«

Val schmunzelte. »Ich denke schon.«

Kira nahm den Autoschlüssel vom Tisch und nickte. »Dann bis später.« Sie verließ das Geschäft, und das Klingeln der Tür folgte ihr wie ein Abschiedsgruß.

»Sie kriegt mich immer wieder herum«, bemerkte Frau Vogel erneut seufzend. »Ich weiß wirklich nicht, warum ich den Kalender gekauft habe.«

»Zum Beispiel, um mich darin einzutragen«, sagte Val. Sie setzte sich auf die Ecke von Frau Vogels Schreibtisch und schaute in das aufgeschlagene Buch. »Was denken Sie, wann hat sie Zeit?«

»Wie lange brauchen Sie denn?« fragte Frau Vogel.

29

Ich wußte, daß es nicht geschäftlich ist«, sagte Kira und verzog mißbilligend die Mundwinkel.

»Doch, ist es«, behauptete Val und sprang an Deck. »Komm an Bord.« Sie streckte Kira, die immer noch auf dem Kai stand, die Hand entgegen.

Kira blickte Val nachdenklich an, dann sprang sie neben ihr aufs Deck, ohne ihre Hand zu nehmen. Leider versetzte die Welle eines größeren Schiffes den Rumpf der Jacht in diesem Moment in eine unerwartete Schwingung, Kira verlor leicht das Gleichgewicht und landete in Vals Armen.

»Das«, sagte Kira und blickte zu Val auf, »war wohl der wahre Zweck der Übung, oder?«

»Sagen wir mal, es ist ein hübscher Nebeneffekt«, erwiderte Val schmunzelnd. Sie ließ Kira los. »Aber erst die Arbeit, dann das Vergnügen.«

Kira schaute überrascht. »Arbeit?«

»Komm mit«, sagte Val und öffnete den Eingang des Aufenthaltsraumes, der fast die ganze Mitte des Schiffes einnahm. »Ich will dir was zeigen.« Sie ging voraus, und Kira folgte ihr langsam. »Findest du nicht, daß dem Hafen etwas fehlt?« Val drehte sich kurz um und schaute sie fragend an.

»Etwas fehlt? Was?« Kira schüttelte verständnislos den Kopf.

»Jedesmal, wenn ich hier ankomme«, sagte Val, »denke ich mir, warum kann ich jetzt nicht direkt mit meinem Boot in mein Haus fahren? Ich muß erst anlegen, alles aus dem Schiff ins Auto packen, mit dem Auto nach Hause fahren, da dann wieder alles auspakken ... Ich finde das höchst unbequem.«

»Findest du.« Kira runzelte die Stirn. Sie wußte immer noch nicht, worauf Val hinauswollte.

»Ja«, sagte Val. »Und ich denke, vielen Jachtbesitzern geht es ähnlich. Es gibt zu wenige Häuser am Ufer, die so ausgestattet sind, daß man sie genausogut von Wasser wie von Land erreichen kann.«

»Wer hat schon eine Jacht?« murmelte Kira.

»Oh, mehr Leute, als du denkst.« Val hatte sie trotzdem verstanden. »Und selbst wenn ich keine Jacht besitze, kann ich doch eine mieten, aber ich kann nicht gleich ein Haus mit Jacht vor der Tür mieten. Oder ein Haus mit einer direkten Zufahrt für meine eigene Jacht. Ein eindeutiges Manko.«

»Ich glaube nicht, daß das ein gutes Geschäft ist«, sagte Kira. »Das hier ist doch nicht die Riviera, das ist die Ostsee.«

»Und warum sollte ein bißchen Riviera-Flair da so unpassend sein?« fragte Val. »Weil ihr Deutschen keinen Sinn für *Laissez-faire* habt?«

»*Wir* Deutschen sind eben anders als *ihr* Südländer«, erwiderte Kira spitz. »Muß wohl an der fehlenden Sonne liegen.«

Val lachte. »Du würdest dich also nicht an einem solchen Projekt beteiligen wollen?«

»Beteiligen?« Kira hob irritiert die Augenbrauen. »Womit denn? Allein die Erschließung kostet bestimmt Unsummen. Ganz zu schweigen von den besonderen Problemen *und Kosten*, die so ein Haus beim Bau verursacht.«

»Man merkt, du bist vom Fach«, sagte Val. »Und du weißt, was die Kunden wollen. Das macht dich so wertvoll für das Projekt.« Sie warf einen Blick aus dem Augenwinkel zu Kira, während sie so tat, als würde sie der Inhalt des Kühlschranks viel mehr interessieren. »Vielleicht könnte Andrea ja den architektonischen Teil übernehmen, dann hättet ihr mehr Zeit gemeinsam.«

Kira schaute aus dem Fenster. Sie schien zu überlegen, dann räusperte sie sich etwas unbehaglich. »Andrea ...«, sagte sie langsam, zögerte weiterzusprechen und tat es dann doch, »hat mich verlassen.«

»Ach?« Val drehte sich mit einer Champagnerflasche in der Hand um und schloß den Kühlschrank hinter sich.

Kiras Gesichtsausdruck veränderte ich. »Du wußtest es«, stieß sie ärgerlich hervor. »Du hast es ganz genau gewußt.« Ihre Augen blitzten.

Val hob die Augenbrauen. »Ich habe so was gehört, ja«, sagte sie, »aber es ist doch etwas ganz anderes, es aus deinem Mund zu hören.«

»Deshalb der Champagner?« fragte Kira. Sie knirschte fast mit den Zähnen.

»Nein.« Val schüttelte den Kopf und war ausnahmsweise einmal ernst. »Ich finde nicht, daß so etwas ein Grund zum Feiern ist. Ich hatte nur gehofft, daß du ein Glas mit mir trinkst, weil du dich für das Projekt entscheidest.«

»Wer's glaubt ...«, sagte Kira. Sie verschränkte die Arme und wandte sich ab.

»Es ist nicht ganz die Wahrheit, das gebe ich zu«, sagte Val und trat hinter sie. »Ich habe gehört, daß du dich von ihr getrennt hast – oder sie sich von dir, ist ja egal –, und ich dachte, ein bißchen Ablenkung täte dir gut, würde dich vielleicht aufheitern. Der Champagner sollte nur eine entspannte Atmosphäre schaffen.«

Kira stieß abschätzig die Luft durch die Nase aus. »Zu welchem Zweck ist ja wohl klar.«

»Findest du nicht, daß wir eigentlich ganz gut zueinander gepaßt haben?« fragte Val hinter ihr. »Als du im Gästehaus gewohnt hast, war es doch gar nicht so schlecht, oder?«

Kira drehte sich mit einem Ruck um und starrte sie mit glühenden Augen an. »Ist das dein Ernst? Nach allem, was du mir dort angetan hast?«

Val hob entschuldigend die Schultern. »Ich habe mich wirklich lange dafür geschämt, das kannst du mir glauben. Daß ich mich so gehenlassen konnte, nur weil du mit Melanie ... weil ich euch gesehen habe. Ich hätte mich nicht so betrinken dürfen, dann wäre gar nichts passiert. Aber ... na ja, so schlimm war es auch wieder nicht. Es war mir nur furchtbar peinlich. Deshalb bin ich dann gegangen.«

»So schlimm war es auch wieder nicht?« Kira starrte sie mit einem Blick an, der gar nicht mehr zu beschreiben war. »Du hast mich –« Sie brach ab und holte tief Luft. »Und das ist alles, was du dazu sagst: So schlimm war es auch nicht?«

»Ja, gut«, sagte Val. »Ich habe mich schrecklich danebenbenommen, das gebe ich ja zu. Und ich habe mich tausendmal bei dir dafür entschuldigt und dich mit allem entschädigt, womit ich dich entschädigen konnte. Was kann ich noch tun? Solche Dinge passieren eben manchmal. Aber ... zum Schluß ... was ist schon passiert? War das wirklich so schlimm?«

Kira schüttelte den Kopf. »Wenn du eine Vergewaltigung nicht schlimm findest, was findest du dann schlimm?« Sie drehte sich um und ging zur Tür.

Fast im selben Moment fühlte sie Vals Hand an ihrer Schulter. »Vergewaltigung? Bist du verrückt?« Sie sah entsetzt aus.

Kira blieb stehen und schaute sie kalt an. »Wie würdest du es denn nennen? Du bist gegen meinen Willen in mein Bett gekommen, du hast mich gezwungen –« Sie schluckte. »Du hast mir wehgetan. Dein Körper auf meinem war ... wie eine Fessel. Ich konnte mich nicht mehr rühren, nicht mehr atmen, mich nicht mehr wehren. Aber das hat dich nicht interessiert. Du hast einfach weitergemacht, hast dir genommen, was du wolltest. Glücklicherweise bin ich dann bewußtlos geworden, aber das ändert nichts an der Tatsache.«

»Ich – Ach du je ...« Val ließ Kira los und fuhr sich wild durch die Haare. »Wenn ich das gewußt hätte. Aber du hast recht, ich hätte es wissen müssen. Ich habe ja bemerkt –« Sie entfernte sich von Kira und ließ sich auf die gepolsterte Bank fallen, die rund um den Raum lief. Sie beugte sich vor und bettete ihren Kopf in die Hände. »Du meine Güte ... Das hast du die ganze Zeit gedacht?« Sie blickte auf. »Warum hast du dann überhaupt noch mit mir gesprochen?«

»Habe ich ja nicht«, sagte Kira. »Du warst lange Zeit weg.«

»Und du warst ziemlich kratzbürstig, als wir uns dann wiedergesehen haben«, erinnerte Val sich. »Aber –«, sie lächelte leicht, »du bist eigentlich immer kratzbürstig.«

»Wenn du meinst«, erwiderte Kira kühl. »Ich gehe jetzt.« Sie warf einen verächtlichen Blick auf Val. »Wenn du mich läßt.«

»Ich ... Kira –« Val stand auf. »Ich ... ich kann gar nicht sagen, wie leid mir das tut. In letzter Zeit hatte ich den Eindruck ... du warst so nett zu mir. Der Hut ...« Sie lächelte sehr weich. »Und davor im Gästehaus, als wir nach deinem Kettchen gesucht haben ... Ich hätte nie gedacht, daß dir so etwas im Kopf herumgeht. Hätte ich das gewußt –« Sie brach ab und schüttelte den Kopf. Unglücklich legte sie die Stirn in Falten. »War es sehr furchtbar, als ich dich geküßt habe? Hast du gedacht, du darfst dich nicht wehren, weil ich es sonst ohnehin tue?« Sie faßte sich an die Stirn. »Und ich dachte ... ich dachte ...«

Kira stand da, als müßte sie über etwas nachdenken. »Nein«, sagte sie dann und schaute Val an. »Es war nicht furchtbar. Ich war überrascht, aber –« Sie schüttelte leicht den Kopf. »Nein, furchtbar war es nicht.«

»Wenigstens das«, bemerkte Val erleichtert.

Kira runzelte die Stirn. »Was willst du von mir, Val? Warum läßt du mich nicht einfach in Ruhe?«

Val schaute sie ernst an. »Ich will, daß du das zu mir sagst, was du zu Melanie gesagt hast: Ich liebe dich.«

Kira lachte überrascht auf. »Das werde ich nie tun«, sagte sie. »Niemals.« Sie hob die Augenbrauen. »Deshalb ist Andrea gegangen. Sie wollte das auch. Sie konnte es nicht ertragen, daß –«

»Daß Melanie zwischen euch stand?« Val nickte. Dann blickte sie Kira direkt in die Augen. »Würdest du mir noch eine Minute zuhören, bevor du gehst?«

»Warum?« fragte Kira.

»Weil es glaube ich wichtig ist«, sagte Val. »Es geht um –«, sie atmete tief durch, »es geht um die Nacht im Gästehaus damals.«

Kira gab ein hohles Geräusch von sich. »Was ist dazu noch zu sagen?«

»Einiges«, sagte Val. »Ich habe ja schon zugegeben, daß mein Verhalten unmöglich war, aber das bezog sich nur auf ... auf das, was passiert ist, bevor du ... eingeschlafen bist.«

»Das war schlimm genug«, sagte Kira abschätzig.

»Ja, war es«, gab Val zu. »Nur ... danach war nichts mehr. Verstehst du? Ich habe dich geküßt, und ich merkte, daß du plötzlich weg warst. Du hast nicht mehr reagiert. Ich habe dich angesprochen, gestreichelt, für einen Moment dachte ich, du tust nur so, aber dann wurde mir klar, daß du schliefst. Kein Wunder nach sechsunddreißig Stunden.« Ihr Blick fuhr über Kiras Gesicht. »Und dann ... habe ich nichts mehr getan. Ich sah dich an, und ich hatte das Gefühl, ich wäre auf einmal nüchtern geworden. Mein Kopf war plötzlich wieder klar, und ich habe mich dafür geschämt, daß ich dich so bedrängt hatte. Ich bin aufgestanden, habe dich zugedeckt und bin gegangen.«

»Ich hatte blaue Flecke, am nächsten Tag, als ich geduscht habe«, sagte Kira.

»Ich habe dich ja auch hart angefaßt«, sagte Val bedauernd. »Aber da warst du noch wach.«

Kira hob die Augenbrauen. »Und was soll ich jetzt dazu sagen? Alles ist vergeben und vergessen? Daß ich dir glaube?«

»Du mußt mir natürlich nicht glauben«, sagte Val, »das sehe ich ein. Ich wollte nur, daß du es weißt.«

»Hm.« Kira spitzte überlegend die Lippen. »Ob es passiert ist oder nicht, ich erinnere mich nicht daran. Als ich am nächsten Morgen aufwachte, hatte ich auch nicht viel Zeit, darüber nachzudenken. Da kamst du schon. Und dein ganzes Verhalten wies nicht gerade darauf hin, daß du einfach aufgehört hast.«

»Ich war ... sehr unglücklich darüber, daß ich so die Kontrolle verloren hatte«, sagte Val. »Das fand ich schlimm genug. Ich hätte nie angenommen, daß du dachtest –« Sie schüttelte den Kopf. »Was für ein Bild mußt du von mir haben, daß du mir so etwas zutraust?«

Kira schaute sie ziemlich lange an. »Laß uns nicht mehr darüber reden«, erwiderte sie dann. »Wie gesagt, ich erinnere mich nicht. Spielt es da noch eine Rolle, ob wirklich etwas passiert ist?«

»Für mich tut es das«, sagte Val.

»Ich werde darüber nachdenken, ob ich dir glaube«, sagte Kira, »aber nicht jetzt. Das muß warten. Wenigstens –«, sie lächelte leicht. »Wenigstens kann ich mir vorstellen, mit dir an dem Projekt zu arbeiten.«

»Kannst du?« Val hob überrascht die Augenbrauen.

»Nun ja, privat und Geschäft, das sind sowieso zwei völlig verschiedene Dinge, oder?« Kira schaute sie an. »Das eine sollte dem anderen nicht im Wege stehen.«

Val schüttelte leicht den Kopf. »Du bist wirklich beinhart, weißt du das?«

»Mag sein«, sagte Kira. »Auf jeden Fall sollten wir uns auf irgend etwas einigen, das diesen Champagner da rechtfertigt.« Sie warf einen Blick auf die Flasche, die immer noch einsam auf dem Kühlschrank stand.

Val atmete tief durch. »Dann zeige ich dir jetzt die Entwürfe. Es ist noch nicht besonders ausgereift, aber es war ja auch nur eine erste Idee. Du wirst da bestimmt noch einiges an Verbesserungspotential finden.«

»Ich werde mich bemühen«, sagte Kira. »Ich mache dir das Leben zur Hölle, wenn ich kann.« Ihre Mundwinkel zuckten.

»Davon bin ich überzeugt«, sagte Val. Aber sie lächelte.

30

Wie weit bist du mit den Investoren?« fragte Kira.

»Läuft ganz gut.« Val nickte. »In den letzten Wochen hat sich einiges getan.« Sie ging auf Kira zu, die am Schreibtisch saß, und beugte sich von hinten über sie. »Wir können uns ruhig mal eine Pause gönnen«, flüsterte sie ihr ins Ohr und hauchte einen Kuß auf ihren Hals.

Kira lächelte leicht und lehnte sich zurück. »Wenn es nach dir ginge, könnten wir immer nur Pause machen.«

»Du bist ein Workaholic«, sagte Val. »Du mußt auch mal ausspannen.« Ihre Hände streichelten Kiras Schultern, fuhren an ihren Armen entlang nach unten und legten sich dann auf ihre Taille. »Es ist schon spät.« Ihre Wange drückte sich sanft gegen Kiras.

Kira seufzte. »Wahrscheinlich hast du recht. Aber es ist noch so viel zu tun. Es gibt ja nicht nur dein Projekt, meine Kunden wollen auch bedient werden.«

»Aber nicht um elf Uhr nachts«, sagte Val. »Irgendwann muß auch mal Schluß sein.« Sie versuchte Kira hochzuziehen.

»Hör auf!« Kira lachte. »Ich komme ja schon.« Sie stand auf, drehte sich um und schaute Val an. »Du bist unmöglich.«

»Ich weiß.« Val lächelte, beugte sich zu ihr und küßte sie weich. »Ich habe eine kleine Überraschung für dich vorbereitet.«

»Schon wieder?« sagte Kira. »Du bist voller Überraschungen.«

»Interessiert es dich nicht?« fragte Val schelmisch blinzelnd. »Ich sehe dir an, daß du neugierig bist.«

»Damit kriegst du mich immer«, sagte Kira seufzend. »Ich sollte mir das abgewöhnen.«

»O nein, bitte nicht.« Val lächelte sie an. »Komm, schließ ab. Morgen ist auch noch ein Tag.«

Kira nickte. »Eine Sekunde noch.« Sie ging nach hinten und kam gleich darauf wieder.

»Hmm ...«, machte Val und zog tief die Luft ein. »Neues Parfum?«

»Auf dich kann ich mich bei der Auswahl ja nicht verlassen.« Kira schmunzelte.

Val nahm sie in die Arme. »Ich habe noch nie eine Frau gekannt, die so wundervoll duftet wie du«, sagte sie leise. »Ob mit oder ohne Parfum.« Sie küßte Kira erneut.

Kira legte ihren Kopf an Vals Brust. »Wollten wir nicht gehen?«

»Ja.« Val schien sich zusammenzureißen. »Gut, daß du mich daran erinnerst.« Sie löste sich von Kira. »Willst du mit deinem Wagen fahren, oder fährst du bei mir mit?«

»Wo fahren wir denn hin?« fragte Kira.

»Nicht weit«, sagte Val.

Kira schmunzelte. »Du willst es mir nicht sagen?«

»Nein.« Val blieb fest. »Ich kann dich dann wieder zurückbringen, wenn du willst.«

»Ist gut«, sagte Kira. »Wenn ich so müde bin, überfahre ich nur wieder eine rote Ampel. Das wird langsam teuer.«

Val lachte. »Du solltest deine Rennfahrkarriere vielleicht beenden.«

»Witzig«, sagte Kira und hob die Augenbrauen.

»Na komm.« Val hielt ihr die Tür auf. »Laß uns gehen.«

»Zum Hafen«, bemerkte Kira, als sie erkannte, welche Richtung Val einschlug. »Das hättest du mir doch gleich sagen können. Wir sind dauernd im Hafen. Das ist keine Überraschung.«

Val drehte den Kopf zu ihr, während der Jaguar lautlos dahinrollte, und lächelte. »Wart's ab.«

Sie bogen zum Kai ein, und Val parkte den Wagen so, daß die Scheinwerfer ein Schiff beleuchteten. Sie machte den Motor aus, die Scheinwerfer aber nicht.

Kira blickte sie fragend an. »Steigen wir nicht aus?«

»Doch«, sagte Val, »aber ich dachte, das Schiff ist schön genug, um es eine Weile anzuschauen.«

Kira seufzte. »Du und deine Schiffe ... Die sehen wir doch jedesmal, wenn wir hier sind.«

»Dieses nicht«, sagte Val. »Es ist neu.«

»Und?« Kira hob die Augenbrauen. »Für mich sieht es genauso aus wie die anderen.«

»Wirklich?« fragte Val. »Bist du sicher?«

Kira atmete tief durch. »Na gut, wenn es dir so wichtig ist ...« Sie kniff die Augen leicht zusammen und betrachtete das Schiff. Plötzlich runzelte sie die Stirn.

»Siehst du es?« fragte Val lächelnd.

»Du bist verrückt«, sagte Kira.

»Komm.« Val löschte die Scheinwerfer und stieg aus. »Schau es dir aus der Nähe an.«

Kira zögerte einen Moment, folgte ihr dann jedoch und blieb neben ihr am Ankerplatz des Schiffes stehen.

»Gefällt es dir?« fragte Val.

»Ich kann nicht segeln, und ich habe dir gesagt, daß ich keine Geschenke mehr von dir annehme. Jedenfalls nicht solche.« Kira schien verärgert.

»Es ist kein Geschenk«, sagte Val. »Ich habe die Jacht nur nach dir benannt, das ist alles.« Sie deutete auf den Schriftzug *Kira* am Rumpf.

»Tatsächlich?« Kira blickte sie zweifelnd an. »Es geht nur um den Namen?«

»Ja.« Noch einmal betrachtete Val den Schriftzug an der Jacht. »So wirst du mich immer begleiten, wenn ich mit diesem Schiff unterwegs bin.«

Kira sagte eine gefühlte Ewigkeit lang nichts. Dann lächelte sie. »Ich dachte, du wärst ganz froh, wenn du mich mal eine Weile los bist.«

»Jedesmal«, sagte Val, umschlang Kiras Taille und hob sie an, wirbelte sie um sich herum.

»Laß mich runter!« Kira lachte und trommelte mit den Händen auf Vals Schultern. »Du bist albern.«

Val setzte sie ab. »Freust du dich wenigstens ein bißchen?«

»Wenn es dir so viel bedeutet«, sagte Kira. »Ja, ich freue mich.«

Val schaute sie an, dann nahm sie ihre Hand und führte sie aufs Schiff. »Das ist aber noch nicht alles«, sagte sie.

»Was denn noch?« Kira blickte mißtrauisch.

»Das hier«, sagte Val, stieß die Tür zum Salon auf und hielt sie fest, damit Kira hineinschauen konnte.

»Val . . .« Kira schüttelte den Kopf.

»Warum immer ein Picknick im Wald oder auf der Wiese?« fragte Val lächelnd. »Man kann das auch auf einem Schiff machen.«

Auf dem Boden des Salons war eine Decke ausgebreitet, und im flackernden Licht vieler Kerzen konnte man einen Picknickkorb, Teller, Besteck und glitzernde Gläser erkennen.

»Es gibt doch gar keinen Anlaß«, sagte Kira.

»Kira ist der Anlaß«, sagte Val. »Ich meine, das Schiff.« Sie ging in den Salon hinein setzte sich auf die Decke. »Ich habe alles, was du magst – oder fast alles. Willst du es nicht probieren?«

»Hunger habe ich schon«, sagte Kira und kam auf die Decke zu. »Ich glaube, ich habe heute noch gar nichts Richtiges gegessen.«

»Dann setz dich«, sagte Val. »Picknick bei Kerzenschein statt Dinner bei Kerzenschein.« Sie lachte.

Kira ließ sich neben ihr auf der Decke nieder. Val reichte ihr ein kleines Scheibchen Weißbrot mit Kaviar. »Davon wird man aber nicht satt«, sagte Kira.

»Nur zum Auftakt«, lächelte Val. »Du wirst dich wundern, was noch alles kommt.«

Kira aß das Appetithäppchen und ließ sich dann auf den Rücken sinken. »Hast du was dagegen, wenn ich mich erst einmal ausruhe?«

»Nein«, sagte Val und beugte sich über sie. »Ich kann dich auch füttern.«

»Du bist zu gut zu mir.« Kiras Mundwinkel verzogen sich spöttisch.

»Das ist alles, was ich sein will.« Val senkte ihre Lippen auf Kiras und hauchte einen Kuß darauf. Dann richtete sie sich wieder auf. Sie griff in den Picknickkorb und nahm ein zweites Häppchen heraus. »Krabbensalat«, sagte sie und führte es an Kiras Lippen.

Kira schaute sie an, öffnete die Lippen und aß es. Val zauberte immer mehr Köstlichkeiten aus dem Korb, bis Kira sie endlich davon abhielt. »Genug.« Sie lachte ein wenig. »Habe ich gesagt, von Häppchen wird man nicht satt? Das war wohl ein Irrtum.«

»Nur noch eins«, sagte Val. Sie nahm eine große Erdbeere aus dem Korb, und diesmal bot sie sie Kira nicht mit ihren Fingern an, sondern mit ihrem eigenen Mund.

Kira sah Vals Gesicht über sich schweben, biß in die Erdbeere und hielt sie fest. Ihre Augen versuchten die Dunkelheit in Vals Gesicht zu durchdringen, in Vals Augen einzutauchen.

Val wartete, bis Kira abbiß, dann folgten ihre Lippen der Frucht, bis Kira und sie sich küßten. Gleichzeitig begann Val Kira zu streicheln, ließ ihre Hände sanft an ihren Seiten entlangfahren und berührte leicht die Rundungen ihrer Brüste.

Kira seufzte leise auf. Sie hob die Arme an und legte sie um Vals Nacken, dann schloß sie die Augen.

»Bist du zu müde?« flüsterte Val an ihrem Mund.

»Nein.« Kira hauchte die Antwort nur, ihre Lippen suchten wieder nach Vals, und ihre Zunge drang leicht dazwischen ein, ließ ein Zittern durch Vals Körper laufen. »Komm . . .«

Val spielte mit Kiras Zungenspitze, küßte sie dann tiefer, und ihre Finger begannen Kiras Bluse zu öffnen.

Kira hob sich ihr leicht entgegen. »Ich bin gar nicht müde«, flüsterte sie. »Jetzt nicht mehr.«

Val zupfte noch einmal an ihren Lippen und strich dann über die weiche Haut ihrer Wange hinunter zu ihrem Hals und ihrer Schulter, während sie den Stoff der Bluse zurückschob. Kiras Hüften bewegten sich, ihre Hände fielen herunter, sie seufzte erneut.

Val öffnete den BH, schob ihn hoch. Sie nahm eine von Kiras Brustwarzen in den Mund. Kira zuckte hoch und stöhnte auf.

»Kira . . .«, raunte Val. »Mein süßer Liebling . . .«

Kira fühlte das Rauschen in ihrem Kopf, die ansteigende Erregung in jeder Faser ihres Körpers. Sie verstand kaum, was Val sagte, die weiter zärtliche Worte flüsterte, unsinnige, leidenschaftliche.

Seit Kira und Val sich versöhnt hatten, schliefen sie oft miteinander, fast schon wie ein festes Paar, und Val schien jedesmal hingerissen.

Überhaupt war Val, wenn sie nicht geschäftlich unterwegs war, viel in Kiras Nähe, kam vorbei, ging mit ihr nach Hause.

Kira genoß ihr Zusammensein, es war entspannend, Val war immer gut gelaunt und hatte stets lustige Einfälle, Kira lag manchmal in Vals Arm und dachte, daß sie sich noch nie mit jemand so wohlgefühlt hatte. Aber natürlich war es nur Sex. Dagegen hatte sie nichts. Sie schlief gern mit Val.

Sie spürte, daß Val mittlerweile an ihrem Bauchnabel angelangt war und sie weiter auszog. Ihre Hüften waren bereits nackt, ein Lufthauch strich zwischen ihre Beine. Sie hob sich an, und Val befreite sie endgültig von allem Stoff.

Kiras Hüften bewegten sich auf und ab, während Val ihre Schenkel spreizte. Sie öffnete leicht ihre Augen. »Noch nicht«, flüsterte sie. »Zieh dich erst aus. Ich will dich spüren.«

Val richtete sich auf und kam ihrem Wunsch nach, legte sich dann auf sie.

Kira seufzte tief auf. »Warte ein bißchen«, flüsterte sie. »Bleib so.« Sie legte ihre Arme um Vals Rücken, ihre Beine öffneten sich weit, und sie schlang ihre Schenkel um Vals Hüften, drängte ihre Mitte nach oben. »Ich will nicht, daß du weggehst«, hauchte sie erregt. Ihre Hüften bewegten sich heftiger. »Ich will dich überall spüren.«

»Ich auch«, flüsterte Val, küßte sie und drängte ihre Hüften noch mehr zwischen Kiras Beine. Sie schien für einen Moment zu verharren, hob sich etwas an, danach tastete ihre Hand nach Kiras Schamlippen, öffnete sie.

Kira stöhnte auf. »O ja . . .«, wisperte sie. »Nimm mich ganz tief, ganz tief . . .«

»Das werde ich.« Vals Hand glitt zurück, aber der Druck blieb.

Erst nach einer Sekunde erkannte Kira, warum. »War das auch im Picknickkorb?« fragte sie.

Val grinste ein bißchen. »Ich hatte dir doch versprochen: alles, was du magst.« Sie richtete sich leicht auf. »Oder willst du nicht?«

Kira schloß die Augen. »Doch«, flüsterte sie. Ihre Stimme zitterte vor Erregung und Erwartung.

Val ließ sich ganz langsam zwischen Kiras Beine hinuntersinken, und der Dildo drang Zentimeter für Zentimeter ein.

»O Gott . . .«, flüsterte Kira. Sie drängte sich Val entgegen, um das Eindringen zu beschleunigen, aber Val wich ihr aus. »Komm doch . . .«, flehte Kira. »Ich will dich. Jetzt.«

»Ich weiß«, flüsterte Val, strich mit ihren Lippen über Kiras Wange und hielt ihre Hüften zurück. »Du willst immer alles sofort. Aber ist es nicht viel schöner zu warten?«

»Nein«, sagte Kira und schlug die Augen auf. »Überhaupt nicht.«

Val lachte. »Du änderst dich nie.« Aber sie sank etwas tiefer.

»Bitte, Val ...«, wisperte Kira, während sie erneut die Augen schloß und ihre Schenkel noch fester an Vals Hüften preßte. »Tu mir das nicht an. Quäl mich nicht so.«

»Das ist das letzte, was ich will«, flüsterte Val, drückte ihre Hüften erst nach vorn und stieß dann zu.

Kira schrie auf. »O ja ... du bist so groß ... so tief ... in mir.« Ihre Hüften bewegten sich heftiger auf und ab. Sie hatte das Gefühl, der Dildo wäre wirklich ein Teil von Val, bewegte sich in ihr vor und zurück, füllte sie halb aus, dann wieder ganz.

Val beugte sich zu ihren Brüsten hinunter und reizte erneut die Brustwarzen, rollte sie zwischen ihren Lippen.

Kira schrie noch lauter, stöhnte. »Das ... halte ich nicht aus ...«

»Doch«, sagte Val, »aber das vielleicht nicht.« Sie nahm Kiras Bewegungen mit dem Dildo auf und griff zwischen ihre Beine, fuhr über ihre weit hervorstehende Perle, drückte sie.

»O ... Gott ... o mein Gott ...« Kiras Hüften zuckten unkontrolliert, sie fühlte, wie sich die Ströme der Erregung vereinigten, hinunter von ihren Brustwarzen zu ihrer Perle und tief in ihr Innerstes hinein, wo die Spitze des Dildos anschlug. Es war wie eine langsam ansteigende Explosion, die nicht an einer Stelle ausgelöst wurde, sondern an mehreren.

Sie stöhnte, schnappte nach Luft, krampfte ihr Innerstes um den harten Stab, spürte Vals Lippen an ihren, wußte nicht mehr, was sie tat oder tun sollte. Ihr ganzer Rücken spannte sich, ihr Bauch, ihre Schenkel verkrampften um Vals Hüften, als ob sie sie zerdrücken wollten. Dann stieß sie einen gellenden Schrei aus und fiel keuchend in sich zusammen.

Val blieb noch kurz in ihr, dann zog sie den Dildo heraus und glitt mit ihrem Kopf zwischen Kiras Beine, begann das zuckende Fleisch, das sich ihr geschwollen entgegenwölbte, zu lecken.

»Val ... nicht ...« Kira rang immer noch um Luft und krallte ihre Finger in Vals Haar. »Warte ... ich kann noch nicht –« Sie stöhnte laut auf.

»Was wolltest du gerade sagen, mein Schatz?« fragte Val schmunzelnd.

»Du Teufel«, knurrte Kira. »Du schwarzer Teufel.« Sie atmete in abgerissenen Stößen.

»Richtig«, sagte Val, und ihre Zunge verwöhnte Kiras Perle erneut.

Kira gab es auf. Val ließ nicht nach, Kiras Körper gehorchte ihren Befehlen nicht, er gab sich Val immer wieder hin.

Endlich hatte Val Mitleid. Sie schob sich an Kira nach oben. »Du bist berauschend«, flüsterte sie und streichelte zärtlich Kiras Lippen. »Einfach berauschend.«

»Ich ... bringe ... dich ... um ...«, stieß Kira mit jedem heftigen Atemzug, der den Sauerstoff in ihre Lungen zurückbringen sollte, hervor. »Das wirst du ... büßen.«

»Gern«, sagte Val. Sie lächelte auf Kira hinunter. »Wann immer du soweit bist.«

Kira schaute sie an und runzelte die Stirn. »Was hast du da an der Lippe?«

Val grinste. »Du hast mich gebissen.« Sie fuhr mit der Zunge darüber und nahm das kleine Blutströpfchen mit. »Scheint's hattest du schon damit angefangen mich umzubringen.«

»Ich tu's«, sagte Kira. »Was ich verspreche, halte ich auch.«

»Du bist noch berauschender, wenn du wütend bist«, sagte Val und versuchte sie zu küssen.

Kira wich aus und drehte sich mit Val herum, bis Val unter ihr lag. »Ab jetzt wird nur noch getan, was ich will.« Sie blitzte Val an.

»Ich dachte, das wäre ohnehin der Normalfall«, sagte Val lächelnd. Sie strich mit einer Hand durch Kiras Haar. »Ich –« Sie brach ab und musterte Kiras Gesicht. »Du bist wunderschön«, sagte sie dann.

»Das nützt dir jetzt auch nichts«, erwiderte Kira, beugte sich hinunter und küßte sie.

Val lag auf der Seite und betrachtete Kiras entspanntes Gesicht, während sie schlief. Im Schlaf sah sie manchmal wie ein völlig anderer Mensch aus. Wie ein Kind. Ohne all die Anspannung, die ihr Gesicht in wachem Zustand so oft beherrschte.

Val lächelte. Leicht strich sie mit einem Finger über Kiras Wange.

Kira hob die Hand und versuchte die Störung zu vertreiben, grummelte ein wenig im Schlaf.

Val beugte sich hinunter und hauchte einen Kuß auf ihre Lippen.

Kira schlug die Augen auf.

Val schaute sie an. »Guten Morgen«, sagte sie leise.

»Mhm ...« Kira hob die Arme über den Kopf und streckte sich.

»Wie ist das Wetter auf See?«

Val lachte. »Wir sind immer noch im Hafen.«

»Wie? Du hast mich nicht entführt, du Pirat?« fragte Kira gespielt schmollend. »Nur auf wertvolle Prinzessinnen aus, hm?«

»Du bist wertvoll genug«, sagte Val neckend. »Man muß mit dem zufrieden sein, was man bekommt.«

»Du ...« Kira ließ ihre Hände mit den Fingernägeln zuerst in Vals Nacken greifen.

»Au«, sagte Val, aber sie grinste ein wenig. »Frühstück?«

»Hm ...«, machte Kira und zog Val näher zu sich heran. »Ja.« Sie küßte Val und griff an ihre Brust.

»Immer noch nicht genug?« Val schmunzelte. »Du mußt doch von der Nacht noch ganz erschöpft sein.«

»Die Nacht ist vorbei, jetzt ist Morgen«, sagte Kira. Sie wußte nicht, was es war, aber sie wollte sich nicht von Val trennen. Sie wollte sie bei sich haben, sie berühren. »Kannst du etwa nicht mehr?«

»Wenn du kannst, kann ich auch«, sagte Val grinsend. »Immer.«

Stunden später lagen sie in der Koje des Schiffes, Val hatte ihren Kopf auf Kiras Brust gebettet, und Kira spielte mit den kurzen Härchen in ihrem Nacken. »Hmm ...«, machte Val. »Nicht aufhören, bitte.«

»Ist noch was im Picknickkorb?« fragte Kira. »Ich meine, etwas zu essen«, fügte sie schmunzelnd hinzu.

»Bestimmt«, sagte Val, »aber wir nehmen besser die Sachen aus dem Kühlschrank. Warte.« Sie sprang auf und kam gleich darauf mit zwei Gläsern, einer Flasche Champagner und einem Teller voller Häppchen zurück. »Ich hatte noch Nachschub«, sagte sie.

»Du bist auf alles vorbereitet, oder?« fragte Kira.

»Muß man auf See immer sein«, sagte Val. »Man weiß nie, was kommt.«

»Sagtest du nicht, wir sind im Hafen?« Kiras Lippen zuckten.

»Das darf man nicht so eng sehen.« Val goß den Champagner in die Gläser und gab eins davon Kira. Dann legte sie sich wieder neben sie. Ihre Hand schob die Bettdecke hinunter, bis Kiras Brüste erschienen, sie beugte sich vor und küßte sie. Dann schob sie die Decke noch weiter, neigte ihr Glas und ließ etwas Champagner in Kiras Bauchnabel laufen.

»Uh!« Kira zuckte zusammen, versuchte sich aber zu beherrschen. »Das kribbelt!«

»Soll es ja auch«, sagte Val. Sie senkte ihren Kopf und trank den Champagner aus Kiras Nabel. »Du hast einen schönen Bauchnabel«, sagte sie dann, während sie das improvisierte Gefäß nun wieder leer betrachtete. »Wirklich schön.« Sie wollte noch etwas Champagner hineinlaufen lassen.

»Bitte nicht mehr«, sagte Kira und legte eine Hand auf ihr Haar. »Ich kann das wirklich kaum aushalten.«

»Schade«, sagte Val, glitt etwas nach oben und hob ihr Glas. »Dann eben so.« Sie trank es aus. »Du nicht?«

»Alkohol auf leeren Magen bekommt mir nicht gut«, sagte Kira und griff nach einem Häppchen. »Erst etwas essen.«

Val schloß sich ihr an, sie aßen ein paar Häppchen, und während sie das zweite Glas Champagner trank, trank Kira ihr erstes.

»Das ist mein erstes Frühstück auf See«, bemerkte Kira ziemlich vergnügt, »wenn es auch nur der Hafen ist.«

»Und eigentlich auch kein Frühstück«, sagte Val. »Es ist schon Mittag.« Sie hob fragend die Augenbrauen. »Wir können rausfahren, wenn du möchtest. Dann können wir richtig auf See zu Abend essen.«

Kira verzog bedauernd das Gesicht. »Das kann ich Frau Vogel nicht antun. Ich habe schon den ganzen Vormittag geschwänzt. Bestimmt mußte sie etliche verärgerte Kunden beruhigen.«

»Wirst du seekrank?« fragte Val. »Bis jetzt habe ich dich noch nie dazu überreden können, mit mir rauszufahren.«

Kira schüttelte den Kopf. »Nein, ich glaube nicht, daß ich seekrank werde. Früher bin ich es jedenfalls nie geworden.«

»Dann gibt es einen anderen Grund, warum du nicht mit mir rausfahren willst?« fragte Val.

»Ich – Nein, eigentlich nicht.« Kira stand auf. »Es hat einfach nur nie gepaßt.« Sie schaute Val fragend an. »Hast du eine Dusche an Bord?«

»Selbstverständlich.« Val stand ebenfalls auf. »Allerdings ...«, sie schmunzelte, »solltest du dir vielleicht etwas anziehen. Du mußt nämlich über Deck gehen. Die Leute im Hafen würden sich natürlich freuen –«

Kira lachte ein wenig. »Ich glaube, das muß nicht sein.« Sie warf sich ihre Bluse über. »Reicht das?«

»Lang genug«, sagte Val. »Zu lang eigentlich.« Sie grinste.

»Dann ist es ja genau richtig.« Kira schaute sie auffordernd an. »Zeigst du mir die Dusche jetzt?«

»Ich weiß nicht, ob ich das tun sollte.« Val trat auf sie zu und griff unter die Bluse.

Kira zuckte zusammen und verzog das Gesicht. »Nicht«, sagte sie. »Ich bin kitzlig.«

»Du bist kitzlig?« Val schaute sie erstaunt an. »Warum habe ich das noch nie bemerkt?«

»Weil du mich sonst nicht kitzelst«, sagte Kira.

»Dann sollte ich das aber schleunigst nachholen.« Val kitzelte sie noch einmal.

»Nicht, hör auf!« Kira krümmte sich zusammen, um Vals kitzelnden Händen zu entgehen, aber sie entkam ihnen nicht, und sie begann zu lachen. »Hör auf. Bitte. Ich kann nicht mehr.«

Val stellte ihre Kitzelangriffe ein und schaute Kira mit einem Blick an, als ob sie sie zum ersten Mal sehen würde. »Ich liebe den Klang deines Lachens«, sagte sie leise.

Kira richtete sich auf und ordnete ihre Bluse wieder so, daß man nichts mehr sah. »Deshalb hast du mich gekitzelt?« fragte sie. »Nur damit ich lache? Kannst du das nicht anders erreichen? Das ist nämlich nicht besonders angenehm.«

»Tut mir leid«, sagte Val. »Daran habe ich nicht gedacht. Es war so schön, als du gelacht hast.« Sie lächelte Kira an. »Dafür darfst du mich so lange kitzeln, wie du willst.«

»Bist du kitzlig?« fragte Kira.

»Nein«, sagte Val und grinste.

31

Kira warf sich im Bett herum und sprach abgerissen vor sich hin, ihr Schlaf wurde immer unruhiger, plötzlich fuhr sie hoch und erwachte mit einem Schrei.

Sie starrte in die Dunkelheit, als ob dort etwas sein müßte, ihre

Augen jagten von den Wänden zur Decke zum Fenster und zurück, fanden keinen Halt. Schatten – überall Schatten.

War da jemand vor dem Fenster? Im Zimmer? Sie hatte das Gefühl, etwas hätte sich bewegt, käme auf sie zu. Im Traum hatte sie eine schwarze Gestalt vor ihrem Bett stehen sehen, die auf sie hinunterblickte, sich zu ihr hinabbeugte –

Sie schnappte heftig nach Luft. In ihrem Magen fühlte sie eine Faust, die sich herumdrehte, ihr fast den Atem abdrückte. Sie atmete in heftigen, kurzen Stößen, als ob sie nicht genug Zeit hätte, ihre Lungen richtig mit Luft zu füllen.

Val. War das vielleicht Val gewesen, diese schwarze Gestalt? Sie war in Vals Haus, in Vals Schlafzimmer.

Ihre Hand tastete sich im Bett vor, während sie immer noch in die Dunkelheit starrte, auf der Suche nach Bildern.

»Val?« Ihre Hand fand nichts. Vals Seite des Bettes war leer. Mitten in der Nacht, in der Dunkelheit? Sie suchte erneut, kroch auf Vals Seite des Bettes hinüber, unter ihre Decke. Aber Val war wirklich nicht da. »Val?« flüsterte sie. Sie fühlte sich plötzlich schrecklich allein.

Sie versuchte sich zu beruhigen, flach zu atmen, einzuschlafen. Aber jedesmal, wenn sie die Augen schloß, war da wieder die Faust in ihrem Magen, die Schatten an der Wand. Einmal hatte sie sogar das Gefühl, jemand käme zum Fenster herein. »Val!« rief sie laut.

»Was ist denn, Liebling?«

Ein schwarzer Schatten stand in der Tür, genau wie in ihrem Traum. Er kam auf sie zu. Kira hielt die Luft an und erstarrte. Sie konnte sich nicht mehr rühren.

»Was hast du?« Val beugte sich über sie, setzte sich zu ihr aufs Bett.

»Val ...« Kira stieß erleichtert die Luft aus.

»Ja, ich bin's. Hast du jemand anderen erwartet?« Val lachte leicht.

Auf einmal fühlte Kira sich schwach. Sie sank an Vals Brust. »Mach das Licht an«, flüsterte sie.

Vals Gesichtsausdruck wurde ernst. »Was ist denn los?« Sie griff nach dem Schalter der Nachttischlampe und drückte ihn. Sanftes, weiches Licht fiel aufs Bett.

»Nichts. Nichts. Ich weiß nicht.« Kira atmete immer noch hektisch, als hätte sie keine Zeit, jeden einzelnen Atemzug zu Ende zu führen.

»Hast du schlecht geträumt?« fragte Val. Sie zog Kira in ihre Arme und hielt sie fest, streichelte sie sanft und beruhigend. »Was hast du geträumt?«

»Ich – Da war etwas ...« Kira schluckte. »Gestalten, Schatten, Geräusche. Draußen am Fenster und hier im Raum. Es waren Leute hier.«

Val schüttelte leicht den Kopf. »Nein. Niemand war hier. Die Bäume im Garten werfen manchmal komische Schatten.« Sie wiegte Kira weich in ihren Armen. »Beruhige dich. Es ist alles in Ordnung. Ich bin da.«

Kira kuschelte sich an sie, beruhigte sich langsam. »Ich ... ich – Was ist das?« Irritiert blickte sie auf. »Warum bist du angezogen? Wolltest du weg?«

»Ich mußte etwas erledigen«, sagte Val. »Ich dachte, ich bin zurück, bevor du aufwachst. Du hast so fest geschlafen.«

»Du warst unterwegs? Mitten in der Nacht? Was gibt es da denn zu erledigen?«

»Nicht das, was du denkst.« Das spöttische Lächeln kehrte in Vals Mundwinkel zurück. »Es war wirklich nur eine Kleinigkeit. Ich mußte zum Hafen.«

»Du und deine Boote ...« Kira atmete endlich tief durch und schüttelte den Kopf. »Kannst du nicht mal nachts davon weg?«

»Jetzt bin ich ja wieder da«, sagte Val. »Tut mir leid, daß du allein warst, als du aufgewacht bist.«

»Ist schon gut.« Kira löste sich von Val und kehrte auf ihre Seite des Bettes zurück. »Anscheinend habe ich wirklich nur schlecht geträumt.«

»In diesem Haus mußt du keine Angst haben«, sagte Val und stand auf. »Ich habe ein hervorragendes Sicherheitssystem.«

»Du hast eine Alarmanlage?« Kira schien überrascht.

»Nicht im Gästehaus, nur im Haupthaus«, sagte Val, während sie sich auszog und neben Kira ins Bett legte. »Jeder Eindringling wäre hoffnungslos überfordert. Du kannst ruhig wieder einschlafen.« Sie öffnete die Arme. »Komm her, ich halte dich.«

Kira zögerte, dann glitt sie in Vals Arme und fühlte ihren gleichmäßigen Herzschlag beruhigend an ihrer Wange. Jetzt konnte ihr nichts mehr passieren. Vals starke Arme beschützten sie, und ihr durchtrainierter Körper strahlte Sicherheit aus.

»Hast du öfter solche Alpträume?« fragte Val leise.

»Früher nie«, sagte Kira. »Aber in letzter Zeit ... ich weiß auch nicht, was das ist.«

»Zu viel Stress«, sagte Val. »Du arbeitest zu viel.« Sie hob leicht fragend den Kopf. »Oder passiert es nur, wenn du hier bist? Möchtest du lieber bei dir zu Hause schlafen? Fühlst du dich nicht sicher bei mir?«

Kira schüttelte leicht den Kopf. »Doch, ich fühle mich sicher ... bei dir.« Erst als sie es aussprach, wurde ihr bewußt, daß das genau das Gefühl war, das sie stets mit Val verband: Sicherheit. In Vals Gegenwart hatte sie nie das Gefühl, es könnte irgend etwas Schlimmes passieren. Dasselbe Gefühl hatte sie bei ihrem Vater gehabt, als sie noch ein Kind gewesen war. Er war so groß und stark, daß nichts an sie herankommen konnte, wenn er bei ihr war. Sie schob ihre Arme um Vals Taille und kuschelte sich noch mehr an sie. »Schön«, flüsterte sie.

Val lächelte. »Schlaf ein, mein Schatz. Ich passe auf, daß dich niemand mehr stört.«

Am Morgen erwachte Val von einer leichten Berührung. Ihre Hand fuhr unters Kopfkissen.

»He.« Kira lächelte sie an. »Hast du Angst vor mir? Ich dachte, ich wäre die mit den Alpträumen.«

Val entspannte sich wieder und lächelte zurück. »Wahrscheinlich hatte ich auch gerade einen«, erwiderte sie. »Deshalb habe ich mich wohl erschreckt.«

»Was ist da unter deinem Kopfkissen?« fragte Kira neugierig und schob ihre Hand in die Richtung.

»Nichts.« Val hielt ihr Handgelenk fest und zog sie zu sich herüber. Sie küßte Kiras Finger, drehte die Hand dann um und hauchte weitere Küsse auf die Innenfläche.

»Hmm ...«, machte Kira. Sie schob sich langsam auf Val und hauchte ebensolche weichen Küsse auf ihre Wangen, ihren Mund.

»Willst du mich verführen?« Val lächelte und betrachtete Kiras Augen, die so nah über ihr waren.

»Warum nicht?« Kira beugte sich hinunter, und ihr Kuß wurde

zärtlicher. »Ich bin dir noch was schuldig für heute nacht.«

»Du bist mir nichts schuldig.« Val schloß die Augen und streckte sich, hob die Arme über den Kopf.

Kira schmunzelte. »Sagen wir, ich brauche eine Entschuldigung, damit ich dich«, sie biß leicht in Vals Schulter, »verführen kann.«

»Dafür brauchst du eine Entschuldigung?« Val grinste ein wenig.

»Ich will dich einfach nur vor der Arbeit vernaschen«, sagte Kira neckend. »Aber das klingt so profan.«

Val seufzte leise, weil Kira mit sanften Lippen über ihre Brüste fuhr. »Sei so profan wie du willst«, flüsterte sie.

Kira fuhr mit ihren Lippen weiter hinunter und genoß es, wie Val auf ihre Berührungen reagierte. Nur im Bett hatte sie das Gefühl, Val auch einmal beherrschen zu können. Sie gab sich Val gern hin, aber noch schöner war es, wenn Val sich ihr hingab, wenn sie einmal die Kontrolle verlor.

Meistens war Val sehr beherrscht und überlegen, und je länger Kira mit ihr zusammen war, desto mehr erkannte sie, daß sie nichts von Val wußte, an ihrem Leben nicht wirklich teilnahm.

Es hatte sie nicht gestört, solange sie nur gelegentlich miteinander schliefen, aber nun war es schon seit Monaten so, daß Val und sie die Nächte fast immer gemeinsam verbrachten – wenn Val da war.

Oft war sie es nicht, und Kira fragte sich, ob so viele Tage – und insbesondere Nächte – auf See normal waren. Mußte Val denn jedesmal mitfahren, wenn sie eine Jacht vermietete? Sie konnte doch jemand dafür einstellen. Aber anscheinend wollte sie das nicht. Und Kira fragte sich, warum. Manchmal sprach Val von Geschäftspartnern, mit denen zusammen sie Touren veranstaltete, aber Kira hatte noch nie einen davon gesehen.

Und die Nächte, wenn Val an Land war ... Früher, als sie noch im Gästehaus gewohnt hatte, hatte Kira oft beobachtet, wie Val spätnachts das Haus verließ oder in aller Herrgottsfrühe zurückkam. Sie schlief oft am Vormittag, so als ob sie in der Nacht keinen Schlaf bekommen hätte.

Selbstverständlich hatte Kira damals angenommen, es wäre eine Frau – oder mehrere –, warum Val keinen Schlaf bekam, aber seit sie so oft zusammen waren, hatte sie nie den Duft einer anderen Frau an Val bemerkt, oder sonstige verdächtige Anzeichen. Die falsche Lippenstiftfarbe am Kragen, Hotelrechnungen für zwei, so etwas in der Art. Aber natürlich brauchte Val kein Hotel, sie hatte ja ihre Schiffe.

Sie verharrte mit ihren Lippen auf Vals Haut, weil sie auf Widerstand gestoßen war. Da war eine Erhöhung. Sie hob den Kopf und blickte auf die Narbe hinunter, die sie aufgehalten hatte. In der Hitze der Leidenschaft hatte sie sie anscheinend noch nie bemerkt. »Was ist das?« fragte sie Val. »Bist du da mal operiert worden?«

Val antwortete nicht sofort. »Hm. Blinddarm«, sagte sie dann.

»Blinddarm?« Kira runzelte die Stirn. »An der Stelle?«

»Vielleicht war es auch was anderes«, sagte Val. Sie hob leicht den Kopf. »Machst du weiter? Es war gerade so angenehm.«

Kira ließ sich neben Val auf die Matratze sinken und fuhr nachdenklich mit einem Finger über die Narbe. »Sieht ein bißchen größer aus als Blinddarm«, sagte sie.

»Was interessiert dich so daran?« Val stützte sich rückwärts auf den Ellbogen ab und richtete sich halb auf. »Es ist eine Narbe, weiter nichts.«

»Dann kannst du mir doch sagen, woher sie stammt«, sagte Kira. »Ich bin einfach neugierig.«

Val richtete sich ganz auf, drehte sich zu Kira und tippte ihr mit einem Finger auf die Nase. »Neugier ist aller Laster Anfang«, sagte sie schmunzelnd.

»Also so wie ich das kenne, war das Müßiggang«, sagte Kira. »Faulheit. Mein Vater hat das immer gesagt.«

»Das auch.« Val drückte Kira auf die Matratze und küßte sie. »Aber da wir beide nicht faul sind, trifft das auf uns ja nicht zu.« Erneut verschloß sie ihr den Mund mit einem Kuß.

Kira hatte das Gefühl, daß Val eindeutig nicht über diese Narbe sprechen wollte. Was ihre Neugier noch mehr anstachelte. Aber das mußte sie wohl auf einen anderen Zeitpunkt verschieben, denn im Moment lenkte Val sie so sehr ab, daß sie überhaupt nicht mehr denken konnte.

»Nein«, sagte sie und schob Vals Schultern zurück. »So haben wir nicht gewettet.« Sie hielt Vals Augen mit ihren eigenen fest und dirigierte sie wieder in die Position, in der sie zuvor gewesen war. Beim nächsten Kuß stöhnte Val auf, weil Kira sie in die Lippe biß. »Wir haben schon viel zu viel Zeit verschwendet. Jetzt mußt du dich beeilen. Ich will nämlich nicht zu spät kommen, ich habe einen wichtigen Termin.«

»Immer diese Hektik beim Sex«, murrte Val, aber sie konnte sich das Lachen kaum verbeißen.

»Beklag dich noch einmal«, drohte Kira ihr, »und ich schlafe nie wieder mit dir.« Auch ihre Mundwinkel zuckten heftig.

»O mein Gott!« Val warf theatralisch einen Arm über ihre Stirn. »Ich sterbe, wenn du das tust. Bitte tu mir das nicht an.«

»Ich tue dir alles an, was ich will«, flüsterte Kira rauh, und ihr Kopf sank zwischen Vals Beine.

»He! Wirst du wohl!« Kira schlug nach Vals Hand, die unter dem Tisch nach ihr tastete. Sie sprach so leise wie möglich. »Wir sind in einem öffentlichen Restaurant, nicht auf deinem Schiff.«

»Ich habe die ganze Zeit an dich gedacht, seit du heute morgen gegangen bist«, flüsterte Val. »Du hast mir keine Chance gegeben, dich anzufassen.«

»Ich mußte zu meinem Termin«, sagte Kira. »Ein sehr wichtiger Kunde.«

»Ich will dich berühren«, flüsterte Val. »Ich will spüren, wie deine Haut erzittert. Ich will sehen, was zwischen deinen Schenkeln auf mich wartet.«

»Bist du wahnsinnig?« hauchte Kira. »Hör auf. Der Tag ist noch lang.« Sie legte ihr Gesicht in die Hände. »Und ich werde glaube ich rot«, flüsterte sie dahinter hervor.

»Süß«, sagte Val. Sie beugte sich ganz nah zu Kira. »Denkst du nicht, wir könnten mal fünf Minuten auf die Toilette gehen?«

Kira blinzelte durch ihre Finger. »Ich komme doch heute abend nach Hause«, erwiderte sie mit unterdrückter Stimme.

»Das ist zu lang«, flüsterte Val. »Viel zu lang.«

»Ich kann nicht.« Kira nahm die Hände herunter und straffte ihre Schultern. »Wirklich nicht, Val. Ich wünschte, ich könnte.« Sie warf einen sowohl entschuldigenden als auch etwas sehnsüchtigen Blick auf Val.

»Was du heute morgen gemacht hast, war unfair«, behauptete Val. »Erst konnte ich mich nicht wehren, und dann warst du weg.«

»Da kannst du mal sehen, wie es mir in der Nacht gegangen ist«, entgegnete Kira. »Ich habe dir wenigstens gesagt, wo ich hingehe. Aber wo warst du?«

Val lehnte sich zurück. »Habe ich doch gesagt. Im Hafen.«
»Auf einem Schiff?« fragte Kira.
»Ja, ich –« Val brach ab und schaute sie an. »Kira, komm schon. Das hatten wir doch abgehakt.«
»Hatten wir das?« fragte Kira. Auf einmal fühlte sie, wie die Eifersucht sie erfaßte. So heftig, daß ihr fast schwindlig wurde. Damit hatte sie nicht gerechnet. »Vielleicht, bevor ich wußte, daß du auf Schiffen ... picknickst«, fuhr sie etwas scharf fort. »Und nicht allein.«
»Du bist eifersüchtig«, stellte Val fest. »Wolltest du nicht nie eifersüchtig auf mich sein?« Sie lächelte.
»Ich bin nicht –«, setzte Kira an, aber dann brach sie ab. Sie hatte die Eifersucht gespürt. Es war dasselbe Gefühl gewesen, das sie damals empfunden hatte, als Melanie – Nein. Das konnte nicht sein. Das hatte sie empfunden, weil sie Melanie liebte. Aber sie liebte Val nicht. »Vielleicht kennen wir uns einfach schon zu lange«, sagte sie.
»Und was soll das heißen?« fragte Val. »Daß Eifersucht eine natürliche Folge der Länge der Zeit ist, die man sich kennt?«
»Ach, mach es doch nicht so kompliziert.« Kira verzog unwillig die Stirn. »Ich meinte nur, daß ... na ja –«, sie winkte mit einer Hand ab, »man gewöhnt sich eben aneinander.«
»Aha.« Val nickte. »Eifersucht ist also eine Folge der Gewöhnung. Das wußte ich noch nicht.«
»Du weißt vieles nicht«, erwiderte Kira ungnädig. »Oder hältst du dich für allwissend?«
Val lachte leicht. »Nein, das sicher nicht.« Sie beugte sich vor. »Kira, bitte, laß uns nicht streiten. In letzter Zeit sind wir doch so gut miteinander ausgekommen. Ich dachte, das wäre ein gutes Zeichen.«
»Ein gutes Zeichen wofür?« fragte Kira immer noch etwas aufgebracht, weil sie sich ertappt fühlte. Das Gefühl mochte sie gar nicht.
»Dafür, daß wir uns gut verstehen«, sagte Val. »Denkst du nicht?«
Es ist nur Sex, dachte Kira, und im selben Moment wußte sie, daß sie das nicht mehr sagen konnte. Nicht, wenn sie sich selbst gegenüber ehrlich war. »Vielleicht«, sagte sie.
»Kennst du den Spruch, wenn eine Frau vielleicht sagt, meint sie ja?« fragte Val schmunzelnd.
»Das ist frauenfeindlich«, sagte Kira.

»Nein.« Val schüttelte den Kopf. »Wenn eine Frau nein sagt, meint sie ja – das ist frauenfeindlich. Wenn eine Frau vielleicht sagt, meint sie tatsächlich meistens ja. Meiner Erfahrung nach eigentlich fast immer.«

»Also gut: Ja«, gab Kira widerwillig zu. »Was für eine unsinnige Diskussion.«

»Ja, ziemlich«, sagte Val, »aber ich fand, irgendwann mußten wir ja einmal darüber reden.«

»Worüber?« Kira schaute Val verständnislos an. »Den Unterschied von Ja und Vielleicht?«

»Den Unterschied von *eine Affäre haben* und *zusammen sein*«, erwiderte Val.

»Darüber haben wir nicht gesprochen«, behauptete Kira.

»O doch. Haben wir.« Val lehnte sich zurück und schlug die Beine übereinander. »Du bist so oft bei mir, daß deine Kleider in meinem Schrank hängen. Ebensogut könntest du deine Wohnung aufgeben und ganz bei mir wohnen. Den Unterschied würde man kaum merken.«

»Ich *habe* bei dir gewohnt«, sagte Kira.

»Im Gästehaus«, sagte Val. »Das ist etwas anderes. Wie der Name schon sagt, ist das nicht auf Dauer ausgelegt.«

»Ich werde auf keinen Fall wieder bei dir einziehen«, sagte Kira. »Ich gebe meine Wohnung nicht auf. Ich weiß gar nicht, wie du auf den Gedanken kommst.«

»Ich will ja gar nicht, daß du sie aufgibst«, sagte Val. »Es sollte nur ein Beispiel sein. Du hast eine tolle Wohnung, und trotzdem bist du öfter bei mir als dort.«

»Ich –« Kira setzte zu einer Erwiderung an, aber sie wurde durch eine andere Stimme unterbrochen.

»Wieder im Lande?« Die Stimme klang nicht nett, eher kalt. Und sie kam von jemand, der hinter Kiras Stuhl stand.

Kira sah Vals Gesichtsausdruck wechseln.

»Warum sollte ich das nicht sein?« antwortete sie, und die Züge ihres Gesichtes schienen wie in Stein gemeißelt, unbeweglich und undurchdringlich.

»Na ja, könnte ja sein ...«, sagte die Stimme. »Wichtige Geschäfte auf See ...«

Kira drehte sich um. Irgendwie kam ihr die Stimme bekannt vor.

Tatsächlich. Vals blonde Ex-Freundin, mit der Kira schon einmal über das Tor von Vals Haus hinweg gesprochen hatte. Und sie sah wirklich sehr schlecht gelaunt aus.

»Das Jachtgeschäft läuft gut«, sagte Val mit einem Lächeln, das ihre Augen nicht erreichte. »Danke der Nachfrage.«

»Immer die richtige Antwort parat, hm?« Die Kiefer der blonden Frau preßten sich zusammen. »Aber das wird sich noch ändern, das verspreche ich.«

Val sagte nichts darauf.

»Und dieses Turteltäubchen ist auch immer noch dabei?« fuhr die Blonde nun mit einem Blick auf Kira fort. »Muß sich wohl lohnen.« Sie beugte sich zu Kira hinunter. »Aber glaub mir, Süße, du kriegst dein Fett auch noch weg. Irgendwann kriege ich dich.«

Kira hob erstaunt die Augenbrauen. Was wollte diese Frau von ihr?

»Laß sie in Ruhe«, sagte Val in diesem Moment mit einem drohenden Unterton, der an brechendes Eis erinnerte. »Sie hat nichts damit zu tun.«

»Nein, natürlich nicht.« Die Blonde richtete sich wieder auf. »Niemand hat irgendwas mit irgendwas zu tun. Nie. Sie ist nur dein Flittchen, wie all die anderen.«

Kira schnappte nach Luft, aber Val griff nach ihrer Hand und schaute sie eindringlich an. Ihre Augen schienen wie dunkler Stahl zu schimmern. »Nicht antworten«, sagte sie. »Sie will dich nur provozieren.«

»Trainierst du sie noch?« fragte die Blonde ätzend. »Damit sie die richtigen Antworten gibt? Das wird dir auch nichts nützen.«

»Wir wollten eigentlich essen«, sagte Val mit einer Ruhe, die wie ein Diamant durch Glas schnitt. »Bist du jetzt fertig?«

Die Blonde ging an Kiras Stuhl vorbei auf Val zu und beugte sich nun zu ihr hinunter. Kira konnte nur ihren Rücken sehen. Und hören, wie sie Val anzischte: »Du kannst dich nicht ewig verstecken. Irgendwann machst du einen Fehler, und dann – bin ich da.« Sie richtete sich auf, warf einen verächtlichen Blick auf Kira zurück und ging dann hinaus.

Wie aufs Stichwort kam die Kellnerin und brachte ihre Teller. Und auf einmal schien Val sich mehr für ihr Essen zu interessieren als für Kira.

»Ich sehe, sie ist immer noch hinter dir her«, sagte Kira, und erneut fühlte sie diesen eifersüchtigen Stich, der sie heute schon einmal überrascht hatte.

Val lehnte sich zurück. »Ja, sie gibt nicht auf. Ein zäher kleiner Terrier, das ist sie.«

»Was hast du ihr nur getan, daß sie so wütend auf dich ist?« fragte Kira und tat so, als benötigte das Salatblatt auf ihrer Gabel eine nähere Betrachtung.

»Ich ihr?« Val hob die Augenbrauen. »Nichts.« Sie atmete tief durch. »Bitte stell keine Fragen mehr. Dann muß ich auch nicht lügen. Ich würde es hassen, dich zu belügen.«

Kira blickte sie erstaunt an. »Soll ich das vielleicht als Kompliment auffassen?«

»Ja«, sagte Val.

Kira schaute in die Luft und dachte nach. »Hat es irgendwas damit zu tun, daß du nachts so oft weg bist?« fragte sie nach einer Weile. »Was tust du nachts, Val?«

»Bitte . . .«, sagte Val. »Ich habe dich doch gebeten . . .«

Kira atmete tief durch. »Gut«, sagte sie. »Ich frage nicht weiter. Für heute. Aber das ist nicht das Ende, das weißt du.«

Val lächelte etwas schief. »Das habe ich schon befürchtet«, sagte sie.

32

Soll ich es ihr sagen, Camila?« Val sah unglücklich aus.

»Du kennst meine Antwort«, entgegnete Camila streng. »Es ist immer die gleiche.« Sie schüttelte leicht den Kopf. »Ich habe dich gewarnt. Ich mag sie, aber es ist nicht gut, sich auf solche Beziehungen einzulassen. Das bringt nur Ärger.«

»Aber ich –«, Val schluckte und sah Camila nicht an. »Ich liebe sie.«

»Ich weiß.« Camila schaute sie nicht mehr ganz so streng an. »Das habe ich deutlich gesehen, als du mit ihr hier warst. Und ich dachte damals schon, daß das nicht gut ist. Nicht gut für *dich*.«

»Ich habe noch nie eine Frau so geliebt wie sie.« Val schluckte. »Manchmal denke ich, ich habe überhaupt noch nicht geliebt, bevor ich sie traf.«

»Ihr seid euch ähnlich«, sagte Camila. »Sie ist ein bißchen so, wie du vor zehn Jahren warst. Aber –«

»Ich weiß.« Val atmete tief durch.

»Es kann nicht gutgehen«, sagte Camila. »Sie gehört nicht zu uns.«

»Vielleicht könnte sie –«

»Nein«, unterbrach Camila sie. »Und du weißt das genauso gut wie ich.«

»Ja.« Val legte den Kopf zurück und schloß die Augen. »Ich kann nicht auf sie verzichten, Camila«, sagte sie leise. »Ich kann einfach nicht. Ich fühle mich leer, wenn sie nicht da ist. Ich sehne mich nach ihr, wenn ich unterwegs bin, ich kann es kaum erwarten zurückzukommen.«

»Empfindet sie genauso?« Camila hob skeptisch die Augenbrauen.

»Ich –« Val beugte sich vor, stützte die Ellbogen auf ihre Knie und legte den Kopf in die Hände. »Ich weiß nicht«, sagte sie. »In letzter Zeit ... war es sehr schön. Wir haben uns kaum gestritten, und sie war offensichtlich eifersüchtig. Das bedeutet doch –«

»Nicht immer«, sagte Camila. »Sie hat es dir nicht gesagt.«

»Nein.« Val schüttelte den Kopf. »Im Gegenteil. Sie hat gesagt, daß ich das nie von ihr hören würde. Nie.« Ihre Lippen preßten sich zusammen. »Nur eine Frau hat das je von ihr gehört.«

»Auf die du wiederum eifersüchtig bist.« Camila lächelte. »Ach, ihr Kinder. Bin ich froh, daß ich nicht mehr so jung bin.« Ihre knochige Hand griff nach einem Glas mit einer blutroten Flüssigkeit, ihr mit tausend winzigen Falten übersätes Gesicht zeigte Mitleid.

»Hier bei dir ist es immer so ruhig«, sagte Val. Sie schaute sich in dem kleinen Garten um, der im Innenhof der Burg lag und in dem sie und Camila saßen. »Wenn ich diese Ruhe doch nur mitnehmen könnte. Dann wäre es leichter.«

»In deinem Alter hatte ich diese Ruhe auch nicht«, sagte Camila. »Da hatte ich nicht einmal ein Haus. Wir sind ständig herumgezogen.«

»Ich möchte gern mit ihr zusammen ein Haus haben«, sagte Val. »Eins, das sie ausgesucht hat. Es muß ja keine Burg sein.« Sie lachte leicht. »Am allerliebsten wäre mir natürlich ein Schiff. Ich habe eins gekauft. Für sie. Aber sie will es nicht.«

»Du gibst ihr zu viel Raum in deinem Leben«, sagte Camila. »Das ist nicht gut.«

»Sie ist die Frau, die ich liebe.« Val zuckte die Schultern.

»Das, was wir Liebe nennen, vergeht oft sehr schnell. Und was ist, wenn du dann kein Leben mehr hast, in das du zurückkehren kannst?« Camila lehnte sich in dem bequemen Sessel zurück, der extra für sie in den Garten gebracht worden war. »Überleg dir, was dir wichtiger ist. Mit ihr zusammen kannst du nicht so weitermachen wie bisher. Ohne sie –«

»Ohne sie?« Val starrte Camila entsetzt an. »Ich kann nicht leben ohne sie!«

Camila atmete tief durch. »Du kannst. Und du wirst. Denn ich glaube, sie kann durchaus sehr gut ohne dich leben. Für sie würde sich nicht viel ändern. Sie findet eine andere Frau. Viele wahrscheinlich. Sie ist sehr attraktiv.«

Val stöhnte gequält auf.

»Valentina ...« Camila beugte sich vor. »Mein Schatz. Du weißt, daß ich dich liebe. Ich hatte immer gehofft, du würdest das alles hier übernehmen. Meine Zeit ist bald abgelaufen. Und ich würde mir wünschen, es gäbe jemand, der dann weitermachen würde. Du hast den Kopf dafür. Du denkst, bevor du etwas tust. Du wägst die Risiken ab.« Sie verzog die Lippen. »Nicht immer in deinem Privatleben, aber ich rede jetzt vom Geschäft.«

»Anders geht es nicht«, sagte Val. »Sonst wäre ich schon langst –«

»Ja.« Camila nickte nachdenklich. »Und ich denke, dasselbe Prinzip gilt überall. Wir beide – du und ich – haben es immer so gehalten. Und wir sind gut damit gefahren, findest du nicht? Warum willst du dieses Prinzip jetzt auf einmal aufgeben und ein Risiko eingehen, das du nicht abwägen kannst? Wohin wird das führen?«

»Ist die Liebe nicht immer ein unkalkulierbares Risiko?« fragte Val etwas trotzig.

»Du gehst das Risiko aber nicht allein ein«, sagte Camila. »Es geht nicht nur um dich.«

Val fuhr sich durch die Haare. »Daran habe ich nicht gedacht. Du hast recht.«

»Ich habe immer recht«, erwiderte Camila selbstbewußt. »Ich

sagte ja, du mußt dich entscheiden.«

»Das kannst du nicht von mir verlangen«, flüsterte Val verzweifelt. »Camila, bitte ...«

»Ich verlange nichts von dir«, sagte Camila. »Du mußt selbst wissen, was du tust.« Ihre Augen schlossen sich halb. »Und jetzt geh. Ich bin müde. Ich muß schlafen.«

33

Als Kira an diesem Abend nach Hause kam, stand Vals Jaguar in der Auffahrt, aber das Haus war dunkel. Sie runzelte irritiert die Stirn. Val ging doch nie zu Fuß weg. Sie mußte da sein.

Sie betrat das Haus, stellte ihre Tasche ab, legte ihren Schlüssel in die Schale hinter der Tür und ging in Vals Arbeitszimmer. »Val? Bist du da?«

»Ja.« Die Stimme kam aus der Dunkelheit.

»Warum machst du kein Licht?« fragte Kira.

»Ich mußte nachdenken.« Die kleine Leselampe neben Vals Sessel leuchtete auf. Val saß ruhig da und schaute Kira an.

»Worüber?« Kira fühlte sich unwohl. Irgend etwas stimmte nicht. Val sah ernst aus, fast drohend. Ihr dunkles Gesicht schien keine Regung mehr zu zeigen, ihre Augen wirkten wie tot. »Was ist los?« Sie ging auf Vals Sessel zu.

»Bleib, wo du bist.« Vals Stimme klang scharf.

»Was –?« Kira blieb stehen. »Val, was ist? Du siehst so merkwürdig aus.«

»Ich muß wegfahren«, sagte Val.

Kira schaute sie verständnislos an. »Und? Du fährst doch öfter weg. Ist es diesmal etwas Besonderes?«

»Ja«, sagte Val. »Wenn ich zurückkomme, möchte ich, daß du das Haus verlassen hast. Du kannst in Ruhe packen, aber bitte bring all deine Sachen in deine Wohnung. Ich werde das Schloß und die Alarmkombination ändern, sobald ich zurück bin.«

Kira stand da wie vom Donner gerührt. Erst nach einer Weile konnte sie wieder sprechen. »Du wirfst mich raus? Einfach so?«

»Ich werfe dich nicht raus.« Vals Augenlider zuckten, als würde sie sich dagegen wehren zu blinzeln. »Ich bitte dich nur zu gehen.«

»Das ist doch dasselbe«, sagte Kira. »Im Ergebnis. Würdest du mir bitte wenigstens sagen, warum? Ich bin mir keiner Schuld bewußt. Was habe ich getan?«

»Nichts«, sagte Val. »Du hast nichts getan. Es ist nur einfach ... zu Ende.«

Kira überlegte eine Weile. »Ist es ... weil Melanie wieder da ist?«

»Ist sie das?« Val hob die Augenbrauen. »Das wußte ich nicht.« Sie atmete tief durch. »Aber dann ist es dir doch auf jeden Fall sehr recht, wenn wir uns jetzt trennen. Das kommt deinen Plänen sicher entgegen.«

»Welchen Plänen?« fragte Kira. »Ich habe keine Pläne. Melanies Mann ist gestorben –«

Val lachte trocken auf. »Perfekt«, sagte sie. »Ist das nicht das, was du immer wolltest? Sie ganz allein für dich haben? Jetzt steht dir nichts mehr im Wege.«

»Sie ist schwanger«, sagte Kira, »und sie hat mich gebeten –«

Val unterbrach sie mit einem heiseren Laut. »Das ist ja noch besser! Dann seid ihr gleich eine richtige kleine Familie. Mich wundert, daß du überhaupt noch hier bist.«

»Ich habe das alles erst heute erfahren«, sagte Kira. »Ich wollte eigentlich mit dir darüber reden.«

»Mit mir?« Val schüttelte den Kopf. »Wieso mit mir? Was habe ich damit zu tun? Mir scheint, es fügt sich für dich alles besser, als du es dir je hättest wünschen können.«

Kira legte den Kopf schief und betrachtete Val nachdenklich. »Was ist los, Val? Warum so plötzlich? Gestern war doch noch alles in Ordnung. Und du wußtest nichts von Melanies Rückkehr. Wenn das die Wahrheit ist.«

»Es ist die Wahrheit.« Val wirkte sehr müde. »Melanie interessiert mich nicht. Ich weiß, sie ist die einzige Frau, die du liebst. Aber das macht mir nichts aus. Werde glücklich mit ihr. Ich wünsche es euch.«

»Wie großzügig von dir«, sagte Kira. »So ein heldenhafter Verzicht.«

»Man kann nicht auf etwas verzichten, das man nie hatte«, sagte Val. »Du hast mich nie geliebt, und du sagtest, das wirst du auch nie. Jetzt, wo Melanie wieder da ist, hast du das, was du wolltest. Warum noch reden? Ich gehe, und der Weg für dich und Melanie ist frei. Alle sind glücklich.« Sie stand auf und wollte das Arbeitszimmer verlassen.

»O nein«, sagte Kira, machte einen Schritt zur Seite und hielt sie auf. »Nicht so.«

»Kira ...« Val sah gequält aus. »Laß mich gehen. Eine saubere Trennung, keine Vorwürfe, keine Tränen. Das ist für uns alle das beste.«

»Für dich vielleicht«, sagte Kira. »Für mich nicht.«

»Warum nicht?« fragte Val. »Melanie kommt, ich gehe. Fliegender Wechsel. Du hast eine riesige Wohnung, sie kann bei dir einziehen, ihr zieht zusammen das Kind groß, und ihr lebt glücklich und zufrieden bis an euer seliges Ende. Märchenhaft.«

»Ja, und das ist es auch: ein Märchen«, sagte Kira. »Nicht mehr als das.«

Val hob die Augenbrauen. »Will sie nicht?«

»Das ist nicht die Frage«, sagte Kira.

Val atmete tief durch. »Selbst wenn es so ist, dann tut es mir leid für dich, aber das ändert nichts an meiner Entscheidung. Für uns beide gibt es keine Zukunft.«

»Es tut mir leid«, sagte Kira und betrachtete Vals Gesicht sehr eindringlich. »Es tut mir leid, daß ich dich so gequält habe. Mir wird jetzt erst klar, wie sehr.«

»Womit solltest du mich gequält haben?« fragte Val lässig, aber ihre Augen trugen diese Lässigkeit nicht mit. »Unsere Affäre war ein ziemliches Auf und Ab, das stimmt, aber mehr auch nicht. Anders wäre es ja auch langweilig. Es gibt nichts zu bedauern. Wir haben uns getroffen wie zwei Schiffe auf See, die eine Weile nebeneinander herfahren, aber sich dann wieder trennen, weil sie nicht dasselbe Ziel haben.«

»Vielleicht könnte eins der Schiffe sein Ziel ändern«, sagte Kira. »Ist so was nicht möglich?«

»Dafür müßte es einen guten Grund geben«, sagte Val, »und ich sehe keinen.«

»Ich liebe dich«, sagte Kira. »Ist das Grund genug?«

Val schien sich nicht zu rühren, nicht einmal mehr zu atmen. Dann kehrte das für sie so typische spöttische Lächeln in ihre

Mundwinkel zurück. »Wann hast du das denn erkannt?« fragte sie.

»Heute«, sagte Kira. »Aber das heißt nicht, daß es erst seit heute so ist.«

»Dann hast du es die meiste Zeit aber ganz gut versteckt«, sagte Val. »Ich würde diese Worte nie von dir hören, sagtest du. Und das ist noch gar nicht so lange her. Was hat deine Meinung geändert?«

»Ich war dumm«, sagte Kira. »Ich gebe es ja zu. Ich habe eine kindische Schwärmerei mit Liebe verwechselt. Ich konnte mir nichts anderes vorstellen. Aber heute ...« Sie setzte sich auf die Lehne des Sessels. »Heute, als Melanie zu mir kam, da –« Sie atmete tief durch. »Vielleicht, weil sie schwanger ist. Ich habe nicht sehr viel übrig für Kinder.«

»Arme Melanie«, sagte Val.

»Nein, nein.« Kira schüttelte den Kopf. »Ich werde mich um sie kümmern. Um sie und das Baby. Das bin ich ihr schuldig. Unserer gemeinsamen Kindheit. Allem, was wir gemeinsam hatten. Es geht ihr ziemlich schlecht. Ich werde sie nicht im Stich lassen.«

»Das spricht für dich«, sagte Val. »Du bist eben doch ein edler Charakter.« Sie grinste ein wenig.

»Ach was.« Kira winkte ab. »Man muß tun, was man tun muß. Daran ist nichts Edles. Ihre Eltern haben sie vor die Tür gesetzt, wegen dem, was zwischen uns war. Sie ist ganz allein. Sie weiß nicht, wo sie hin soll.«

»Ihre Eltern haben sie vor die Tür gesetzt?« Val schien auf einmal interessiert. »Wegen einer Jugendschwärmerei?«

Kira atmete tief durch. »Sie war sehr krank. Sie ist viel zu zart für ein Baby, sie hätte es fast verloren. Und im Fieber hat sie wohl nach mir gerufen. Ihre Eltern waren ... sagen wir mal: irritiert ... und dann hat sie ihnen wohl alles von uns erzählt. Das war zuviel für Papa und Mama. Als sie wieder einigermaßen gesund war, haben sie sie rausgeschmissen.«

»Die eigene Tochter? Verheiratet ... äh, verwitwet und schwanger von ihrem Mann – nehme ich mal an ...«

Kira hob die Augenbrauen.

»Ja, selbstverständlich von ihrem Mann«, fuhr Val hastig fort. »Was auch sonst? Das Enkelkind, nach dem sich die meisten Großeltern verzehren? Und sie setzen sie vor die Tür?« Sie schüttelte den Kopf.

»Du kennst sie nicht«, sagte Kira. »Sie haben mich schon als Kind gehaßt. Sie fanden damals schon, daß ich ihre Tochter verderbe. Aber meine Mutter hat immer vermittelt. Jetzt konnte sie das nicht mehr. Sie hat es wohl versucht, hat Melanie angeboten, bei ihnen zu bleiben, aber sie wollte unbedingt zu mir.«

»Wahre Liebe«, sagte Val emotionslos.

»Sie weiß nicht wohin«, sagte Kira, »und sie ist völlig ... gebrochen. Nur ein Schatten ihrer selbst. Sie war nie so stark –«

»Wie du«, setzte Val fort. »Du warst ihre Stärke – und wahrscheinlich ihr Mann. Allein schafft sie es nicht.«

»Sie weiß nicht einmal, ob sie die Geburt überlebt«, sagte Kira. »Sie hat mich gebeten –«, sie schluckte, »sie hat mich gebeten, im Falle ihres Todes für das Kind zu sorgen, ihm alles zu geben, was es braucht. Gute Schulen, gute Ausbildung –« Sie brach ab.

Val lächelte erneut spöttisch. »Weiß sie, wie du zu Kindern stehst?«

»Das ist doch egal«, widersprach Kira ärgerlich. »Ich werde mein Versprechen halten. Aber ich hoffe natürlich nicht, daß es dazu kommt. Ich hoffe, daß sie das alles selbst für ihr Kind tun kann. Es wäre das größte Glück für sie.«

»Na dann ...«, sagte Val, »hast du ja eine ganze Menge zu tun in nächster Zeit. Du wirst mich nicht vermissen.« Sie wandte sich wieder zur Tür.

»Und ich dachte, es bedeutet dir etwas«, sagte Kira.

Val stand abgewandt von ihr, so daß Kira nur ihren Rücken sehen konnte. »Vor einiger Zeit hätte es mir sehr viel bedeutet«, sagte sie leise.

»Und heute nicht mehr?« Kira stand auf, ging um Val herum und schaute sie an. »Was hat sich geändert?«

»Ich vielleicht«, sagte Val. »Oder die Umstände.«

»Die Umstände? Was für Umstände?« Kira krauste die Stirn. »Was haben irgendwelche Umstände mit uns zu tun?«

»Das kann ich dir nicht erklären«, sagte Val. »Aber es ist besser so.«

Kira nickte. »Die Sachen, nach denen ich nicht fragen darf, hm?«

»Ja«, sagte Val. Sie wandte den Kopf ab, um Kira nicht ansehen zu müssen.

»Val?« Kira hob eine Hand und legte sie an Vals Wange.

Als ob sie gegen ihren Willen dazu gezwungen würde, drehte Val den Kopf zu ihr zurück.

»Liebst du mich?« fragte Kira.

Val schloß die Augen, als müßte sie sich gegen einen heftigen Schmerz wehren. »Ja«, sagte sie und öffnete die Augen wieder. Sie sahen furchtbar gequält aus. »Vom ersten Augenblick an, als ich dich in diese Bar hereinkommen sah. Ich konnte meinen Blick nicht mehr von dir abwenden, ich fühlte mich zu dir hingezogen, ich habe gebetet, daß deine Verabredung nicht kommt.«

Kira lächelte. »Ich war nicht verabredet.«

»Das wußte ich ja nicht«, sagte Val. »Ich konnte mir nicht vorstellen, daß du – eine Frau wie du – allein in einer Bar sitzen muß. Ich hätte eher einen Schwarm von Verehrern um dich herum erwartet.«

»Keine Verehrerinnen?« fragte Kira.

»Ich war mir nicht sicher.« Vals Mundwinkel zuckten. »Ich war so froh, als du – als dann klar war, daß du nicht auf einen Mann gewartet hattest.«

»Ich dachte, das hätte dich nicht gestört?« Kira blickte etwas nekkend.

»Es hätte die Sache erschwert«, sagte Val. Sie verzog das Gesicht. »Müssen wir über diese alten Sachen reden? Das ist doch alles längst vorbei. Das hat keine Bedeutung mehr.«

»Weißt du«, sagte Kira, »daß ich damals ein komisches Gefühl hatte, als ich dich traf?«

»Ich weiß.« Val lachte leicht. »Ein *Cocktail-ins-Gesicht-schütt*-Gefühl.«

»Das war ein natürlicher Reflex«, sagte Kira. »Du warst unverschämt.« Sie schaute in Vals Augen. »Aber das war es nicht. Es war ein Gefühl von – Ich habe es damals einfach nicht erkannt. Es war ein schlechter Zeitpunkt.«

»Tja«, sagte Val. »So kann's gehen. Unsere ganze Affäre war wohl ein schlechter Zeitpunkt.«

»Wir lieben uns«, sagte Kira. »Das haben wir gerade beide zugegeben. Und du nennst es immer noch eine Affäre?«

»Das, was wir Liebe nennen, vergeht oft sehr schnell«, zitierte Val nachdenklich. »Camila ist so alt, daß man ihr einfach glauben muß. Sie weiß es besser als wir.«

Kira öffnete weit die Augen. »Camila hat dir gesagt, du sollst dich von mir trennen?«

»Nein.« Val zuckte fast zusammen. »Nein, das hat sie nicht. Sie hat die Entscheidung mir überlassen.«

»Ach, wie gnädig ...«, sagte Kira. Sie musterte Vals Gesicht. »Wer oder was ist Camila?« fragte sie. »Warum bedeutet sie dir so viel? Was hat sie dir zu sagen?«

»Nichts«, sagte Val. »Sie hat mir das Leben gerettet – ein neues Leben gegeben. Aber das ist schon sehr lange her. Ich weiß auch ohne sie, was ich zu tun habe.«

»Und das ist?« fragte Kira.

Val legte seufzend den Kopf in den Nacken und wandte ihr Gesicht dann wieder Kira zu. »Unsere Leben passen nicht zusammen, wir könnten nie –«

Kira legte ihre Arme um Vals Nacken und zog sie zu sich herunter. »Wir könnten nie wieder das tun?« Sie küßte Val sanft und fragend.

Val schaute sie an. »Das ist unfair«, sagte sie.

»Es ist unfair, wenn zwei Liebende sich küssen?« Kira zwinkerte etwas. »Das höre ich zum ersten Mal.«

»Liebe ist vielleicht nicht genug«, sagte Val.

Kira legte leicht den Kopf zur Seite. »Wollen wir es ausprobieren? Im Schlafzimmer?«

»Sex löst keine Probleme«, entgegnete Val etwas widerstrebend.

»Ich sehe keine Probleme, die gelöst werden müssen«, sagte Kira. »Ich weiß nur, daß ich dich liebe und daß du mich liebst. Das reicht mir für den Moment.«

Val legte ihre Arme um Kira. »Ich liebe dich so«, sagte sie leise. »Du weißt nicht, wie sehr.«

»Doch«, sagte Kira und schaute sie mit zärtlichen Augen an. »Genauso sehr wie ich.«

34

Ich muß etwas einkaufen, für Melanie und das Baby«, sagte Kira. »Gibst du mir den Jaguar? Ich glaube, in mein Auto passen die Sachen nicht rein.«

»Warum kaufst du dir nicht mal ein größeres?« fragte Val. »Am Geld kann es doch nicht liegen.«

»Ich liebe den kleinen Flitzer.« Kira lächelte. »Gibst du mir jetzt den Jaguar?«

»Ich kaufe einen Van«, grummelte Val. »Einen Jaguar, um Babysachen zu besorgen ...« Sie gab Kira den Schlüssel.

»Du bist die Beste.« Kira fiel geradezu über Val her, die im Sessel saß, und küßte sie.

Val lächelte. »Wie geht es Melanie? Hat sie sich gut von der Geburt erholt?«

Kira krauste die Stirn. »Sie ist noch sehr schwach. Sie kann sich kaum auf den Beinen halten. Aber sobald sie ihr Baby sieht, ist sie so glücklich ... Sie dachte, sie würde das nie erleben – das Kleine im Arm zu halten.«

»Schön«, sagte Val. »Irgend jemand muß ja für den Fortbestand der Menschheit sorgen.«

»Sei nicht so brummbärig!« Kira lachte. »Die Kleine freut sich schon darauf, dann mit Tante Val segeln zu gehen.«

Val hob die Augenbrauen. »Wie alt ist sie noch mal?«

Kira beugte sich noch einmal zu ihr hinunter und küßte sie sehr lange. »Ich liebe dich«, flüsterte sie weich. »Vergiß das nicht, bis ich zurückkomme.«

»Ich liebe dich auch.« Val betrachtete sie mit einem zärtlichen Blick, der sich dann jedoch in einen leicht besorgten verwandelte. »Aber bitte ... ras nicht wieder so mit dem Jaguar. Der ist zum Dahingleiten gebaut, nicht zum Um-die-Ecken-flitzen.«

»Was du immer hast ...« Kira tat so, als wäre die Bemerkung völlig unnötig gewesen. »Ich behandle den Wagen doch schon wie ein rohes Ei.«

»Dann denkst du wohl, rohe Eier brauchen keine Schale«, sagte Val. »Oder warum mußte ich den Kotflügel ersetzen lassen?«

»Das war doch nur ein Kratzer«, behauptete Kira. »Es wäre nicht nötig gewesen, den ganzen Kotflügel zu ersetzen.«

Val schmunzelte. »Das nächste Mal zahlst du die Rechnung.«

»Abgemacht«, sagte Kira. Sie küßte Val erneut. »Mhm ...«, machte sie, »wie schade, daß ich so überhaupt keine Zeit habe. Den Einkauf konnte ich gerade noch so dazwischenschieben, aber danach wartet schon mein nächster Kunde.«

»Vielleicht sollte ich auch mal deine Kundin werden«, lächelte Val. »Dann sehe ich dich vielleicht öfter.«

»Aber nicht nachts«, erwiderte Kira kokett. »Wenn dir das lieber ist . . .«

Vals Mundwinkel zuckten. »Das überlege ich mir noch«, sagte sie.

Kira biß sie spielerisch in die Lippe. »Überleg dir lieber gut, was dabei rauskommt«, sagte sie mit herausfordernd blitzenden Augen. »Ich kann meine Nächte nämlich auch woanders verbringen.«

»Ach Kira, ich würde so gern –« Val umfaßte Kiras Taille und zog sie auf ihren Schoß.

»Was würdest du gern?« fragte Kira.

»Ein paar Tage mit dir allein sein«, sagte Val. »Tage, nicht nur Nächte. Kannst du das Geschäft nicht mal Geschäft sein lassen?«

»Die Hypothek auf meine Wohnung zahlt sich nicht von selbst«, sagte Kira.

»Und wenn du die Wohnung einfach aufgibst?« fragte Val. »Du kannst doch auch hier wohnen.«

»Und Melanie?« Kira hob die Augenbrauen.

»Ja, gut, du wolltest, daß Melanie da wohnt, wenn sie aus dem Krankenhaus kommt, aber die Wohnung ist doch ziemlich groß für nur eine Frau und ein neugeborenes Baby.« Val zuckte die Schultern. »Würde sich Melanie nicht in einer kleineren auch wohlfühlen?«

»Melanie wahrscheinlich schon . . .«, erwiderte Kira zögernd.

»Aber du nicht.« Val seufzte. »Ist schon gut. Bleibt es eben so, wie es ist.«

»Vielleicht kann Melanie . . .« Kira erhob sich von Vals Schoß und entfernte sich ein paar Schritte von ihr. »Vielleicht kann sie mir ja im Geschäft helfen, wenn sie sich wieder erholt hat. Dann hätten wir irgendwann ein paar Tage für uns.«

»Irgendwann.« Val atmete tief durch. »Und ich kann mir Melanie als Geschäftsfrau nicht richtig vorstellen. Denkst du wirklich, daß sie dafür geeignet ist?«

Kira fuhr auf. »Melanie kann –!« Doch dann unterbrach sie sich selbst. »Ihr wäre es bestimmt lieber, wenn es ein Bücherladen wäre, keine Immobilienagentur«, sagte sie seufzend. »Aber sie braucht einen Job, und eine junge Mutter mit einem kleinen Kind . . . ohne

Geld … Du weißt, wie es ist.«

»Nicht wirklich«, sagte Val und stand auf. »Aber du hast sicher recht.« Sie schaute Kira an. »Dann sieht Melanie dich bei Tag und ich bei Nacht.«

Kiras Mundwinkel zuckten. Schnell ging sie auf Val zu und legte ihr die Arme um den Hals. »Ich finde es süß, wenn du eifersüchtig bist«, sagte sie lächelnd. »Aber es ist wirklich … Melanie braucht meine Hilfe, das ist alles. Wenn du eine andere Idee hast, wie ich ihr helfen kann …«

»Ich hätte verschiedene Ideen«, sagte Val, »aber das wäre alles ganz weit weg.«

Kira lächelte noch mehr. »Kann ich mir vorstellen«, sagte sie. »Aber du hast wirklich keinen Grund, eifersüchtig zu sein. Melanie ist … sie ist nicht mehr der Mensch, der sie einmal war.« Sie schaute zur Seite.

»Sie ist nicht mehr die Frau, die du einmal geliebt hast?« fragte Val.

»Vielleicht …« Kira schüttelte leicht den Kopf. »Vielleicht war sie das nie. Vielleicht habe ich Dinge in ihr gesehen –« Sie schüttelte den Kopf noch mehr.

»Ich glaube, du hast das in ihr gesehen, was du in ihr sehen wolltest«, sagte Val. »Was«, sie schmunzelte, »eine hervorstechende Eigenschaft von dir ist, mein Liebling. Du biegst dir die Realität so zurecht, wie du sie gern hättest.«

»Das stimmt nicht.« Kira protestierte und verzog etwas schmollend die Lippen.

»O doch.« Val strich zärtlich lächelnd über ihr Haar. »Deshalb bist du so stark. Weil du alles, was dich stört, einfach ausblendest.« Sie zog Kira näher zu sich heran und umarmte sie. »Ich liebe dich«, flüsterte sie. »Und ich hoffe, das blendest du nie mehr aus.«

»Warum hast du mir das nie gesagt?« fragte Kira leise zurück. »Die ganze Zeit nicht.«

Val lächelte leicht. »Weil du es gar nicht hören wolltest«, sagte sie. »Was hättest du getan, wenn ich es dir gesagt hätte?«

»Ich weiß nicht«, sagte Kira. Sie legte den Kopf ein bißchen zurück und schaute zu Val hoch. »Was hast du denn erwartet?«

»Daß du mich mit einer deiner brutalen Bemerkungen niederschlägst«, sagte Val. »Ich hatte wirklich schon überlegt, ob ich im

Haus nicht mal eine Orgie veranstalte, nur um zu sehen, ob du tatsächlich nicht eifersüchtig bist, wie du behauptet hast. Daß du nie auf mich eifersüchtig sein würdest – weil du mich nicht liebst.«

»Ach Val ...« Kira strich mit einer Hand sanft über Vals Gesicht. »Ich fühlte mich so zu dir hingezogen, ich mußte das im Zaum halten. Ich dachte, es wäre nur Sex – von deiner wie von meiner Seite. Aber manchmal ...« Sie lächelte. »Manchmal war es so schön, daß ich für einen Moment dachte –«

Val schmunzelte. »Daß es Liebe sein könnte statt nur Triebe?«

Kira legte etwas entschuldigend den Kopf schief. »Das stand nicht zur Debatte, deshalb konnte es einfach nicht sein.«

»Das habe ich gespürt«, sagte Val. »Auf der einen Seite warst du so offen, und auf der anderen – Es war wie eine Mauer. Deshalb habe ich es dir nicht gesagt. Es war sinnlos.«

»Ich hätte nie gedacht, daß dir etwas daran liegt«, sagte Kira. »Du hast immer so getan, als wäre es dir völlig egal, wenn du nur«, sie räusperte sich, »wenn du nur das bekommst, woran dir wirklich liegt.«

»Du hast mich immer spüren lassen, daß du das denkst, und daß du dich auch nur dazu verpflichtet fühlst.« Val lachte leicht. »Wie eine Ehefrau alter Schule. Ich bringe das Geld nach Hause und gebe dir ein Dach über dem Kopf, und du –«

»Und ich habe dafür nachts zur Verfügung zu stehen. Ja, ein bißchen war es so.« Kira schaute sie ernst an. »Obwohl du nachts ja oft gar nicht da warst. Sehr oft. Da habe ich mich dann schon gefragt, wozu du mich überhaupt brauchst. Wenn du offensichtlich so viele andere ... Interessen hattest.«

»So viele andere Frauen, meinst du.« Val lächelte neckend, fast schon so spöttisch wie früher. »Da siehst du mal, was du wert bist. Eine Frau hat nicht gereicht, um mich für deine Abwesenheit zu entschädigen.«

»Du gibst es auch noch zu?« Kira schlug mit einer Hand gegen Vals Schulter. »Schuft.«

Val lachte, umarmte Kira fester und drückte sie an sich. »Und du warst *doch* eifersüchtig«, sagte sie. »Es ist dir niemals der Gedanke gekommen, daß es etwas anderes sein könnte als eine Frau.«

»Etwas anderes?« Kira blickte sie erstaunt und auch etwas mißtrauisch an. »Was denn anderes? Spielst du?«

»Ähm …« Val schien überrumpelt. »Manchmal«, sagte sie.

Kira atmete tief durch. »Mein Vater spielt … manchmal. Wenn meine Mutter das erfährt, ist jedes Mal der Teufel los. Ich habe das als Kind ja nicht so mitbekommen, aber er hat wohl hin und wieder eine Menge verspielt, weil er nicht aufhören konnte. Mehr als wir uns eigentlich leisten konnten. Er hätte fast das Geschäft damit ruiniert, das er selbst mühsam und mit viel harter Arbeit aufgebaut hat. Die Existenzgrundlage für sich und seine Familie. Ich verstehe das nicht.«

»Spielen ist … Abenteuer«, sagte Val nachdenklich. »Aufregend. Gefahr, Risiko, eine Herausforderung. Und ein großes Glücksgefühl … wenn man gewinnt.«

»Du spielst also tatsächlich … fast jede Nacht?« Kira löste sich von Val und setzte sich. »Dann sollte ich vielleicht mal meine Mutter anrufen.«

Val lächelte. »Ich weiß immer, wann ich aufhören muß«, sagte sie. »Und ich gehe nie unkalkulierbare Risiken an. Mach dir keine Sorgen.«

Kira hob die Augenbrauen. »Das hat mein Vater bestimmt auch jedesmal gesagt.«

»Vermutlich«, sagte Val. »Aber bei mir stimmt es.«

»Val … das …« Kira schaute sie etwas ratlos an. »Kannst du nicht damit aufhören? Ich meine … ich bin doch da. Nachts. Ich kann auch früher nach Hause kommen, wenn dir das hilft.« Sie lächelte fast etwas unsicher. »Dann beschäftige ich dich anderweitig, so daß du nicht ans Spielen denkst.«

Val kam zu ihr und ließ sich vor ihr auf ein Knie nieder. »Ich wußte gar nicht, daß du so fürsorglich bist.« Sie lächelte und griff nach Kiras Hand. »Ich lebe davon«, sagte sie. »Ich kann doch nicht meinen Beruf aufgeben.«

»Deinen … Beruf?« Kira starrte sie ungläubig an. »Das ist dein Beruf? Ich dachte, du hast einen Jachtverleih.«

»Auch«, sagte Val. »Aber das bringt lange nicht so viel ein, daß ich so leben könnte, wie ich es tue.«

»Berufsspielerin?« Kira konnte es immer noch nicht fassen. »Ich glaube, ich habe noch nie jemand gekannt, der das ist.«

Vals Lippen verzogen sich. »Wir hängen das auch nicht an die große Glocke. Die meisten Leute können nichts damit anfangen, und ... na ja, die Steuer muß auch nicht alles wissen.«

»Sicher nicht«, sagte Kira. »Denen gönne ich nicht das Schwarze unterm Fingernagel. Aber ... aber es geht doch ... um dich. Ich meine ...«, sie schaute sich im Zimmer um, »bisher hast du anscheinend sehr viel Glück gehabt, aber das kann ja auch mal anders kommen. Du könntest alles verlieren.«

»Das passiert schon nicht«, sagte Val. »Da habe ich vorgesorgt. Und wie gesagt: Ich gehe keine unkalkulierbaren Risiken ein.«

Kira schüttelte den Kopf. »Ich weiß nicht, was ich dazu sagen soll. Ich dachte immer, meine Mutter regt sich unnötig auf und habe meinen armen Vater bedauert, der das alles stumm über sich ergehen ließ, aber jetzt –«

Vals Mundwinkel zuckten. »Jetzt denkst du darüber nach, ob du dich nicht auch aufregen solltest?«

»Ich ...« Kira hob hilflos die Hände. »Nein, natürlich nicht. Es ist dein Leben. Dein Geld. Dein Risiko. Es geht mich nichts an. Aber trotzdem ...«

»Aber trotzdem ... machst du dir Sorgen um mich.« Val lächelte. »Das ist süß von dir. Ich hätte nicht gedacht, daß dir so viel an mir liegt.«

»Ich liebe dich!« Kira schaute sie aufbrausend an.

»Daran habe ich mich wohl noch nicht gewöhnt«, sagte Val. »Ist ja auch eine relativ neue Entwicklung.« Sie beugte sich vor und hauchte einen Kuß auf Kiras Lippen. »Wolltest du nicht einkaufen fahren?«

»Ist das alles, was du dazu sagst?« Kira zog die Augenbrauen zusammen.

»Oh oh ...«, machte Val. »Bitte nicht.«

»Du bist –« Kira sprang auf. »Ich weiß wirklich nicht, warum ich mir Sorgen um dich mache. Es ist dir völlig egal. Ich sollte dich einfach deinem Schicksal überlassen.«

»O Liebling ...« Val griff erneut nach Kiras Hand, während sie immer noch vor ihr kniete, und schaute zu ihr auf. »Ich bin deiner nicht würdig, das gebe ich ja zu. Aber glaub mir bitte, wenn ich dir sage, du bist die erste Frau, für die ich mich ändern würde – wenn ich könnte. Willst du mich heiraten?«

»Ooah!« Kira stieß eine Art knurrenden Schrei aus. »Du treibst es immer noch weiter auf die Spitze. Kannst du denn nichts anderes als dich lustig machen? Über alles und jedes?«

»Ich mache mich nicht lustig«, sagte Val. »Bisher dachte ich, ich bin keine Frau zum Heiraten. Ich war sogar fest davon überzeugt. Nie hätte ich mir vorgestellt, daß es eine Frau geben könnte, die diese Überzeugung ins Wanken bringt. Aber du hast es getan. Ich möchte sagen können, du bist meine Frau. Willst du das auch?«

Kira schnappte nach Luft, als würde sie zu einer wütenden Erwiderung ansetzen, dann plötzlich begann ein Lächeln um ihre Mundwinkel zu spielen. »Warum nicht?« sagte sie. »Aber wenn ich mich damit einverstanden erkläre, möchte ich zuerst einmal einen Verlobungsring. So groß, daß ich meine Hand kaum heben kann, wenn ich ihn trage. Und so wertvoll wie möglich. Damit ich ihn dann versetzen kann, wenn du am Spieltisch alles verloren hast.«

Val lachte und stand auf. »Das ist mein süßer Schatz«, sagte sie. »Immer pragmatisch.«

»Eine von uns beiden muß es ja sein«, sagte Kira. Sie schaute auf die Uhr. »Oje, der Einkauf wird wohl sehr kurz ausfallen. Ich dachte, ich wäre schon längst in der Stadt um diese Zeit.«

»Tut mir leid, daß ich dich aufgehalten habe«, entschuldigte Val sich.

Kira atmete tief durch. »Es ist wohl besser, gewisse Dinge vor der Ehe zu klären«, sagte sie. »Das haben wir ja nun getan.«

»Ja«, sagte Val. »Das haben wir getan.«

Kira lächelte wieder. »Kann ich als deine Ehefrau nicht auch verlangen, daß du nachts zu Hause bleibst, um ... hm ... deine ehelichen Pflichten zu erfüllen?«

»Die ganze Nacht?« fragte Val und machte ein gespielt erschrecktes Gesicht. »*Jede* Nacht? Ich weiß nicht, wie lange ich das aushalte.«

»Du bist jung und stark, du wirst es schon eine Weile schaffen«, bemerkte Kira mit provozierend blitzenden Augen.

Val trat auf sie zu und nahm sie in die Arme. »Es wird mir ein Vergnügen sein«, sagte sie schmunzelnd.

35

Obwohl sie Val versprochen hatte, es nicht zu tun, bemerkte Kira erst nach einiger Zeit, als ihr Blick zufällig auf den Tachometer fiel, daß sie mit dem Jaguar viel zu schnell fuhr.

Sie nahm den Fuß vom Gas und ließ das Auto langsamer werden. Man merkte aber auch wirklich nicht, wie schnell man mit diesem Luxusmobil unterwegs war, dachte sie. Das war eigentlich unfair. Man dachte, man führe langsam, und in Wirklichkeit war man schon fast bei hundert. Mit fünfzig oder sechzig hatte man das Gefühl, man würde sich kaum vorwärtsbewegen, nur kriechen.

Mit ihrem kleinen Flitzer war das ganz anders. Da merkte sie, wie schnell sie war. Was sie allerdings auch nicht dazu veranlaßte, langsamer zu fahren. Es machte einfach zu viel Spaß, um die Kurven zu fegen.

Die Überraschung, die Val ihr gerade eben bereitet hatte, beschäftigte sie immer noch. Mit Val nahmen die Überraschungen einfach kein Ende. Die angenehmen und die weniger angenehmen.

In letzter Zeit allerdings eher die angenehmen, das mußte sie zugeben. Wieso hatte sie so lange gebraucht, um zu erkennen, daß sie Val liebte? Daß sie sich so sehr von ihr angezogen fühlte, daß es keine oberflächliche Affäre sein konnte? Schon in der Bar damals, bei ihrer ersten Begegnung, hatte sie Val als aufregend empfunden, als anders, als ungewöhnlich.

Damals hatte sie nicht sehr viel Interesse für diese Empfindung gehabt, außer daß sie gern mit Val geschlafen hätte, um die negative Spannung, die Sibylles Betrug in ihr aufgebaut hatte, durch eine positive zu ersetzen … und sie dann einfach von sich abfallen zu lassen.

Val hätte Mittel zum Zweck sein sollen – was sie jedoch verweigert hatte. Eine neue Erfahrung für Kira, deren Reize normalerweise nie ihre Wirkung verfehlten, wenn sie sie gezielt einsetzte. Vielleicht hätte sie damals schon mißtrauisch werden sollen. Eine Frau, die ihr so widerstehen konnte, mußte einen starken Willen haben, einen stärkeren vielleicht sogar als Kira. Was ziemlich selten war.

Das hatte Val natürlich äußerst attraktiv gemacht, aber trotzdem hatte Kira nicht wahrgenommen, daß da noch etwas anderes war, etwas mehr Unterschwelliges. Ein Gefühl, das ihr sagen wollte, was

Val wirklich für sie bedeuten könnte.

Es hatte immer Spaß gemacht, mit Val zusammenzusein – na ja, fast immer –, und Kira hatte sich nie mit ihr gelangweilt. Sie konnte Val nicht einschätzen, sie wußte nicht, was Val dachte, dieses spöttische Lächeln, das sie stets zur Schau trug, hatte alles versteckt, was darunter, dahinter noch hätte verborgen sein können.

Mittlerweile kannte sie Val sicherlich etwas besser, aber die Enthüllung heute mit ihrem zweiten Beruf ... das hatte Kira nicht voraussehen können. So etwas hätte sie nie vermutet. Und sie fragte sich, was noch alles in Val steckte, was sie, Kira, nicht wußte oder nur erfahren würde, wenn Val so gnädig sein sollte, es preiszugeben.

Sie war in der Stadt angekommen und stellte den Wagen ab, nicht weit vom *Kinderparadies*, in dem sie einkaufen wollte. Melanie war besorgt, daß sie ihrem Kind – ohne die Unterstützung ihrer Eltern – nicht würde geben können, was sie ihm geben wollte, und Kira wollte sie beruhigen. Melanies Kind sollte alles haben, was es brauchte, egal, ob Melanie es sich leisten konnte oder nicht. Schließlich hätte Kira das ja auch getan, wenn Melanie ... gestorben wäre.

Sie erschrak vor dem Gedanken, wie immer, aber dennoch hatte sie nicht das Gefühl, ihre Liebe zu Melanie würde dadurch zurückkehren. Melanie und ihr Kind waren irgendwie ... dasselbe. Zwei Leute, für die Kira sorgen mußte, für die sie sich verantwortlich fühlte. Melanie schien kaum für sich selbst sorgen zu können.

Melanie hatte ziemlich genaue Vorstellungen geäußert, was die Bedürfnisse ihres Kindes anging, also schnappte Kira sich ganz gezielt einige Sachen von den Regalen und ging schnell zur Kasse. Ein Blick auf die Uhr zeigte ihr, daß sie sich bei ihrem Kunden würde entschuldigen müssen, aber das passierte öfter, wenn Termine länger dauerten als geplant. Bei männlichen Kunden war die Entschuldigung nie ein Problem, Kira brauchte sie nur anzulächeln, und sie waren Wachs in ihren Händen, verziehen ihr alles.

Mit allerlei Tüten bepackt verließ Kira das Geschäft und schlug den Weg zum Auto ein. Glücklicherweise hatten Luxuswagen wie dieser ein System, bei dem man den Schlüssel zum Öffnen nicht brauchte. Der Wagen erkannte den Schlüssel, sobald er sich in wessen Tasche auch immer – dem Auto näherte, und öffnete zuvorkommend die Türen.

Kira packte die Tüten in den Kofferraum und hatte ihn gerade wieder geschlossen, als sie plötzlich eine Stimme hörte.

»Aha, Val will seßhaft werden? Legt sich Frau und Kind zu?«

Kira fuhr herum, denn die Stimme war von hinten gekommen.

Vals blonde Ex-Freundin lächelte sie ziemlich bösartig an. »Man sieht ja noch gar nichts. Wann ist es denn soweit?«

Kira brauchte eine Sekunde, um zu begreifen, was die Blonde meinte. Sie wollte schon die Wahrheit sagen, als sie sich plötzlich anders entschied. »Manchmal sieht man fast bis zum Schluß nichts«, sagte sie.

»Also bald?« Die Blonde hob die Augenbrauen. »Sieh einer an. Val und Familie. Ziemlich ungewöhnlich bei ihrem . . . Beruf.«

»Damit wird sie kürzertreten müssen«, sagte Kira und ging nach vorn zur Fahrertür.

»Ach? Du weißt Bescheid? Sie hat es dir gesagt?« Die Blonde schien erstaunt.

»Wir haben keine Geheimnisse voreinander«, sagte Kira. »Wir sind verheiratet.« Damit griff sie den Ereignissen zwar etwas voraus, aber sie konnte den Gesichtsausdruck dieses kleinen Terriers – Val hatte recht gehabt, sie sah wirklich so aus – nicht mehr länger ertragen, ohne sich zu wehren. »Und im übrigen möchte ich Sie bitten, mich nicht zu duzen. Wir kennen uns schließlich überhaupt nicht.«

»Hoppla, ein Sensibelchen!« Die Blonde lachte. »Das solltest du dir abgewöhnen, wenn du in Vals Branche verkehrst. Das wird dir dort nicht viel nützen.«

»Ich . . . verkehre nicht in Vals Branche, wie Sie es nennen, und Val wird das bald auch nicht mehr.« Kira öffnete die Tür.

»Was für Neuigkeiten«, sagte die Blonde, anscheinend interessiert. »Bist du dir da auch ganz sicher?«

»Ich wüßte nicht, was Sie das angeht.« Kira setzte sich in den Wagen und wollte die Tür schließen.

Die Blonde hielt die Tür fest und beugte sich zu Kira hinunter. »Paß mal auf, du süßes Kind. Du bist nicht die erste, und du wirst auch nicht die letzte sein. Val wird ihr Leben nie ändern – für keine Frau. Sie wird ihr Leben erst ändern, wenn ich sie dazu zwinge.«

»Ich brauche sie nicht dazu zu zwingen, sie tut es freiwillig«, entgegnete Kira mit einem kalten Blick auf die Frau, die sich in ihr Blickfeld drängte. »Was wohl für sich selbst spricht.«

»O ja«, sagte die Blonde hämisch grinsend. »Vor allem dafür, daß du das glaubst. Grüß sie von mir. Ich komme vielleicht demnächst mal vorbei.« Sie ließ die Tür los.

»Ich glaube nicht, daß wir dann zu Hause sind«, sagte Kira und schlug ihr die Tür vor der Nase zu.

36

Holst du mich heute abend im Hafen ab?« fragte Val am Telefon. »Ich habe kein Auto. Wir können dann zusammen zurückfahren.«

»Ist gut«, sagte Kira. »Wann bist du fertig?«

»Hm ...« Val zögerte.

Kira hob argwöhnisch die Augenbrauen. »Was ist?« Sie seufzte. »Erzähl mir nicht, daß ich dich nur abholen soll, damit du dann gleich wieder für die Nacht verschwindest. Dann komme ich nämlich nicht. Nimm dir ein Taxi.«

»Nein«, sagte Val. »So ist es nicht. Versprochen.«

»Du bleibst heute nacht zu Hause?«

»Das hatte ich vor, ja.« Val schien zu lächeln. »Holst du mich also ab?«

»Wehe, du sagst mir nicht die Wahrheit«, drohte Kira.

»Ich habe nicht vor, das Haus heute nacht zu verlassen«, versprach Val. »Großes Ehrenwort.«

»Dann komme ich so kurz nach neun«, sagte Kira. »Ist das in Ordnung? Ich habe noch eine Kundin um acht, das dauert ein bißchen länger.«

»In Ordnung«, sagte Val. »Ich warte auf dich. Komm einfach zum Jachtbüro.«

»Bis dann«, sagte Kira und legte auf.

Als sie abends am Hafen eintraf, war der Kai bereits ziemlich verlassen. Ein paar Leute bummelten noch ziellos herum, aber der Schiffsbetrieb war natürlich längst eingestellt.

In Vals Büro nahe der Hafenmauer brannte Licht, und Kira konnte von außen durch das große Fenster hineinsehen. Sie blieb einen

Moment stehen und betrachtete Vals Gestalt, die anscheinend voll konzentriert etwas auf ein Blatt Papier schrieb.

Kira schüttelte ein wenig den Kopf. Warum war Val das nicht genug, das Jachtgeschäft? So viele Touren, wie sie veranstaltete, war sie damit doch schon ziemlich ausgelastet. Warum mußte sie trotzdem noch spielen, das Risiko eingehen zu verlieren?

In diesem Moment blickte Val auf. Sie erkannte Kira und lächelte. »Ich komme sofort«, rief sie laut genug, daß Kira sie draußen verstehen konnte. Sie faltete das Blatt Papier zusammen und steckte es in die Brusttasche ihrer Jacke, stand auf, blickte sich nach ihrem Schlüssel um und ging dann zur Tür. Das Licht im Büro verlosch, gleich darauf trat Val durch die Tür auf Kira zu, gab ihr einen Kuß zur Begrüßung und schloß dann ab. »Mußtest du dich sehr beeilen?« fragte sie.

Kira schmunzelte. »Nein, ich habe den Jaguar nicht gegen einen Baum gefahren. Dein Baby steht völlig unbeschadet am Kai.«

»*Du* bist mein Baby«, sagte Val, griff nach Kira und zog sie zu sich heran.

»Ach, apropos ...«, sagte Kira. »Ich bin schwanger. Wußtest du das schon?«

Val starrte sie an. »Was?«

Kira lachte und hängte sich bei Val ein. »Deine blonde Freundin meinte das. Ich habe sie heute in der Stadt getroffen, vor dem *Kinderparadies*. Sie hat wohl gedacht, ich kaufe für unser Baby ein.«

»Was wollte sie?« fragte Val. Ihre Stimme klang etwas unterdrückt.

»Mich davon überzeugen, daß du nicht die richtige Co-Mutter für mein Kind bist – und für mich nicht die richtige Frau.« Kira lachte erneut, während sie am Kai entlangschlenderten. »Logischerweise ist sie die richtige Frau für dich, nicht ich.« Sie warf einen Blick auf Val. »Sie muß immer noch furchtbar verliebt in dich sein. Das grenzt ja schon an Besessenheit.«

»Es grenzt nicht nur«, bemerkte Val. »Sonst hat sie nichts gesagt?«

»Ach, nur eine Menge Unsinn über deinen Beruf. Ich meine, über das Spielen. Sie hat es deine *Branche* genannt. Merkwürdige Bezeichnung.«

Val ging eine Weile stumm neben ihr her. »Das war alles?« fragte sie dann.

»Na ja ...« Kira blieb stehen. »Sie meinte, du würdest dein Leben nie ändern – für keine Frau. Nur sie könnte dich dazu zwingen. Weißt du, was sie damit gemeint hat?«

»Das sind ihre Wunschvorstellungen«, sagte Val. »Vergiß es. Hat Melanie sich über die Sachen gefreut?«

Der abrupte Themenwechsel überraschte Kira etwas. »Ja«, sagte sie. »Sehr. Sie freut sich schon darauf, in meiner Wohnung das Kinderzimmer einzurichten, wenn sie entlassen wird.«

»Schön«, sagte Val. Sie begann leicht zu lächeln. »Und weißt du, worauf ich mich jetzt freue?«

»Ich kann's mir vorstellen«, erwiderte Kira leicht blinzelnd.

»Nein, kannst du nicht.« Val schmunzelte. »So weit sind wir noch nicht. Ich habe einen Tisch im Hafenrestaurant reserviert und die Spezialität des Hauses vorbestellt. Das Gericht dauert nämlich ungefähr drei Stunden, bis es fertig ist.«

»Ach?« Kira blickte sie erstaunt an. »Ich wußte nicht, daß wir essen gehen.«

»Ich dachte, zur Feier des Tages ...«, sagte Val. »Immerhin habe ich heute das erste und das letzte Mal einer Frau einen Antrag gemacht.«

»Dann ist es ja so eine Art Verlobungsfeier«, sagte Kira.

»Den Ring habe ich noch nicht«, sagte Val, »man könnte es vielleicht eine Vor-Verlobungsfeier nennen.«

»Wie auch immer.« Kira lächelte. »Nette Idee. Ich hätte fast schon etwas vom Imbiß mitgebracht, denn ich war mir ziemlich sicher, daß keine von uns beiden heute abend noch Lust gehabt hätte zu kochen.«

»Guter Witz«, sagte Val. »Als ob wir beide kochen könnten. Ich bin froh, daß ich Frau Eggers habe.«

»Ich auch.« Kira seufzte. »Meine Mutter hat wirklich versucht, mir das Kochen beizubringen, aber es hat mich nie interessiert.«

»In meiner Familie gab es immer Personal für so etwas«, sagte Val. Sie hielt Kira die Tür auf, und sie betraten das Restaurant. »Ich war später dann sehr erstaunt, als ich herausfand, daß es Leute gibt, die tatsächlich selbst kochen. Oder putzen, waschen, was auch immer so zu tun ist.«

»Wir hatten auch Personal«, sagte Kira, »aber meine Mutter meinte, wir Kinder müßten auch etwas selbst tun, damit wir wissen, was es wert ist. Wir fanden das immer höchst merkwürdig.« Sie lachte. »Als Kind dachte ich, es gibt die Heinzelmännchen wirklich. Wenn ich irgendein Zimmer verließ und etwas liegengelassen oder in Unordnung gebracht hatte, war alles wieder in Ordnung, sobald ich zurückkam. Ich habe mir nie Gedanken darüber gemacht, wie das geht.«

»Als ich alt genug dazu war, habe ich die Dienstmädchen immer beobachtet«, erzählte Val. »Weniger weil ich wissen wollte, was sie tun, sondern mehr ... na ja ... weil ich sie interessant fand.«

Kira blickte sie tadelnd an. »Wie alt warst du da?«

»So etwa acht, glaube ich«, sagte Val. »Eines der Dienstmädchen hat eine Zeitlang mit mir in meinem Bett geschlafen, weil ich«, Val räusperte sich, »weil ich behauptet habe, ich könnte allein nicht schlafen.«

»Mit acht Jahren?« Kira starrte sie wirklich überrascht an. »Du hast mit acht Jahren schon die Dienstmädchen belästigt?«

Vals Mundwinkel zuckten. »Ich glaube nicht, daß sie es als Belästigung empfunden hat.«

»Du bist wirklich unglaublich.« Kira setzte sich auf den Stuhl, den Val ihr zurechtgerückt hatte.

»In unseren Kreisen«, Val schaute kurz zum Fenster hinaus, »war es früher immer üblich, daß der Nachwuchs des Hauses von den Dienstmädchen in alle Geheimnisse eingeweiht wurde«, sagte sie. »Nicht daß ich das gut finde. Aber zumindest konnte sie von mir nicht schwanger werden.«

»Super«, sagte Kira. »Das ist ja wirklich Mittelalter.«

»Ja«, gab Val zu. »Aber genauso wie du über deine ›Heinzelmännchen‹ habe ich mir lange Zeit keine Gedanken darüber gemacht. Es war einfach so. In allen Familien, die ich kannte. Ebenso wie die Ansichten, die in diesen Familien herrschten. Spanien ist nicht – wie soll ich sagen? – nicht so wie beispielsweise Deutschland. Es werden immer noch viele alte Traditionen als selbstverständlich betrachtet, auch wenn sie vielleicht nicht mehr zeitgemäß sind.«

»Wie Dienstmädchen zu schwängern?« Kira schüttelte mißbilligend den Kopf.

»Leider«, sagte Val. »Vieles ist sehr ... verkrustet. Rituale ohne Sinn. Vorstellungen davon, wie man zu sein hat. Es ist schwer, sich dagegen durchzusetzen. Manchmal hat man das Gefühl, die Aristokratie ist trotz allem, was bis heute geschehen ist, in Columbus' Zeiten stehengeblieben.«

»Meine Mutter hat auch sehr feste Vorstellungen«, sagte Kira. »Ihre Familie ist vielleicht nicht aristokratisch, aber schon sehr alt und hochangesehen. Dennoch –«, sie schüttelte erneut den Kopf, »würde sie so etwas nie unterstützen.«

Val hob ihr Glas. Der Wein hatte schon auf dem Tisch gestanden, als sie kamen. Anscheinend hatte Val den auch vorbestellt. »Das ist eben der Unterschied zwischen Aristokratie und Bürgertum«, sagte sie. »Aristokraten machen sich nie Gedanken über Menschen, die ihrer Ansicht nach unter ihnen stehen.«

»Du auch nicht?« fragte Kira.

Val lächelte etwas abwesend. »Ich bin nicht wie meine Familie. Deshalb haben sie mich ja rausgeworfen.«

»Und dabei hast du doch die Tradition mit den Dienstmädchen eingehalten«, bemerkte Kira sarkastisch.

»Das war ...«, Val starrte in die Luft, »Sie mochte mich wirklich. Und ich mochte sie. Es hatte weniger etwas mit Traditionen zu tun.« Sie lächelte Kira an. »Bitte laß uns von etwas anderem reden. Stoß mit mir an. Auf unsere ... Verlobung.«

Kira mußte unwillkürlich ebenfalls lächeln. »Ohne Verlobungsring stoße ich nicht darauf an.«

»Hier.« Val zog etwas aus der Tasche. »Nimm den als Ersatz.« Sie legte den Ring vor Kira auf den Tisch.

»Bernstein«, sagte Kira. »Und den trägst du immer bei dir? Falls du ihn mal brauchen solltest?« Sie hob die Augenbrauen.

Val lächelte neckend. »Natürlich. Man weiß ja nie, wann die richtige Frau vorbeikommt.« Sie beugte sich vor. »Er gehört eigentlich zu der Kette und den Ohrringen, die ich dir geschenkt habe. Ich wollte ihn dir damals schon geben, aber irgendwie ...«, sie verzog das Gesicht, »sind wir dann nicht mehr dazu gekommen.«

Kira sah leicht schuldbewußt aus. »Ich weiß«, sagte sie. Sie nahm den Ring und betrachtete ihn. »Aber selbst anstecken kann ich ihn mir nicht. Das mußt du schon tun.«

»Mit dem größten Vergnügen.« Val schaute sie zärtlich an, nahm ihr den Ring ab, ergriff ihre Hand und schob ihr den Ring auf den Finger. »Paßt perfekt«, sagte sie und hauchte einen Kuß darauf.

»Deshalb verzichte ich aber nicht auf den großen«, sagte Kira. Ihre

Mundwinkel zuckten.

Val lachte. »Das habe ich schon in Gang gesetzt. Er muß extra angefertigt werden.«

»Aber vielleicht«, Kira hob ihr Glas und stieß leicht mit Val an, »brauche ich ihn ja gar nicht, weil du die Spielerei aufgibst.« Ihre Augen blickten unschuldig fragend.

Val trank, stellte ihr Glas ab und lehnte sich zurück. »Das ist nicht so leicht, wie du denkst«, sagte sie.

»Es gibt Therapien für so was«, sagte Kira.

»Therapie?« Val lachte überrascht auf. »Dafür? Nein, das glaube ich nicht.«

»Aber natürlich«, sagte Kira. »Das weißt du genauso gut wie ich.«

»Hm, ja. Vielleicht hast du recht.« Val schien nicht näher darauf eingehen zu wollen. »Ich überlege es mir.« Sie beugte sich wieder vor. »Aber nicht heute nacht, oder?« Ihre Augen versanken in Kiras.

Kira lächelte. »Ich weiß nicht, ob das mit dem Restaurant so eine gute Idee war«, sagte sie leise.

»Doch. Schau, was da kommt.« Val richtete sich auf, damit die Bedienung servieren konnte. Hier gab es keine schicken Kellner und weißen Tischdecken, es war ein einfaches Restaurant, eigentlich eher eine Kneipe, in der der Wirt selbst kochte und seine Frau bediente.

»Danke«, sagte Kira und nickte der Bedienung lächelnd zu. »Das sieht köstlich aus. Und riecht noch besser.«

»Lassen Sie es sich schmecken.« Die Frau lächelte auch und ging dann zur Theke zurück.

»Auch wenn ich mich sehr auf den Nachtisch freue«, sagte Val mit einem mutwilligen Funkeln in den Augen, »würde ich vorschlagen, daß wir langsam essen. Damit die drei Stunden Zubereitungszeit gerechtfertigt sind.«

»Du hattest absolut recht«, sagte Kira, als sie eine ganze Weile später zurückfuhren. Val saß am Steuer des Jaguars, und Kira konnte sich ganz dem Nachgenuß des Essens hingeben. »Es war die drei Stunden Zubereitung wert.«

»Ich glaube, etwas Sport zum Nachtisch wird uns beiden wirklich gut tun.« Val grinste.

»Puh.« Kira wandte den Kopf zu ihr. »Alle Positionen, bei denen du auf mir liegst, sind heute gestrichen.«

Val lachte. »Einverstanden.« Sie bremste und bog in die Straße ab, in der ihr Haus lag. Langsam rollte der Jaguar die dunkle Allee hinunter, und Val griff nach der Fernbedienung, um das Tor zu öffnen. Dann stutzte sie. »Was ist das denn?« murmelte sie und zog die Augenbrauen zusammen.

Im nächsten Moment hielt der Wagen mit einem Ruck an, Val haute den Rückwärtsgang rein, daß es krachte, und fuhr mit kreischenden Reifen rückwärts den Weg zurück, den sie gekommen waren. An der Kreuzung zog sie die Handbremse für eine kurze Sekunde an, damit der Wagen herumschleuderte, und raste dann in die entgegengesetzte Richtung davon.

Kira starrte sie an und hielt sich an der Tür fest. »Und du machst mir Vorwürfe, daß ich den Jaguar nicht sanft genug behandle?«

Val antwortete nicht. Sie starrte mit angespanntem Gesicht vor sich auf die Straße, die die Scheinwerfer erleuchteten. Dabei raste sie über sämtliche Kreuzungen und rote Ampeln, so daß Kira nur hoffte, niemand würde in diesem Augenblick gerade von der anderen Seite kommen.

Bei dieser Geschwindigkeit waren sie in einem Bruchteil der Zeit, die sie zuvor gebraucht hatten, wieder am Hafen angekommen.

Val sprang aus dem Wagen, riß ihre große Reisetasche aus dem Kofferraum heraus (Wo kam die plötzlich her? fragte Kira sich. Zuvor war der Kofferraum leer gewesen.), griff nach Kiras Hand und zog sie mit sich zu einer Jacht. Es war die *Kira*.

»Was ist denn los?« fragte Kira, die nur mühsam folgen konnte.

»Ich erklär's dir später«, sagte Val und sprang mit ihr an Deck. Sie ließ Kira los, rannte zum Steuerhaus, und schon einen Augenblick später hörte Kira den Motor aufheulen. »Mach die Leinen los!« rief Val.

»Was?« Kira wußte nicht, was Val meinte.

»Ach, verdammt!« Val kam zurückgerannt, nahm ein Beil, das am Steuerhaus befestigt war, und schlug die Leinen durch. »Keine Zeit.« Schon war sie wieder im Steuerhaus verschwunden, das Wasser wirbelte hinter dem Schiff auf, und sie fuhr rückwärts los.

Langsam erholte Kira sich wieder, auch wenn sie immer noch nicht wußte, was hier los war. Sie ging oder schwankte eher, denn das Schiff legte sich dauernd von einer Seite auf die andere, und sie mußte sich links und rechts festhalten, ins Steuerhaus. Val hatte mittlerweile gedreht und fuhr vorwärts mit ziemlicher Geschwindigkeit auf die Hafenausfahrt zu.

»Hast du einen Geist gesehen?« fragte Kira. »Das ist ja wie eine Flucht.«

Val starrte zwar nach vorn, aber sie antwortete. »Einen Geist vielleicht nicht. Aber *sie* war am Haus. Ich wußte, daß eure Begegnung in der Stadt nicht ohne Folgen bleiben würde.«

»Unsere Begegnung?« Kira begriff zuerst nicht. Dann fiel es ihr ein. »Du meinst, am *Kinderparadies*?« Sie schüttelte den Kopf. »Wieso läufst du vor einer Ex-Freundin davon?«

»Ex-? Oh.« Val lachte. »Nein, das ist sie nicht. Sie ist –«, sie betrachtete Kira zweifelnd, dann fuhr sie fort: »Wir kennen uns nur beruflich.«

»Ihr Beruf oder deiner?« fragte Kira spitz.

Val lachte erneut. »Nein, sie ist nicht das, was du denkst.« Sie ließ den Motor aufheulen und erhöhte die Geschwindigkeit, so daß die Gischt über das ganze Deck schäumte. »Ich habe leider keine Zeit, dir das jetzt zu erklären. Wir müssen erst mal hier weg.«

Eine ganze Weile schien Val so angespannt, daß Kira nichts mehr zu fragen wagte, wenn ihr das alles auch sehr merkwürdig erschien. Sie blickte auf die Uhr. Fast eine Stunde, und sie waren immer noch wie es ihr schien mit Höchstgeschwindigkeit unterwegs.

Dann endlich drosselte Val den Motor. Sie atmete tief durch. »Keine Gefahr mehr. Wir haben die deutschen Hoheitsgewässer verlassen.«

»Gefahr?« Kira runzelte die Stirn. »Val, wovon sprichst du?«

»Von der Zollfahndung.« Val lehnte sich an die Wand des Steuerhauses zurück und schaute auf das schwarze Meer hinaus, auf dem sie nun in normaler Geschwindigkeit dahinglitten. »Meine ...«, sie wandte ihr Gesicht zu Kira, »*Freundin*, wie du sie nennst, gehört dazu.«

»Zollfahndung?« Kira verstand kein Wort. »Was hast du denn mit der Zollfahndung zu tun?«

»Am liebsten nichts.« Val lachte leicht. »Aber leider läßt sich das nicht immer vermeiden.«

»Val ...« Kiras Stimme klang warnend. »Ich schlage dich gleich. Du machst mich wütend mit deiner Geheimniskrämerei.«

»Ich weiß.« Val seufzte. »Camila hat mir gesagt, daß es so kommen würde, und natürlich hatte sie wie immer recht.«

»Camila?« Kira runzelte die Stirn erneut. »Sie ist auch bei der Zollfahndung?«

Val lachte laut auf. »Gut, daß sie das nicht gehört hat!« Sie sah Kira an. »Das ist eine lange Geschichte.«

»Vielleicht kannst du sie mir ja erzählen, wenn wir wieder zu Hause sind«, sagte Kira.

»Zu Hause?« Val hob die Augenbrauen. »Dahin können wir nicht mehr zurück. Das heißt«, korrigierte sie sich, »du kannst natürlich schon zurück. Aber ich nicht.«

»Was? Wieso?« Kira legte eine Hand auf Vals Arm. »Bitte, sag mir, was los ist. Laß mich nicht so im Dunkeln tappen. Ich hasse das.«

»Ja, sicher«, sagte Val. »Würde ich an deiner Stelle wahrscheinlich auch.«

»Val!« Kira boxte Val hart in den Arm. »Hör auf damit!«

Val schaute sie an und rieb sich die Stelle, an der Kiras Faust sie getroffen hatte. »Am besten, ich setze dich ab, sobald es hell wird. Von Swinemünde bist du schnell wieder in Greifswald. Geh in deine Wohnung. In meinem Haus werden sie mittlerweile das Unterste zuoberst gekehrt haben. Deine Sachen bestimmt auch. Aber sie geben sie dir wahrscheinlich zurück, wenn sie merken, daß du nichts mit der Angelegenheit zu tun hast. Mir wäre es allerdings lieber, du würdest die Sachen einfach abschreiben und dir neue kaufen. Wer weiß, auf was für Gedanken sie kommen, weil deine Kleider in meinem Schrank hängen. Ich möchte nicht, daß du Ärger bekommst.«

»Du bekommst gleich Ärger«, sagte Kira. »Mit mir. Was soll ich in Swinemünde? In Polen? Warum willst du mich da hinbringen? Und was für eine Angelegenheit? In was bist du da verwickelt?«

»Verwickelt ... ist nicht der richtige Ausdruck«, sagte Val. »Ich betreibe es. Es ist mein Geschäft.«

»Noch eins?« fragte Kira. »Dein dritter Beruf neben Jachtverleih und Spielen?«

Val lachte leicht. »Nicht so ganz. Ich spiele nicht. Ich habe einmal ein bißchen Geld damit verdient, früher, aber heute spiele ich nur noch zum Vergnügen – wenn überhaupt. Glücksspiele finde ich nicht besonders spannend. Ich möchte Einfluß auf den Ausgang eines

Spiels haben.«

»Na ja, wenigstens etwas«, sagte Kira. »Du spielst nicht. Also muß ich meine Mutter nicht anrufen.«

»Nicht deshalb«, sagte Val. »Nein.«

»Und?« Kira blickte sie auffordernd an.

Val verzog etwas unglücklich das Gesicht. »Es ist besser, wenn du nichts darüber weißt. Falls sie dich verhören sollten –«

»Verhören? Weshalb? Spinnst du?« Kiras Ärger wuchs.

»Ganz sicher nicht«, sagte Val. »Ich war selten so klar wie jetzt. Endlich sehe ich wieder klar.« Sie strich sanft mit ihren Fingern über Kiras Gesicht. »Ich war verantwortungslos. Dir gegenüber. Den anderen gegenüber. Ich hätte nie –« Sie brach ab, schaute aufs Meer hinaus, schien sich zu sammeln. Dann kehrte ihr Blick zu Kira zurück. »Ich habe mich so furchtbar in dich verliebt, daß ich alles vergessen habe, was wichtig ist. Ich dachte –« Sie lachte hohl auf. »Ja, das dachte ich wirklich. Ich dachte, ich könnte ein ganz normales Leben führen. Mit dir. Wie dumm von mir.« Sie schaute Kira gequält an. »Wie über alle Maßen dumm. Ich hätte es besser wissen müssen.«

»Du nimmst deinen Antrag zurück?« fragte Kira.

»Ich hätte ihn nie machen dürfen.« Val atmete tief durch. »Warum habe ich nicht auf Camila gehört?«

»Schon wieder Camila.« Kiras Kopf begann zu rauchen, und am liebsten hätte sie auch Feuer gespien wie ein Drache. »Was zum Teufel hat sie mit dem allen zu tun? Ich dachte, sie wäre eine etwas exzentrische, reiche alte Dame, die auf einer Burg lebt, weiter nichts.«

Val lachte erneut auf. »Sie ist viel mehr. Sie ist –« Sie wandte sich von Kira ab. »Nein, ich erzähle es dir nicht. Es würde dir nur schaden. Sie ist eine exzentrische alte Dame. Das ist alles, was du wissen mußt. Am besten vergißt du, daß du sie je kennengelernt hast.«

»Das werde ich bestimmt nie vergessen«, sagte Kira. Diesmal klang ihre Stimme weich. »Diese Nacht … als wir getanzt haben … Es war wie ein Traum.«

»Genau«, sagte Val und drehte sich wieder zu ihr um. »Betrachte es als das: einen Traum. Nichts davon war real. Es war alles nur Pappmaché. Wie der Ball, auf dem Aschenputtel ist, und dann … um Mitternacht … ist alles vorbei. Als wäre es nie geschehen.«

»Ich bin aber nicht Aschenputtel«, sagte Kira, »und es war lange nach Mitternacht, als wir nach Hause kamen.«

»Das sind doch nur Details.« Vals Gesicht verzog sich erneut, als würde sie ein innerer Schmerz peinigen. »Es war eine ... Karnevalsveranstaltung. Ein Kostümball. Die Burg ist nicht bewohnt, sie ist nur eine Kulisse. Gemietet für den Anlaß. Camila wohnt da nicht. Es war alles nur eine Illusion. Etwas exzentrisch ist sie in der Tat, und sie denkt sich jedesmal so etwas für ihren Geburtstag aus. In ganz Europa. Der Ort wird immer erst kurz zuvor bekanntgegeben. Und diesmal war es eben die Burg. Jetzt steht sie wieder leer.«

»Dann kann ich ja hinfahren und mir alles ansehen«, sagte Kira. »Wenn ich zurück bin.«

Val seufzte tief auf. »Kira ...«

»Ich würde sie antreffen, nicht wahr?« Kira spitzte die Lippen. »Ich wußte, daß es nicht stimmt. Du willst mich nur von ihrer Fährte abbringen. Warum?«

Val musterte sie besorgt. »Weil es gefährlich ist, Camila zu kennen. Für dich. Ich hätte dich nie mit ihr bekanntmachen dürfen.«

Kira war für einen Moment sprachlos. »Gefährlich?« fragte sie dann. »Für mich? Aber für dich nicht?«

»Nein, ich – nicht so«, sagte Val. »Ich gehöre zu ihrem Clan. Du nicht.«

»Clan.« Kira runzelte überlegend die Stirn. »Das hast du schon mal erwähnt. Damals, als wir auf der Burg waren. Aber du hast mir nie erklärt, was es bedeutet.«

»Es bedeutet, daß Camila die absolute Macht hat – über Leben und Tod«, sagte Val ernst. »Es ist ihre Entscheidung, ob sie sie nutzt oder nicht.«

»Hört sich an wie – ich weiß nicht. Der Pate«, sagte Kira.

Val preßte die Lippen zusammen.

»Du meinst, sie ist tatsächlich ... so was?« fragte Kira entgeistert. »Und du bist ... du gehörst dazu?«

»Ich – Sie hat mir das Leben gerettet«, sagte Val. »Daher stammt die Narbe an meinem Bauch. Eine Meinungsverschiedenheit aus meiner Zeit als Berufsspielerin. Der Verlierer war der Meinung, ich hätte zu Unrecht gewonnen. Ich war so gut wie tot, als sie mich fanden. Camila hat dafür gesorgt, daß ich weiterleben durfte. Obwohl mir damals nicht viel daran lag. Sie hat mir einen neuen Sinn im Leben gegeben, ein neues Leben, könnte man sagen. Dafür bin ich ihr zu ewigem Dank verpflichtet.«

»Aber du kannst doch nicht –« Kira legte die Hände ineinander und versuchte sich in diesem Chaos einen Weg zu bahnen. »Du bist doch nicht –« Sie holte tief Luft. »Bringst du Leute um?«

»Nein.« Val lachte fast etwas erleichtert auf. »Nein, nein, nein. So etwas tue ich nicht. Und ich versuche jeden davon abzuhalten, der es tun will. Auf meinen Schiffen gibt es keine Toten. Und bei nichts, woran ich beteiligt bin.«

»Auf deinen ... Schiffen? Du meinst ... ich dachte ... das sind doch Touristen, die du herumfährst, keine Verbrecher.«

»Ja, es sind wirklich Touristen. Meistens«, sagte Val. »Das ist die beste Tarnung. Und ich komme überall hin, wo ich hin will. Und auch wieder hinaus.«

Kira atmete tief durch und schüttelte den Kopf. »Ich verstehe das alles nicht. Was tust du?«

Val lächelte leicht. »Erinnerst du dich an den Kaviar, den wir bei Dimitrij gegessen haben? War der nicht gut?«

»Ja.« Kira runzelte die Stirn. »Der war gut.«

»Den hatte Dimitrij von mir«, sagte Val. »Ich habe ihn ihm geliefert. Billiger als jeder andere Lieferant liefern könnte, weil ... nun ja, ich habe ihn selbst importiert und mußte bei der Einfuhr keinen Zoll zahlen.«

»Du schmuggelst«, sagte Kira plötzlich, als ob sich gerade ein Geistesblitz an die Oberfläche gedrängt hätte. »Du bist eine Schmugglerin. Das ist dein Geschäft.«

»Ich würde eher sagen, ich bin eine flexible Unternehmerin, die die Chancen ergreift, die sich ihr bieten«, erwiderte Val. »Aber der Zoll sieht das leider anders. Das Zollkriminalamt ist schon lange hinter mir her, vor allem in Gestalt der Dame, die du kennengelernt hast. Sie glauben zu wissen, was ich tue, aber sie können es nicht beweisen. Das treibt den kleinen Terrier fast zum Wahnsinn.«

»Du meine Güte«, sagte Kira. Sie schwankte etwas.

»Willst du dich setzen?« Val nahm fürsorglich ihren Arm. »Komm.« Sie überprüfte etwas am Steuer und legte einen Schalter um. »Wir gehen nach unten. Der Autopilot kann das allein. Ich glaube, du mußt dich hinlegen.«

»Erzähl mir von Camila«, sagte Kira kurz darauf. Sie schaute Val an, die neben der Koje stand, in der Kira lag.

»Das ist nicht gut für dich«, entgegnete Val. »Je weniger du weißt, desto besser. Ich dachte, sie würde akzeptieren, daß wir beide ... wenn sie dich kennenlernt ... aber für Camila hat das Geschäft immer Vorrang. Und der Clan. Zu dem du nicht gehörst. Sie versteht, daß ich dich liebe, aber sie findet das nicht so wichtig.« Sie atmete tief durch. »In ihrem Alter ist es das wohl auch nicht mehr.«

»Komm her.« Kira streckte die Arme aus. »Komm zu mir.«

Val blickte zweifelnd auf sie hinunter. »Ich weiß nicht, ob das eine gute Idee ist.«

»Das ist immer eine gute Idee.« Kira lächelte. »Komm schon.«

Val glitt in ihre Arme und legte sich neben sie. »Für den Moment ... kann ich nicht zurück«, sagte sie leise. »Im Auto war noch mehr Schmuggelware als ich mitnehmen konnte. Meine Leute haben den Jaguar beladen, während wir essen waren.«

»Deshalb sollte ich dich abholen«, vermutete Kira.

»Nein.« Val wandte sich ihr zu und schaute sie an. »Ich wollte mit dir feiern. Ich dachte ... ich dachte, ich könnte beides haben, dich und das Leben, das ich führe. Aber das geht nicht.« Sie seufzte. »Deshalb ... deshalb müssen wir das hier beenden. Ich kann dich nicht dem Risiko aussetzen, auch noch darin verwickelt zu werden.« Sie schloß kurz die Augen und öffnete sie dann wieder. »Camila will, daß ich ihre Nachfolgerin werde. Sie redet in letzter Zeit viel davon, daß sie nicht mehr lange auf dieser Welt sein wird, und dann soll ich das Geschäft übernehmen. Sie hat sich in den letzten Jahren bemüht, mir alles beizubringen, was sie weiß. Sie verläßt sich auf mich.«

»Aber Val ...« Kira schüttelte den Kopf und hauchte einen Kuß auf Vals Lippen. »Das ist doch kein ... Familienbetrieb, den du übernehmen mußt. Das ist ... eine Verbrecherorganisation.«

Val zuckte zusammen. »So hart würde ich es nicht sagen. Camilas Clan ist über ganz Europa verstreut, Ost und West, und sie tauschen eben ... Geschenke aus.«

»Geschenke?« Kira lachte ungläubig auf. »Das glaubst du doch selbst nicht.«

»Nein«, sagte Val. Sie atmete tief durch und legte sich auf den Rücken. »Aber ich habe kein anderes Leben als das. Für meine Familie bin ich gestorben, weil ... weil sie eine lesbische Tochter für eine Strafe Gottes halten, die sie so schnell wie möglich loswerden mußten –« Sie schaute Kira ernst an. »Deshalb werde ich nie mehr etwas gegen Melanie sagen. Ich verstehe gut, wie sie sich fühlen muß.«

Kira strich Val die Haare aus der leicht schweißfeuchten Stirn. »Mein Liebling . . .«, sagte sie mitfühlend. »Und ich dachte, ich hätte einiges mitgemacht im Leben.«

»Hast du ja auch«, sagte Val. »Aber zumindest hast du Eltern, die dich akzeptieren so wie du bist. Das können weder Melanie noch ich behaupten.«

»Jetzt erst fällt mir auf, was für ein Geschenk das ist«, sagte Kira. »Ich werde meine Eltern anrufen, sobald ich kann und ihnen sagen, wie toll sie sind.«

»Das sind sie bestimmt.« Val lächelte etwas schmerzlich. »Ich hätte sie gern kennengelernt.«

»Du würdest dich gut mit meinem Vater verstehen«, sagte Kira sofort. Sie tippte Val leicht auf die Brust. »Du wirst. Ich werde dich ihnen vorstellen.«

»Wie denn?« Val schüttelte den Kopf. »Nein, mein süßer Schatz. Unsere Wege trennen sich morgen früh. Und vermutlich werden wir uns nie wiedersehen.«

»Nein!« Kira schrie unvermittelt auf. »Nein, nein, nein!« Sie richtete sich neben Val auf und preßte dann ihre Lippen auf Vals Mund. »Nein«, flüsterte sie. »Ich will dich nicht verlieren.« Ihre Hände strichen an Vals Körper hinab, und sie zog ihr das Hemd aus der Hose, um ihre nackte Haut berühren zu können. »Nein«, flüsterte sie erneut, und Tränen traten in ihre Augen, während sie Val erneut und noch heftiger küßte.

»Das hat doch keinen Sinn.« Val drückte gegen ihre Arme, so daß Kira ihre Lippen nicht mehr erreichen konnte. »Wir können jetzt miteinander schlafen – nichts würde ich lieber tun –, aber du mußt akzeptieren, daß es das letzte Mal sein wird.«

»Nein!« Kira stieß es erneut laut hervor. »Es muß eine andere Lösung geben!« Sie starrte in Vals Gesicht, als müßte dort die Lösung zu finden sein. »Mein Gott . . .«, wisperte sie. »Ich habe so lange gebraucht zu erkennen, daß ich dich liebe – und jetzt soll schon wieder alles vorbei sein?«

»Vielleicht hättest du dich etwas mehr beeilen sollen mit der Erkenntnis«, sagte Val und versuchte die Sache mit ihrem spöttischen Lächeln als harmlos erscheinen zu lassen. Aber das gelang ihr nicht. Das Lächeln verschwand.

»Ja, das hätte ich«, sagte Kira, und ihre Stimme klang entschlossen, »aber leider war es nicht so, und allein schon deshalb bin ich nicht bereit, so schnell aufzugeben. Ich werde einfach mit dir gehen. Punktum.«

»Das wirst du nicht.« Val richtete sich auf. »Du hast keine Ahnung, was das bedeutet. Von der Polizei gejagt. Das geht nicht. Du hast nichts getan.«

»Und du hast ... na ja ... ein bißchen geschummelt«, behauptete Kira. »Zölle sind sowieso Unsinn, die sollten abgeschafft werden. Du hast dem nur etwas vorgegriffen. Was soll also die ganze Aufregung?«

Val lachte überrascht auf. »Sagte ich nicht schon mal, daß du eine bemerkenswerte Art hast, dir die Realität zurechtzubiegen?«

»Wenn schon«, sagte Kira. »Auf jeden Fall bleibe ich bei dir. Das ist nicht verhandelbar.«

»Kira ... Liebling ...« Val beugte sich über Kira. »Oh, ich liebe dich so. Ich hätte nie gedacht, daß ich je eine Frau so lieben könnte.« Sie küßte Kira liebevoll und innig. »Ich weiß nicht, womit ich dich verdient habe.«

»Gar nicht«, sagte Kira. »Daran werde ich dich noch oft genug erinnern.«

»Ganz sicher.« Val lachte.

»Und nun komm ...« Kira flüsterte wieder. »Jetzt, wo ich weiß, daß du tatsächlich eine Piratin bist, nicht nur in meiner Phantasie, will ich deine Piratenbraut sein.« Sie zog Val zu sich herunter.

»Tut mir leid, daß das so plötzlich gekommen ist.« Val lachte leise. »Ich war mir nicht sicher, ob du nicht gelogen hast und vielleicht seekrank wirst. Daß du deshalb alle Einladungen zu einem Segeltörn abgelehnt hast.«

Kira schmunzelte. »Ich wollte nicht mitten auf dem Meer mit dir allein sein«, sagte sie. »Ich wußte nicht, was dann passieren würde. Und auf so engem Raum sind die Gegenstände, mit denen man um sich werfen kann, sicherlich begrenzt.«

Val lachte erneut, und ihre Augen waren voller Liebe, als sie auf Kira hinuntersah. »Ich liebe es, mich mit dir zu streiten«, sagte sie, »wenn die Versöhnung hinterher jedesmal so wundervoll ist.«

37

Frühstück.« Val kitzelte Kira an der Nase. »Auf See wird nicht bis in die Puppen geschlafen.«

Kira schlug die Augen auf. »Ich will kein Frühstück, ich will dich«, sagte sie.

»Nein, nein, heute nicht.« Val lachte. »Du mußt mir helfen, das Schiff zu segeln.«

»Segeln?«

»Natürlich. Deine Namensvetterin ist eine Segeljacht, schon vergessen?«

»Nein.« Kira richtete sich auf die Ellbogen auf und blinzelte. Sie war überhaupt noch nicht wach. »Aber ich kann nicht segeln.«

»Das lernst du schnell. Komm.« Val war schon aus der Kajütentür verschwunden.

»Es ist noch dunkel!« rief Kira ihr hinterher. »Können wir nicht bei Tag segeln?«

»Liebling, wir müssen noch einmal darüber reden«, sagte Val später, als alle Segel sich im Wind blähten. »Gestern ... na ja, du hast mich mal wieder mit deinem Charme über den Haufen geworfen, aber wenn man die ganze Sache vernünftig betrachtet ... Du mußt dich ja auch um Melanie kümmern, um das Geschäft ... du kannst nicht einfach wegbleiben.«

»Ich mache Urlaub«, sagte Kira. »Auf unbestimmte Zeit.«

»Bitte, noch mal: Sei vernünftig.« Val schaute sie mit ernstem Blick an. »Du hast gesagt, du willst und kannst Melanie nicht im Stich lassen. Was wird mit ihr passieren, wenn du nicht da bist?«

»Sie hat den Schlüssel zu meiner Wohnung«, sagte Kira. »Sie wird schon zurechtkommen.«

»Bist du dir da so sicher? Du brauchst die Einnahmen aus dem Geschäft, um die Hypothek zu bezahlen. Was passiert, wenn keine Einnahmen mehr da sind?«

»Mußt du so schrecklich logisch sein?« Kira wurde ärgerlich. »Können wir nicht einfach genießen, daß wir zusammen sind? Hier, ganz allein, auf dem Meer, wo niemand uns stört?«

»Das würde ich so gern, mein Schatz.« Vals Blick zeigte, wie hin- und hergerissen sie war. »Aber selbst wenn ich akzeptieren könnte, daß du mit mir gehst, du hast die Verantwortung für Melanie und ihr Baby. Du hast es ihr versprochen. Ich will nicht, daß du dein Versprechen brichst.«

»Verflucht!« Kira fuhr auf. Sie versuchte sich zu beruhigen. »Ich werde meine Mutter anrufen. Sie kann sich um Melanie und die Kleine kümmern. Viel besser als ich.«

»Wenn Melanie das gewollt hätte, wäre sie gleich bei deiner Mutter geblieben«, erinnerte Val sie.

»Na gut, na gut!« Kira hob die Hände. »Ich werde mich um sie kümmern, in Ordnung. Aber ich lasse dich nicht allein. Schon gar nicht, wo dieser kleine Terrier dir auf den Fersen ist. Wer weiß, was passiert, wenn sie dich findet?«

Val grinste. »Hast du Angst, sie raubt mir die Sinne und verführt mich?«

»Quatschkopf.« Kira gab ihr einen Stups auf den Hinterkopf. »Nein, im Ernst. Wo willst du dich verstecken?«

»Och, na ja ...« Val schien zu überlegen. »Da gibt es mehrere Möglichkeiten. Ich komme schon klar. Du mußt dich wirklich nicht um mich kümmern. Der größte Teil meines Geldes ist sicher auf Banken, an die der kleine Terrier nicht herankommt.«

Kira schaute sie an. »Aber ich kann nicht –« Sie schluckte. »Verstehst du denn nicht? Wenn du jetzt davonsegelst und ich dich nie wiedersehe ... ich ... ich ...«

»Liebes ...« Val öffnete die Arme und zog Kira an ihre Brust. »Du bist das Wichtigste auf der Welt für mich, aber du hast nichts von mir, wenn ich im Gefängnis sitze. Also werde ich in ein Land gehen, das nicht an Deutschland ausliefert. Camila wird –« Sie brach ab und fuhr dann fort: »Sie weiß, wie man diese Dinge regelt. Das passiert nicht zum ersten Mal. Ich werde bestimmt zurückkommen. Es gibt immer einen Weg.«

»Das heißt ...«, Kira schaute sie an, »es wäre nur eine Trennung auf Zeit, nicht für immer?«

»Ich würde sagen, es wird nicht länger dauern als die längste Zeit, die ich auf Tour war«, bestätigte Val. »Das bist du doch schon gewöhnt.«

Kira begann zu lächeln. »Dann will ich aber vorher noch heiraten, damit ich dich sicher habe.«

»Du hast noch nicht einmal den Verlobungsring«, sagte Val.

»Doch, den habe ich.« Kira hob ihre Hand mit dem Bernsteinring. »Der reicht mir. Den anderen brauche ich jetzt sowieso nicht mehr, denn offensichtlich reicht es nicht, ihn zu verpfänden, wenn du in Schwierigkeiten bist.«

Val lachte. »Nein, das würde wohl nicht reichen.«

»Also?« fragte Kira. »Einverstanden?«

Val schaute sie an und wandte ihren Blick dann wieder auf See hinaus. Sie hob die Hand. »Siehst du? Die Sonne geht auf. Wir segeln in den Sonnenaufgang.«

Kira kuschelte sich an sie. »Wenn du bei mir bist, wird es keinen Sonnenuntergang mehr geben«, sagte sie leise.

Die Segel des Schiffes blähten sich, und langsam ließ das beginnende Licht des Tages das Meer aufleuchten, bis alle Dunkelheit vertrieben war.

ENDE

Weitere Titel der édition el!es

Jenny Green: Milchkaffee in New York

Liebesroman

Von Liebeskummer geplagt erhält Sophia die Chance, ein Praktikum in New York zu absolvieren. Begeistert stürzt sie sich ins Abenteuer: als Co-Trainerin einer aufstrebenden Frauenfußballmannschaft. Doch das Chaos läßt nicht lange auf sich warten. Fußballerin Nina verliebt sich in Sophia, während Sophia Gefühle für Flo entwickelt ... Wird Nina tatenlos zusehen, wie die Beziehung zwischen Sophia und Flo immer leidenschaftlicher wird?

Heike Fremmer: Herz verschenkt

Liebesroman

Verliebt in eine verheiratete Frau – aber Sarahs Hoffnung, Isabel würde Doris für sie verlassen, erfüllt sich nicht. Ein paar Liebesnächte, dann beendet Isabel die Affäre. Mit gebrochenem Herzen bleibt Sarah am Boden zerstört zurück. Doch eines Tages erreicht sie ein Anruf aus dem Krankenhaus, Isabel ist etwas Furchtbares zugestoßen. Sarah ist sofort zur Stelle, um Isabel zu pflegen und zu hoffen, daß ihre Gefühle diesmal erwidert werden – aber wird Isabel jemals *Ich liebe dich* zu Sarah sagen?

Verena Schall: Scherben bringen Liebesglück

Liebesroman

Nelly wird jäh aus ihrem idyllischen Leben gerissen, als ein Schuß sie nur knapp verfehlt. Ihre Retterin Sascha bietet sich als Leibwächterin an, denn Nellys treusorgender Vater hat krumme Geschäfte gemacht und damit ihr Leben in Gefahr gebracht. Die Nähe zu Sascha entfacht in Nelly ganz neue Gefühle. Immer stärker fühlt sie sich von Sascha angezogen, und als sie sich endlich ihren Gefühlen stellt, kommt Sascha in Schwierigkeiten: Das Rätsel um den Mordanschlag auf Nelly ist noch immer ungeklärt, und wie ist Sascha eigentlich in die ganze Sache verwickelt?